华语风丛书

主编 金进

张翎小说自选集

向北方

[加] 张翎 著

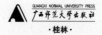

GUANGXI NORMAL UNIVERSITY PRESS
广西师范大学出版社
·桂林·

XIANG BEIFANG

图书在版编目（CIP）数据

向北方：张翎小说自选集 / （加）张翎著. —桂林：
广西师范大学出版社，2020.6
（华语风丛书 / 金进主编）
ISBN 978-7-5598-2778-4

Ⅰ. ①向… Ⅱ. ①张… Ⅲ. ①小说集－加拿大－现代
Ⅳ. ①I711.45

中国版本图书馆 CIP 数据核字（2020）第 057323 号

广西师范大学出版社出版发行

（广西桂林市五里店路 9 号　邮政编码：541004）

网址：http://www.bbtpress.com

出版人：黄轩庄

全国新华书店经销

广西民族印刷包装集团有限公司印刷

（南宁市高新区高新三路 1 号　邮政编码：530007）

开本：787 mm × 1 092 mm　1/32

印张：15　　字数：262 千

2020 年 6 月第 1 版　　2020 年 6 月第 1 次印刷

定价：58.00 元

序 言

她方的叙事：张翎小说中的离散与女性

离开，是为了成为一个说故事的人

——Walter Benjamin, *The Storyteller*

一、归去来兮：离散视野中的张翎小说创作

离散（Diaspora）源自希腊，Dia，指的是跨越，经历；Sperien，指的是播撒种子。历史上犹太人于耶路撒冷的教堂被毁，集体流浪到埃及，后在先知摩西的带领下重回迦南地的经历；非洲黑奴因为十六世纪殖民主义扩张，被强行迁到所谓的"新世界"；等等，都是历史上的离散案例。文学意义上的离散指的是强迫或者自愿离开原居地的族裔，流放散居于两个或两个以上的地方，并跟故乡保持某种联系。2016年，张翎曾经在上海论坛上说过："后来我在外面写了很多关

于故乡的回忆，我渐渐明白了一个道理——尽管我在国外待这么长时间，但对一个作家来说，他成年以后居住在哪一个城市不重要，他童年、少年、青年在哪里度过的才至关重要。比较奇怪的是，只有在加拿大写故土的时候，故土是清晰的，可是一回到温州，故土的概念马上就模糊了。我就悟出一个道理，也许距离是必要的……同样，对我而言，距离让我有了一个审美的客观空间。我看得更清楚。"[1]

《雁过藻溪》（2004）是一部寻根之作，在女儿李灵灵考入多伦多大学之际，结婚已近二十周年的李越明、宋末雁离婚，至于为什么会离婚，小说给出的答案是这是"没有理由的离婚，……这桩婚姻像一只自行发霉的苹果，从芯里往外烂，……这种烂法当众表明了一个男人宁愿孤独冷清至死也不愿和一个女人待在一片屋檐下的决绝，这样的烂法宣布了末雁彻头彻尾的人老珠黄缺乏魅力"。离婚之后的宋末雁回国把母亲黄信月的骨灰送回老家藻溪的三重寻根之旅。第一是寻找丈夫不喜欢自己的原因，寻找自己作为女性的性别魅力。临走前，在多伦多的唐人街新理的发型，让她"第一次有了要飞起来的感觉"，而同时在专卖减价名牌衣装的温娜商店，新装让她"突然变得有了几分风情"。如果说宋末雁

1　张翎等《思南文学之家读者见面会嘉宾发言摘要》，陆士清、汪澜主编《海外华文文学的今天和明天——2016海外华文文学上海论坛文集》，上海：上海作家协会·华语文学网，2017：409.

的性别再认知在多伦多只是起点的话，在故乡与百川的情感暧昧直至发生性关系，就是她重新寻找自己的过程，从最开始，她自己"暗暗吃了一惊，没想到自己如此木讷的个性，到了藻溪，换了个世界，竟也变得伶牙俐齿起来"，到与百川发生关系的"疯样子"，宋末雁对自己的女性特质有了新的认识。第二是寻找母亲不喜欢自己的情感根源，还原母亲人生悲剧的真相。从自小被母亲厌恶，3个月被送到奶奶家，10岁回到温州父母身边，到下乡、考大学、结婚、出国。宋末雁一路在逃离自己的家，因为母亲"眼角那一丝来不及掩藏的厌恶"对她造成的伤害。如此细腻地描写父母对儿女的伤害，在《余震》中万小登身上也出现过——母亲李元妮的那次救儿还是救女的生死抉择。直到母亲葬礼结束之后，暂居在母亲的远房堂兄财求伯家的时候，借着财求伯的一次失态，得知了当年财求伯强奸母亲致孕的丑事，才明白自己被母亲疏远近五十年的历史真相。第三是对自己家族人物命运和历史本相的寻根，寻找自己母系家族的历史。她发现自己的母亲曾经是藻溪大户人家的千金，去平阳上学，都是由长工老妈子接送的。自己的大外公大外婆死于土改，外公外婆和两个舅舅离开大陆。而小说中，母亲与生养她，但又深深伤害过她的故乡藻溪之间的情感是复杂的，这是一种背负着历史罪恶和人性之恶的复杂情感。可以说，宋末雁的寻根之旅，让她重新认识自己、认识母亲以及认识家族，但女儿李灵灵对她的不理解，又让她陷入"母女互相疏离"的循环之中，她也陷入一种新的困惑之中。

二、叙事在他方/她方：张翎离散书写的特点和价值

北美华人文学发端于19世纪中后期，当时在广东或香港两地教会学校学习过英文的华人，或被传教士送到美国来学习的华人开始在报章上发表英文作品，其中比较有名的是《华人移民致加州州长彼格勒阁下之公开信》(*Letter of the Chinamen to His Excellency, Govenor Bigler*，1852)。之后，北美地区诞生了第一份中文报纸《金山日闻录》(1854)、第一位华裔女作家水仙花(Edith Maud Eaton,1865—1914)、第一篇发表于1874年旧金山中文报刊上的小说。在20世纪50年代开始，北美地区华人作家所创作的华文作品开始进入发展期，其中以汤婷婷、谭恩美为代表的美国第二代移民作家[1]，还有白先勇、陈若曦、於梨华等台湾学生为主体的留

1　北美第二代移民华裔作家都是以英文创作，包括水仙花(Sui Sin Far, 本名 Edith Maude Eaton, 1865—1914)、林语堂(1895—1976)、雷庭招(Louis Chu, 1915—1970)、黄玉雪(本名 Jade Snow Wong, 1923—2006)、张粲芳(Diana Chan, 1934—)、郭亚力(Alex Kuo, 1939—)、赵健秀(Frank Chin, 1940—)、汤婷婷(Maxine Hong Kingstom, 1940—)、陈耀光(Jefferay Paul Chan,1942—)、徐忠雄(Shown Wong, 或 Shown Hsu Wong,1949—)、梁志英(Russell Leong, 1950—)、谭恩美(Amy Tan, 1952—)。

学生文学[1]，还有以张翎、严歌苓为首的北美新移民作家为创作成绩最大的三大作家群体。这三大创作群体留下了不少的文学经典，如於梨华《梦回青河》《又见棕榈又见棕榈》、白先勇《台北人》《纽约客》、张系国《香蕉船》、聂华苓《桑青与桃红》、谭恩美《喜福会》、平路《玉米田之死》、李黎《最后夜车》、严歌苓《扶桑》、张翎《金山》等优秀的华语文学作品。

张翎是北美新移民作家中的佼佼者，与严歌苓齐名。就创作特点而言，她的创作除了前面我们所提到的精神寻根，对落地生根之后的华人新移民所处的社会空间及精神状态的探索是她另外一个重要的创作特点。《向北方》（2006）中的主人公陈中越就是来自中国、已经入籍加拿大的华人新移民，跟许多高知留学群体一样，他也是跟大学女同学范潇潇一起经历读研、留校任教、结婚生女、出国留学、移民定居的艰辛留学／移民之路。但定居之后的婚姻生活并不理想，妻子范潇潇嫌弃他，另结新欢。陈中越找到一份听力康复师的工作去了边远的苏屋瞭望台地区。在这里，他认识了患有先天

1　从 1960 年代中期开始，因为北美移民国家废除种族性的排华法案直到今日，从那个时候开始，大量来自台湾、香港受过良好教育的技术移民得以移居西方，这部分移民构成了当代新移民群体的先驱。在 1965 年之后的 25 年内，美国接纳了大约 71.1 万华人。

神经性耳聋的小学生尼尔，借着给尼尔治病，他又认识了他的母亲——来自中国青海的藏族同胞雪儿达娃，进而了解到雪儿达娃与丈夫印第安人裘伊之间的跨国婚姻和其中发生过的种种爱恨情仇。小说叙事空间宏阔，中国青海的塔尔寺、藏药与加拿大安大略省的苏屋瞭望台的印第安人、草药，陈中越的移民生活和婚姻困境，雪儿达娃浪漫而传奇的异国婚姻，让人感受到张翎叙事特有的空间张力。小说中，张翎的笔触一如既往地富有灵性，异域风情、原住民文化、人物通灵、传奇经历在她笔下，如蚕吐丝，循环往复而有条不紊，笔法散漫又处处有心，在在都使得张翎作品的艺术水平一直维持在高水平线之上。

《尘世》（2002）中的发生的故事开场就是冰冷而血腥的，一对相处奇怪的华人新移民夫妻，女人余小凡被大型卡车碾压成薄纸，男人刘颉明拿到了一大笔的交通事故赔偿金，用这笔钱开了一间咖啡馆。刘颉明认识了混血儿塔米，两人相处愉快，刘颉明重拾生活中的点点乐趣。塔米像精灵，"中看，中用，还中听"，是刘颉明的好员工、好帮手。可是，思想传统的他，还是接受了岳母方雪花的安排，认识了来自温州的在上海外企的打工妹江涓涓，成为一对跨国情侣。在江涓涓的带领下，他到了"桃源"——至少张翎这样认为——就是小说中的"仙居天台，龙游丽水，平阳文成，瑞安泰顺"这些浙江真正的好地方，开始了自己乡村之旅，也让他濡沐于中国民间底层生活的善良人性之中。在这里，江涓涓的家族故事开始一一展开，故事之多，就像"刘颉明摸了摸身下的石头，石身上似乎有无数的纹理折皱。每一条折皱里，大约都藏了一个故事"。小说中的还乡之旅，淳朴的温州乡下的二婆的絮叨、善良的上海岳母方雪花的遗言，让他心中对原乡的人情和人性有着莫名的感动，不论是爱屋及乌，还是真诚相待，他爱上了江涓涓，还想听她那未讲的故事，一个28岁女人身上曾经发生过的故事。返回加拿大之后的他，一直在盘算攒够江涓涓的移民申请和将来上大学读书的学杂费。当然，小说的结局是冷酷的，塔米的热情没有赢得刘颉明的爱，一句"她是我的亲人"，彻底地将塔米的爱情憧憬击碎，塔米瞬间泪崩。但篇末的刘颉明向塔米提出约会，又让人怀疑起刘颉明将来与如"花"的江涓涓、如"树"的塔米相处的模式，是否这种暧昧的情感能够维持长久？原乡的魅惑引力和在地的实在生活之间的情感天平，在张翎的小说中，总是那么不平衡，永远在摇摆，摇摆出来的就是小说人物心中的真情实感，隽永。

三、结语

Robin Cohen 认为"对原乡的历史、乡土、事迹存有集体的记忆与迷思，有着强烈的族群意识，对同族之人怀有同理同志情感，跟归化社会关系对峙紧张，但也能开展正面的生活"[1]。文学即人学，因为文学最终是反映生活、表现人物形象的语言艺术，而百年来的北美移民文学涌现出水仙花、谭恩美、汤婷婷、白先勇、张系国、李黎、陈若曦、严歌苓和张翎等一大批优秀的留学／移民作家，虽然他们作品的主题、艺术的形式有着代际的差异，但其中关怀人性，关注人性，这种人学视野是一以贯之的。像张翎《玉莲》（2001）里面命运多舛的温州乡下姑娘玉莲的保姆生涯、远嫁青海、突逢巨变的人生，着实令人唏嘘不已。《恋曲三重奏》（2002）中曾经的电视台主持人王晓楠在大陆的恋爱故事、定居北美过程中的移民故事，以及与工人章亚龙之间的情感纠葛，特别是张翎惯用的开放式的结尾，都让我们感受到她在她方叙事的能力和魅力。当代华语文坛，张翎值得我们继续期待！

金　进

2020 年 5 月 12 日

（金进，浙江大学人文学院研究员，中国现当代文学专业博士生导师，世界华文文学与文化研究中心主任。）

1　*Global Diasporas: A Introduction.*

也说《雁过藻溪》

藻溪是地名，也是一条河流的名字，在浙江省苍南县境内。藻溪是我母亲出生长大的地方，那里有她童年少年乃至青春时期的许多印迹，那里埋葬着她的爷爷奶奶父亲母亲伯父伯母，还有许多她叫得出和叫不出名字的亲戚。藻溪附近有一个地方叫矾山，那里有一个出名的矾矿。早些年没有公路，矾山出产的明矾石必须通过藻溪的驿道水道，运往北国和南洋。一条由明矾而生的山路成就了藻溪当年的繁荣，也成就了我父母亲的婚姻，当然，也间接成就了我的生命。

藻溪发生的一切故事，对我来说都是史前的。我尚未记事时就随父母来到温州，一直在那里居住到上大学为止。在我二十九岁以前，我从未到过藻溪。我对藻溪的最初印象，来自我父母在家讲的那种节奏很快、音节很短、音量很大的方言。他们告诉我那是藻溪矾山一带的方言。我读书的小学校里有很多地市委机关干部子弟，我的同班同学中有地委书记和市委秘书长的女儿，我曾为父母在同学面前用那样的方言交谈而暗自羞愧过。后来母亲带我去身为明矾石研究专家和全国人大代表的外公家里做客，常常会看见一些藻溪来的乡人，带着各样土产干货，坐在我外婆的病榻前和我外婆说话。到城里找工作，看病，借钱——常常是这一类的事情。外公和他已经成年的子女年复一年尽心尽力地为乡人帮着这样那样的忙，而我外婆和一位常住在她家的表姑婆则用方言和乡人们说着一些她们熟悉的人和事，在叙述的过程中脸上便渐渐浮现出一种迷茫、柔和而快乐的神情。

当我长大成人远离故土，长久地生活在他乡时，我才明白，其实我的外婆和表姑婆，一直到死也没有真正适应在城市的生活。她们的身体早就来到了城市，可是她们的心却长久地留在了藻溪。如果把她们的一生比作树的话，她们不过是被生硬地移植过来的残干断枝，浮浮地落在城市的表土之上，而她们的根，却长久地留在了藻溪。当然，儿时的我是不会懂得这些的。儿时的我穿戴得干干净净的，懒洋洋地倚在外公家的门框上，以一个城市孩子惯有的居高临下的目光，挑剔地看着乡人们沾着尘土的裤腿和被劣质纸烟熏得发黄的手指，暗暗庆幸自己没有出生在那个叫藻溪的地方。

我和藻溪第一次真正的对视，发生在一九八六年初夏。那是在即将踏上遥远的留学旅程之时，遵照母亲的吩咐我回了一趟她的老家，为两年前去世的外婆扫墓。这是我平生第一次回到母亲的出生地。同去的亲戚领我去了一个破旧不堪的院落，对我说：这原来是你外公家族的宅院，后来成为粮食仓库，又被一场大火烧毁，只剩下这个门。我走上台阶，站在那扇很有几分岁月痕迹的铁门前，用指甲抠着门上的油漆。斑驳之处，隐隐露出几层不同的颜色。每一层颜色，大约都是一个年代。每一个年代大约都有一个故事。我发现我开始产生了好奇。

　　那是个风和日丽的日子，天蓝得几乎让人心酸，树和水的颜色都非常明丽，藻溪在阳光底下闪烁如金线。我那个后来成为温州城里赫赫有名的大人物的外公，原来是在这么一条小溪边出生的。择水而居大约是人类的天性。外公的父母辈在藻溪生下了外公。外公长大了，心野了起来，就沿着藻溪往北走，走过了许多地方之后，在一条叫瓯江的河边停了下来，于是母亲和她的弟妹们就相继在温州城里居住了下来。于是，我也跟随着父母在瓯江边上生活成长。后来我长大了，我的心也野了，想去看外边的世界。溪不是我的边界。河不是。海也不是。我的边界已经到了太平洋。

　　那次我还去了外公家族的祖坟。除了外婆，墓地里其他人的碑文对我来说几乎是完全陌生的。唯一的印象是那些没有名字的女人，或是正妻，或是填房，或是侧室，以一个××氏的符号，毫无特点地掩埋在一代又一代的岁月积尘里。

那个夏日的下午，我的心被这个叫藻溪的地方温柔地牵动起来。我突然明白，人和土地之间也是有血缘关系的，这种关系就叫作根。这种关系与时间无关，与距离无关，与一个人的知识学养阅历也无关。纵使遥隔数十年和几个大洲，只要想起，便倏然相通。只是那时我并不知道，那个夏天藻溪带给我的那些粗浅感动，要经过十几载的漫长沉淀，才会慢慢地浮现在我的文字里。

一个叫藻溪的地方。一些陌生的墓碑。一段在土改年月里成就的婚缘。这就是我在开始书写《雁过藻溪》时对藻溪的全部认识。这些印象是鲜活却零乱的，似乎无法组成一个延续到今天的故事。于是我想到了一个载体，一个可以把过去现在未来联结起来的人物，在他（她）身上我可以把那些零散的印象聚集成一条意向明确的线。构思的过程犹如布置圣诞树，各样的饰物原本是零乱没有主题的，然而一旦把它们一一挂在一棵青葱的树上，主题突然就呼之欲出了。

这棵树就是末雁。

末雁是我在加拿大生活中常常见到的知识女性。在有的方面她们具有非凡的聪明睿智，完全能独当一面，而在另外一些方面却异常天真无知无能。她们久不回国，思维方式由于多年时空的隔绝还基本停留在八十年代"文革"刚过的那个模式里。她们对中国的设想也还停留在那个时期的印象上。

末雁的藻溪之行是一个发现自我的旅程。在五十岁的年纪一程一程地回到人生的起点上，她发现的不仅仅是一个关于自己身世的硕大秘密，她其实也经历了错失在青春岁月的成熟过程。在那个叫藻溪的狭小世界里，她遭遇了她的大世界里所不曾遭遇过的东西，比如欲望，比如亲情，比如真相。震惊过后，猛一睁眼，她才真正长大了——尽管迟了三十年。

《雁过藻溪》的写作过程是一种惊心动魄的奔泻，中间完全没有阻隔，仿佛我和那里的每一滴水每一块石头都有无法言说的默契和熟稔，尽管我只不过在那里度过了半天的时光，而且那半天和今天已经遥隔了将近二十年。可是我半生积累的对那方土地的所有理性和非理性的感动，已经发酵到足够承载着我的灵感在纸笔无限广袤的空间里横冲直撞地飞翔了。

《雁过藻溪》是一个完全虚构的故事，同时也是一个完全写实的故事。虚构是因为故事的情节和人物并没有基于一件或几件很具体的人和事，尽管一系列的人和事给了我许多东鳞西爪的灵感。真实是因为承载这个故事的所有情绪，都是与那个叫藻溪的地方切切实实地相关着的。

《雁过藻溪》发表后，在海内和海外引起了一些关注。今年早些时候，加拿大约克大学和西安大略大学（今韦仕敦大学）的东亚系都曾经邀请我去朗读过小说的一些片段。不久后，约克大学的徐学清教授转来了一封电子邮件，是来自一个叫刘荣锴的陌生人。后来才知道，这位叫刘荣锴的人，是我在藻溪的一位表亲。他祖上的一位曾姨婆，嫁给了我的曾外公。我惊奇地发现，我和我的这位表弟，共同居住在多伦多多年，彼此一无所知，却因着一部与藻溪有关的小说，在茫茫人海里得以相认。于是，多伦多漫长的冬天因着一些共同的话题和记忆而变得温馨起来。

《雁过藻溪》最早是作为一个四五万字的中篇小说在《十月》杂志上发表的。后来在一次回国的旅途中，我和京城出版界的一位朋友见了一面。那时我刚刚从藻溪回来——那是我相隔二十年之后的故地重游。我给这位朋友看了几张在藻溪拍的民居旧迹照片。她被那些照片里厚重的历史痕迹打动，建议我把《雁过藻溪》改写成一个长篇，附上一些藻溪的旧照片。我自己也觉得作为中篇的篇幅限制了许多刚刚触及却还来不及展开的话题，比如末雁和越明的婚姻，以及诗人百川的感情经历等。本书收录的《雁过藻溪》是对同名中篇的延伸。然而，在延伸的过程中又激发了新的灵感，这些灵感大大地丰富了故事的枝干。

感谢那条有一个诗意的名字的河流——藻溪。在我行路的时候，你是我启程的灵感，中途的力量和最终的安慰。

所以，我把这部小说献给母亲，还有那条母亲的河。

张　翎

2006 年 12 月 11 日

写于圣诞之前的阴霾之中

2020 年春修改

目 录

雁过藻溪

| 中篇小说 |

女儿灵灵考入多伦多大学商学院不久，李越明就正式向妻子宋末雁提出了离婚的要求——那天离他们结婚二十周年纪念日只相差了一个半月。

其实在那之前很长的一段日子里，越明早已不上末雁的床了。末雁知道越明在掐着指头计算着两个日期，一个是两人在同一屋檐下分居两周年的日期，一个是女儿灵灵离家上大学的日期。随着这两个日期越来越近地朝他们涌流过来，她感觉到他的兴奋如同二月的土层，表面虽然还覆盖着稀薄的冰碴，底下却早蕴藏着万点春意了。她从他闪烁不定欲盖弥彰的眼神里猜测到了他越狱般的期待。在他等待的那些日子里，她的目光时常像狩猎者一样猝不及防地向他扑过来。速度太快太凶猛了，他根本来不及掩藏他的那截狐狸尾巴，就被她逮了个正着。看到他无处遁逃不知所措的狼狈样子，她几乎要失声大笑。

她恨他，有时能把他恨出一个洞来。

她恨他不是因为离婚本身，而是因为他们没有理由离婚。

越明是个教书先生，一直都是。年轻时教小学生中学生，现在教大学生研究生。越明学的是土木工程专业，先在清华得了硕士学位，后来在麻省理工学院得了博士学位。越明一辈子除了插队那几年吃过一点小苦头，都是中规中矩地接受着最好的教育，过着相对安逸稳妥的日子。

越明在外头并没有时髦人所谓的红颜知己。越明一生也难得有一两桩能在朋友圈子里引为笑谈的男女轶事。越明不爱运动，不爱看电视电影，也没有这个年龄在海外事业有成的男人通常都有的诸如钓鱼打牌做网虫等的嗜好。越明是一个基本按点回家的男人。越明甚至没有几个略微亲近些的同性朋友。一桩婚姻在没有任何外力的作用下非得散伙不可，其解释只有一个：这桩婚姻像一只自行发霉的苹果，是从芯里往外烂，烂得毫无补救，兜都兜不住了。这种烂法让末雁不能像市井悍妇那样提着裤脚叉着腰当街叫骂丈夫负心，这种烂法当众表明了一个男人宁愿孤独冷清至死也不愿和一个女人待在一片屋檐下的决绝，这样的烂法宣布了末雁彻头彻尾的人老珠黄缺乏魅力。

感恩节那天晚上，灵灵用假期打工的钱，请爸爸妈妈去"红龙虾"餐馆吃了一顿饭。大人之间可以讨论的话题极为有限，饭就吃得有些乏味起来。吃到一半，灵灵突然扑哧一声笑了起来：

"看你们这个样子，不如就离了吧，我没事的。只是以后要搬得越远越好。最好爸爸还住在多伦多——爸爸换个大学不好找工作。妈妈可以搬到温哥华，反正联邦政府环境部在温哥华也有分部。这样我就可以在多伦多过夏天，在温哥华过冬天了。要是你们再结婚就更好了，我一下子能有两副爸爸妈妈了——比别人多出一倍呢。"

看着女儿满不在乎的神情，末雁和越明面面相觑，一时不知如何作答。只觉得在加拿大长大的女儿，和国内那些同龄女孩子相比，似乎是太成熟了，又似乎是太憨嫩了——倒是放下了心。

接下来的事就交给了律师去办。几年里存下的退休金，两人各拿了自己名下的那一份。车子也是一人一辆。只有房子略微麻烦一些。通过朋友找到了一个口碑不错的房地产经纪人，前后其实也就花了一两个星期的时间，就卖出去了——净赚了六万加币。卖房所得的钱，在银行和律师手里走过了一圈，就一分为二地归入了各自的账户。灵灵在越明任教的大学里读书，享有子女学费优惠，又得了一笔奖学金，正好抵了余额学费。剩下的，无非是些住宿吃饭穿衣的开销。半年跟爸住，半年跟妈住。跟爸住时由爸负担，跟妈住时由妈负担。没有子女监护权的混战，也没有赡养费的纠纷，事情就很是简单明了。

卖了房子，越明搬进了一位回香港休年假的同事空出来的房子，末雁却在自己上班和灵灵上学的中间地段，租了一间两室一厅的公寓单位。灵灵暂时挤在同学的宿舍里，等父母各把房子整理好了再决定跟谁住。三人一时作鸟兽散。

末雁是第一个从家里搬出来的。

搬家那天，越明替末雁雇了搬家公司。大件家具，都给了末雁。剩下的无非是一些日用物件，越明也都尽量让末雁先挑。客气谦让的样子，仿佛不过是送末雁出一阵子差而已。前来帮忙的朋友见了，忍不住问末雁："那吵翻了天的都没离，你们离什么呢？"末雁忍无可忍，终于将保持到最后的一抹淑女形象蚊子似的捻灭了，随手抓起一个花瓶，朝着越明的汽车砸去。"好你个李越明，天底下的好人，都让你做完了。我就成全你吧。"众人哪里拦得住？车尾早砸出一个弯月形的坑来。

越明不说话，只蹲下身来，捡地上的花瓶碎片。一片一片的看得末雁很是无趣，想说句什么话，搜肠刮肚，终无所得，只好讪讪地坐进了搬家公司的车。车开出去，看见自家那幢红砖房子在反光镜里越变越小，变成了一个小红点，最后消失在一片混杂的街景里头，心想这些年里听了好多关于离婚的恐怖故事，大概多是夸大其词的。十几年里经营起来的家，拆起来，其实远没有想象的那样麻烦。

搬进单身公寓的当晚，末雁就梦见了母亲。

"小改，小改。"

母亲在窗外轻轻地叫她。

末雁出生在一九五二年初。江南的土改比北方解放区晚了许多，母亲怀她的时候，正赶上老家土改，所以就给她取名叫"小改"——末雁是她上大学以后自作主张改的名字。末雁站起来，推开窗，一眼就看见母亲站在窗前的那棵大枫树底下。月色黄黄的，照得枫树叶子一团团一簇簇的，仿佛是一只只愤怒的拳头。母亲走了很远的路，鞋面上有土，脸上有汗，两手在灰布衬衫的袖子里不停地蠕动，嘴唇抖抖的，半晌才扯出两个字来，是"藻溪"。末雁正想问藻溪怎么了，母亲突然低了头，转身就走。脚步窸窸窣窣的，走得飞快，末雁追了三条街也没追上，却把自己追醒了——方知是南柯一梦。双手捂着胸，心跳得一屋都听得见。急急地起了床，打开窗，窗外果真有一棵蔫蔫的枫树，树影里漏下来的，果真是一片黄不黄白不白的月光——却是无人。

便知道是母亲催她回家了。

| 二 |

末雁的母亲黄信月，是浙南苍南县藻溪乡人。那个名字听起来有几分诗意的小乡镇，在几十年前却只是一个纯粹的乡下地方。黄信月是在土改那年离开藻溪，来到温州城，后来认识并嫁给了末雁的父亲宋达文，从此就长住在温州城里，再未回过藻溪老家。

宋达文是大名鼎鼎的三五支队刘英手下的干将，解放后做过第一任温州地委宣传部部长，后来又升任了地委副书记。在温州那么个小地方，也就算是个大官了。

在认识信月之前，宋达文已经有过两次婚史了。第一次是个童养媳，自从他离家入了队伍之后，连年没有音信，他父母就认了那个女人做干女儿，夫妻的情分自然就有名无实了。第二个妻子是他戎马生涯中的战友，据说是个远近闻名的神枪女侠。多次受伤，多次被捕，又多次死里逃生过。没想到却倒在了解放进城的路上——死于伤寒。

这两次婚姻，都没有给宋达文留下任何子女。认识信月的时候，宋达文已经是个头发斑白的半老男人了。那天宋达文是去师范学院给优秀教师颁奖的，刚进门，就在传达室里见到了信月。那时传达室里挤满了人，院长书记和几乎所有的头面人物都在争抢着和宋达文握手。透过厚厚的人墙，宋达文却一眼就注意到了一个坐在墙角发愣的年轻女人。女人的膝盖上摊着厚厚一沓表格，女人的眼睛却不在表格上。女人的眼睛也没在热闹上——那一屋的声响仿佛和她全然无关。女人的眼睛久久地盯在刚刷过石灰的墙壁上，似乎要把那墙看出两个洞来。女人不停地一下一下地咬着手里的一支铅笔。女人不是装模作样的那种咬法，女人咬得很是凶狠，笔身上满是结实的小兽似的齿印。

宋达文听见了铅笔发出的凄厉呻吟，忍不住走过去，看见女人膝上的那沓表格是师范学院的入学申请表，姓名栏上写了"黄信月"三个字——便知道女人是要来报名读书的。就指了指亲属一栏，问女人怎么不填，家里有些什么人？女人吃了一惊，铅笔掉在了地上。半天，才摇了摇头，眼里就有了泪。泪在眼眶里浅浅地藏着，一抖一抖的，仿佛随时要坠落下来，却始终没有。宋达文的心，就钝钝地揪了一揪。

宋达文叹了口气，对院长说，又是一个苦命的孩子。新社会了，学校不给这样的人开，难道还给地主老财的子女开？这话是对院长说的，一屋的人却都拼命点头。这一点头，信月就成了师范学院的学生。

后来他们就以那个年代著称的速度谈起了恋爱。结婚是信月先提出来的，倒是宋达文觉得自己岁数上大出信月许多，又有过两次婚史，多少让信月吃了亏，就有些犹疑不决。最后坚持的是信月。信月一坚持，宋达文就败下阵来了。两人很快结了婚，又很快有了女儿宋小改。因为生小改，信月休学了一年，才接续着把师范学院念完——那是后话。

信月很少提起老家藻溪。末雁对藻溪的模糊印象，似乎是和那些偶尔来城里找母亲的乡党有关的。末雁依稀记得那些衣着寒酸皮肤粗糙的乡下人在暮色的掩盖下敲响她家后门的情形——他们从来不敢从前门进屋。他们敲门的声音是怯怯的，两脚在门前的草垫上来回交替着蹭了又蹭，仿佛要把脚掌连同鞋底的泥土一起蹭落。他们把装着土产的竹篮子放在门里，如果母亲没有明确拒绝，他们就会发出一声如释重负的叹息，仿佛他们的心，也随着篮子落到了可以依托的实处。他们和母亲交谈的时候，把原本口音浓重节奏极快的方言，小心翼翼地嚼碎了，轻轻地压在喉咙和舌头之间的空隙里，听上去似乎含了一嘴的棉絮。

其实，把这叫作交谈真是一种夸张，因为母亲几乎完全不说话，母亲似乎也没有认真在听，母亲只是面无表情地倚门站着。这样的姿势通常只维持几分钟，乡下人便知趣告别了。他们走后，屋里还会长时间地充溢着腊肉鱼鲞和劣质纸烟交织起来的复杂气息。这种气息如烟如雾在家具和家具门与门窗和窗之间的缝隙里暧昧地飘来飘去，母亲的脸色，在这样的气味里也有些阴晴不定起来。

这些乡下来的人是到城里看病的，找工作的，办事的。找母亲当然只是一个幌子，真正的目的不言而喻是找父亲。母亲是一扇门，父亲才是门里的景致。门虽然不是景致，但景致却必须经过门的。在末雁的记忆中，作为门的母亲是沉默而高深莫测的，而作为景致的父亲反而是一览无余温和容忍的。只是父亲在八十年代中期就去世了，入葬在城里的老干部公墓。从那以后，来找母亲的乡党才渐渐地少了起来。

母亲从师范学院毕业后，就在中学里教书。母亲做了多年的中学语文教员，才提升到教务主任的位置上，临退休也不过是一所普通中学的校长。母亲身体一直硬朗，极少生病。三个星期前洗澡时突然跌倒，就再也没有苏醒过来。当时末雁正和一群参加京都协议项目的科学家在北极考察，住在加军军事基地，来往内陆的飞机一周才有一班。等末雁终于搭上最快一班飞机回到多伦多时，母亲的后事都已经由妹妹操办完了。所谓的后事，也就是遗体告别火化仪式，等等。这些事情全部加起来，其实也只是后事的一半。另外的一半，却是要等着末雁回来办的——母亲生前反复交代过，身后不沾父亲的光，骨灰由长女末雁送回老家藻溪归入祖坟埋葬。

|三|

那日末雁梦见母亲之后，当即决定回国一趟了却母亲的心愿。灵灵学校里正好有两个星期的社会调查假，末雁就带了女儿同行。

临走的前一天，末雁去附近的华人商场做了个头发。做头发是一种时髦的说法，其实当时末雁只是想把留了三十年的齐肩发型略微剪短一下而已。那天平素给她剪头发的那个女理发师没在，招呼她的是一个新来的年轻小伙子。小伙子一看就是广东福建那一带的移民，身架瘦小，装扮超前，举止乖巧精明。他把她的头端在手里，转来转去地看，却不着急下剪。一直看得末雁有了几分不自在，才说："大姐我给你换个发型，焗点颜色吧。"见末雁犹豫不决，就笑："要是不行，一两个月就留回来了，变动变动，怕什么呢。"就是这"变动"两个字，不知怎的一下子触动了末雁心里的那根筋，她便横了一条心，说你看着办吧，大不了世界上再多出个把老妖精来。小伙子嘴里说着哪能哪能呀，手就很是麻利地动了起来。

末雁将眼睛闭了，由着那小伙子的手指在她的头发里蚯蚓似的钻来钻去。在剪子嘀嗒嘀嗒的声响中，她竟混混沌沌地睡了过去。醒来时，只见那小伙子正在啪啪地抖着围布。

她一眼就看见了大镜子中有个女人，头发剪得极短极薄，只有额上的几缕刘海，长长俏俏地插入眉梢。那头发是黑色的，又不全是黑色的，夹杂了几缕棕黄，灯光一照，就有了几分流动的感觉，衬得脸儿有些细瘦生动起来。末雁提了提嘴角，镜里的那个女子也朝她微微一笑——这才知道那个女子就是自己。一时有些心慌，去柜台付了钱，又给那个小伙子塞了一张五元的小费，便飞也似的逃了出来。

到了街上，不住地拿手去摸脖子耳根，摸到哪里哪里是一片凉意。在过了季的太阳里，末雁第一次有了要飞起来的感觉——才明白头发原来是有重量的。

一时兴起，就去商场买衣服。末雁平时很少买衣服，要买也是去大众化的平价商场。可是这天她突然想起灵灵说起过一家叫温娜的商店，是专卖过时减价的名牌衣装的，就开车去了那里。

进了商店，花红柳绿的，看迷了眼。随手挑了几件，素的太素，艳的太艳，都放了回去。这时走过来一个黑人售货员，问需要帮忙吗？那售货员和末雁岁数不差上下，矮矮胖胖的，说起话来脸上阔阔的都是笑。末雁觉得那女人笑得憨厚亲切，原想问我这个年纪穿什么合适，话到嘴边，拐了个大弯，竟成了："我想，变个花样，你看，我刚离了婚……"

黑女人依旧是笑，却换了一种意味深长的笑法，问末雁穿几号。末雁说了，女人就噔噔地穿过走道，直直地走到最里面那个架子前，麻利地取了一套衣服，挽着末雁的手进了试衣间。进去了，也不离开，等着末雁窸窸窣窣地换完了衣服出来，两人便一起站到试衣间走廊上的大穿衣镜前看样式。

女人给末雁选的是一件黑色的丝绸衬衫，配的是同样料子的长裤。末雁穿着觉得老气，正摇头间，黑女人就将那黑衬衫上的扣子全解开了，露出里头那件葱绿色的软缎贴身背心——也是她选的。末雁觉得这一扣一解之间，镜子里的那个人突然就变了。似乎是变高了，变瘦了，但又不仅仅是变高变瘦。她在心里换了很多个形容词，又觉得那些词都不够准确，只抓住了问题的一个侧面。最后她才发觉最准确的那个形容词是风情。

对，风情。镜子里的那个女人突然变得有了几分风情。末雁被这个形容词吓了一跳。在这之前末雁从来没有把这个词和自己联想在一起。更确切地说，末雁一生从来就没有使用过这个词。五十年里没有学会的词，却在这样一个下午，从那个年轻理发师手里，从这个黑人售货员手里，如此飞快地学会了。

黑女人将衣服叠好了，又领着末雁去收款台交了钱。送末雁走到门口，突然将一只十分厚实的手臂搭在了末雁的肩上，轻轻地说：

"离婚只是一张纸，锁在抽屉里就行了，用不着带在身上的。"

末雁听了，不禁怔住。

| 四 |

末雁和灵灵登上横越太平洋的飞机，经东京、上海抵达温州城，已是两天以后的事了。

去藻溪的车子，妹妹一家早安排妥当了。那边接应的，是一个叫财求的人，据说是母亲的一个远房堂兄。次日早上八点一刻，是事先择好的送殡吉时。妹妹怀着身孕，行动不便，末雁和灵灵母女俩就捧了骨灰盒，按照择定的时辰上了路。

路不太远，却很是高低不平。到处在修路盖房，尘土如蝇子飞扬，遮天蔽日。末雁将骨灰盒搂在怀里，怕冷似的端着双肩。盒子是檀香木做的，精精致致地镶了一道金边，像是从前富贵人家的首饰匣。末雁搂了一会儿，手和盒子就都黏黏地热了起来。母亲生前是个结实的妇人，躺在这么个狭小的匣子里，怎么能舒展得开手脚？车子在坑洼之间一颠一簸的，母亲在盒子里一下一下地拍打着末雁的膝盖，仿佛有话要说，末雁突然有了一丝陌生的亲近感。

末雁和母亲在一起的时间很短。她生下来三个月就被送到了衢县的奶奶身边，是奶奶雇了奶妈把她喂大的。中间间或也见过父母，却是寒暑假中间蜻蜓点水似的几天短暂相聚。往往来不及把久别的陌生煨熟，便又要分离。一直到十岁的时候她才回到温州的父母身边，那时候家里已经有了一个妹妹。童年的隔阂已经很难在少年时代弥补，更何况她十六岁就再次离家。下乡，考大学，结婚，出国，她从此就长远地生活在外边的世界了。

在末雁的记忆中，母亲似乎永远是沉默寡言的，对她和妹妹都是如此。然而末雁还是知道这中间的差别的。末雁和妹妹相差十岁，她从衢县回来的那年，妹妹才出世不久。在很多个夜晚，母亲会站在窗口，长久地一动不动地抱着妹妹，那时母亲的眼里淌着月光，那光亮将妹妹从头到脚地裹了进去，却将世界挡在了外边。当然，世界的概念里也包括了末雁，甚至还有父亲。

有一次末雁突然萌生了想闯进这片光亮的意念。

那天母亲也是用同样的姿势抱着妹妹，末雁突然走过去，伸出一个手指，轻轻刮了一下妹妹的鼻子。母亲吃了一惊，眼神骤然乱了，月光碎碎地滚了一地。母亲闪过身去，将妹妹更紧地搂在了怀里。刹那间，末雁看见了母亲眼角那一丝来不及掩藏的厌恶。那天末雁哭着跑到自己的屋里，翻开墙角那面生了一些水锈的小镜子，看见了镜子里那张雀斑丛生毫无灵气的脸。那一刻她确定了这张脸就是一堵高墙，隔开了母亲和她，一个在墙的这端，一个在墙的那端，永无会合之日。从那以后，这张脸不断地闯进她梦里梦外的一切空闲时刻，伴随着她走过了黑隧道般走也走不到头的青春岁月，直到中年才让她渐渐安息下来。

父亲总是忙，在家的日子不多。即使是新年春节这些略微闲暇一些的时节，对父亲来说也是不停地见人的日子——不是他探访别人，就是别人来探访他。戎马半生的父亲真正闲歇下来的时候，最爱做的一件事，就是把妹妹扛在肩膀上，一圈一圈地沿着屋子跑，嘴里发出阵阵呼呼的低吼——仿佛是枪在寻靶，马在找路。

父亲是妹妹的牛妹妹的马，心甘情愿地被妹妹支使着爬山下河。可是父亲对妹妹也是说翻脸就翻脸的。妹妹在幼儿园里偷了同学一支印花铅笔，挨过父亲的耳光。妹妹谎称生病逃避劳动，曾被父亲在黑屋里关了整整一天。父亲不是末雁的牛末雁的马，可是父亲也从不对末雁翻脸。父亲对末雁向来是温和、克制，甚至回避的。有一回末雁听见父亲在隔壁的房间悄悄地问母亲：她在学校里怎么样？她一下子就明白了他在问她。她屏住呼吸想听母亲的回答，可是母亲的回答却是低低的接近于耳语的，仿佛她是一件不齿为人知的秘密。那一晚他们鬼鬼祟祟的声音如同一把锉刀，窸窸窣窣地将她的睡眠锉得千疮百孔。

所以，初中毕业那年，她迫不及待地报名下了乡。

所以，在下乡的日子里，她迫不及待地投向了第一个走近她的男人。

末雁下乡之前去看了一次父亲，是在父亲的隔离室。几个月不见，父亲一下子就是个老人了，人中上挂着两条清鼻涕，声音颤颤的如同含着一口随时要漏洒出来的水。当着看守的面，两个人可以说的话很少。沉默了许久，父亲把压在被子上的一件军大衣拿起来，叠成一个小方块，塞给末雁，说那边冷，你带走。末雁不要，两人推来推去的，父亲突然涨红了脸，站起来，把衣服掼在了地上。

这是父亲一生中唯一一次对末雁翻脸。末雁曾经多次暗暗期盼过父亲也能像对妹妹那样对自己翻脸，可是当父亲终于对自己翻脸时，末雁却已经失去了期盼的能力。

送殡的车子终于出了城。房子相隔远了，景致才渐渐开阔，露出些山水田地来。虽是个晴天，太阳却是灰蒙蒙的，照得远处的山近处的水都不甚明了。田里种的似乎都已经收割了，只剩了些黑黄黑黄参差不齐的茬子在风里抖动着，如折了翅膀的鹞子。再过去一些，就看见了水田，混浊的水里倒映着些边角模糊的天和云，像是水墨画里洇在景致外边的墨——却什么也没种。

灵灵趴在后座窗上，看见灰褐色的水田里浮着两块青褐色的大石头，就尖声去推末雁："妈妈，那是牛吗？是不是水牛啊？"见末雁木木的没回应，就扫了兴，说难怪爸爸说你没有好奇心。灵灵这些年在多伦多，虽然周末一直上中文学校，可那中文水平却只够说事，不够抒情的。这"好奇心"三个字，就是用英文来替代的。

末雁听了，一愣，心里仿佛塞了几根茅草，尖尖糙糙的很是躁人，拔也拔不出，咽又咽不下，却碍着司机，没有发作，只淡淡地说妈妈下乡的时候见多了，所以不奇怪。你没见过，当然是少见多怪。过了一会儿，还是忍不住，冷冷一笑，用英文添了一句："你爸爸的意见对我来说已经不重要了，我们已经离婚了，假如你没忘记的话。"

母女俩正说着话，突然听见正前方噼噼啪啪一阵爆响，碎纸屑红雨般从空中纷纷坠落——原来是有人在放鞭炮。行人吓了一跳，四下飞散开来，瞬间又如饿鹰朝着热闹围聚过来。司机嘎的一声将车停在路边，推了推末雁，说到了。末雁吃了一惊，问这么快吗？司机摇摇头，说这只是第一个凉亭——从温州到藻溪，一路上四个凉亭，个个都要停的。

这时人群破开一个小口，流出一队身着孝服的人马来。

领头的是个黑瘦的老头，走近来，见了末雁和灵灵，也不招呼，却砰的一声跪在地上，冲着末雁手中的骨灰盒，低低地将头磕了下去，口中喃喃说道："信月妹妹我来接你，接晚了……"后边的半句，是末雁顺着意思猜测出来的——老头的声音已如枯柴从正中折断了，丝丝缕缕的全是裂纹。末雁心想这大概就是妹妹说的那个财求伯了。

末雁不懂乡下的规矩，只见财求伯的裤腿上沾了几团湿潮的泥土，脑勺近得几乎抵到了母亲的骨灰盒，一头稀疏的头发在晨风里秋叶似的颤簌，一时不知该和他一起下跪，还是该去扶他起来。正犹豫间，老头已经自己起身了，从怀里抖抖地掏出两片麻布条子来，换下了末雁和灵灵胳膊上的黑布条："近亲戴麻，远亲才戴黑。"末雁发现老头戴的是麻。

末雁跟着老头挤过人群，进了凉亭。只见凉亭正中放了一张母亲的放大黑白照片，是二十几年前的样子，穿了一件中式棉袄，围了一条方格子围巾。一丝笑意，从嘴角凉凉地流下，流得脸上也有了凉意。再看地上白花花地跪了一群人，衣袖上裹的都是麻布，便暗暗惊诧母亲在老家竟有这么多的亲戚。

这时财求伯在末雁肩上轻轻拍了一拍，末雁身子一软，就情不自禁地在母亲遗像前跪了下来。用眼角的余光扫了扫斜后方，发现灵灵不知什么时候也跪下了。一路上末雁再三交代过灵灵要入乡随俗，却没想到这么一个六岁就离开了中国的孩子，竟肯跟着她当众下跪，也算是给足她面子了。

有人端过一杯清茶来，财求伯接了，拿手试过了热度，高高地举起来，对着照片说："信月妹妹，五十几年了，哥今天总算把你请回来了。喝了这杯茶，哥带你回家……"话到了末尾，又颤颤地要断。老头扬手将那杯茶往地上一泼，一线粉尘细细地飞扬起来，人群里便渐渐响起一片嘤嘤嗡嗡的哭声。末雁抬头偷偷地看了一眼，发现哭的居多是老人，虽然不是想象中那种惊天动地的号法，却也哀哀切切泪眼婆娑的似乎有那么几分真情。她知道乡下有雇人"哭灵"的习俗，只是没想到哭灵的人竟有这样的专业水准。

这时财求伯又在末雁的肩上轻轻地拍了一拍，末雁猛然醒觉，意识到这一屋的排场其实都是背景。那些眼泪，那些表情，那些声音，都是为了她的来临而做的铺垫。她才是雷声后边的那场大雨，龙套之后的那个主角。她紧闭双眸，试图回忆母亲的点点滴滴。然而在失去了母亲照片的参照物时，她竟然完全记不起母亲的模样了。她渴望能想起母亲的一个温存的眼神，一句关切的话语，甚至一次狠毒的责骂，任何一个可以让她流出泪来的温馨的或者委屈的时刻。可是记忆如掌中的散沙，纵使握了满满的一把，却始终无法在她渴望的那一刻聚拢成团。随着年华的老去，这几年她发觉自己的泪腺如一条原本就营养不良的细弱河流，渐渐地干涸在沙漠的重围之中。即使是在绝对的独处时，悲喜之类的情绪都很难让她流泪，更何况是在这么一个众目睽睽的公众场合。

"雁，哪天你能哭了，你就好了。"

末雁突然想起在北极考察时，那个叫汉斯的德国科学家对她说过的话。

她现在还不能哭，不愿哭，不会哭。她知道她离好还有很远的路要走。

就在这一刻，她的腰被人抵了一下，一个男人低低地对她说："跟我学。"那声音轻得如同树叶间漏下的一缕风，痒痒地抚过她的颈子，与其说她听到了，倒不如说她感觉到了。那风停了一停，又吹了过来，这次是一阵低沉而含混的喉音。那喉音如同一口被堵塞了的泉眼，又如同一阵被拦截在死角里的风，似乎没有任何意义，又似乎蕴涵了多种意义，在那种场合听起来，竟就有几分接近悲凉的呜咽了。

末雁清了一下喉咙，也开始含混地发出声音来。末雁的声音攀缘在男人的声音之上，羞羞答答高高低低地走过了几圈，就渐渐地找着了感觉，有些平展自如起来。众人终于放下心来，哭声便达到了高潮。

趁着混乱，末雁腾出一只手来探灵灵，发觉灵灵的位置空了。睁开眼睛，看见灵灵远远地站在角落里，拿着数码照相机在拍照，便知道灵灵是要拍了带回去给越明看的。虽然看不见灵灵的表情，末雁却有了一种在女儿面前赤身裸体般的羞愧。

| 五 |

当末雁还叫小改的时候，正赶上了那场轰轰烈烈的上山下乡运动。

小改插队的地方在苏北，离温州有些远，舟车辗转，得两三天的路途。可是小改却觉得还不够远。小改原本是要报名去黑龙江生产建设兵团的，可是父亲那时正在接受审查，她够不上去中苏边境的政治条件，所以她只能退而求其次去插队。

苏北插队也不是计划中的。那年和小改一起毕业的知青，大部分去了东北的兵团，极少数几个有特殊困难的，留在城里进了工矿企业。剩下的一些人，就三三两两地分散在近郊区插队。小改既不符合进工矿的条件，也不愿意去近郊插队。正好有一个同学的叔叔，在苏北农村当着个不大不小的公社干部。小改就通过这个同学，自行联系把户口转去了苏北。

小改是和班里的同学一起动身的。

离家的那天，轮船码头上红旗猎猎，染得江水如血，锣鼓欢呼声将她的耳膜击打得千疮百孔。她早早地钻进了底层的舱位，靠在铺位上闭目养神。父亲被隔离了，母亲有课，妹妹一早就去了幼儿园。舱外那些树林一样挥动的手臂里，没有一根是挥给她看的。那些疾雨一样地落下的鼓点里，没有一记是敲给她听的。船里船外发生的一切，都与她毫无相关，她只不过是借了一角船铺来赶她的路而已。

　　她知道，船一在上海靠岸，她的同学们就会结伴转火车，举着躁动不安的青春热情，去征服那个未知的北大荒。无论如何硕大的未知，被这样的人流销蚀了之后，分摊到每个人身上，就只是极小的一片。而她却要独自乘坐另一趟火车，奔赴另外一片完全不同的天地，前无援兵后无退路地承担独属于她一个人的那片未知。所以，她的未知比他们的未知重了许多。

　　当轮船突兀地咳嗽了一声，舷梯被举吊起来，码头渐渐游离开去的时候，欢呼声宁静了下来，人群里开始响起低低的啜泣声。小改是在那一刻里意识到了未知的重量的，但她的眼睛却始终是干涩的。她宁愿忍受未知和陌生的孤独，也不愿忍受已知和熟稔的孤独。在陌生的孤独中她至少可以肆无忌惮地袒露她的孤独，而在熟稔的孤独中，她却需要努力掩饰她的孤独。那一年她虽然只有十六岁，可是她却觉得她已经在年复一年的掩饰中提前耗费了她的青春。

　　小改去的那个地方叫姚桥，在微山湖边上，一只脚蹬着山东边界，一只脚踩着安徽地皮。这个在苏北最北处的尖尖上的地方，本来也就是平平一方土地，却因有了一个小小的煤矿，日子和寻常农家就有了些区别。姚桥的农民，略微转几个弯找一找，家家都可以找到一两个在矿上吃商品粮的远亲近邻。煤矿前几年从上海郊区招了一批矿工，矿区来来往往的人群里，就时不时地捎着些带上海腔调的对白。生活区的裁缝铺，开始打出"上海金剪"的招牌，矿工剃头刮胡子的去处，也变成了"锦江理发厅"，就连在路边支个铁皮炉子卖馄饨的小摊子，也挂上了"上海馄饨王"的牌子。煤矿和姚桥只有一路之隔。隔着一条窄窄的泥土路，看着那边熙熙攘攘的日子，姚桥人渐渐地觉得自己和世上其他日出而作日落而归的农人是有些区别的——姚桥人多少是见过些世面的。

　　在那个庞大的上山下乡计划中，姚桥是游弋其外的。姚桥总共才来过两个知青，两个走的都不是正门。第一个知青是徐州矿务局一个领导的儿子。那位领导不愿自己的孩子随大潮去陕北插队，就动用了关系，把儿子安排在下属的姚桥矿区附近的姚桥生产队落户。那个知青只过了三个月的农民生活，就被抽调去矿上的子弟小学教书去了。所以偌大的一个姚桥，真正落下脚来的外乡知青，就只剩了小改一个。

姚桥矿像是个西洋景，让姚桥的农人模模糊糊地看见了天外的景致。看过了那样的西洋景，姚桥人心就有些野了，种起田来，也就不那么实心实意了。再说，种田也不是姚桥人的唯一活路。坡上的果树，湖里的水产，用不着卖去远道，只要拿到矿区，瞬间就能换成口袋里的钱。所以在那个轰轰烈烈的年代里，姚桥的农人却在逍遥地过着远谈不上富裕却也不那么贫穷的日子。

队里派给小改的活很杂，种田收果子补渔网，哪里缺把手就把小改往哪里塞。只有捕鱼小改插不上手——下水是男人的事，女人不能碰。其实怎么安排都不过是胡乱地凑个数，教干活的人也是草草地教，学干活的人也是草草地学。小改吃的是知青口粮，谁也没指望小改能顶个全劳力。

小改的住处安排在队长老刘家里。老刘是个转业军人，抗美援朝带兵打过仗，原先在徐州当个不大不小的领导干部，后来听说犯了错误，遣送回乡来了。下野的皇帝，在小山寨里还是个王。老刘说话，姚桥人是不敢随便辩驳的。老刘的婆娘是个满脸麻子的女人，一气给老刘生了六个女儿，一个比一个能吃。小改的伙食，是搭在老刘家里的。小改还没上桌，饭锅就已经只剩了个底了。老刘看小改顿顿吃个半饱，也不说话，却着人在小改自己屋的墙角另砌了个灶，让小改自己单独起伙了。老刘的婆娘得不着小改的那份口粮了，脸色就有些难看起来，却碍着老刘，也不敢过于造次。

小改在北大荒兵团的同学来信，说起那边的苦。一切都是没有边沿的。没边没沿的土地，没边没沿的冬天，没边没沿的劳作，没边没沿的土豆白菜汤。小改回信，不说苦，却只说冷。同学就笑话她：零下三十度的没说冷，零下七度的倒说起冷来。小改心想零下三十度有零下三十度的扛法，暖气热炕，不用出屋。而零下七度的，却只能用一腔的血来硬扛了。可是小改没有把这些话说出来，小改的回信就渐渐地简短稀少了起来。

小改在姚桥的日子过得极是混沌。农活虽然累，实在支撑不住的时候，也是可以略微懈怠一下的。吃的虽然简单，却也基本能够吃饱的。和她在北大荒的同学相比，虽然是苦，却不是那种忍受不了的苦。很多年以后回想起那段日子，除了那件刻骨铭心的事，小改能够记得住的，似乎只有一个冷字。

姚桥的冷是一种阴冷，湿冷，从骨头缝里一丝一丝渗出来的、擦也擦不干的冷。姚桥的冬天像是一层稀薄的无所不在的皮，紧紧地箍在人身上，让人扒不下来，揭不开去，睡着醒着都感知着冷。姚桥是北方人眼里的南方，南方人眼里的北方，姚桥正在一个不南不北的尴尬地界里，所以姚桥人无法像过了黄河的真正的北方人那样理直气壮地终日生火取暖，姚桥人盖房子的时候，通常也不会考虑铺设取暖管道。

煤是全国统一配额销售的，所以煤矿虽然只有一步之隔，姚桥人看得见煤，却是摸不着的。不过摸不着的只是配额的煤，煤渣却不是计划内的。老刘最小的两个女儿，都提着一个破竹篮上学。下学先不回家，就直接去了矿上——当然是捡煤渣。矿上的人见了，有时吆喝几声，追两步做做样子，有时就睁只眼闭只眼了事——都知道是刘队长的女儿。这样的事，老刘是不会让几个大女儿做的——姑娘略大一些，就知道了羞耻。

那点煤渣，老刘的麻脸婆娘是看得很紧的，平日只用在烧水做饭上，是为了节省柴火。只有实在熬不过去的冬夜，才会在入睡前烧个盆子取暖。遇到这样的夜，老刘也会招呼小改过来暖暖手脚。可是小改知道那盆火是别人家的火，那份热闹是别人家的热闹，她只能在门外看看，却是不能进去的，就摇摇头，早早钻进了自己又湿又冷的被窝。

小改满手满脚都长了冻疮，起先只是小块小块的硬斑，后来渐渐地肿大起来，变成亮亮的软软的包。脚塞进大了两号的棉鞋里，走起路依旧一蹩一蹩地紧。冷的时候只是疼，遇到略微和暖些的太阳天，奇痒难熬。便忍不住去抓，抓破了，满处流水，又结成痂。到了夜里脱袜子，脱不下来，痂扯破了，被褥上星星点点的都是血迹。小改捂着脚，想哭，却知道哭了也没有人看，就忍住了。

外乡人小改，像是一粒孤零零的砂糖落在姚桥这盆水里，瞬间就被瓦解了。小改很快就学会了姚桥的生活方式。小改穿衣的样式吃饭的口味，都跟了周遭的环境，甚至说话的口音里，也有了姚桥的蛛丝马迹。可是小改唯一没有被同化的，就是读书的欲望。小改离家的时候，只带了两本书出来，一本是《常用物理知识手册》，另一本是《牛虻》。这两本书，小改都已经从头到尾地看过了无数遍，翻得起了厚厚的毛边。

除了母亲、同学的偶尔来信和队部收音机里的新闻转播，小改与知识世界几乎完全断绝了联系。小改可以和姚桥人说的话题，是极其有限的。那些并不经过思想的肤浅话题之下，是小改对同类人的渴求。这样的渴求日复一日地堆积起来，渐渐地变成坚硬的土层，遮盖了所有的热情和感动，小改越来越懒得开口了。

有一个早晨起床穿衣准备上工时，队长老刘来敲门，通知队里晚上要传达中央文件，小改竟然有些口吃，这才想起自己已经整整一个星期没有说过一句完整的话了。

小改被吓了一跳。就在那刻，小改决定要去煤矿的子弟小学寻找另外那个知青。小改已经打听过了，那个人的名字叫李越明。

| 六 |

末雁一程又一程地送母亲入了葬，下了坟山，天就傍黑了。财求说你母女两个不如就在我家里歇了吧，明天早上再赶回温州误不了你的事。末雁已经累得浑身没有一块不疼的地方，的确不想赶夜车回去。却不知这老头家里干不干净，女儿住不住得习惯。正在心里打着小九九，老头就说本来就打算留你们两个过夜的，屋子都找了婆姨们打扫消毒过了。非典刚过，我们乡下人也知道害怕，都讲点卫生了。末雁听了这话，就不好推辞了。

老头从人群里招出一个人来，说这是我孙子百川，他先带你们回去洗把脸，歇一歇，我去菜馆端几个下酒菜回来——我家婆娘死得早，没人做饭，你们将就点。

末雁和灵灵跟在百川后头，拖拖跶跶地走了十来分钟，就到了财求的家。

财求的家在上街口。

上街和下街都是藻溪人的叫法。其实真正按照邮电局的叫法，上街叫新乡街，下街叫胜利街。不过藻溪人从来不按着邮电局的法子叫。上街下街的叫法由来已久，上街从前住的是富人，下街从前住的是穷人。下街的人从前也到上街来——那是去给上街的人打工扛活的。上街的人却是极少去下街的。先前外乡的媒婆提媒提到藻溪来，用不着问家境如何，只要问住上街还是下街，就心中有数了。解放后历经运动，上下街的人翻沙子似的翻了几个来回，上街渐渐地有了些落泊的人家，下街也渐渐地有了些得意的人家。上下街的区分，便很有些模糊了。只是藻溪人祖祖辈辈叫顺了口，怎么也改不过来了。

财求的家是一幢两层的砖房，方方正正的，外墙镶了一层白花花的马赛克，在暮色里新得有些龇牙咧嘴。铁门上贴了一对大福娃娃，两边的春联已经有了些风吹雨淋的痕迹，字迹却还可辨。上联是：一世人生有炎凉，晨也担当暮也担当；下联是：丈夫遇事似山岗，毁也端庄誉也端庄；横批是：稳如泰山。末雁觉得这副春联和寻常的喜庆春联很有些不同，就问百川这是你爷爷写的吗？百川哼了一声，说他知道个球，这是汪小子的诗，汪国真，你知道吗？见末雁摇头，就笑："不知道也好，省得受骗。那小子专哄十七八的少男少女，或者是思想停留在十七八的老男老女。"

末雁心想这个叫百川的男人论辈分应该叫她一声姑，说话却完全没有拘泥礼节，虽有几分鲁莽，倒也叫她整个人都放松了，跟着他无拘无束起来。

灵灵从书包里掏照相机，掏了一半又放回去了，说一路上怎么都是这些一模一样的新房子呢？妈妈你下乡时照片上的那些老房子，怎么这里都没有呢？

百川开了门锁，屋里嗖地窜出一条奇丑无比的大黄狗，一阵恶吼，震得铁门铁窗嗡嗡地抖，几欲将灵灵扑倒在地。百川噌地脱下一只鞋，照着狗脸就搧："客人来了，你知不知道？嚎你个嚎。"那狗挨了揍，顿时就蔫了，蹲在地上，软得像一摊水。偏偏灵灵从小就养狗，最是不怕狗的，就往地上一坐，将狗一搂，两个立时就玩成了一团。

百川进了屋，三下两下脱掉了身上的丧服，胡乱卷成一团，往门后一扔，拖过一张板凳，坐下来挤脚上的水泡。一边挤，一边叹气："我说信月姑婆啊，我与你一面都没见过，你就这么整治我。我自己的葬礼，我都不用走这么多的路呀。"说得末雁忍不住笑了起来。

百川又转身对灵灵说："灵灵你跟你妈有车坐，我跟我老爷子得走路，这叫阶级区分，你懂吗？"灵灵问什么是阶级？百川朝末雁咧了咧嘴，说那你得问你妈，不过你妈也是前清的中国人了，你也别全信她的话。你想看旧房子呀，藻溪有的是。你要是明天不走，我就带你去看你曾外公家的老宅——三进的院子，正间，西厢，东厢，天井，旧是旧了，却全是古书上的样式呢。不过，千万别让我们家老爷子知道。

灵灵就拿眼睛来试探末雁。末雁不说话。百川依旧在挑泡，挑得一脚是血，就随手扯过一张纸来擦。擦一下，咝一声，眉上轻轻地挂上了个结。脱了那一身的布景衣装，只剩了一件汗衫，就看出人的高壮来了。肩头如犁过的田垄，一丝一缕的全是硬肉。戴了一副宽边眼镜，目光从玻璃镜片后头穿过来，刀片似的锐利清爽。胡子散漫地爬了一脸，如疯长了一季的藤蔓，虽是秋了，却让人看上一眼就津津地冒汗。

末雁擦着额上的汗，说灵灵我们明天是一定要赶回温州的。百川终于挤完了泡，找了几张创可贴横七竖八地贴上，鸭蹼一样扁平的脚掌上就有了些错乱的景致。

"藻溪的妙处，你连个边都还没擦到呢。"百川的眼睛看着灵灵，话却是对末雁说的："你要是多住几天，你学到的就不只是怎么哭丧了。要是待到头七，那'哭七'才真正有意思呢。"

末雁恍然大悟，那个在凉亭里教她怎么哭丧的男人原来就是百川。一路四个凉亭，她一程比一程哭得自然。刚开始时，眼泪流过嘴角的那丝辛咸味道让她吃了一惊，过了一会儿她才明白她哭了。

汉斯，汉斯，我终于，有了眼泪。她喃喃地对自己说。

待到坟山封口的那一刻，她的眼泪就已经像使坏了的车闸，想停都停不住了。那眼泪仿佛不是从她眼中生出的，只是借了她的脸，惶惶地赶路。她起先是在哭母亲的，哭那些与命运阴差阳错擦肩而过却让妹妹毫不费心地拿走了的母爱。后来又似乎在哭自己，哭的是自己生活河床里边那些细细碎碎石子似的不如意。虽然是真性情的流露，却因了开坏了那个头，后面的一切多多少少就有了些世故的味道了。

"'哭七'是什么东西？"灵灵追着百川问。

"总结，评估，鉴定，你懂吗？"

百川见灵灵一头雾水的样子，就甩开灵灵，直接对末雁说："死人下葬第七日叫'过七'，那天，就有唱鼓词的来，在你家门前支起鼓，唱死人的事。唱鼓词的是不请自来的，你还不能赶他走——他吃的就是死人这碗饭。当然，唱的还不见得都是好事，得看你给的是什么样的赏钱，当然，现在叫红包。给得多，唱的自然就是花红柳绿的好风光。那给得少的，还有不给的，人家就先给你点破一层皮，无非是你们家那点鸡皮狗碎的小玩意，不痛不痒的，可就让你坐不住了。懂事的，就赶紧端茶递水，茶杯底下悄悄把赏钱添上。遇见那不懂事的，就渐渐进入剥皮见血的阶段了。若到了那时还不肯拔毛，接下来唱的就是你们家公公爬灰儿媳妇偷人的事了。"

"爬灰是什么东西？"灵灵问。

百川看了末雁一眼，忍不住哈哈大笑起来："看你妈给你这中文教育，关键的都没学好。"灵灵听出这大概不是一句好话，也就不敢往下追问了。

"妈妈你看百川哥哥的脚指头，和你长得一样呢。"

末雁凑过去看，只见百川的小脚指头旁边，突着一块不大不小的圆骨，仿佛是多长了半个指头。末雁的脚上，也有一块这样的骨头，从前和越明谈恋爱的时候，越明曾经给她起过一个外号，叫五点五，笑的就是这半个指头。

百川就嘿嘿地笑，说这是遗传，我们家的人，我爷爷，我爸爸，我，都长这球玩意，还都在左脚。说完，又问末雁："你真要走？不可惜？那些好鼓词，句句珠玑的，我可没时间汇报给你听。红包你爱给不给，有的是愿给的人，我家老爷子就是一个。你没看出来，我家老爷子对你妈可是一往情深哪。"

末雁听百川说话，有时慢悠悠的，有时急吼吼的，慢时如闲云，急时如疾雨，说粗俗也不全是粗俗，说雅致又说不上是雅致，却有那么点小意思，总之不像是没见过世面的乡下人，便忍不住问百川你到底是干什么的？

"早些年杀人越货，这些年老了，就写诗。"

"你是诗人？"灵灵兴奋得大叫起来，"我最喜欢读诗了，你是我这一辈子见到的第一个诗人。"

"但愿你永远也不会见到第二个。"

35

"百川你别胡闹，在国外长大的孩子都天真，你说什么她信什么。"

百川对灵灵挤了挤眼睛，说瞧你妈不相信我是个诗人，咱俩得另找个机会，背地里再切磋诗的事，现在先别招她惹她。说得灵灵咯咯直笑，笑得末雁越发地烦了。

"得了，得了，百川你赶紧趁你爷爷回来之前收拾收拾你这张嘴。你爷爷是我妈的堂兄，你刚才说那话不是乱伦吗？"

百川瞪了末雁一眼，半晌，才悠悠地说："我看你的中文，简直退步到负数水平了。你才需要好好收拾你那张嘴。我爷爷要和你妈有什么事，最多也只是族亲恋爱，国家虽然不提倡，还不至于犯法。你要跟我有什么事，那才叫乱伦呢。不过，这两样罪行你大概想犯都犯不成——我爷爷是我太爷爷从街上领来的流浪儿，我们是哄哄人的亲戚，其实没有任何血缘关系，你懂吗？"

百川的那一眼，如同一块黏热的糍糕，横横地飞在末雁的脸上，让她扒也扒不下，甩也甩不掉。突然间，末雁就觉得自己的五官跑错了位置，僵僵的，竟挪移不动了。

灵灵见状抚案大笑：

"妈妈你说不过百川哥哥。你那张嘴，也只够对付我。"

末雁就是在那一刻决定留下来在藻溪过七的。

她当然没有预料到，她这一停，就停出了一个故事的开头，和另外一个故事的结尾。

| 七 |

灵灵结结实实地睡了一夜，早上梦见脸上爬了一堆虫子，湿痒难熬。睁开眼睛，发现大黄狗正蹲在她的床前，伸出一条肉乎乎的舌头，一下一下地舔她的脸。摸了摸身边，妈妈不在了。坐起来，看见太阳挤进窗帘缝，光亮在屋里炸开一条白带，灰尘满屋飞舞。窗外不知谁家的录音机开得山响，沙沙地唱着一首歌。灵灵听得似懂非懂的，只听清了反反复复的一句话"心太软，心太软"。

下楼来，只见财求坐在楼梯脚上干活。听得楼梯响，老头转过身来，脸上漾出一朵油汪汪的笑："娃啊，你妈跟你百川哥上山给你外婆烧纸去了，见你睡得死，就没叫你。阿公给你买了豆浆糯米糍饭，热在锅里。"

灵灵不着急去吃饭，却在楼梯上坐了下来，看财求干活。财求手里拿了一把细细的刀，正把一段窄扁的竹条，劈成更窄更扁的竹片。老头弓着腰，耸着肩，下巴几乎抵在膝盖上，刀捏在手里死死的，看不出动静，却有竹片如细水似的从刀

37

下缓缓流出，在地上蠕成一条青绿色的长虫。

灵灵就问阿公这竹片是干什么用的，老头说："这竹片在我们乡下叫篾，从前只有一个用途，就是做凉席。现在用途就多了。"老头朝饭桌那头努了努嘴："桌上这些玩意，都是篾编的。百川他爸在广州开了个进出口公司，专门批发这个，卖到国外去的。听说洋人就认手工做的，运气好的时候一套能给十几个美金呢。"

灵灵走过去，就看见饭桌上摆了一堆各式的篾编家具，有四张椅子配一张茶几的茶馆摆设，有一张大床配一副屏风两个脚凳的卧室摆设，有两张躺椅配两个脚垫的花园摆设，也有两张沙发配一张咖啡桌的客厅摆设。中式西式的都有，中的像中，西的像西。小小巧巧的，摆拢来，也就比一个掌心略大一些，却都是精巧工整至极的。灵灵看得呆呆的，半晌才说阿公你的手真巧。

财求笑笑，说这算什么，全藻溪的人，只要有一双眼睛一双手，谁都会做一两样的。百川他爸年年从广州带回新款式来，只要有款式，没有仿做不了的。你以为这镇上的新屋，都是怎么盖起来的？靠的就是这个手艺。

灵灵听了就来了灵感，说我们教授正好要我们做一个社会调查报告，我就写你们这个公司，好不好？老头连连说别别别，咱们一个小公司，哪经得起你调查，还报告呢，你这不是给百川他阿爸惹麻烦吗？灵灵扁了扁嘴，说你不帮我，我去找百川哥哥。百川哥哥也会做这种家具吗？老头摇头，说："娃呀，你阿公家也不能三代就靠这个手艺吃饭。我们百川和你妈一样，也是读书人，在杭州大学教化学。这次是阿公专门让他请假回来的，就为了见见你和你妈。"

灵灵愣了一愣，才哼了一声，说："他骗我，他原来不是诗人。"老头嗬嗬地笑了起来，篾片颤颤地抖了一地："什么湿呀干的，那是他的业余爱好，做不得正业的。"灵灵不服气，说凭什么写诗就是不务正业，全世界科学家多的去了，诗人有几个？罗斯福总统说过，没有诗人的国家就不叫国家。

老头越发笑得嗬嗬的，说："你这外国养大的娃就是和中国娃不一样。好好，你喜欢诗，就让你百川哥哥给你写，他要是闲着也得惹祸。"说完就站起来，从兜里掏出一把钥匙，开了壁柜，从里头窸窸窣窣地摸出一个纸包来，递给灵灵：

"那些家具都是糙货，是阿公随便做了骗口饭吃的。只有这一样，倒是阿公知道你要来，专门做了给你的。"

灵灵将那外头包的报纸层层撕开了，里头原来是幢小屋子——当然也是篾条编的。是江南常见的民居样式，矮矮平平的屋顶，上面有一支烟囱。门是对开的两扇，正中有两个小铁环。铁环只有一粒纽扣那么大小，上面却雕着兽头。窗也是两扇。透过窗，就看见了屋里的景致。屋里放了一张饭桌，桌旁坐了两个大人一个孩子——都是布做的。那男人戴了一顶蓝帽子，唇边黑黑的一圈胡子，脸上架了一副眼镜——是黑铁丝弯出来的。女人剪了一头齐肩的直头发，围了一条花围裙。孩子是个女孩，白衣红裙，辫子上扎了两个蝴蝶结。饭桌上杯盘碗筷应有尽有。那屋里的摆设和人物的衣装细节，没有一样不是惟妙惟肖，鬼斧神工。灵灵觉得桌旁那个戴眼镜的男人，甚至有几分像自己的爸爸李越明。

便想起自己这两天还没和爸爸通过电话，也不知爸爸一个人在多伦多怎么样了？又记起从前在自己家的时候，一家人也是这样围着一张桌子吃饭的。妈妈给她舀汤，爸爸给她夹菜。两人极其有限的几个话题，自然也都是围绕着她展开的。她是他们在窄路相逢的时候得以干涩地交谈下去的原因，可是即使有了她，他们依然没有能够把对话持续下去。这次回到多伦多，爸爸会有一张新桌子，妈妈也会有一张新桌子。似乎多出了一张桌子，其实是少了一张桌子——一张可以三个人围着吃饭的桌子。现在的桌子再新再大，却容不下三个人了。

"阿公做的人像不像啊？是照你们家的照片做的呢。"老头问。

灵灵吃了一惊，问你怎么会有我们家的照片？财求说是百川他爸去温州看你外婆，问你外婆要的。你记不记得你外公外婆呀？

灵灵说我两个月大的时候我外公去世了，妈妈说外公看过我的照片。小时候我住在徐州奶奶家里，奶奶说她带我去温州见过一次外婆，可是我不记得了。后来我小姨结婚，我妈带我回了一次国，在外婆那里住了一个星期。都七八年了，看见照片，我就认得。

财求叹了一口气，说你外公，咳，没那个福气，看到孙子辈。你外婆那个人哪，话少，想你们了，也说不出来。听百川他爸说，你外婆把你们一家的照片放在皮夹子里，走到哪里带到哪里。

"娃呀，听说你妈在外边有个实验室，做的是什么大学问呢？"

"气象变化——大气污染——什么的。"灵灵突然口吃起来，这才发现自己对妈妈的了解，实在是经不起任何轻轻一击的。

"这回你爸怎么没跟你妈一起回来送你外婆？"

灵灵的嘴巴动了几动，又停了几停，最后说出来的是"他忙，请不动假"，说完了，她就开始恼怒自己。在她有限的生活经历中，她也不是从未撒过谎的，但是她一向痛恨没有意义的谎言。这个让她挣扎了几个回合的谎言，使她隐隐有些惶惑起来。也许，心底里，她还是有那么一点点，希望父母依旧在同一张桌子上吃饭的？先前她的那些潇洒样子，也许仅仅是为了证明，她已经长大成熟了？

就在那个有了秋意的早晨，十八岁的灵灵站在一个陌生的厨房里，捧着那个篾编的玩具房子，突然被一种无法言喻的悲哀袭中。微笑如水退下，脸上就有了第一缕的沧桑。那个玩具房子在最不经意之间碰着了她的心，心隐隐地生疼，是那种有了空洞的疼。那空洞小得只有她自己知道，却又大得没有一样东西可以填补。

半晌，才蔫蔫地问财求："阿公，这个房子是照外婆家老宅的样子做的吗？"

财求手里的篾刀偏了一下，篾条陡然断了。血珠像一只黑圆的虫子，从大拇指上缓缓地钻出来，爬到竹条上，又滚落到地上。

"你别听百川这个混虫胡说八道。哪有什么老宅？早都拆了。"

|八|

宋小改去矿区子弟小学找李越明，连去了两次都没有找到。第一次是越明回徐州探父母去了，第二次是带了班里的学生下矿区学工劳动去了。小改第三次去时，越明还是不在——同屋的说是去矿区澡堂子洗澡去了，一会儿就回来。

　　同屋去了食堂打饭，留下小改一人在宿舍里。小改就在越明的床上坐下来，等着越明回来。越明的床铺极是干净，被褥洗得挂了丝，却叠得方方正正如同刀切过的豆腐块。枕巾倒像是尚未下过水的新货，硬硬实实的，白底子上印了火红一树的梅花，湿淋淋的仿佛是斑斑点点的血迹。小改拿手去摸了一摸，却是干的。枕头底下有些凹凸不平，小改把手伸进去探了一探，就探出了一摞书。一共是三本，一本是《范氏大代数题解》，一本是《革命英烈诗选》，还有一本是《灵格风英语教材》——都是旧版书，封皮已经磨得卷起厚厚的毛边。小改随手翻了翻，只见每一本书的空白处都写满了密密麻麻的蝇头小字。

　　小改把那本《范氏大代数题解》抽出来，摊在桌上细细地看了起来。小改在学校读书时对数学就是极有兴趣的，所以很快就入了港，看出那些小字笔记原来都是标准习题的另一种解法。有些习题居然出现了三四种解法，每一种解法的步骤都罗列得极为清晰仔细。小改心想这个叫李越明的人竟能在这么个无聊的环境里想出这么个消磨时间的妙法子，大概也算是个奇才吧。小改又发现有些习题的标准答案旁边打了个小小的问号，便猜测是越明还没能想出另种解法的。就忍不住掏出笔来，在空白处列起算式来。解来解去，解得入了魔，若入无人之境，竟全然不知天已渐黑。

后来渐渐地看不见字了，才起身摸摸索索地满墙找灯绳。刚点上了灯，只听得门咚的一声被撞开了，进来一个瘦高个的年轻男人来。那人浑身冒着热气，仿佛刚从蒸笼里走出来，黑边眼镜上蒙了白花花一层霜。手里提着一个塑料网兜，里头是满满一兜的湿衣服，滴滴答答地漏着水，在地板上淌成一个黑圈。小改猜想大概是越明，就介绍自己是姚桥大队的知青，早就听说矿区小学里也有一个知青，一直想过来问问有没有书可以交换着看。

小改说了一半突然停住了，因为小改发现男人根本没有在听。男人的眼睛盯在小改手里的那本书上，脸色阴沉得仿佛随时可以拧出一把水来。

"谁给你的，这本书？"

小改吓了一跳，半天才嗫嗫地说："我自，自己找出来的，刚才，闲着没事。"

"你还找了些什么？"

小改摇了摇头，男人夺过小改手里的书，咚地扔到床铺上，冷冷地说："怎么跟那些乡下人一样，一点也没有教养。"

血轰地涌上了小改的脸。小改一把推开男人，夺门而去。走出很远，还能听见血一下一下恶浪似的拍打着太阳穴，两只耳朵像塞满了蚊蝇似的嘤嗡不止。等杂音渐渐地安静下来时，小改发现自己已经不知不觉间走到了微山湖边上。

天大黑了，湖面上只有三三两两的几点渔火，萤火虫似的时明时灭着。月倒是大大的一团，裹在稀薄的云里，老旧昏黄地照着岸边的树。树在风里抖动着粗大的枝条，地上便落满了窸窸窣窣的黑影。夜色如一个无底大洞，将白天所有的生辣人气都一口吞没了，剩下的，只有满湖的阴冷鬼气。

小改借着月色，深一脚浅一脚地摸着石头往湖滩走去。刚走出几步，就被一条裸露在地面的大树根绊了一跤，嘶啦一声，棉裤已经撕破了。站起来，顺着树根摸回去，突然看见了一个黑黝黝的口子——原来是个树洞。洞不大，刚够一个人猫着腰钻进去。小改钻进去了，才知道其实里边比外边大出了许多。坐直了，摸了摸身下，是一层稻草，厚厚的，还有些弹性，是新草。又摸了摸旁边，摸着了一堆大大小小的石头，尚是温热的。小改拿了一块石头揣在怀里，觉得这个树洞比老刘家的那间破房似乎还和暖些。便忍不住猜测，那个先她而来的，在这个洞里生过火取暖的人，到底是谁呢？那人是不是和她一样，也是来躲避外边那个世界的？那人是不是也和她一样，在外边那个世界里，竟是没有一个人待见的？这时突然想起小学时读过一个外国童话，讲的是一个叫瑞伯的男人，在一棵大树底下睡了一觉，醒来世上已经是另一个朝代了。还没容她把这个故事的枝节都回想起来，倦意已经铺天盖地地朝她压了过来，小改靠在洞壁上睡了过去。

其实，一个人想在世界上完全消失，是件很容易的事。

这是小改坠入黑沉沉的睡眠之前的最后一个清醒想法。

小改那一觉，睡得完全失去了时间概念。小改觉得浑身的每一根骨头每一条筋，都已经被剔走了，剩下的只是一堆烂肉，全然不听指挥地放松着。世上没有一样事情一个人，能够悬垂在她的神经上，让她再度紧张清醒起来。后来老刘的麻脸婆娘告诉她，她在树洞里睡了整整两天两夜，她吃了一大惊。在她的感觉中，那只不过是一次短暂却接近完美的小憩，中间没有醒来过，一次也没有。甚至没有一个梦。

小改是被一只黑蚂蚁咬醒的。小改醒来时完全不知身为何处。小改揉了揉眼睛，从树洞里窸窸窣窣地爬出来，将两个正在岸边收拾渔网的农民吓了一大跳。两人以为看见了鬼，一把扔了网和鱼鹰，落荒而逃。小改只说了半句——我，我是宋……就扑通一声倒了下去。

醒来时，已经在老刘家的木床上了。老刘坐在床尾，吧嗒吧嗒地抽着烟斗。麻脸婆娘端着一碗姜汤，站在床前。姜味太腥太浓，小改闻了忍不住想吐。麻脸婆娘捏住她的鼻子，一大口灌了下去。姜汤像一条多头的蛇，从她的喉咙鼻孔眼睛四处窜出来。她趴在床头惊天动地地咳呛起来，眼泪鼻涕喷了麻脸婆娘一手一脸。麻脸婆娘一把抽过她的枕巾擦手擦脸，声色就很有些粗狠起来：

"改天你要钻树洞玩，先告诉一声。一个大队就你一个知青，我们老刘负得起这个责任吗？"

老刘沉着脸，抽出烟斗在床沿上咯咯地磕了几下，麻脸婆娘就住了嘴。

"矿区有个李越明老师来找过你两次，问有个范什么先生的算学题，你是怎么解出来的？"老刘说。

九

末雁出门的时候，天刚有了第一抹青，藻溪镇还摊手摊脚地沉睡在黎明的一丝凉意里。门厅里黄狗刚抬了一下头，便被百川一眼给碾扁了，低低地呜咽了一声，翻了个身，带着些躁意接着睡去了。

上坟的路在山上。山其实也是藻溪人的说法，其实在真正见过山的人看来，这种地方顶多只能算是个土丘。坐惯了汽车的末雁，行走在那样的路上，总觉得有些高一脚低一脚的别扭。地上湿湿的有些露水，草很重，踩上去闷闷实实的，却听不见脚步的声响。没有大雾，有的是极薄的似有似无的一层水汽，隔在人和景致的中间，让人看得见，又看不远。末雁只见百川的那件红衬衫，在几步之外一跳一跳的如在风里舞动的花。

两人不紧不慢地走了一阵，就到了一个开阔的去处，迎面一汪水，突然就将坡截住了。水有深有浅，深处不见底，浅处露着一排大小不一的石头，是让人涉水过河的汀步。水色依稀有些浊黄，不是水本身的缘故，却是水底石头的颜色。水心空荡着，沿岸却长了黑压压一片的败草，将水剪得很是零乱起来。秋虫声声，聒噪不止。百川扔了一块石头过去，水咚的一声碎了，惊起一群野雀，满天便都是翅膀的抖簌声。鸟渐飞渐远，四周便万籁俱寂起来。直至水面全然平复了，虫声又起，聒噪依旧。末雁直着脖子哦地喊了一声，风将那声音扯得细细碎碎的，丢到极远之处。再传回来时，嘤嘤嗡嗡的竟听不真切了。

"这水有名字吗？"

"藻溪。"

"原来如此。昨天送殡怎么没有路过这里呢？"

"过水不吉利——昨天走的是另一条路。"

末雁正想问为什么不吉利，却看见一道红光朝自己迎面飞来。挡住了，方知是百川的衬衫——百川已经嗖地蹿进了水里。水破了一个口子，将百川咕地吞了，水底下扑腾扑腾地仿佛有鱼在翻身。再破开时，百川已经游到水心了，对末雁伸出两个指头，做了个 V 形手势，又一个鲤鱼打挺，钻回水中。水底咕噜咕噜地冒起了一串水泡。水泡越来越大，扁扁地浮到水面，裂了，变成一圈一圈的涟漪。后来便渐渐平复了，不再有动静。

末雁叫了一声"百川"，无人回应。又叫了一声，这次声音就有些走样了。却依旧无人回应。便一把蹬了鞋子，刚要下水，才记得自己原本是没有水性的。四下看去，天蒙蒙地才亮，路上荒荒的竟没有一个行人。一时心慌得六神无主起来，失声大喊了一声"皇天啊"——那声气里已经带了明显的哭意。那个"啊"字还没有拉完，水突然在她脚边裂开了一条缝，百川湿漉漉地爬了上来，一把捂住了她的嘴："别在这里练嗓子了，鱼都让你给吓死了。"

末雁抓起地上的红衬衫，朝着百川劈头盖脸地猛抽过去。抽完了，身子便像剔了骨头似的矮了下去，一屁股瘫坐在地上，大口大口地喘着气。百川拽住了末雁的胳膊，本意是想扶的，却觉得一股温软如导火索似的顺着自己的指尖燃到肩胛骨，一路燃过去，轰的一声在心里炸出个大火球。不容细想，就已将末雁扳倒在地，紧紧吮住了末雁的唇。末雁挣了两下，就挣不动了，只觉得自己的整个身子在百川的唇间化作了一股旋涡，旋啊，旋啊，旋进了一片上不着天下不着地的茫茫空白。不由得恐慌起来，终于狠命地推开了百川，坐起来，却浑身虚虚地发着颤，仿佛心肝肺腑都叫百川吮走了，剩下的，不过是具空壳。

"百，百川，你疯了，论岁数我可以做你妈了。"

"谁跟你论岁数？论岁数你该老老实实待在家里，喝参汤叉麻将抱孙子，还满世界乱跑什么？"

末雁忍不住笑了，斜了百川一眼，说：

"论岁数你早该找个小姑娘，生个胖小子，洗奶瓶换尿布，和小保姆调情，讨老丈人欢心呢 ——还在这里做什么无用功。"

末雁说完了，就暗暗吃了一惊，没想到自己如此木讷的个性，到了藻溪，换了个地界，竟也变得伶牙俐齿起来。

"这年头小姑娘都给污染坏了，你这个岁数里头，说不定还有个把简单清纯点的。"

末雁呸了一声，说："你们都一个德行，有了简单的，又想着复杂的。对付不了复杂的，回头又找简单的。"

百川咦了一声，正想问这个"你们"是什么意思，看末雁脸色陡然变了，就咽了回去。找了个背阴的地方，将裤子脱下拧干了再穿上，衬衫却懒得穿回去，搭在肩上，便继续赶路。末雁依旧不远不近地跟在后边，这一程，两人却不再有话。

到了坟地，已经有人烧过纸了。草堆里插了几束檀香，尚在袅袅地生烟。轻风吹过，将那烟拦腰截断了，纸灰低低地盘旋起来，如饥饿寻食的蝇。末雁睡了一夜的感觉，又被搅动起来，忍不住对百川说你们藻溪人对我妈真好。百川冷冷一笑，说你应该说你妈对藻溪人真好——这上街下街有多少家吃过她的好处？

末雁想起从前母亲对乡党的种种冷淡，心里替母亲生了愧，却是说不得的那种愧，就默默地从篮子里掏出冥纸，堆在地上。冥纸是财求伯早就准备好的。末雁知道烧完纸回家，财求伯还会给她一张名单——这两天要去拜访的亲友名单，是按亲疏远近次序排好的。财求伯甚至准备好了末雁该说的话。这一切末雁都是不懂的，但末雁不需要懂，末雁只需要照办。从前末雁是个管事的人——管家，管实验室，管国事，也管天下事。现在她只是财求伯手里的一个棋子，他叫她爬山她就爬山，他让她过河她就过河。他操着她的心，她至多不过费点力气。力气她有的是，心她却已经耗费得差不多了。她现在不看报纸，也接不到电话，即使外边的世界里发生着天塌地陷的灾难，她也浑然无知。她觉得她仿佛是藻溪水里的一条鱼，尾巴一摆的工夫就甩掉了整个世界。她在藻溪的日子是一种藏了头掐了尾没有因缘不问结果没心没肺的日子，愚昧简单省心，甚至有些隐隐的快乐。

想到这里末雁微微一笑，对百川说你那首关心粮食蔬菜喂马劈柴的诗很好，回去给我抄一份，我叫人写个条幅挂在墙上。百川也微微一笑，说那不是我写的，是一个叫海子的人写的。你别上他的当，以为他真有多幸福。他写完那首诗两个月就自杀了，卧轨的。

两人又烧了一会儿纸，百川突然问末雁："为什么要离？"

末雁吃了一惊，又慢慢镇静下来。"谁说要离？"

"你这样的人，若不是叫人给踹了，怎么会关心粮食蔬菜？"

末雁只觉得身上的血轰轰地涌上来，在脸上脖子上喷出筛孔似的洞来。忍了忍，没忍住，一脚踢翻了篮子，冥纸雪片似的飞了百川一身。

"百川你别给脸不要脸，我出国的时候，你还吃奶呢。要想教训我，你先去死几个来回吧。"

百川听了拍掌大笑："骂得好，骂得真好，到底是出过国的。就怕你一肚子委屈说不出来，咱就把自己牺牲出去，撞你的枪口。这回解气了吗？ 到底要我死几回？ 我好回去准备准备，写个遗嘱什么的。"

末雁的脸就绷不下去了，扑哧一声也笑了。半晌，才叹了一口气，说："人家要走，我还能拦得住？ 自然是嫌我闷，不会花巧呗。其实，他比我也好不到哪里去。他要是好些，也不会嫌我了——两个闷的待在一起，才非得求变不可。"

百川慢条斯理地将沾在身上的冥纸一张一张地掸下来，都掸完了，才抬头看了末雁一眼：

"要我说，你闷倒是不怎么闷，凶却是真凶。你在藻溪不过两天，骂也骂过了，打也打过了。再往下发展，就该是刑事犯罪了。其实，教训你两句也是应该的，我看你坏就坏在出国早上面，思想就停留在那儿，再没发展了。不教训教训你，自我感觉一路良好下去，才叫可怕呢。"

末雁听了，不禁一怔，想回嘴，一时却找不出话来。

| 十 |

李越明在姚桥矿区子弟小学教了两年书之后，就被推荐上了南京大学——当然是他父亲多方活动的结果。

越明是趁着矿区学校放暑假的时候悄悄地走的。那天小改特意向生产队请了假来送越明。越明的宿舍早已清理干净了，铺盖脸盆茶杯等杂物捆成了一包，堆在墙角。"有用的，你挑走。没用的，拿去给那些农民分了。"越明说。小改吃了一惊："你什么都不带了？"越明笑了笑，说不带了，一切从头开始。

小改默默地跟在越明身后，两人来到公路边上等车。夜里下过一场暴雨，路边的田里刚收过庄稼，光秃秃地漾着一汪一汪的泥水。田蛙高一声低一声地叫，噪声如擂鼓。太阳照得远处的山近处的田一片白花花，轮廓懒散而模糊。小改只觉得一股暑气从脚底升腾上来，升到胸臆之间，化作一团碾抹不去的烦躁。越明掏出手帕来，递给小改擦汗，汗却越擦越多。

"其实，紧要的东西，我都带了。"越明晃了晃横挎在身上的军用背包："别的，让我妈在徐州给我准备。"小改猜到越明挎包里装的是那几本磨得几乎成了碎片的书。

小改知道一路上越明都在努力控制着自己的情绪。那天越明的快乐如同一锅煮沸的水，在沉重的锅盖之下压抑不住地溢流出来，化作眼角眉梢小心翼翼的笨拙的笑纹。从这些笑纹里，小改看出了自己的可怜。

其实那天小改也是在努力地克制着自己，小改紧紧地咬住了牙齿，关住了她汹涌的话欲。她知道她一旦松口，从她的嘴里飞泻而出的将是尖刀是利箭是蜈蚣是毒蛇，她绝无能力再将它们收回。

车来了，远远地看上去，像是一只负重的虫子，在蒸腾的暑气中踉踉跄跄地爬行。走近了，就渐渐看清了车顶上那叠蒙着油布的积满了泥尘的行李。有人上车，有人下车，箱笼相互碰撞着，话语就生硬起来，寂静的路面突然有了生气。

"这个还是留给你吧，"越明打开挎包，取出那本《灵格风英文教材》来，递给小改。"明年南大还来招生——我爸听他们矿务局书记说的，有可能是外语系的，你准备准备，说不定有用。"

小改想问你寒假回来吗，这句话在喉咙口生涩地滚了好几个来回，却始终没能滚下舌尖。滚下来的，却是另一句话，一句完全不同的话。

"无所谓，在这儿待着也行。"

小改看着越明的车在热气中渐行渐远，手里抓着越明的书，仿佛是抓住了越明蜕下来的一层皮。其实那时她就知道越明是生死不会回来了，心里却依旧抑制不住地盼望。

越明去了南京大学，时不时地，也给小改写信寄书。信里说的，自然是学校的各样新鲜事情。当然也问候小改，却是那种既不亲近也不疏远的问候。小改收了信，放几天，也写一封回信。小改写的大多不是自己身边的事——生产队的事，实在是没有什么值得一提的。小改在信里谈的，大多是自己学习英文的心得，偶尔也试着写几句英文，都是小学生作文那样的简单英文。越明来一封，小改回一封。越明间隔多久，小改也间隔多久。一天不多，一天不少。

转眼到了春节，小改知道越明回徐州探父母去了，一两个小时的车路，越明却没有到姚桥来，也没有邀请小改去徐州会面。姚桥人见了小改，都问李老师怎么不回来过节？小改知道乡下人早把越明看成是自己的男朋友了，也懒得解释，只是笑笑，说李老师读书忙，寒假没空回来。乡下人啧啧地叹着气，说是啊是啊大学生了嘛，也就信了。

过了春节，小改就去公社找她同学的叔叔——那个当初帮她联系到姚桥落户的小头头，询问今年的大学招生名额下来了没有。那人说名额是下来了，全公社只有一个。只要生产队推荐上来了，公社这一层他可以做做工作。小改从他那里拿了一张推荐表，回来就找老刘。老刘把表格揣进兜里，不说行也不说不行，却只说考虑考虑。

这一考虑，就考虑去了好几天。小改等得急了，就趁着吃饭的时候，端了个碗坐在了老刘家的饭桌上，问刘队长我的事你考虑成熟了吗？老刘的头埋在碗里，将一碗汤喝得呼噜生响。半晌，才说：明天早点放工回来，我找你了解一些你的家庭情况。麻脸婆娘把手里的碗咣啷一声往桌上一杵，汤水溅得满处都是，小改就坐不住了，讪讪地回到了自己的屋。

第二天，小改果真提早收工回了家。外边是一个风和日丽的暖阳天，乍走进屋里，便是一团漆黑。倚窗站了一小会儿，才渐渐看清墙角的一个小红点——原来是老刘在抽烟。红点一明一灭处，小改就看见了一些沟壑一样纹丝不动的皱

56

纹。小改的心突然虚了起来，嗫嗫地说："刘，刘队长，我爸的问题，已经有结论了，算是人，人民内部矛盾。"

老刘没回答，只是呸呸地将烟斗磕灭了，提了鞋子站起来，朝小改走过来。

"小宋，你知道我是怎么发落到姚桥来的？"

小改吃了一惊，却最终摇了摇头。她隐隐知道他是犯了事的，却不知道他犯的是什么事。

"在你这个年纪，我早就已经是营长了。抗美援朝的时候，我升了副团长。彭大将军身边的那个师里，就有我们团。

"后来腿受了伤转业到地方。刚回来的时候，很是风光过的。勋章，奖状，汇报演讲，一天换个场子，整天掌声不断，震得耳朵嗡嗡响。

"后来就出事了。歌舞团的演员，大学生，医生，护士。明知道已经娶了麻脸婆了，要不得，可是我熬忍不住。一个种田的，识不得几个字，却也知道城里女人好。

"第一次出事，是谈话批评。第二次出事，是记过处分。第三次，第四次，一次比一次厉害。最后一次那个女人怀上了娃娃，流产大出血差点丢了命。我就给发配回老家了。

"回到姚桥，就像是从天堂掉到了地狱，十八层到了底，反倒是不怕了——反正也没有十九层了。"

小改只觉得有一股冷气，从耳朵里慢慢钻入，顺着脊梁丝丝地渗下。渗到脚底，脚就成了两坨重重的冰。看着老刘的手在她的眼皮之下窸窸窣窣地解着她的棉袄扣子，却寸步挪移不得。老刘的手指粗粝如砂纸，在她的衣服上啦啦啦地勾着毛。当他终于绕过衣服的层层阻隔触摸到她的皮肤时，她似乎被一根炭条灼了一下，所有的感觉突然复苏。

她推开他，猛然朝外屋跑去。她被门栏绊了一跤，麻袋一样重重地摔倒在地上。她的脸贴在地面上，一下子闻到了灰尘的腥潮味，便知道她流鼻血了。他拉着她的一只脚，想把她扳过来。她朝他狠狠地踹了一脚，她听见身后哗啦一声响——是杯碗碎了，就猜想他也摔倒了。就站起来，飞快地跑到门边。门却从外边闩上了。她使出所有的力气来擂门，她的拳头仿佛已经离开了她的胳膊在自行其是地狂舞。后来她终于擂不动了，他才走过来，把她挤压在门上。他被她涂满鼻血披头散发的样子吓了一跳，他抬起衣袖替她擦了擦脸，叹了一口气，说：

"这个时候，谁也不在家，你叫了也没人听见。再说，门就是我婆娘锁的，她就在外边守着。一样要犯事，在家里犯总比在外边犯好——她就是这么个实心眼的蠢婆娘。"

小改身子一软，就倒了下去。

那年春天小改接到了入学通知书，是江苏农学院，在扬州。

队里组织了欢送会，可是小改却在欢送会的前一天就收拾好行李走了。小改背着行李卷走过姚桥唯一的那条砂石路时，全队的人都上工去了，只剩了三两只野狗，蹲在草丛里无精打采地朝她吠了几声。小改都走到公路上了，回头一看，却看见有人远远地朝她跑来——是老刘家的麻脸婆娘。麻脸婆娘一双大脚呱呱地拍打着路面，扬起一片昏黄的尘土。等她最终跑到小改身边时，脸上东鳞西爪地爬满了泥汗。婆娘喘了很久，才将一口气喘匀了。

"你，你不用告诉他的。"

婆娘的话是对小改说的，眼睛却没有看小改。

"到了那天，别开灯。蘸点鸡血鸭血涂在里面，就哄过去了。乡下女子出了事再嫁人，用的都是这个法子。"

小改愣了一愣，才渐渐明白了婆娘话语里的意思，只觉得一股燥热，从胸口哗地涌上脸来——却说不出一句话。

| 十一 |

末雁和百川在坟前继续烧着纸钱，竹篮渐渐地见了底。末雁发现篮底的那几张纸钱和上头的有些不同，并没有金元宝和票额，就拿出来细看。只见上边印了些纸笔墨砚之类的

东西，还有几张画的是书，封面上歪歪扭扭地写着《史记》《红楼梦》《论语》《十万个为什么》，等等。便问百川是怎么回事，百川说那是我们家老爷子大老远专门定制的，他是关心你妈在阴间的精神生活呢——你妈当年是藻溪乡里唯一一个读过高中的女子。末雁一时很是感动起来，便问百川你昨天说的那话是真的吗，你家老爷子真想过要和我妈好？

百川站起来，指指山下，说："岂止是我家老爷子，藻溪哪家的小子不想和你妈有一手呢？可你妈是大户人家的千金，去平阳上学，来来回回都是长工老妈子接送的。吃的用的，就是两副挑子。我爷爷是谁？下街角领来的小孤儿，除了一把篾刀，赤条条一无所有。阶级，你没忘了什么叫阶级吧？"

百川的爷爷是安徽凤阳人，家里穷，孩子多，生下来连名字也懒得取，就叫一个狗字。狗七岁那年，凤阳闹饥荒，狗跟着家人流落到江浙。一路走，一路讨，到了藻溪的时候，一家八口人饿死的饿死，走散的走散，只剩了狗和一个五岁的妹妹小。狗讨吃讨到下街角老绝户黄四门前，黄四起了善心，就将自己碗里的稀粥，倒了半碗出来，让兄妹两个分着喝了——还不够垫个底。街坊见了，就劝黄四将狗认了做儿子，将来坟前也有个烧香火的。黄四动了心，就取了墙上挂着的一把篾刀，让狗试着削篾片。狗虽然怯怯颤颤地割破了手，沾了血的篾条看上去却有几分模样。黄四当下就认下了狗。

　　黄四收了狗，却死活不肯收小。对乡下人来说，闺女是赔钱货，为别人家养的。黄四托了媒婆，将小送到十几里外的金乡，给人做了童养媳。小走的那天，半饱地吃了一顿饭，换了一件干净的衣服，头脸也草草地梳洗过了。黄四在她手里塞了一个角子，骗她说是去金乡赶庙会。小把那个角子捏出了汗，笑得一脸是花，反反复复对狗说，哥我买糖回来给你吃。一家人里头，狗和小最亲。狗知道小这一走，就是生离死别了，便哭得蹲在地上起不了身。下街的人很多年后仍能清晰地记得那天狗的哭声，其实那天狗的哭声并不大，很隐忍的，像一只行将饿死的狗被裹在破棉絮里发出的那种断断续续的呜咽。下街的人见过的眼泪听过的哭声多了，下街的人心硬如铁。可是那天下街的人都被狗哭得红了眼圈。

　　狗做了黄四的儿子，按辈分改名叫黄财求。小到了金乡没多久，那家人的儿子就得了寒热病死了。都说小剋的，就把小卖到了鳌江。鳌江那户人家后来又搬去了瑞安，财求就完全失去了小的消息。一直到老，财求再也没见过小，也不知是生是死。

　　后来财求在黄四的调教下成为四方有名的篾匠，常去上街的人家做篾活，有机会见到了紫东院里的千金小姐黄信月，便忍不住想起妹妹小来。小和信月差不多年纪，甚至长得也有几分相似。同是一朵花般年纪上的女子，生在不同的家里，就有了这样不同的命运——一个若天上的云，遥遥地漂浮在滚滚红尘之上；一个如落地的柳絮，一生混淆于污泥浊水之间。于是，财求对富人家女子的感觉就渐渐地有些复杂起来。

末雁站起来，看见下山的那条小路，已经在晨光中渐渐清晰起来。踩实了的泥土在初醒的阳光底下灰坨坨地延伸开去，如一条洗过的猪肠。她不知道母亲有过什么样的童年和少年，她对母亲早年生活的了解，几乎完全依赖在百川这几句轻描淡写的叙述上。然而，她的想象力却已经在这极其窄小的空间里笨拙地飞翔起来了。她依稀看见豆蔻年华的母亲，梳了两条长辫子，穿着一件白斜襟布袄和黑布长裙，腋下夹着书，轻盈地走过这条小径，身后跟着一个缠着小脚的老妈子。只是不知道，那个时候的母亲，是否也和后来一样地沉默寡言？

其实回想起来，母亲也不完全是寡言的。有一回，末雁（那时还叫小改）把钥匙锁在了家里，只好去学校找母亲。母亲在上最后一堂课。那一天，母亲讲的是高尔基的《海燕》。母亲把课本平平地摊放在手心，在讲台上走来走去，样子像一个初出校门的大学生。母亲那天的话题是关于海，关于飞翔，关于自由，关于勇敢的。母亲的话像水一样毫无阻隔地流淌着；母亲的眼角眉梢到处都是翅膀飞过的痕迹。然而，在见到末雁的一刹那，水猝然止了，翅膀纷纷坠地。母亲瞬间又变回了母亲。

纸烧尽，日头也高了，湿气散去，坟饰的颜色和线条就渐渐清朗起来。昨日下殡之时，末雁被人木偶似的牵过来拉过去，头昏脑胀的，并没有看清坟地。今日静心来看，感觉就很有了些不同。墓地里一共有二十五座墓穴，分成了三排——大约是按辈分排的。坟盖是一溜朱红色的琉璃瓦，角上有兽头。墓穴之间是五彩瓷砖墙，砌的是十字元宝花纹。三排之间各有一长条水泥平地，也是雕满了福寿图形的。远远看过去，竟像是旧式人家的三进住宅，东厢西厢正宅天井大院，样样具备，只是没有门。非但没有那想象之中的阴森之气，反倒有几分富贵喜庆的样子。

母亲的墓在最下一排的最右边，封口的水泥还没有全干。母亲的石碑极是简单，只有姓名和生卒年月。这一排其他墓碑上的名字，末雁一个也不认得，猜想大约是母亲的哥哥和堂兄弟们。上一排离母亲最近的三个石碑上分别写着：黄公寿田名志野之墓，元配刘氏孺人之墓和续配袁氏孺人之墓。末雁小时隐隐听母亲说过外公一家很早就死了，便问百川这里葬的是不是自己的外公外婆。百川说这是你的大外公大外婆，也就是你妈的大伯和两个伯娘。末雁又问大外公和袁氏怎么死在同年同月，只相差了五天呢？百川没吭声，只拿鞋子一下一下地碾地上的火星子。都碾灭了，才说：

"你妈没告诉你土改是怎么回事？"

末雁的脑袋轰的一下炸了开来，满地都是碎片。待到尘埃渐渐落定，才颤颤地问：

怎么死的？

一个枪毙。一个跳井。坟是后来修的。

我的外公和外婆呢，也是这么死的吗？

逃出去了，和你两个舅舅。

我妈为什么没和他们一起逃？

这个你问老爷子，我也不知道。

末雁那天下山的步子很急，脚似乎离开了身体在独自飞行，百川一路小跑才勉强跟上。末雁的神经在那一刻兴奋起来了，仿佛在沉睡多年之后突然被唤醒，浑身带着初醒的抖擞和警觉。她知道她正在渐渐走进一个故事，一个让母亲艰难地捂了很多年，发酵到随时可以轰然爆炸的故事。

下了山，远远地，就看见灵灵牵着狗等在街口。

| 十二 |

末雁是在军用机场等待登机的时候，发现了越明的信的。

那天末雁和几位来自欧洲、日本的科学家在机场集合，一起前往加军基地考察北极大气层状况。

信藏在她随身提包的里兜，和她的驾驶执照身份证件放在一起，她绝无可能错过。

信是越明策划的，可是真正属于越明写的部分，却只有两句话："末雁，希望你能在那样遥远的地方清醒地考虑我的建议——趁我们还有机会过另外一种生活的时候。"剩余的部分是律师起草的离婚协议书。

其实越明在略微年轻一些的时候也提起过分手的事，但是语气和姿势都是含混暧昧，接近于暗示的。越明越老，就越急切地想离婚，因为生命的绳索越来越短了，他必须紧紧地拽住最后的一截。而最后一截绳索的另一端，恰恰捏在末雁的手里。末雁不松手，他就不可能完全拥有那最后的一截。后来末雁渐渐明白了，其实男人有时比女人更加害怕老去。

在越明被推荐去南京大学读书的第二年，小改也离开了姚桥，去扬州读书。小改进大学之后做的第一件事，就是把自己的名字从宋小改改为宋末雁。从那时起，末雁就和姚桥所有的熟人朋友都断绝了联系，包括在南京读书的李越明。当时末雁以为，那些和姚桥有关的内容，就像是她生命之册里写坏了的开头，将被永远撕过去了。可是她完全没有想到，在数年之后的某一天，那些撕去了的章节竟然还会被重新续接。

末雁当了三年的工农兵学员，毕业后留校教了几年书，就遇上了全国恢复高考。已经有了大专文凭的末雁，在恢复高考的第三年里直接报考了研究生，后来被录取在北京地质学院。

末雁同宿舍的一位同学，有个亲戚在清华大学读书，周末便约了末雁一起去清华看亲戚。就在学生食堂门口，末雁意外地碰上了李越明——那时越明已经是清华土木系的研究生了。

时隔多年，两人几乎没有任何困难地认出了对方。那天越明有些激动，握了末雁的手紧紧不放。姚桥的日子如潮水般朝他们涌来，湿润了他们的眼睛。记忆像是被虫子蛀得千疮百孔的木板，时光在不停地修复填补着上面的疮孔。疮疤渐渐磨得平复了，隔着时空的距离望回去，看不见丑陋，看得见的，只是斑驳的温馨。

"你那本灵格风可是帮我大忙了，英文能考及格，靠的就是这个功底。"末雁对越明说。

"范氏大代数，我怎么也解不过你。你这个脑子，不学数学真是可惜。"越明对末雁说。

那天越明和末雁在清华园里说了很久的话，一直谈到夜色渐渐浓重起来。他们像是一辆列车上的两个乘客，刚刚在上一站离别，又在下一站会合。虽然两站之间隔着一条数年的沟壑，他们却仿佛什么也没有丢失。大千世界，茫茫人海，共同拥有姚桥那段记忆的，却只有他和她。即使那段记忆里有些瑕疵疤痕又如何？那毕竟是属于过去的了，今后的日子里再也不会有那样的创痛了。两人望着彼此胸前那枚暗红色的代表研究生身份的校徽，两颊火热双眸炯炯。九月京城的夜风里已经带了隐约的秋意，可是他们却清晰地听见了心底里那些隔季的春花在哗哗地吐蕊绽放。

　　那个夜晚末雁在越明的眼睛中看到了石镰相擦时溅出的火花，那些火花使人联想起星空海洋草原飞翔等的字眼。可是这些火花并没能持久，它们将很快消失在日复一日缺乏新意的生活隧道中——只是当时末雁全然无知而已。

　　从那时开始，末雁和越明开始规规矩矩地谈起了恋爱。规规矩矩的意思就是，他们恪守了那个年代学院派人物的谈情说爱模式。他们每周给对方写一封信，讲的是一周在学校里听到的各样讲座，学到的各门新课。到了周日，末雁就背了一大包书去会越明，两人一起在清华园的图书馆里做功课。那些日子里，他们像两块蓬松的海绵，张大了身上的每一个泡孔，尽情呼吸着周围渐渐开放起来的空气，吸收着朝他们奔涌而来的信息浪潮。他们对将来有很多的设想：考博士，考托福，考 GRE，考出国进修名额。他们的计划占据了他们所有的思维空间，他们唯一的感叹是不够啊，时间不够。有时末雁买了电影票请越明去看一场电影，常常是电影刚开场越明就睡着了——他实在是太累了。

越明在清华念完硕士学位，就申请到了麻省理工学院的博士奖学金，而末雁毕业后则分配到科学院地质所工作。在越明等待赴美签证的日子里，两人第一次有了一小段略微清闲的时间，于是婚事就像一块尺寸合宜的充填物，塞进了这一段难得的空白里。

两人都没有房子，新房借用了末雁的单身宿舍，是末雁的同屋暂时腾出来的。没有任何仪式，末雁甚至也没有告诉温州的父母——是事后才写信的。越明家从徐州寄了五十元钱，两人用这笔钱买了一床新被褥，叫几个要好的同学朋友出去吃了一顿饭，就算礼成。

送走客人回到家，门刚关严，越明的手已经从末雁的身后环了过来，死死的，不容置疑的。这一刻末雁已经推诿了很久。末雁推诿的理由在那个年代听起来合乎时宜，正经人家的女子都愿意把完美的身体保持到最后。这个理由叫越明着急却无话可说。可是那个夜晚抽屉里的那张大红结婚证书像一把重锁，坚固地锁上了所有的退路，末雁只有背水一战了。

两人躺到了那张狭窄的单人床上，动作和表情都很慌乱，却不都为同样的原因。末雁的慌乱里包含了越明的那份慌乱，可是末雁的慌乱里还有她自己的内容。末雁关了灯，屋里陷入一片昏暗，她看不见越明，却只能从他粗重的失去了节奏的呼吸声里猜测出他的没有经验。当他终于费劲地解开了她身上所有的纽扣时，她听见了宿命在心底的沉重叹息。

其实，那天，在姚桥，你完全可以用力一些，再用力一些，推开那个姓刘的。你为什么没有一头撞到墙上？你清楚地知道他们家所有农具的摆设。你明明知道在门后左手边有一把脱了白的锈镰刀，你为什么没有弯腰去抓呢？其实你已经先在精神上输给了他，你的意志已经垮了，所以你的身体才会败给他的。你实在，实在是太稀罕罕那张入学通知书了。若是你知道，几年以后，你完全可以靠自己的底气考上大学的，事情的结局是否就会全然不同了呢？

这时末雁感受到了一阵尖锐的刺痛，却分不清是身体的，还是心里的痛。末雁的身子开始抽搐痉挛起来。她完全没想到，在经历过老刘之后她还能有这样敏锐的感受。越明被她吓了一跳。事后她披衣起身，去过道的公共厕所换了内裤回来，越明没有开灯查看，只是抚摸着她汗湿的头发，一遍又一遍惶乱地问着："还疼吗？还疼吗？啊？"末雁没有回答，眼泪却默默地流了下来。那一刻里，感激如潮水将她汹涌地淹没。只是当时，她并没有意识到这些潮水的分量——后来就是这些潮水承载着她，走过了许多无欲无爱的冗长岁月。

69

如果没有这些潮水，她的脚步她的路都实在太干涩，她真的走不下去。

现在末雁回想起来，越明在自己出差去北极的事情上表现出来的过分热心，实际上是一次精心的预谋。越明无法直截了当地告诉他她厌倦了她，他渴望自由。他宁愿背过身去捅她十刀，却不忍心当面给她一拳头。越明就是这样一个可以同时用善良和懦弱来定位的男人。

坐在机场矮小的排凳上，末雁从头到尾地看完了离婚协议书，心里涌上的第一个念头就是：动用这样一个头脑清醒思维详尽又富有人情味的律师，大概起码得花费一千加元。她把信折起来，放回提包。对于这样迂回的进攻，她决定完全不予回应。虽然她注定抓不住越明了，但是维系他们关系的最后一段绳索还捏在她的手里，她必须看着他真刀真枪面对面地亲手砍断。

越明必须直面这个粗粝的伤口。自由和良心，不能两者皆得。

｜十三｜

军用飞机很小，十几个人面对面地坐成两排。末雁小心翼翼地扭着腿，以免碰到对面的人。听着引擎惊天动地地呼号着，看着山野河流在身下渐渐地混浊起来，最后被大团大团的云絮完全遮掩，末雁突然想起了三十多年前在姚桥时老刘说过的话：一个人已经在十八层地狱了，还有什么可怕的呢？她觉得自己也已经落到了十八层地狱。她怕越明离开，已经怕了十几年了。她在地狱的边缘上已经踮着脚尖走了很久，每一根神经每一条肌肉都绷紧着，怕行差踏错，落入那万劫不复的境地。现在她终于明明白白地陷落进去了，反而踏实了，再也不用担惊受怕了。

怀着一丝接近于快感的漠然，末雁一路睡到了北极。

经过两天的集训和休整之后，大队人马开始分组在野外作业。为了防止空气污染，工作车辆都必须停泊在一公里以外的地方，大家徒步进入工作区。沿途是一片没有任何参照物的茫茫雪地，唯一的路标是一条从停车场一直连到实验室的铁索——是为了防止迷路的。

和末雁搭档的是德国人汉斯。汉斯是海德堡大学工学院的教授，德国环境气象局的高级顾问，同时还持有飞机驾驶执照——从育空到加军基地的那一小段路，就是汉斯开的飞机。

沿着一条单调的铁索步行，谈话就成了瓦解瞌睡的唯一药方。汉斯会一些简单的英文，末雁会一些简单的德文，两人用有限的共同语言交流，对话就变得言简意赅起来。

汉斯，你飞机，开得好。

可是，汽车，不开。

上班，怎么办？

自行车，没有污染，简单，干净。

雁，多伦多，好吗？

太大，汽车，堵，每天。

大城市，我，不喜欢，麻烦。

汉斯做了个龇牙咧嘴的恐怖表情，末雁忍不住笑了起来。

那天的光照已经十分微弱，整个白天都如令人昏昏欲睡的黄昏。再过一两个星期，北极将进入漫漫长夜。末雁和汉斯是在微弱的光亮中出发的，却在途中遭遇了一次惊心动魄的日落。

天黑得很快。没有建筑物和公路的阻隔，天和地之间除却了连绵环绕的低矮山峦，几乎是一种赤裸的相拥。日落的过程里其实完全没有太阳，太阳在那个时刻里只是一种想象，一种由光而来的想象。地除了天一无所有，天除了光一无所有。光是无云无雾，纯净透明的。从橙过渡到紫，从紫过渡到青，再从青过渡到灰。每一层的过渡仿佛都是一种撕扯和挣扎，是天地相拥翻滚的过程中溅出的叹息。

突然间，天滚到了地的身下，世界坠入一片无边无际的黑暗。

虽然有过短暂的渲染和铺垫，黑暗的来临依旧是突兀没有防备的。黑暗大笔大笔地抹去了生辣的胆气朦胧的渴望，剩下的只是令人颤簌不安的孤单和绝望。这个暗夜不同于以往的任何一个暗夜，这个暗夜太冗长了，通往下一个日出的时辰似乎遥遥无期。末雁知道光滚落下去的那个地方，女儿灵灵大约已经点上了灯。灵灵有属于自己的灯，即使没有太阳，灵灵的灯也会长长地亮着，照着脚，照着身，照着别人，也被别人照着。

而她却只有她自己了。

刹那间，末雁有了一丝永无天日的恐慌，在黑暗中格格地发起抖来。

汉斯回头，在工作灯微弱的光亮里他看见了末雁扭曲的五官。

"汉斯，我母亲，死了。我先生，要离开。"

"我母亲，不喜欢我，从来都是。我先生，也一样。"

末雁说完，就吃了一大惊。这些话仿佛没有经过她的脑子，甚至没有经过她的嘴，从一个似乎不属于她管辖的地方，毫无预兆地奔涌了出来，涌向了这样一个素昧平生的人。黑暗遮掩了她最初的羞愧，黑暗中她渐渐习惯了自己的鲁莽。多年来死死地压在心上的两块大石头，突然间挪动了一下，有了一丝的缝隙。长久荷重的地方，隐隐有了一点感觉。过了一会儿，末雁才明白那种感觉是钝痛，一种让人死不了也活不好的隐痛。

汉斯没有说话。后来有一条胳膊伸过来，搂住了末雁的肩。

"雁，你要不要哭一哭，就在这里？"

末雁靠在汉斯的胸前，防寒服的尼龙面料窸窸窣窣地擦着她的脸。黑暗和寒冷如两把快刀交错着削尖了她的嗅觉，她一下子闻到了他下颌刮胡水的气味，那是一种接近于生姜水的气味。她迫不及待地寻找着眼泪，眼泪却绕过了她，流失在莫名的角落。石头多年压迫着她的心，心习惯了压迫，就长出层层叠叠的茧子。茧子覆盖之下的一切都是迟钝的，爱和恨的感觉都离她很遥远，她拥有的只是大片大片的麻木。这样的麻木如沙化的土，是留不住激情留不住眼泪的。

"汉斯，我很久，不哭了。我是说，我不会哭了。"

"雁，哪一天你能哭了，你就好了。"

那天晚上末雁和汉斯面对面地坐在基地的餐厅里吃晚饭，眼睛里都不约而同地有了一些闪闪的光亮。在那样的旷野里经历了那样的日落，两人仿佛共同拥有了一个心照不宣的秘密。从陌生到熟稔的过程，只经过了那个日落，轻轻一跳就越了过去。

第二天早上，末雁醒来，发现房间门口摆着一个水杯，水杯里泡了一株芹菜，茎秆很细，叶子却很疏大。杯子旁边是一本书，书的扉页里夹了一张工工整整的英德文交杂的纸条：

亲爱的雁：

　　在零下二十度的北极秋天里只有这个可以送给你了——是从餐厅厨房偷的。生活在零上二十度阳光里的人，应该快乐一些。亨利·戴维·梭罗的散文极好，尤其是那篇《瓦尔登湖》，送给你打发在这里的无聊日子，愿你心情渐渐好起来。其实不一定非要等待别人来喜欢你的，你可以尝试着先喜欢自己。如果都在等待，可能至今世界上还只有哲学而没有科学。

汉斯

在北极后来的日子里，末雁和汉斯一直在大项目组里工作，再也没有机会单独相处。晚上在餐厅吃饭，末雁用目光邀请汉斯，汉斯也没有刻意地坐在她身边。两人混在众人中间依旧言简意赅地维持着他们的对话方式，却觉得每一句话都蕴藏了许多句话的重量，甚至连停顿和微笑也有了异乎寻常的意义。

早上末雁起床，时时能在门外发现一些意外。有一天是一张漫画，画的是一个眉心紧蹙的女人，题词是"女科学家"。另一天是一杯放了一片红萝卜的橙汁，杯上贴了一头极是肥胖的北极熊。有一天是一只麻绳编成的松鼠，尾巴上拖了一枚松果。还有一天是两个用手纸捏成的雪人，一个身上写着"雁"，另一个身上写着"汉斯"。末雁看了，忍不住笑出声来。这才发现，北极的日子竟有很多是在微笑里开的头。

项目结束时，是汉斯先送末雁走的。汉斯紧紧地拥住末雁，贴在末雁的耳根说：

"雁，记得，你是一个简单的女人。"

"汉斯，你是说，我很愚蠢，是吗？"

汉斯微笑不答，只说："等我的电邮。"

末雁在飞机上继续翻看汉斯推荐的《瓦尔登湖》，发现书里有几段话是汉斯用彩笔画了加重线的：

我到树林居住是因为我想有意识地去生活，只面对生活中最基本而必需的内容，看自己是否可从中学到真道，免得面临死亡时才发现自己原来根本没有生活过。我不愿意过那种不是生活的生活，因为生命实在太昂贵了。我愿意深深地扎入生活，吮尽生活的骨髓，过得扎实简单律己，把一切不属于生活的内容剔除得干净利落，把生活逼到绝处，简化成最最基本的形式……简单，简单，再简单。

至此时末雁方明白汉斯临行时说的话是什么意思。

其实越明也对她说过类似的话。年轻一些的时候，越明还有几分耐心来叨絮她缺乏心机的种种具体表现。到后来，耐心被日复一日年复一年的生活磨薄，他学会了只用"简单"两个字来概括她的一切缺陷。越明说这两个字的时候，嘴角带了一丝医生对绝症病人的那种无奈和怜悯。

一样的话，在两个男人嘴里，演绎出来的，却是完全不同的含意。

那天末雁坐在飞机里，看着久违了的阳光浪一样地涌进云层，回想自己的生活，像是一只蜘蛛，最初始的时候只是吐着一根丝行走，目的固执单一。后来在不经意间，就织成了一片网，网里当然也织进了自己。网托着她生活，离了网她无从生活。在网中她看不见天也看不见地，因为网已经成了她的天地。其实她一生里最快乐的日子，是衔着第一根丝起步时的日子。第一根丝的日子，对梭罗来说是到瓦尔登湖去，对汉斯来说是骑自行车上班，对自己来说呢？

末雁的心里，突然开了一条细细的缝，有光从那里汩汩流入。她没有想到，属于她的光和暖，竟是从那个蕴藏了最浓重的黑暗和寒冷的极地生出的。

回到多伦多，末雁做的第一件事，就是在离婚协议书上签下自己的名字。

在后来的日子里，末雁开始耐心而认真地等待着汉斯的电子邮件。一直等到自己和灵灵登上了跨越太平洋的飞机，汉斯却依旧在地球的另一头长久而固执地沉默着。

汉斯这根蜡烛是在末雁生命最暗淡的那个时刻燃起来的。蜡烛太弱也太短了，蜡烛只够让末雁看到了脚前的路，蜡烛却照不到隧道的尽头。烛光在远没有抵达隧道尽头的时候就已经被黑暗吞没。

末雁陷入了前所未有的低潮。

｜十四｜

"这个宅院有个名号叫紫东院，是你曾外公取的，先前门上有块石匾，写的就是'紫气东来'。从光绪二十九年的正月开始造，到光绪三十一年的立夏完工，请的是福建来的泥瓦匠——你曾外公看不上当地人的手艺。"

"最早的时候是正副两院，中间有一条石桥相通。两院共有二九一十八道回廊，小廊柱的样式都是仿了西洋人的。那阵子有几个英国人来县城里传耶稣教办洋学堂，你曾外公去上过几天洋学，就喜欢上了洋玩意。民国五年，一场大火烧了副院，就只剩了这座正院。"

"你曾外公去世以后，这里住的是你外公黄寿渊和大外公黄寿田两兄弟。土改后紫东院归了公，贫协，乡政府，都在这里办过公。"

财求坐在门前的石阶上，点了一支烟慢慢地抽着。烟是云烟，刀子似的割着嗓子，老头呵呵地咳嗽着，痰在喉咙口聚集聒噪着。

石阶共有五级，却没有一级是完整的。石头塌裂处，爬着些低矮的不灰不黄的野草，草上稀疏地开几朵蛆似的花。老宅的破旧，原本也是意料之中的。末雁走上台阶，站在厚厚的木门前，用指甲抠着门上的油漆。最上面的一层是黑色的，斑驳之处，隐隐露出来的是朱红。朱红底下，是另外一层的朱红。那一层朱红底下，就不知还有没有别的朱红了。每一层颜色，大约都是一个年代。每一个年代都有一个故事，末雁急切地想走进那些故事。

门轻轻一推就咿呀一声开了——原本是没有锁的。末雁跨过门槛，便猝不及防地一脚跌进了历史。

院中有一棵树，老是老些，却还活着。枝叶很是稀疏，早已遮不住阳光了，于是青砖地上便爬满了黑白交错的树影。末雁走近来，看见了树身上的累累疤痕。再走近几步，才看出是刀刻的字迹。字大约很有些年月了，随着树身渐渐变粗，最后鼓爆成歪歪扭扭的疤痕，宛如垂暮老人手臂上的青筋。费力地看了，依稀看出是"日月水火……天地……玄黄"几个字。末雁摸着那些凹凸不平的疤痕，心想这大概是母亲和她的哥哥们放学回家习字的地方。

财求抽完了一根烟，拿鞋底将烟头碾灭了，也进了院子。"这个院子有三进，前院从前是长工下人老妈子的房间，没什么看头。第二进住的才是你外公一家子，三进是你大外公一家子的。"

末雁进了里院，发现又比外院大出许多来，却没有树，空荡荡的，脚步踩在青砖上窸窸窣窣的，是铰也铰不断的绵绵回音。地上胡乱地扔了几根晒衣服的竹竿，竹竿的头尾都已经爆裂了，败败地开着花。院角上有一口井，上面盖了一块大石板。井大约已废弃多年，井沿和石板上都长了厚厚一层青苔。末雁捡了一块石子，从石板缝隙里扔进去。石子在井里翻滚了很久，回声越滚越大，轰轰隆隆的如雨前的闷雷。

"就是这口井吗？"末雁问。

财求点了点头。

"后来这里为什么没人住？"

"来一拨，走一拨，都住不长久。你大外婆袁氏总在井边哭，夜里还进屋，坐人家床上，好多人都看见的。你可不能让灵灵到这里来，小孩子眼尖。"

末雁这才明白为何一大早财求就打发百川带灵灵去看戏——镇里新近从外地请了个剧团，在街上搭了戏台演绍兴戏。

"你呢？你见过我大外婆吗？"

财求没有回答，却指了指西厢，说这是你妈从前住过的房间。紫东院里，只有这间屋没让人住过。

为什么？

财求又点着了一根烟，哆哆嗦嗦地抽了半截，才说了一句："乡下人怕官。"

末雁知道这个官是自己的父亲宋达文。

末雁走进母亲的房间，清晰地听见了灰砾在脚下碾碎的声音。地板断断续续地呻吟着，阳光在散了线的竹帘缝里长驱直入。屋里什么都没有，所有属于母亲的痕迹都已经被岁月洗成茫然一片空白，只有墙角还剩了一张三条腿的脚凳，却不知是不是当年的旧货。脚凳是雕花的，新的时候也许是件贵重的家什，老到这个年龄，就已看不出木头的质地和漆色了。末雁用脚尖轻轻地踢了一踢，脚凳翻了一个身，满屋便都是银亮的飞尘。

"房子得靠人气撑着，没人住的房子，说垮就垮了。"财求说。

脚凳覆盖过的地方，有一个灰布团。末雁捡起来，展平了，才看出是条手绢。布是极老旧了，已经失去了经纬交织的劲道，稀薄松垮如同在水里泡浸过的纸，折痕中间依稀有几个灰褐色的斑点。边角上绣了小小一朵花，像是莲花的样子——颜色当然早已褪尽了。

"开吗？ 开吗？"

末雁突然听见了一个细小的声音。四下看了，并没有人，只有财求在太阳底下吸烟，却不肯进来。

末雁咚的一声坐到了地上，捏着手绢捧着胸，仿佛心已经掉落在手绢上了。不知这手绢是不是母亲用过的，那上面的斑点，会不会是母亲留下的？ 泪也好，血也好，当年再鲜活的一段记忆，在五十年的风尘里走过一遭，剩下的不过是几个颜色和意义都很暧昧的斑点。若再等个五年十年，恐怕连这斑点也要消失，变成无形无体的一片混沌。

"开吗？ 开吗？"

那个声音又响了起来，依旧是细小的，在末雁的手心。这次末雁听明白了，是手绢上的那朵莲花。末雁的心，突然疼了起来，不再是那种木然的钝疼，而是子弹从心里穿过爆出一个大洞那样的剧疼。

"我外公外婆走的时候，为什么没有带走我妈？"

"你外公当过教书先生，有学生在香港。还没到定成分的时候，就去了香港。你妈那时正在平阳读书，就留下来和你大外公大外婆一起，想晚些时候走——谁知就没走成。"

"你外公外婆五几年就死在了香港。听说你的两个舅舅都去了台湾，后来一直没有消息，估计也早死了。"

"我妈是怎么到温州去的呢？"

"她从这个窗口跳出去，鞋都掉了一只。她是穿着一只鞋一路走到城里去的啊。"

财求扔了烟，突然声泪俱下。

｜十五｜

财求带了末雁去看老宅，却差了百川带灵灵去镇里看戏。

戏台搭在小学校的操场里——正逢周末，学校放假。乡里人爱看戏，一年总有那么几场，是应了各样名目的。若不是年节，便是某某工厂开工，某某企业奠基剪彩，某某路桥竣工，等等。其实演的和看的都明白，这些名目都只不过是借口。一旦戏真的演起来了，众人早咚的一声掉进戏坑里，谁还记得那演戏的名目？

那天的名目是藻溪公园落成。

公园在山坡上，是藻溪人自己凑钱盖的。其实也就是一座略大一些的凉亭，后面是小小的一处酒楼，四周摆了几个下棋喝茶的石凳。在城里，那规模大约也就抵得一个街心亭。可再小再简陋也是家家户户合伙拼搭出来的，所以这方热闹，也是自己家里的热闹，谁也不愿错过的。

戏是中午开演的，可是刚吃过早饭，路上就开始有了人声。百川带着灵灵出门，绕过学堂，先去了新落成的公园。两人上了坡，在酒楼里要了一壶热茶，端了坐在凉亭里看景致。极晴的天，太阳虽是明艳，却已经有了秋意，晒在身上就隔了层皮，终是不甚贴身和暖。远远地望下去，田仿佛是一些边角模糊的斑块，被一丛丛一簇簇的屋宇楼房割剪得极是零乱。隐隐的，还剩了些绿，却是撒过泥尘泼过脏水的那种绿，倒更接近灰黄。溪是看得见的，只是一味地细窄，怕见天日般地在楼宇之间仓皇地穿行躲藏。

灵灵指了指山下，大叫了一声："百川哥哥，那个烟囱，冒烟呢，就在那家人后院，那家人没有意见吗？"

百川学了灵灵说话的调子，尖声尖气地说："灵灵小姐，那个烟囱，是那家人的饭碗，那家人，他敢有意见吗？"

"饭碗也可以搬得远一点的，多伦多的工厂，都建在郊外的。"

百川瞪了灵灵一眼，半晌才说："灵灵你可能忘记了，这里就是郊外。"

灵灵无话可回，却咕囔着，说就是饭碗也不能放在家门口的。我妈要找你们政府提意见。

百川哆嗦着身子，舌头嘚嘚地打着战："哎哟哟，我们政府，怕，怕死你妈了。"惹得灵灵忍不住咯咯地笑。

百川却止了笑，将茶杯端在手里，躬着背，伸着脖子，鹭鸶似的踱来踱去。突然，脖子一梗，头一甩，就念出一首诗来：

地染上了

百年不遇的疔疮

脓水

结成钢筋水泥的痂

爬过胸，脖，手，脚

还有其他

绿失语

不再说话

灵灵追着百川问："百川哥哥这是你写的诗吗？真好。我给你翻译成英文，放在多伦多公共汽车的广告牌上——我们市政府正在征集公车诗呢。"

百川回过身来，哗哗两下将灵灵的头发给揉乱了，说好什么好，小家伙听得懂中国诗吗，你？灵灵的脸就拉长了，说你才小家伙呢。什么懂不懂的，不就是讲环保吗？环保我比你懂，我妈就是搞这个的，国会制订方案，都得叫我妈去听证。

百川越发把身子抖成一团，说这回别，别说我们政府，连你，你们政府都怕死你妈了。灵灵更笑得撑不住了。

两人嬉闹了半天，百川看了看手表，说我们走吧，一会儿人都满了，你看不着戏，就看别人的后脑勺吧。

两人就朝山下走去——走的却不是上山的那条路。

走到山脚，就看见大大一块黑色大理石碑，上面密密麻麻地刻满了人名和数额——是藻溪公园的捐助人名单。灵灵说百川哥哥你的名字在哪里？百川拉了灵灵就走，说俺是有名的葛朗台，这种事情是绝对一毛不拔的。灵灵问葛朗台是谁？百川连忙掌嘴，说忘了这是跟小洋人在说话。葛朗台是天底下最小气的那个人。灵灵不信，只是上上下下地找百川的名字，果真没找到，却意外地发现了外婆和母亲的名字——各是一千元的款数。

一时很是惊讶，便问我妈我外婆从来没有来过藻溪，什么时候捐的款？百川眨了眨眼睛，说灵灵小姐，这样愚蠢的问题，请你千万不要在公共场合提出来。你以为这名单上的人，当真都自己捐了钱？

灵灵一时愣住，半天才问："那么说我妈我外婆都是骗人的？"

百川又揉了揉灵灵的头发，说："小姐我可没这么说。你妈你外婆虽然自己没有出钱，却是有人替她们出了钱的。"

"谁？"

"我爷爷。"

"财求阿公为什么要替她们出钱？"

"他喜欢看见她们的名字刻在大理石上，风吹雨打都不变，一代一代，永永远远。"

"为什么？"

"没为什么，他就是喜欢。"

"为什么喜欢？"

百川重重地拍了一下大腿，大叫了一声皇天："要说你妈真是够可以的，把子女教育的千秋大业往我身上一摞，就自己找清闲去了。灵灵你平时就是这么拷问你老师的吗？我倒真想知道你老师能有几个长命的。你再这样问下去，我非吐血倒地死给你看。"

灵灵才闭了嘴。

两人进了小学堂，只见一个操场已叫人占了十之七八。戏台搭得极高，为的是让远处的人也能看见。站在前面的，反而看不全台上的人了——看见的全是脚。台上没有幕布，一群乡野孩子在上上下下地翻着跟头，扬起一地的灰尘。几个拉胡琴的，正躲在台角里咿咿呀呀地调着弦。后台时不时露出一两张化了妆的脸，台下的人见了，就啊啊地尖叫起来。底下喝茶的喝茶，抽烟的抽烟，嗑瓜子的嗑瓜子，织毛衣的织毛衣。聊天的声浪，早把胡琴声盖得轻若蚊蝇了。

百川走了一圈，也没找着个好位置，就指着一棵粗壮的榕树，对灵灵说："咱俩爬到那上面看，敢不敢？"灵灵犹豫了一下，百川就摇头，说小洋人怪可怜的，从小长在外国城里，乡下人的玩意，什么也没玩过。就搬来一张凳子，在树下摆好了，自己噜噜两下爬上了树，又指挥着灵灵站到凳子上，再弯下身来提着灵灵的膀子上了树。

两人猴似的攀着树枝坐下，灵灵的心咚咚地跳了半晌，才渐渐定了。再看地下那些人，突然就只见了头顶。便忍不住说百川哥哥，你们这里的男人都是秃子。百川往下一看，果真没几个头发齐全的。也忍不住笑。

突然间，锣鼓就齐齐地敲了起来，将一场的人吓了一跳，顿时就静了下来。锣鼓时而尖利，时而低沉。尖利时如百子炮，噼噼啪啪密密麻麻的，扎得耳膜阵阵麻痒。低沉时却若旱天雷，一路轰隆地从地上滚过，耳朵还没知觉，脚掌倒先知道了。锣鼓响了足有一刻钟，却也没有一丝歇息一下的意思，灵灵就有些不耐烦起来，说这是噪声污染。百川趴在灵灵耳边，说这回就是你妈把你们国会的人全都召集来，也不管用。乡下人就是这样看戏的，看了几百年了。这是戏班的下马威，叫你看戏时不得捣乱，就像运动员赛跑之前那声哨子，是警告的，你懂吗？

灵灵摇头，说我们运动会从来不吹哨子。百川拍了拍额头，连声叹气，说忘了，又忘了你是个小洋人，总把你当同胞看待。

戏终于开了场，是折子戏。先前藻溪人请剧团来演戏，也演过整场的。只是乡里人看戏，口味迥异。有爱热闹的，有爱素静的，有爱伤心的，有爱喜庆的，终是众口难调。一演整场，总是有人骂娘。后来干脆改唱折子戏，林林总总的，总能找出一两段中意的，排戏的省心，看戏的开心，就渐渐地成了规矩。

丝弦咿咿呜呜地响了起来，乍一听像是有人在哭。哭也不是爽爽快快地放声地哭，却是一种含了千般委屈，说不得，又不得不说的，隐忍了许久的哭。跟在惊天动地的锣鼓之后，那丝弦若艳妆新娘身后的老妇人，一脸的苍白倦怠，还未开声就已败了气。

丝弦哭过了气，方有一瘦弱女子娉娉婷婷地走上台来。女子身着一袭素静裙衫，腰上松松地系了一根葱绿巾子，云鬟低绾，耳边簪了一枝梨花，肩上荷了一杆细细的泥锄，锄尾上挂了一个竹篮。那竹篮极是小巧，放在那女子肩上却重若千斤。女子走起台步来细细碎碎摇摇晃晃的，仿佛一粒粉尘也能将她绊倒。

女子云里雾里地走过了好几圈的碎步，才停下，将肩上的泥锄放了，伸出几根兰花指，轻轻捏起一角水袖，来擦额角的汗。水袖还没有放回去，却流出了一阵水似的声音——原来是水袖后头唱出来的。

灵灵是第一次看中国戏，唱词又是绍兴话，一句也听不懂，只觉得那曲调顺着耳朵冷冷地流进来，一路流进心里，心里就结了薄薄一层的冰。便忍不住打了个寒战，问百川那个女人在哭什么？百川就把唱词一句一句地翻给灵灵听：

看风过处，落红成阵。

牡丹谢，芍药怕，海棠惊。

杨柳带愁，桃花含恨，

这花朵儿与人一般受欺凌。

"芍药是什么？"灵灵问。

"是一种花。"

"海棠呢？"

"是另一种花。"

"那落红也是一种花吗？"

"不是花，却和花有关系，是落花的意思。"

灵灵就哦了一声，说原来这个女人，她是在为落花生气呢。

百川听了，就摇头。半晌，才问：你妈都没让你读什么中国书？灵灵说小时候外婆给我寄了好多中文书，可是那时我刚到加拿大，在拼命补习英文，没时间看中文书。后来英文学好了，中文就赶不上了。百川又问：那你妈，她自己平时看中文书吗？灵灵说我妈工作太忙了，专业书都看不过来，没有时间看别的书。那你爸？我爸有寒暑假，时间多一点。我爸爱看武打小说，在网上看，金庸的，还有梁什么生的。

我爸也爱看诗歌，中文英文的都看。中文的我看不大懂，英文的我知道一些，惠特曼的，狄更生的，我和我爸都会背几首。

我妈不会。所以我爸说，说，灵灵突然迟疑了起来。灵灵结结巴巴地说出来的后半截话是："我爸说我妈什么爱好也没有。"

那你，你觉得呢？百川微微一笑，问灵灵。

我妈就是没有时间，其实放松的时候，她也是很有趣的。灵灵也笑了，露出两只尖尖的虎牙。

台上的女子终于哀哀切切地唱完了，台下的人稀稀疏疏地拍了几下巴掌，竟也是哀哀切切的。出来一个红衣红袄的报幕员，说下面的一个折子是《西厢记》里的"拷红"。演员半天没出场，丝弦又响了起来——这回多少有了点喜庆热闹的样子，咿咿呀呀一轮又一轮遮掩覆盖着台上的空白。

"这出戏你可以看点热闹了，男的女的，恋爱吵嘴的，就你这个年纪的。"

灵灵低头不语，一下一下地踢着树干，半晌，才问：

"百川哥哥，你有女朋友吗？"

｜十六｜

那天你妈是从平阳回来取换季衣服的。财求对末雁说。

财求哭过了，拿手背草草擦了把脸。人中上流着两条清鼻涕，流得长了，到了嘴边，就拿两根指头捏起来，一把弹在地上。

那天你妈不知道贫协已经进了紫东院，她大伯和伯娘已经给抓起来了。

如果那天回来的不是你妈，而是你舅舅，大概也就给训斥两句，轰走了事了。你曾外公的田产，大部分都给了长子黄寿田，你外公黄寿渊名下的田产不多，又在乡里教过一阵子书，族里有好些人家的孩子，都是你外公的学生——乡下人多少还是敬着点教书先生的。可是那天回家的偏偏是你妈，一个十七八岁的年轻女子，长得好看，又是新潮的读书人。

那天在紫东院门前站岗的是财得。财得是第一个看见信月走进来的人。财得也是第一个有了想法的人。当然，后来有了想法的，就不只是财得一个人了。

那天是个热天，信月赶了路，一身是汗，头发湿湿地贴在脸上，衣服也湿湿地贴在身上，瘦的地方就瘦了下去，胖的地方就胖了起来。信月掏出手绢扇着凉，一路脚底生风地走过下街上街。在离院子几步路的地方，她突然看见了站在门口的财得。财得原来是她大伯家的粗工，她自然是认得的。几个月没见，财得的样子有些不一样了，似乎突然间长高了许多。白粗布褂子洗得很是清爽，腰里系了一根皮带。腰很直，腰下的褂子却有些鼓鼓囊囊的。当时信月并不知道，财得的褂子底下，掖的是一把驳壳枪。

"财得你今天怎么得闲？"

信月是这样招呼财得的。财得的脸在变换了多种表情之后，终于固定在一个浅浅的微笑上。"今天有喜事，不做工，你进屋就知道了。"

信月跨过门槛，看见院子里有一群女人在扎花。花是红绸子的，垂垂的，柔柔的，是新郎官别在胸前的那一种。花不是给人戴，却是要裹在一块木牌子上的。女人们将头凑得近近的，不知在说些什么，却都吃吃地笑，笑得有些邪乎，有些放肆，笑得背脊一颤一颤的水浪似的抖。信月认得里头有一个是下街的辛寡妇。辛寡妇的男人原来在矾矿做矿工，却叫一块飞来的矿石给砸死了。辛寡妇会剪裁衣服，紫东院里遇到婚丧寿诞的事，就请辛寡妇过来帮忙做针线女红。辛寡妇的儿子，也跟信月的父亲断断续续地读过几堂书。交不起学费的时候，黄寿渊也不紧逼，睁只眼闭只眼就算了。

辛寡妇看见信月进来，脸就突然死了，张开嘴轻轻叫了一声"小，小姐……"，又把后半截的话愣愣地咽了回去。

信月刚要走过去看木牌子，却听见财得在后边催："快走吧，屋里有人等你呢。"信月急急地进了自己的屋，还来不及转身，门就砰的一声关死了。窗上的竹帘不知什么时候已经给钉死了，屋里一片黑暗。信月睁了一会儿眼睛，才渐渐看出哪是门。就拍着门，大声叫张妈开门。财得在门外嘿嘿地冷笑，说："你叫吧，叫得天上出三个日头都不管用。你们家的好日子过到头了，你知不知道？"

屋里突然就安静了下来，信月是在那个时刻知道了自己的命运的。

那天下午紫东院涌进来一批人，是来抄家的。黄家的地契和浮财，前几天就已经集中起来了，正等待分配。可是那

94

些浮财里边，却没有几样像样的首饰——黄寿田老婆袁氏的一个粗使丫头，曾经亲眼看见袁氏将好几个金戒指藏在一个手巾包里边。

那天贫协的人将紫东院墙上和地上所有可疑的裂缝都扒开来找过，却一无所获。院子如生过一场疟疾，到处是排泄出来的碎砖和灰土。人都累了，却又不是那种过瘾的累法。这时有人问了一句"该不是藏在那婆娘身上吧"，话是轻轻说的，近似耳语，然而所有的人却一下子都听清楚了。那话如一根细细的柴火，随意一丢，众人的眼睛已经干久了，便腾地烧起一片火来。

"搜那婆娘？"

最初开始的时候只是一个声音。那一个声音是试探性的，怯生生的，甚至有一两分羞涩，仿佛期待着随时被沉默淹没。它的确很快就被淹没了，可是淹没它的却不是沉默。更多的声音加入进去了，声浪渐渐滚起来，像雷滚过地面，轰隆隆的，院子颤颤地抖了起来。

"搜那婆娘！搜那婆娘！！"

就有人领头推开了关袁氏的那个屋门。那时黄寿田已经给带到县上去了，是工作队的张队长亲自押送的。黄寿田其实既没有官职，也没有血债，论说是到不了镇压的级别的。他的死罪是自己给自己找来的。那天贫协进紫东院没收财产，地契红木家具衣裳细软，一一归了堆抬走，黄寿田见了都没有说话，却唯独舍不得一个鼻烟壶。那鼻烟壶是他的亲家公托朋友从锡兰国带过来的稀罕物件，他紧紧地攥在手里不肯放。贫协副主席财来见了就要来夺，两人差点掰断手指。到底财来是个年轻壮汉，便得了手。黄寿田忍不下那一口气，从门后抓了一根扁担，朝着财来迎面劈去。财来躲过了，不过捎着了一鼻子，流了几滴鼻血，黄寿田却为此得了个报复贫农的罪，五天以后就被枪决了。

信月在房间里关了大半天，已经失去了对时间的判断能力。她觉得应该是夜晚了——这是她从竹帘的颜色变化上猜测出来的。眼睛被长久的黑暗磨蚀得迟钝犹豫起来，然而黑暗中耳朵却分外地敏锐了起来。她听见财来叫贫协的干部留下，却让众人先回家，等候通知开大会。众人极不情愿地散了，拖拖沓沓的脚步声响了很久，才终于响出了天井。接着大门哐的一声关上了，院子才渐渐安静下来。

后来又有了关门声，这次关的是伯娘那屋的门。门虽然关了，却没有关住声音。声音隔着门传出来，听得见，却听不真。信月先是听见了男人的斥责声，仿佛是财得，又仿佛是财来。后来就听见伯娘在喘气——伯娘是个胖女人，素来喘气声甚是粗大。后来那喘气声似乎被布袋堵住了，渐渐地低矮了下去，低成了嘤嘤的哭声。接着有了些物什相撞的声音，再接下来，信月就听见了伯娘一声尖利的哭号：

"皇天啊，论岁数我都该做你娘了！"

那天伯娘的那声号叫像一根钢锉，在信月的耳膜上锉出了一条永远无法修复的疤痕。信月紧紧地捂住了耳朵，不听。不听。不听。不听。不听。就是不听。她一遍又一遍地对自己说。

也不知捂了多久，她的门被打开了，走进来几个人。男的女的都有，男的多，女的少，举了好几盏菜油灯。菜油灯原本是昏暗的，却因了几盏聚在一起，就照得屋子很是亮堂。信月的眼睛闭了一会儿，才适应了那光。再睁开，就看见了地板上的那摊水迹——那是她的尿。她已经顾不得廉耻，她嘴唇抖抖的，断断续续地抖出一个字：

"饿……"

财得从兜里掏出一个烤红薯，扔过去给她。她狗似的接过来，皮也不剥，就塞进了嘴里。红薯已经凉了，有些干，没有水，很难下咽。她用唾沫吃力地送着，喉咙里发出咕噜咕噜的声响。偌大的一个红薯，落到肚里，感觉上只薄薄地垫了一层底。

"什么小姐丫鬟的，饿她一天，全都一样。"

人群嘿嘿地笑了。

她在众人的围观之下吞下了最后一块皮。咽完了，身子渐渐地舒适了些，才有了些羞愧。低了头，不去看人。

"你伯娘的金戒指藏在哪里？"财来把灯举到她的脸上，她听见了她的额发在玻璃灯罩上嗤嗤卷起的声音。

"我伯娘和我们家不和，怎么会告诉我？"

这是一句真话，也是一句假话。伯娘和母亲两妯娌之间虽然常有口角，伯娘对信月私底下却是很好的。伯娘年轻时生过一个女儿，和信月同年，小时候常和信月一起玩，却在八岁上病死了。所以伯娘见了信月，就多少有些见了自己女儿的感觉。

"问也是瞎问，她能跟你说真话吗？还得那个办法，搜。"

众人都不说话，却拿眼睛看财来——工作队队长和贫协主席都集中在县里开会去了，财来是贫协副主席，便是时下乡里最大的头了。财来却不说话。半晌，财来才转过脸，指了指辛寡妇，说："你去。"辛寡妇是贫协的妇女委员。辛寡妇给选上来，是因为她那个死去的男人据说是地下党，在矾矿上组织罢工，叫人给暗害了的。

辛寡妇迟疑了一下，说她一个孩子，又在外头读书，她伯娘的事，哪轮得着她知道？

财得哼了一声，说辛娘是手软了呢，一到阶级的事上，女人家就是糊涂。辛寡妇白了财得一眼，说你妈才糊涂呢，就过来解信月的衣服。信月那天穿的衫子很单薄，却是盘花扣，解起来很麻烦。辛寡妇哆哆嗦嗦地解了半天，才解开了第一个扣。衣襟耷拉下来，露出里头一个月白肚兜。肚兜很瘦，就有些兜不住的地方，雪白地鼓胀出来。众人咕噜咕噜地咽着口水，满屋都是喘气声。

辛寡妇解一点，信月往后退一点，信月很快就退到了屋角，再也没有可退的地方了。信月缩着肩膀哭了起来，是牛羊拉去屠宰场知道大限将近时的那种哭法。静静的，认命的。眼泪一颗一颗地掉下来，在辛寡妇的手上砸出一个又一个的洞。

终于，辛寡妇忍不下那个痛了。

"工作队张队长说过的，地主的崽，也是可以改造的。信月嫁个贫农，不就改造过来了吗？"

财得的手抖了一抖，灯里的油就洒了。财得是贫协的骨干，但这并不是他失态的原因。财得失态，是因为他是贫协里唯一的一个光棍汉。财得早就有了想法，可是财得的那个想法并不是辛寡妇的这个想法。在辛寡妇的这个想法面前，财得一下子觉得自己从前的那个想法简直太缺乏想象力太小儿科了。财得不敢太露出喜色，只是拿眼去勾信月的眼，信月依旧是哭。财得只好看财来，等候财来发话。财来久久无话。财来无话的原因是财来自己也有想法，当然也不是辛寡妇的那个想法。辛寡妇的那个想法再好，财来却是沾不上边的，因为财来早已娶亲生子了。

后来有人说话了。

"穷人改造地主的崽，也得看谁最有需要。"

说话的是全记南货铺的伙计阿旺。阿旺是全记老板从平阳鱼埠头领过来的杂工，不姓黄，在藻溪无亲无故，二十八岁了，是下街最老的光棍汉。但阿旺不是贫协的人，阿旺是贫协临时叫来帮忙的。

"我们家财全不光是穷人，还是烈士子女呢。打天下的不治天下，难道还指望不相干的外人？"

辛寡妇拿鞋底蹭着财得洒在地上的灯油，一下一下地，很有劲道。辛寡妇说这话的时候谁也不看。辛寡妇的话让所有的人都吃了一惊。众人这才明白其实辛寡妇才是第一个有了想法的人，辛寡妇的脑袋瓜子抵过十个八个见过世面的男人。

便都不说话。空气硬得如同一块大玻璃，众人手里都牵了一个角，谁也不敢动，一动就碎。

最后还是财来发话了，财来的声音很低很沉，震得地板嗡嗡地抖。财来的手松了，玻璃碎了一地：

"先搜了再说。"

辛寡妇伸出一根小拇指，一心一意地挖着一腔热鼻屎，不动。

屋里和辛寡妇有着一样想法的人，也不动。

没法子，财来只好自己动手。

财来把油灯搁在地上，走过去，一把揪住了信月的衣襟，将信月小鸡似的轻轻一提，立在了墙角。扣子依旧难解，财来嫌麻烦，索性不解了，却将手直接伸进了肚兜里头，上上下下地掏了起来。

正掏着，天井里传来一阵纷乱的脚步声，有个女人在扯着嗓子叫财来："皇天啊，有，有人跳井啦！"

慌乱之中，财来指派了一个贫协的干事留下来看守信月，便提着灯领着众人风也似的跑了出去。

跳井的是信月的伯娘袁氏。

袁氏是铁了心要死的。袁氏抱了一个夏天取凉用的石枕跳了井。那年雨水少，井里水位浅，袁氏跳下去，一头就扎到了井底。井筒窄，石枕将袁氏的一只手紧紧地压住了，众人花了整整一个时辰才将石头挪开，把袁氏打捞上来——自然早就没了气。

袁氏直挺挺地躺在天井里，样子十分滑稽。肚腹鼓胀如孕妇，布衫被钉耙抓烂了，裸露的肚脐眼里一丝一丝地冒着黄水。一只手断了，面团似的瘫软着。眼睛半开半闭着，嘴角却高高地挑起，狰狞地笑着。众人突然想起去年小年夜里，袁氏领着丫头家丁在家门口支起大锅分派赒济粥的情景，心情突然都有些复杂起来。

后来还是辛寡妇进了屋，取了一床被子将袁氏劈头盖脸地遮了。又着了几个女人，回家去随便缝了一身寿衣，待天明就将袁氏草草掩埋了。

那晚众人就把信月给忘了。

而信月就是在那个无星无月的黑夜里跳窗逃走的。

| 十七 |

很多年以后，当粗粝的记忆已经被岁月的流沙磨蚀得逐渐模糊起来的时候，信月依然固执地相信，伯娘袁氏那天晚上其实是精确地预谋了她的死来救自己的。信月的生命是从逃离藻溪的那一刻开始的。信月的生命在离开藻溪之后才开始繁衍茂盛，开花结果。伯娘是信月的汀步，没有伯娘信月就涉不过藻溪的水。这个汀步，本来应该是母亲何氏来做的。可是当信月需要涉水的时候，母亲却扔下了她。

伯娘袁氏顶上来做了信月的母亲。

信月的大外公黄寿田和外公黄寿渊兄弟之间相差了十四岁。当黄寿田已经是富甲一方的乡绅时，黄寿渊才刚进学堂读书。那时他俩的母亲已经去世，父亲常年多病，黄家的事务都已移交给长子黄寿田全权掌管打理。黄寿田除了管理藻溪附近的田产，在平阳金乡瑞安温州乃至湖州城里，还有棉布竹器茶叶生意需要照管，一年里免不了时常在外奔走。所以实际上紫东院里的一应琐事，是由长媳也就是黄寿田的妻子做主。

袁氏并不是黄寿田的元配。黄寿田的元配是刘氏。

刘氏是藻溪学堂校长的千金，在藻溪这么个小地方，也就算是名门出身，本人也读过几年书。刚开过脸盘了发，嫁进了紫东院就当起了家。那时黄寿渊还是个孩子，夜里怕黑，不敢一人睡觉。哥哥结婚后很长的一段时间里，寿渊就是缩在哥嫂的床尾，蹬着嫂子的脚才能安然入睡的。黄家的这个幼弟，其实是被这位长他十几岁的嫂子拉扯大的，所以从小寿渊对刘氏，就有一种长嫂比母的亲近。一直到娶妻生子之后，他依然十分敬重刘氏。黄寿渊的妻子何氏，对长嫂的话也向来是恭敬顺从，不敢违逆的。

刘氏结婚多年依旧虚怀。正当黄寿田准备托媒人物色偏房的时候，刘氏却突然怀了孕。那年她已经三十五岁了——藻溪的女人在那个年纪都已经做祖母了。当刘氏生下长房黄寿田的第一个儿子时，二房黄寿渊家的两个儿子都早已会走路了。

只是可惜，刘氏生下儿子的第三年，就染上肺痨去世了。

刘氏出殡的时候，儿子还太小，全然不知悲哀，听着鞭炮从上街响到下街，竟捂着嘴咯咯地笑。寿田也是木木的，只知道一杆一杆地抽着旱烟。哭得最凶的，反而是小叔子寿渊。那天寿渊在嫂子的墓前倾金山倒玉柱地长跪不起，额头在墓碑上撞出了几个包，四五个青壮小伙子都拉扯不动。几年之后提起刘氏来，寿渊还会红了眼圈。

寿田次年就娶进了填房夫人袁氏。刘氏扔下的那个独生儿子，后来是袁氏养大的。袁氏是金乡袁记肉铺的老板袁麻子的独生女，年纪比二房寿渊的老婆何氏还小一岁。家门比先前的刘氏已低了许多，她本人又目不识丁，进门就要接替刘氏当家，众人自然都不服伏。寿渊的不服是在暗地里的。碍着长兄的面子，寿渊对这位新嫂子，表面上还是客客气气的。可是妻子何氏对袁氏的不满，却如汤里的油星子，已经明明白白地浮上了水面。丫头杂工的分配，伙食份粮的多寡，年节礼品的厚薄，妯娌两个为这等四墙之内的琐事，也不知怄过了多少气。寿田寿渊兄弟两个，夹在各自的女人之间，甚是辛苦，后来不得不前院后院地分了家另过。

前院袁氏进门的第二个月，就有了身孕。后院何氏，几乎也是同时怀了第三胎。袁氏生了一个女儿。因是个大月亮夜里生的，黄寿田就给女儿起名叫皓月。隔了十三天，何氏也生下一个女儿，跟着大房起名叫信月——当然是黄寿渊的意思。

信月和皓月之上都有哥哥，两人的相貌脾气秉性却和各自的哥哥极少有相似之处——两人只是彼此相像。两房的女人纵是怄着天大的气，孩子们却是全然不管不顾的。信月和皓月在紫东院里成双人对，形影不离，谁也撕扯不开。这个的娘若缝了件红棉袄，那个回屋也要娘做一件一模一样的。那个若从大人手里得了一块糖，一定要分给那个半块才肯吃。两边的娘，见了彼此都是乌眼鸡似的，你恨不得踩我一脚，我恨不得啐你一口，可是见了那两个粉团似的女儿，却都狠不下心来，就随了她们整日厮混在一处疯野。后来渐渐地，这家给女儿添新衣新鞋，干脆顺手就给那家多做一件。这家穿了那家的衣服，也不肯白穿，下回做了什么新奇的饭食，一定想着给那家的孩子多留一碗。两边的女人见了面，虽然依旧不冷不热的，却因了两个女儿在中间热热切切地走动着，就多少有些不好意思拉下脸来了。

刘氏留下的那个儿子，自小生性愚钝木讷，与黄寿田和袁氏都不甚亲近。皓月虽是女儿，却伶牙俐齿，聪慧异常，父母视之为掌上明珠，针线女红并不刻意教授，诗书学养却极是上心。到了入学的年龄，一反乡里女孩多入私塾的规矩，将皓月送入公学，与男孩一起受教。于是，信月也跟随堂姐皓月进了公学。

皓月和信月进公学读书的第二年，皓月突然生了一场病，高烧腹泻不止。起初只道是风寒，去乡里药铺随意抓了几帖药吃了，却不见好，反越发重了，夜里竟说起了胡话。寿田夫妇两个这才害了怕，星夜雇船抱了孩子去鳌江镇看西医。谁知就把病情耽误了，船还未到埠头，皓月就在舱内咽了气。

船没有靠鳌江埠头，就直接掉转头来开回了藻溪。袁氏抱着皓月渐渐凉去的身体，不吃不喝地在船舱里坐了一整天。乡里人劝了又劝，只是一动不动。寿田无奈，只好叫了一个堂侄来硬抢皓月。袁氏扑上来就咬，将那人的胳膊生生地咬下一块肉来。一嘴是血的，再也无人敢近身来。

天渐渐地黑了，众人里三层外三层地围着那条船，站得近些的，就看见了袁氏的两个眼睛放出些亮光来，一如暗夜荒野里的荧火。便都害怕，说是鬼魂附了身，就去山上的白云观里喊来了张道士。张道士来了，只远远地看了几眼，甩下一句话来就走了。张道士甩下的那句话是：

"送此月者，唯彼月也。"

众人思量半天，才恍然大悟彼月就是信月。便让寿田去紫东院里叫信月来。寿田去的时候，信月正在帮母亲何氏染鸡蛋——次日是信月大哥定亲的日子，寿渊全家都在准备聘礼。信月随手抓了两个红鸡蛋，就跟着大伯蹬蹬地跑去了埠头。

信月进了船，竟一丝也不害怕，挨着袁氏坐下了，将手里的鸡蛋分出一个来，塞在皓月的衣兜里，说你早上怎么跑得那么快，我鞋都顾不得穿就追你，也追不上。

袁氏吃了一惊，空洞洞的眼睛突然动了一动，问："早上，哪天早上？"

信月说今天，就是今天，五更的样子，天还是黑的，皓月姐姐来找我，说要走了。我问她去哪里，她不告诉我。我说你怎么一个人走，不跟你娘去。她说我娘跟你是一路的，跟我不同路。

袁氏仔细一想，那正是皓月断气的时辰，这才悲从中来，放声大哭。众人听见袁氏哭得惊天动地的，将一条乌篷船震得簌簌地抖，便知道有救了。

皓月走后，袁氏又怀了几胎，都是小产，终生再未有儿女。每每见到信月，忍不住想起皓月"我娘与你同路"的话来，便把从前对皓月的千般慈爱，放了许多在信月身上。两人的情分，竟也多少与母女相似。

信月上头的两个哥哥，岁数上都比信月大了好些。信月开始懂事的时候，母亲何氏已经在张罗给哥哥相亲定亲娶亲的事。好不容易把两房儿媳妇都娶进了门，刚刚歇了一口气，很快就添了孙儿孙女。寿渊是个万事袖手的读书人，何氏原本就体弱多病，管理这一大家子的杂事实在是勉为其难，便没有多少心思可以放在信月身上。

何氏顾不上信月，却自有顾得上信月的人。信月下学回到紫东院，还没进后院自家的门，伯娘袁氏早已等在前院门口了。袁氏指头一勾，信月便风似的闪进了袁氏的屋。袁氏的手里，松松地握了一个手巾包。待两人都坐定了，袁氏才慢腾腾地打开手巾包，必是好吃的——糯米团、芝麻饼、绿豆糕、枣泥包子，都是热乎烫手的。信月连抓都不抓，便就着袁氏的手，三口两口就吃完了。抹抹嘴，打开书包，就蜷在袁氏的脚下做功课。袁氏不识字，也不知信月温的是什么书，只看见信月的头低低地埋在书中，鼻尖几乎戳进纸页里，细细一缕刘海随着呼吸在额头上溜来溜去，就忍不住叹口气，念叨一句："娃呀，眼睛都瞧坏了，看谁娶你。"

信月做功课，一直做到掌灯时节，听见后院厨娘张妈在一叠声地叫老爷夫人大少爷大少奶奶二少爷二少奶奶，便知道是吃饭的时候了，才收了书包回家去。袁氏从不留信月吃饭，怕何氏有话说。

后来信月去了平阳中学读书，便不能时时和袁氏见面了。节假日回来，也是一头先钻进伯娘屋里，伸手便去掏袁氏的枕头。袁氏的好东西，都藏在枕头套里的一个小布兜里。那时刘氏留下的那个儿子已经娶了亲，亲家公的哥哥在东南亚做玉石生意。亲家公来看寿田两口子，便时时捎带了些稀罕的玩意儿——翡翠耳环、指甲粉、万花筒、玻璃丝袜、西洋画片。袁氏一件也舍不得用，却仔仔细细地收藏起来，等着信月回来一起看。信月一件一件地看过试过，又一件一件地放回去——依旧藏在枕套里。袁氏敲了敲信月的头，咕咕地笑，说嫁妆，这是你的嫁妆。到你坐进了花轿，伯娘塞在你手里，看都不用让她看见。信月当然知道袁氏嘴里的这个她，说的是自己的母亲何氏。

袁氏投井自尽的第二天早上，有人在藻溪边上发现了一只黑布鞋。辛寡妇一下子就认出来是信月的鞋子——那鞋面上绣的一朵百合，是辛寡妇亲手所为。众人在溪里打捞了很久，却一无所获。

几天之后工作队回来，传达了县委指示，说藻溪乡的土改有些冒进，走过了头，需要整顿。财来给撤了贫协副主席的职，一气之下去了萧山给人打短工。

后来财得当上了贫协主席，就给黄寿田的儿子安排了一个民办小学教师的位置，也算是思想改造的一个典型。紫东院里发生的事情，做了一阵子藻溪人餐前饭后的谈资，骂也骂过，叹也叹过，就渐渐被人们淡忘了。

几个月后有人在温州城里看见了黄信月，后来打听出来，才知道黄寿渊的这个女儿非但没有死，还嫁了温州城里的一个大官。回去说了，藻溪人便都啧啧叹奇。

信月的名字被再次提起，是五八年春。那年乡里闹特大虫害，农药化肥都是配额供给的，藻溪是个小乡，争不到配额。眼看着一地的庄稼就要毁了，众人想来想去，最后想到了辛寡妇，让她去温州城里找信月试试门道。辛寡妇推了又推，终是推诿不过，只好硬着头皮，找去了信月的家。

辛寡妇没舍得坐车，是一路走到温州城的。藻溪启程的时候，刚过了五更天。到了城里时，天已是大黑了。辛寡妇一路上只啃过一块米糕，连水也不曾喝过一口，早已饿得两眼昏花。花五分钱在路边的小摊上买了一个烧饼，一路啃着打听到了地委机关大院。大院门口设着一个岗亭，站岗的是个新兵，问工作证呢，辛寡妇摇头说没有。又问找谁，辛寡妇说找黄信月。新兵不认得信月，只问住哪个楼，辛寡妇半天说不上来。正巧有个老头子路过，说那是宋书记的爱人，我给他们家送过煤饼的，门岗才放人。

老头子领着辛寡妇去了尽里的一座小楼，就走了。辛寡妇抬手敲门，刚敲了一下，门就哗地开了。辛寡妇最后一口的烧饼还来不及咽下，在腮帮上鼓出硬硬的一个包来。上上下下地动用了好些口水，才勉强将那个硬包送下了喉咙——却险些急出一头的汗来。门里站着一个二十多岁的年轻女子，剪了一头齐刷刷的短发，穿着一件双排扣的列宁装，里边是一件大翻领的白布衬衫，口袋里斜插了一支钢笔——完全是城里干部的打扮。辛寡妇撩起衣襟擦过了几遍眵目糊子，才隐隐看出来是信月。而信月，却全然不认得辛寡妇了。那年辛寡妇才四十多岁，却已满头白发，脱落了牙齿的双颊塌陷成两个深坑，说起话来哂哂地漏着气——完全是个乡下老太太的样子。

辛寡妇伸手隔着门槛去抓信月，说娃啊，我，我是你辛娘呀。你小时候穿的衣裳鞋袜，都是你辛娘做的，你记，记得不？辛寡妇的手指上还残留着烧饼的油腻，贴在信月的肌肤上，如一条刚从冰洞里爬出来的闪着油光的蛇。信月吃了一大惊，一甩手闪开了，嘴唇抖了半晌，竟没有抖出一个字来。辛寡妇的眼泪就下来了，才啰啰唆唆地讲起了乡里的难处。信月依旧一言不发。辛寡妇叹了一口气，说娃呀那年的事你就忘了吧，藻溪总算是生你养你的地方啊。信月听了这话，脸一紧，转身就进了屋，咣的一声带上了门，差点撞上了辛寡妇的鼻子。

辛寡妇在路边坐了一夜，等天亮才灰头臊脸地回到了藻溪，发誓饿死也不再进城丢这个人了。

第二天藻溪乡却得到了农药化肥的配额。

六四年特大洪灾，藻溪是浙南第一个收到救灾款的乡。

这是两桩大事，救了一乡人的命。

还有许多小事，是一家一户的事。财高的哮喘病，财志女儿的肾病，财留母亲的肝硬化，财富老婆的子宫瘤子。对

111

宋达文来说只是一句话，对寻常人家来说，却是一条命。

藻溪人知道，事情虽然都是宋达文操办的，可是宋达文却不是为了藻溪人的缘故。宋达文是为了信月。宋达文对这个比自己年轻了二十多岁的妻子的溺爱，连藻溪那种乡下地方的人，也是一眼就看清楚了的。

藻溪人唯一能够报答信月的地方，就是年复一年地恭恭敬敬地迎候信月回乡。可是藻溪人的期望却一年又一年地落了空。实在逼得紧了，信月就发话说等死了就回去。这话还真说准了，却是后话。

藻溪人后来终于找到了一个报答的机会。六七年城里闹"文革"，来了几拨外调组，调查信月的背景——当然是冲着宋达文来的。外调组在藻溪蹲了几天，却一无所获地回到了温州。

| 十八 |

"开吗？ 开吗？"

末雁长久地失眠着。那个细小的声音，又在她耳边开始了周期性的叨絮。

末雁知道这是母亲旧手绢上的那朵莲花，在暗夜中寂寞的自语。这样的私语，已经持续了五十年，还要持续多少年呢？末雁从枕头底下掏出那条手绢，烦躁地团在手里，叹了一口气，说开吧开吧，要开你就开个够吧。

"妈妈你在说什么？"床那头灵灵翻了个身，问道。

末雁吃了一惊，问灵灵你怎么还没睡？灵灵含糊地嗯了一声。月光流过竹帘，照得灵灵的脸廓阴晴分明，睫毛在月影的重压之下微微颤动。末雁想起母亲信月逃离藻溪的那一年，大抵也就是灵灵的这个岁数。和母亲相比，灵灵这一生的开头实在是平顺得失却了叙述的重点。心里似乎有些庆幸，又似乎有些遗憾，便伸出手来摸了摸灵灵的脚——女儿虽然发育得不错，在她眼里却依旧是瘦。

"妈妈，我们明天找个地方上网好吗？我好，好几天没查电子邮件了。"

女儿声音里有一丝迟疑，末雁立刻听出了女儿在挂念越明。自从到了藻溪，灵灵就没和越明联系过。财求家的电话，并没有开通国际线路，末雁也懒得去镇里打国际长途。灵灵是越明心尖尖上的那块肉。越明和末雁自相识到结婚到出国，多少年来一直是两股各行其是的线。只有灵灵出现了，才把两股线扭成了一根松散的绳子。灵灵是绳子末梢的那个结子。结子在，他们还是绳子。结子一松，他们瞬间又成了两股互不相干的线。若没有灵灵，他们大约在越明博士毕业的那一年就分手了。

越明和末雁结婚三个星期之后，越明就去了麻省理工学院留学。末雁在地质所工作了两年，才以探亲的身份去了美国和越明团聚。越明那阵子正在准备博士资格考试，根本没有时间顾家。末雁到的那天，他从同学那里借了辆旧车，一路叮咣地开去了机场，接了末雁到家，匆匆交代了几句话，就赶回学校去了，留了末雁一人守着一个陌生空落的家。

越明租的是一个地下室，光线极是昏暗，白天也需要点灯照明。一屋里除了一张床，一副桌椅，便是一无所有。末雁挪出椅子来，发现椅子已经断了一条腿，是用胶纸草草绑上的。桌子上放着一本台历，上面密密麻麻地记着课程考试导师会面课题讨论等的具体时间。末雁又翻回去几页，除了有一页上写着"雁签证到"之外，竟然没有一处是和她相关的。即使那处关于她的信息，她的名字也是被简化成一个极为潦草的英文字母"Y"。

末雁放回椅子，在床沿上坐下了，脚往里一伸，就钩着了一只袜子。弯腰下去一看，里面是高高一叠的脏衣服。衣服大约有些时日了，已经生出了僵硬的皱纹。抖落开来，便有一股酸臭味，随着粉尘在屋里渐渐地弥漫开来。末雁把衣服一件一件地拿出来，找了个水池子泡下了，肚子却响亮地叫了起来——才想起自己其实已经错过了两餐饭。

就去厨房开了冰箱，翻来翻去，现成可吃的只有半袋面包。想去沏一壶水泡一杯茶，却怎么也找不着电水壶。只好接了一碗凉水，慢慢地把一片面包送了下去。仍旧是饿，却再也吃不下去了。

再回到屋里，睡意渐渐地浮了上来。被子本来也没叠过，掀开来，露出底下一条粉红底印着大朵大朵牡丹花的床单——那是末雁一个要好的同学送给她的结婚礼物，是越明出国的时候，末雁从床上揭下来让越明带走的。床单磨得有些旧了，牡丹花叶上的布纹已经失去了经纬交织的力度，开始柔软稀疏起来。末雁把脸贴在败落的花朵上，突然感觉到她和越明的婚姻，就如这床单一样，尚未来得及经历新奇的硬实，就直接进入了老旧的松弛。

躺在越明的床上，那一觉末雁睡得很长也很香。她似乎已经隐隐预见到了，在这个陌生的国度陌生的家里，她其实是没有可以依靠的。她靠的只有她自己。她将会经历许多的难眠之夜，所以她在一开始就必须预备她的体力。

那天末雁对自己在美国生活的预感，果真在后来被一点一点地证实了。末雁在波士顿最初的日子，几乎完全是围绕着越明的计划转的。末雁很快就在一家中餐馆找到了一份洗碗的工作。越明的奖学金数额不高，末雁的到来使得生活越发地拮据。他们已经把生活水准降到了最低，可是波士顿的物价却是那样的高，即使仅仅浮在温饱的水面上，也已经使他们筋疲力尽。那时越明的英文还很蹩脚，没有通过第一次的博士资格考试。为了集中精力准备第二次考试，越明辞去了另外一个系的助教职位，那张本来就很轻薄的支票，就变得更为轻薄起来。末雁出国前对自己学业的许多设想，此时都已经成了奢望。她只剩下了一条路，就是去打工维持家用。

末雁早上起床的第一件事，就是准备越明的一日三餐。都准备妥帖了，才搭公共汽车去餐馆上班。洗碗工总是最后一个下班的，等末雁搭最后一班车回到家里，越明常常已经睡着了。所以有时一整天，末雁和越明也说不上一句话。末雁一周六天上班，休息的那一天，却不是在周末。所以越明照常去学校上课，末雁一个人留在家里，采购下一周的菜，洗衣做饭，收拾房间——几乎和上班没有区别。越明永远地忙，没有时间带她上过街。除了家，餐馆和超市，末雁几乎对波士顿的街道景致一无所知。末雁如同风暴中心的那个风眼，任凭一城的热闹流光溢彩地从身边飞过，却浑然不觉。

有一天半夜越明醒来，突然发现末雁一动不动地坐在床上，两只眼睛如同两颗玻璃珠子，在夜色中生着清光。越明吓了一跳，开了灯，问怎么啦？末雁叹了一口气，说越明你知道今天是什么日子吗？越明茫然地摇了摇头。末雁说两年了，今天我来美国整整两年。越明立刻听懂了末雁的叹息——

末雁一直想辞了餐馆的工作，复习英文，准备申请入读博士学位。越明无语，半晌，才嗫嗫地说：一年，再熬一年，我就毕业了。

末雁突然跳下床来，将十个指头张得如同十个木桩，近近地杵到越明的眼前，说你看看，你看看，这还有一丁点像读书人的手吗？再等一年，读过的书都还给老师了，还考什么考？

越明知道末雁的手指上缠了许多颜色肮脏的橡皮膏，橡皮膏底下，是一些粗细不等的裂纹——那是常年浸润在洗碗剂里的结果。越明也知道，末雁手指上的每一条裂纹都是阴沟，底下蕴藏着一股股污浊的臭味熏天的委屈和怨气，随时聚集着力量要升腾到地面上来。越明闭着眼睛，不去正视那些沟壑一样的裂纹。看不见的时候，她的委屈只是她一个人的。一旦看见了，他便在她的委屈里有了份。他那时正在准备博士论文答辩。其实他完全可以放慢速度，推迟一年毕业，去外系兼一个助教，这样她就可以早一年入学了。这一年的时间，可以由他来承担，也可以由她来承担，可是他们决定了由她来承担。确切地说，是他决定了由她来承担。刚开始的时候，他以为她的沉默是一种无可奈何的认命，后来才渐渐地知道了她的沉默里还有许多其他的含意。

那一夜末雁很久很久才入睡。越明背着身躺着，听着末雁如同一只正在蜕皮的青虫一样在床上反复不停地蠕动着，感觉到她的叹息如芒刺一根一根地扎在自己的脊背。也许，那年出国之前的仓促婚姻是他人生的一个重大错误。他想。他是为了实现对她的承诺而带她来美国的，当然其中也藏了些结伴行路的自私企盼。她来了，他才知道，其实一个人行路也有一个人行路的好处，他至少可以毫无顾忌地喧嚷他的骇怕。两人结伴行路的时候，他为了她的骇怕而压抑了自己的骇怕。为了推卸一半的骇怕结果背负了双倍的骇怕，这是他未曾料及的。美国压给他的担子很重，可是整个美国都压在他身上，也不及她的一声叹息沉重。美国是骆驼背上的重负，她的叹息却是重负之上的那根稻草，轻轻地，却把他压垮了。

那晚越明听见自己的筋骨意志在她的叹息之下一块一块窸窸窣窣地碎裂了。早上在闹钟反反复复的催促之下起了床，在飞快的刷牙洗脸程序里，一个念头突然电闪雷鸣似的照亮了他的疲惫混沌的思绪。

单身，还不如恢复单身生活。

第二年越明顺利地获得了博士学位，并争取到了一笔较为丰厚的博士后研究资金。末雁也考入了波士顿大学的环境科学系博士课程。越明的研究所离末雁的学校很远，越明就替末雁在大学附近找了一间学生公寓住下，又给末雁另开了一个账号，每个月由银行自动从他的工资里提取一半的数额存进她的账号里。办完一切手续之后，越明吁了一口气。到了，终于到了，画句号的时候了。他想。

那一个周末，越明开车来学生宿舍接末雁去餐馆吃饭。吃饭当然只是一个借口，越明的目的是找末雁说话。这些话他已经在心里暗暗地排练多时了，他熟悉每一个字节停顿每一种语气变换。只需要一个合适的氛围，那些话就会瓜熟蒂落地从他的舌尖滑出。

那天越明在末雁的房间里等了很久，才等到末雁——她去学校的医务室看病了。末雁那阵子肠胃不好，一直吃不下饭，人很是黄瘦。越明带末雁去了一家中餐馆，叫了满桌的菜——都是末雁的口味。末雁看了一看，却不动筷，只是没有胃口。越明夹了些菜放到末雁的盘子里，说你还得读四五年的书，别把劲在一开始就使光了，悠着点。末雁点了点头，疲软地笑了一笑。半明不暗的灯光里，越明看见了末雁额上浅浅的皱纹。

两人一时无话。末雁低了头，鞋尖在桌子底下一下一下地踢着地面。半晌，才说：越明，我怀孕了。

末雁的声音很低，近似耳语，却如一声炸雷，将越明所有准备就绪的话炸得粉碎。在干涩艰难的咀嚼中，越明将这些碎片一片一片地吞了下去。

因为生灵灵，末雁休了一年学。灵灵三个月的时候，就送到了中国，在徐州奶奶家里寄养。那几年越明不停地从一个实验室换到另一个实验室，一直没能找到一个长期稳固的工作。反倒是末雁的运气好些，博士毕业后，在导师身边做了一年的博士后研究，就在加拿大联邦环境部找到了一个头衔和收入都很不错的位置。越明的求职目标，也跟着从美国转移到了加拿大。次年越明在多伦多大学找到了一份教授职位。两人紧接着就办了定居手续，在多伦多的闹市区，买下一幢花园洋房。颠簸多年之后，算是最终安定下来了。

在多伦多安顿下来之后，越明又一次陷入了不可自拔的空虚状态。前几年他们的注意力一直围绕在求学求职求绿卡之类的目标上，琐碎而具体的程序占据了他们几乎所有的话题。可是一旦尘埃落定，生活进入了一种固定而平稳的循环，他们再次失去了共同的话题。每天下班回家，他和她在各自的房间里静默地延续他们各自的工作，他觉得有一种东西在隐隐地压迫着他的神经，先是麻，后来渐渐地生出了钝疼。后来他终于明白，那东西是空间——硕大的沟壑似的填也填不满的幽暗空间。她站在他的每一扇窗每一道门前，她阻隔着他的视野，她使得他对世界失去了好奇。他知道他所有关于空间关于疏隔的感受都来自她的存在。她出差讲学的日子里，他自由得几乎有了失重的感觉。这种感觉让他几乎骇怕起来，于是他急切地开始申请灵灵来加拿大，他知道女儿是他们分离着的生活轨道里的唯一重合之处。他们之间，只有女儿了。

几个月后灵灵来了——是让越明的一个朋友从国内捎带过来的。那天末雁出差在外，是越明独自到机场去接的。

灵灵在奶奶身边常常生病，六岁的身架，看上去异常的瘦小。奶奶给灵灵做的衣服都很肥宽，预备着她的长大。可是她长得很慢，衣服久久没有被填满。在机场，越明紧紧地拥住了女儿，触摸到了重重衣物之下女儿身上的累累瘦骨。女儿挣了一挣，挣不过，便渐渐地软了下来，趴在了越明的肩上。越明的眼里就有了泪。女儿的身体如一把细弱的草，柔软却坚决地堵住了越明心里一些时时涌动的话题——关于离婚的话题。只是当时他不知道，这些话他忍了许多年，然而在女儿长大成人的时候，终究还是说出来了。

"妈妈，刀片在青海住过一年，教援去的。在青海交了一个女朋友，叫叶桑达娃。"灵灵在末雁的脚下又翻了一个身，声音依旧是清醒的。

母女两个私下里曾笑过百川的眼光锐利如刀，灵灵就给百川起了个外号叫刀片。

"你怎么知道的？"末雁又吃了一惊，这一惊却没有放在声音上。

"我看见照片了，一身都是银首饰，辫子上闪闪发亮的。"

"达娃不愿离开青海，他们只好分手了。刀片很痛苦，写了很多诗给她。"

末雁突然记起百川给自己看过的几首诗，写的虽然是景，却都是致 D.W. 的，大约就是这个达娃了。又想起那天在藻溪边上那个炭火一样炽烈的吻，脸在黑暗中灼灼地热了起来。百川。百川。百川深井一样的眼睛。百川浓黑的眉毛。百川没有一丝赘肉的背影。百川百无禁忌的笑声。百川的生命之树正在勃发的时节。百川叫一切走进他树荫的人，忍不住想撷取一片活力。

不知百川和那个穿着藏袍的辫子闪闪发亮的女子，是怎样炽烈地做爱的？

"妈妈，诗人是很敏感很特别的人，对吗？"

末雁在黑暗中微微一笑，却没有回应，心想这十几年中文学校的正规培育，竟不如短短几天的实地考察——在藻溪的日子里女儿的中文实在有了太多的长进。

| 十九 |

灵灵早上一起床，就问百川藻溪里能游泳吗，百川也不

回话，却问你会游吗你，末雁就先笑了，说这你可不敢小看我们灵灵。她小时候身体不怎么好，她爸就逼她游泳。从小学游到高中，得过加东少年组名次的。现在上大学忙了，才断了训练。一般人轻易的，还真游不过她呢。百川啧啧地叹气，说奥运会冠军就是这样断送在万恶的资本主义教育体制之下的。又问灵灵带泳衣了吗，末雁说她呀，出门在外，不带牙刷也得带泳衣。

财求正在厨房热豆浆，听了这话，就将碗咚的一声放了，大声喊叫起来："使不得，使不得，伏天早过了，水冷，要抽脚筋的。下街白家的孙子怎么出的事，你忘了？"

百川呸地啐了一口，说红口白牙的，怎么咒人呢。谁叫白家孩子一个人黑天去游的？我们三个人呢，就这一条臭河沟的，翻不了船。

财求一急，眉眼就飞出了脸外："百川你这个混虫爱死哪儿死哪儿去，灵灵你可不能带走，除非你把我一拳撂倒在这儿。"

百川将老头子一把搂住了，浮出一脸油汪汪的笑来："阿爷撂倒你一拳可远远不够。再说，我死哪儿也不如死家里舒服呀。不去，不去，阿爷你就是拿了金子银子求我，我也不去了。行吗？别摆出这副高仓健的表情了。"

财求弓起手指照着百川的脑壳邦地敲了一记，眉眼才渐渐顺了起来。四人便坐下来吃早饭。百川把豆浆喝得呼呼地响，趁财求不备，拿胳膊肘子轻轻顶了顶末雁，挤了挤眼睛，说阿福特浪曲。末雁还没回过神来，灵灵却已经忍不住在那头吃吃地笑了起来。末雁这才恍然大悟，百川说的是英文，是中饭以后的意思。想起老头子吃过午饭雷打不动是要睡一小觉的，便也忍不住窃窃地笑。

好不容易熬过了午饭，老头还没放下饭碗就已经嘴大眼小，哈欠连篇起来。百川搬过一张躺椅让财求靠下了，又点了一支烟塞在老头嘴里。财求眯着眼睛抽了几口，烟就咚的一声掉在了地上。百川弯腰捡起烟头，在洗脸盆里嗤地揿灭了，朝末雁灵灵勾了勾手指，正要出门，财求突然将眼一睁，一把拽住百川："我知道你肚子里有几根肠子，就想把我哄迷瞪了，你好带灵灵出去疯是不是？"

百川却涎皮涎脸地笑："阿爷我坐这儿，哪儿也不去。"财求将百川的衣襟捏在手心，脸上的皱纹方渐渐地松弛下来，就有了细细的鼾声。百川猴子似的扭着身子，将外套的钮子一粒一粒地解了，用一只袖子在财求的躺椅扶手上系了个死死的扣子，站起来，踮着脚尖一步一步地蹑出了门。黄狗追到门口，咿呜地叫了起来。灵灵将狗耳朵轻轻一拎，便连人带狗一起出了门。末雁押后，正待掩门，却听见财求在身后惊天动地地咳了一声，不禁吓了一跳。回头看，老头手里依旧紧捏着那团衣服，却已是鼾声大作，细细的一条涎水直流到颈项。

三人一路小跑到了藻溪边上，犹笑得浑身乱颤。末雁指着百川说你你小时候一定是个混世魔王。百川说雕虫小技不值一提。灵灵问什么虫？百川末雁越发笑得哈哈的，直不起腰来。

灵灵一早在家就换好了泳衣，这会儿把外套一脱，跨过汀步就去探水。这里是上游，离乡里妇人洗衣洗杂物的地方还有几步路，水还有几分干净的模样，颜色青蓝，浅处依稀看得见底下的卵石和水草。虽已是深秋，正午的太阳居然还有几分热气，水竟不是十分的凉。灵灵一步一步走下去，水渐渐就没了腰。再往深处走了走，身子就矮了下去，只剩了一丛头发黑黑如草，在水面上漂来浮去的。末雁喊了一声小心石头，又去推百川："她只游过游泳池的水，从来没有在河里游过的，你带她一带。"

百川就把汗衫长裤脱了，卷成一卷扔在岸上，一个猛子扎进去就不见了。再浮出来，就已经在灵灵旁边了。那狗就在岸边伸了颈子汪汪地叫。百川捡了条树枝扔过去，狗腾空一越叼住了，就扑通扑通地游了过去，巴巴地把树枝送回给百川。两个人一条狗顿时就把一汪水给铰裂了，到处都是细细碎碎的笑纹。

百川将两手拢了个筒，遥遥地对末雁喊着话。隔着些水，声音嘤嘤嗡嗡的，听不真切，末雁只一味地摇头摆手。灵灵贴在百川耳边说我妈没有游泳衣，你别叫她了，她不会下来的。百川才做了罢。

百川指了指远处"生男生女都一样"的标语牌，对灵灵说："三个来回，谁后到谁在河滩上学三圈狗爬。"就将指头含在嘴里呜地吹了一声口哨，两人便如两条银枪鱼破水而去。百川领着先，时不时地回头等着灵灵。等游过了一个来回，灵灵就不声不响地追了上来。百川想甩，却发现灵灵紧紧地咬着他的脚跟，无论如何也甩不开了。第二个来回才游了一半，灵灵已经远远地超过去了。百川眼看着追不上了，就败了兴，爬上岸来，摊开了手脚在树荫底下晒太阳。末雁呕呕地唤着狗，狗就颠颠地把百川的衣服叼了过来。百川把衬衫往头上一蒙，衣服上就有两个圆点一沉一浮地运动着——那是百川的鼻息。

末雁就笑，说气喘如牛了吧你，谁叫你错误地估计了形势了呢。百川没回声，末雁以为他睡着了。半晌，百川突然把衣服一掀坐了起来，直直地看着末雁，说其实就想看你穿泳衣的样子。末雁没防备，被这句话砸着了，怔了一怔，才躲了百川的眼睛，说你以为我是米兰天桥上的模特儿吗？老都老了，别让我现眼。百川嘿嘿地笑，说春也有实，秋也有花，虽非常态，是为奇也。末雁问是你的诗吗？百川说是又怎么样？末雁问什么时候写的？百川又寻着了末雁的眼睛，紧紧勾住不放。

"刚才。"百川说。

这时候灵灵也上了岸，揪住百川就要他做狗爬。百川指了指末雁，说喂喂你管教管教你的女儿，这终究是中国领土，容不得洋鬼子犯上作乱。末雁只是不动身，说言而无信，活该受罚，你以为八国联军是好对付的吗？百川无奈，只好跪在地上胡乱爬了几步，末雁喊着照，照相机，已经笑岔了气。

听我阿爷讲，你大外公是第一个穿了洋式泳裤，在藻溪游泳的人。百川说。

你大外公认识了县城里的一个耶稣教士，学了许多洋套套，去上海买回来两件雪白的西洋泳裤，一件给自己，一件给你外公。

藻溪大人孩子下水，都是赤条条无遮无挡的。你大外公兄弟两个穿了那紧绷绷亮晶晶的尼龙短裤，白鲞一样地躺在溪滩上晒太阳，引了一乡的人来看热闹。

那我妈呢？她也游泳吗？末雁问。

你外公家里再开放，女人也是不下水的。你妈只是坐在树荫里读书。其实围在溪滩上看热闹的人里头，有一半是在看你妈。

末雁摸了摸身下的那块石头，心想不知这是不是当年母亲坐过的？母亲坐在溪边，那溪水也是照过母亲的脸容的。今日的这程水肯定不是那日的那程水了，可是那一程一程地载过母亲脸容的水，如今又流到何处去了呢？母亲当年在溪边读书的时候，最远也只去过平阳县城。母亲看着藻溪水流到尽头的地方，是不是也想过，那头的天地里，到底点的是什么样的灯？种的是什么样的树？住的是什么样的人？若没有那场谁也没有想到的风云变故，母亲是否会和她的同伴们一样，在藻溪乡里找个般配的人嫁了，生儿育女，至老至死？那么，母亲会嫁什么样的男人？生下什么样的儿女？母亲若嫁的不是宋达文，那么，又哪里会有自己这条生命？如此一想，就想呆了，额头涌上丝丝缕缕的皱纹。

"辛寡妇还健在吗？"末雁叹了口气，问百川。

"走了，比你妈早一个月，活到了九十一。"

"财来财得呢？"

"财来七三年就死了，肝腹水。财得住在灵溪的敬老院，老年痴呆症，连儿子也认不得了。"

"你妈家的祖坟，是乡里人合修的——是财得和辛寡妇的儿子牵的头。"

这时天边浮来一片硕大的云，那云刚开始时绷扯得极为紧张，竟无一丝裂缝，风抚过铮然有声。只是一瞬间便松散如棉絮，稀薄处露出许多洞眼，印在地上，便如一团团色调灰暗的羊，一会儿长，一会儿短，一会儿胖，一会儿瘦，却都跑得飞快，空气里就有了些隐隐的水腥味。

"要下雨了，妈妈我们回去吧。你们说的那些人我一个也不认得。"灵灵捂着嘴长长地打了个哈欠。

末雁看了一眼百川，微微一笑。

"那好吧，我们说一些你感兴趣的事。比方说，你也可以问一下你的百川哥哥，到底是怎么失的恋。"

| 二十 |

那张身穿藏袍发辫上银饰闪闪的照片，其实是叶桑达娃多年前在旅游团里做导游的时候拍的。当百川遇到达娃的时候，达娃已经是三十七岁的妇人，独自带着一个八九岁的儿子生活。

去青海教援的事，是百川自己主动要求来的。百川报了名，学校的领导如释重负。期限是两年，又是在那样边远的地方，竟然不需要经过任何动员就完成了指标，所以欢送会就开得很是热烈，各样的补助津贴也给得很是大方。虽然百川研究生毕业后到大学里教书才三四年，在系里算是资历较浅的老师，可是百川的名气却是很响的。

百川有名不是因为百川的学问做得好，而是因为百川的不安分。

百川教的是化学，可是百川却整天混在文学院里。百川能在全系开大会时唱摇滚，有时英文，有时中文。百川的英文虽然是洋泾浜英文，却也和外文系的老师说得通。百川在课堂上授课，讲得兴起的时候，就给学生们念他的诗，学生拍掌的叫嘘的都有，他一丁点儿也不在意。百川写诗，不发表，也不结集，只是随意地涂在餐巾纸大便纸上，又随意地丢了。系里有教授在厕所里捡着了，蹲在马桶上读了，就跟人说百川若肯把写诗的心情放一两分在学问上，恐怕也能成个不小的气候。这话在系里传了好几个来回，终于传到了百川的耳朵里。传话的人是怀了些阴险之心的，听话的人却笑得一脸是牙，把这当成了天大的一句好话。

百川如一股穿堂风，在那个秩序井然的学术环境里全然自如地运行，撞着他的人都难免为他吃了一惊。有的欢喜，有的厌恶。欢喜的也不是那种深到骨子里的欢喜，厌恶的也不是那种咬牙切齿的厌恶。没有人把百川当成真正的朋友或真正的敌人，因为百川不是他们的威胁。百川的身体虽然在他们中间，百川的灵魂却不在他们中间。百川的灵魂在一个他们的认知所无法抵达的地方浮游。百川不是他们中的一个。

这一点，连最愚钝的老教授们都看清楚了，所以在欢送会上，人人都拍了百川的肩膀，说好呀好呀，趁着年轻还没有成家出去走走，那边的天地开阔，不像这边那么憋屈。百川心里热了一热，虽是无以对答，却也感知了众人的理解，因为这种主动请缨的事情，换一个场所换一群人，或许就可能被解释成是寻求仕途的一种技巧。

其实百川只是厌倦了江南。江南小巧玲珑的曲线让他找不到一个可以舒展地摆置自己灵魂的处所，他只能把他的灵魂一节一节地曲扭着零零碎碎地存放。江南的城郭像一件小号的金缕绣衣，他轻轻一动，就能挣破那些精致的针脚。江南把他裹得太紧，他渴望他的灵魂可以在空旷之处全然铺平开展，毫无拘束肆无忌惮地撒野狂呼。他已经窒息得太久，他觉得自己已经到了失语的临界点。

拯救。青海也许是我的拯救。

这是百川在飞机上陷入沉沉昏睡之前的最后一个清醒想法。

百川去的地方是一个教师培训中心，在西宁郊区。百川走的时候正是夏末秋初，江南还在煎煎熬熬地热着，百川猜想高原地方的气候大约已经开始萧瑟了。飞机临近西宁的时候，百川懵懵懂懂地醒了，就把脸贴在窗上看地面的景致。这一看，就大吃了一惊。只见地上是一团青灰色的山脉，山底下是大片大片的绿和大片大片的黄。那黄和绿都是边角分明的，仿佛是有人拿剪子仔细地修理过的。又有一条蓝色的细带子，大约是水，将黄的和绿的方块切成两半，一路蜿蜒而去——也是线条极其分明的。那山那水那地，竟然是一种他远未曾想象过的葱茏。便忍不住问了邻座的本地人，那人说黄的是油菜花，今年阳光充足，花开到这时候还没开败。山叫日月山，河叫倒淌河，都是有名的，是文成公主当年进藏的路途。这倒淌河为何取了这个名字，是因为它是从东往西流的，传说是当年文成公主一路流下的眼水。文成公主不愿让长安的家人看见自己的眼泪，就下令让河水倒流。

百川听着，心底沉睡着的那个诗人猛然惊醒了，噌地坐直了，立时就有了潮润的诗意。便掏出笔来，在餐巾纸上顺手写下了：

假如纷争都能

这样解决

地图上

将溢满了

河流

百川下了飞机，只见一个藏族少女举了一条白丝巾，朝着他跑了过来。女孩欠了欠身子，用略带口音的普通话说远方的贵客欢迎你，便将丝巾挂在百川的脖子上。百川猜想这就是迎客的哈达了。那女孩穿着颜色鲜艳的藏袍，梳了一条长长的辫子，辫子上挂着闪闪发光的银饰，身子一动，便有叮哪声响起。百川看得呆呆的，还没来得及回话，又有一个藏族少女捧了一个瓷碗，高高地举过头顶，说远方的贵客，尊贵的老师，欢迎你来到离彩虹最近的地方，请喝一碗我们家乡待客的青稞酒，贵客喝了就像回到了自己的家乡。

那女子的话像诗像歌，百川的血轰隆地滚动了起来，忍不住将碗接过来，一口饮尽。只觉得有一股清冽之香，从口舌上生出，渐渐渗入喉鼻，又一路蜿蜒爬上了颅腔。过了一小阵子，就有一条细细的火绳，沿着清香走过的路，烧了过来，最后轰的一声在他的脑门上炸了一个大火球，将他烧得一脸通红。

这时有人吃吃地笑了起来，说黄百川老师，本来只是让你尝一口的，谁叫你全喝了的。百川这才发觉两个藏族女孩的身后，还站着一个汉族女人。那女人上身穿一件白布衬衫，下头是一条蓝布裤子，足蹬蓝色平跟皮鞋，齐肩的头发用两个发卡别在耳后，一身的装扮落了一二十年的季，像是黑白电影里的人物，却极是干净利落。女人的声音和女人的穿着一样，干净清爽，没有一丝渣滓。女人看不出年龄，却是有皱纹的。女人的皱纹简约而深刻，沿着眼角唇沟走下来，是那种喜怒皆宜的样子。女人的皮肤黝黑，颧骨上是两团潮红，每一个毛孔里都恣意地流淌着阳光。女人在百川跟前一站，百川瞬间觉得自己惨白如纸。百川突然就口吃了起来，说我，我以为，这是少，少数民族习惯。女人又笑了，说黄老师，其实这里的少数民族都已经很汉化了，你不用太拘泥。

女人就指挥着两个女孩子，把百川的行李搬上了车，又让司机在路上停了一停，下去买了一袋水果和一箱矿泉水，吩咐一会儿给捎到黄老师的住处。接着拿出手机来，打起了电话，似乎是在安排晚饭的事。女人问有什么菜，那头啰啰唆唆地报了一串。女人听得不耐烦起来，就打断了，说你加几个南方口味的吧，豆腐鱼，红烧虾都行。女人挂了电话，才伸出手来，交给百川握了，说我叫水月，是教师培训中心接待处的，各地老师们迎来送往衣食住行的事，都归我管。目前培训中心里，只有你的老家最南，不习惯的地方，我帮你一些，剩下的，你只好自己慢慢地调节了。

百川握着水月的手，就觉出了女人手上的糙皮，砂纸似的磨着他的掌心，磨得他微微地有些生痛，却又不完全是痛。在女人的粗粝之下，他觉出了女人细细碎碎的温存和体恤。

| 二十一 |

那日百川和灵灵在藻溪游泳，才游过两圈，太阳就渐渐地低矮了下去。风狰狞地响着，拨弹着一天的浮云，落叶在河滩上窸窣地滚动着，周遭瞬间就凉了起来。末雁说都不能再游了，再游就要抽脚筋了，不如咱们一起再去一趟坟山吧，下回就不知道是什么时候了。灵灵说眲了，要回去睡觉。百川瞪了她一眼，说瞧你这一头落水鬼的样子，老爷子问起来，你说什么？你不怕老爷子我怕。要回去你自己回去，把狗也牵上。灵灵一听就改了口，说那我也跟你们上坟山。

三人便厮跟着朝山上走去。

三人踩着汀步涉水过了河，就上了一条上山的路。走了约有一刻钟，百川回头问末雁认不认得路，末雁说乡下的路都一样，谁知道你这回走的是哪一条。百川连连摇头叹气，说灵灵呀灵灵，不知你妈在多伦多是怎么开的车，认得回家的路吗？灵灵忍不住地笑，说我妈开车只认得一条路，要是修路拐个小弯，她就得走丢。我爸说她是一，一根筋……

话一出口，就知道错了，想改口已经来不及了，只听得末雁在旁冷冷地笑了一声，说灵灵你还要我提醒你多少次，你爸的意见对我来说已经不重要了。灵灵就有些讪讪的。百川捅了捅末雁，轻声说大人的事，别掺和孩子，末雁才将那脸色缓了些下去。

百川指了指前头一棵树，问末雁路你不认得，树你认得吗？乡下多树，看上去模样长势都大同小异，末雁原本是认不得的。可是前头的这棵树，跟别的树很有些不同，是里外两棵树合长成一棵的。外边是棵极老的树，树皮光光的，竟如水磨石，树干被雷轰出一个大洞，洞的周遭烧成一片焦黑。洞里却长出了一棵碧绿的新树，有许多的枝叶，从枯树干里钻出来，绕着枯树长成密密麻麻的一匹。日子一久，两棵树竟是你中有我我中有你，分剥不开了。末雁一下子想了起来，这条路就是头回跟百川上坟走过的路，就是在这棵树下，有了那个毫无防备的热烧火燎的吻。

一想到那个吻，末雁的脸就有些微微发烫，扭过头来看百川，百川正在若无其事嬉皮笑脸地对灵灵说那天在这棵树下我和你妈……末雁脸色煞白，顿着脚厉声叫了一句："百川！"那声音如一道霹雳，满天都是嘤嘤嗡嗡的回响——倒把自己吓了一跳。

百川愣了一愣，才嘿嘿地笑，说我正给灵灵讲故事呢，你别瞎打岔。灵灵那天我和你妈一起上坟，就在这棵树下，看见地裂了一个大缝，山长了脚行走，一把天火，差点把我和你妈烧死。末雁指着百川的鼻子，说你，你，你这个疯子，就头也不回地径自走了，只听得灵灵在后头追，说妈妈妈妈，诗人是和别人不太一样的，要不，他们怎么写得出诗来？

三人又行了一小段路，就看见了坟山。末雁拍了拍额头，说忘买纸钱了。灵灵就问妈妈为什么洋人死了从来不买纸钱呢？末雁就笑，说咱们中国人穷惯了，总怕亲人在阴间没钱花。灵灵说外婆早该是个亿万富翁了——你们都烧过这么多回纸钱了。我还是给外婆采花吧，外婆从前很爱花的。

母女两个果然就在路边找了些野花。已是深秋，应季的花只剩了野菊和一种说不上名字的小紫花，两样夹杂在一起，配上些狗尾草，颜色竟很是相宜。灵灵用野草编了根绳子，把花绑起来，是饱实的两大束。上了山，灵灵在外婆的墓前鞠了个躬，把自己的那束花放在了石碑之上。末雁也在母亲的墓前鞠了一躬，却把手里的花放在了袁氏的墓前。又招呼灵灵过来，也给袁氏行个礼。灵灵不认得袁氏，问是谁。末雁说这个人虽然不是你的亲太外婆，却是拿自己的性命换了你外婆的性命的，所以也就是你的再生太外婆。灵灵听着拗口，百川就笑，说反正是你们家的亲戚，是长辈就该行个礼，哪有这么多话的？灵灵果真就规规矩矩地鞠了个躬。

鞠完了躬，灵灵又问末雁为什么这个人只有姓没有名字？末雁叹了口气，说这就是从前中国女人的命，连个名字也不配留下来。回头咱们问问你财求阿公，还记不记得这个袁氏叫什么名字。百川说听老一辈的讲过，黄寿田的填房叫袁苑雅。她爹只是个杀猪的屠夫，不认得几个字，生了八个儿子，最后才得了她一个女儿，倒是很宝贝的，连名字，也是花钱请学堂先生特地起的。袁氏起了这么个雅致的名字，长得却是人高马大，听说怀了八个月身孕的时候，还提着一百人吃的大铁锅，在紫东院门口发阄济粥。

末雁听了，心里有块东西咯噔地动了一动，猛然想起自己的妹妹叫宋纪雅。原来妹妹的名字是顺着袁氏的名字来的，母亲虽然生前从未回过藻溪，却一辈子也没有忘记袁氏的。妹妹既然取了这个名字，父亲宋达文自然也是知道母亲的身世的。那么，妹妹自己知道吗？或许，宋家的四口人里，只有自己是唯一一个不知情的人。

末雁就问百川刘氏生的袁氏养大的那个儿子后来怎样了，百川说贫协在紫东院搜浮财的时候，那个儿子一直躲在柴堆里没有出来。那人生性本就木讷，受过惊吓脑子就出了问题。刚开始派他在民办小学校代课，话少些，旁人倒看不出太大的破绽。渐渐地就变成了个武疯子，哪里有洞就往哪里钻，钻进去能三五天不出来——就教不得书了。后来有一回半个月不见人，有人路过他家门口，闻见屋里臭气熏天，才发觉他把自己藏在水缸里憋死了——都长了蛆。

有儿女吗？

听说有个儿子，他老婆刚听见土改的风声，就把儿子带回了娘家，再没回来过。

末雁怔了许久，暗暗感叹黄寿田这一脉，不过几十年工夫，至此已经灰飞烟灭，竟再无半个后者，可以来坟上略施祭奠。幸得母亲信月，终于在五十年后归来，长眠于此，也算给袁氏暖靴窝脚了——那袁氏到底没有白疼了信月一场。

百川见末雁神色寂寥，知是各人自有各人的伤，旁人终是劝慰不得的，便从兜里掏出一包随身带的手纸来，捻出两张叠了两只船，放在信月和袁氏的墓上，说如今藻溪水浅多了，不知还载得舟否？你两个倒是自己试试，水路还好走不？

百川又捻出三四张纸来，一张一张地铺平了，打好结子，连成一串，双手高举着，放到袁氏的墓上，说："献给一个敢于舍身的人。如今为自己舍命的也少有了，更别说为他人舍命。"

末雁看见百川声气肃穆的样子，忍不住笑出声来，说你拿什么乌七八糟的东西，嘲弄你的先人哪？谁知百川一丝不笑，认认真真地说："这是哈达，我行的是藏礼。我只给我敬重的人行藏礼。"

| 二十二 |

百川到青海的第二个星期，就生了一场大病，高烧，腹泻，晕眩。培训中心还没有开学，他是最早来报到的，躺在空无一人的教员宿舍里，他只觉得脑袋和身子被各样的疼痛割成无数的条条块块，那条块之间，有热气如岩浆涌流。他想取一口水喝，刚一起身，一阵头重脚轻，就倒在了地上。

迷迷糊糊中，他隐约听见有人推门进来。他的眼皮很沉，沉得像歇了几百只苍蝇。他费了千斤力气弹了一下眼皮，苍蝇低低地飞旋起来，满耳都是嘤嗡的声响。他依稀看见了那人的脸和身子，却没看见那人的脚。那人似乎没有脚，像一朵云似的在房间里飘过来踅过去，最后停在了他身边。

"阿妈！"

他叫了一声，声音却堵在了喉咙里。母亲穿的是一件淡青色的春秋两用衫，有隐格，很新，还带着布料的折痕——那是下街口裁缝铺里的黄财山婆姨给裁的，说是学了上海的最新样式，大翻领，斜兜，兜上缝了一条白边，白边中间钉了一个蓝色的有机玻璃扣。他清楚地记得阿妈是从裁缝铺里取了这件新衣裳穿上，就直接去了镇里的集市的。阿妈着着急急地去赶集市，是因为要给自己买一个书包，再过三天他就要上学了。本来那天阿妈是要带着他一起去集市的，后来阿爸中了暑请人来刮痧拔火罐，他要留在家里帮阿爷烧水做饭待客，所以他就没有去成。

母亲伏下脸来，把手放在了他的额上。母亲和他同时都颤了一颤，母亲是因为他的火烫，他却是因为母亲的冰凉。母亲把手抽了回去，却把衣襟撩起来，蘸了水，擦他的额角。水顺着他的额角滴下来，流进了他的脖子。他想起阿妈，那是你，你的新衣啊，却猛然想起，这是二十多年前的衣服了。

这一惊，就醒了，只觉得脑袋很是沉重，一摸，原来压着一条湿毛巾。一个穿着蓝汗衫的男孩子正蹲在地上喂他水喝。男孩个子虽是瘦小，动作却很是老练沉稳，捏着一柄钢精勺，拿勺尖撬开他的牙齿，再将水顺着牙缝灌进来——竟是滴水不漏。细细一股的水沿着干涸龟裂的喉咙流下去，一路发出嘶嘶的声响。又喂了几勺，嘶嘶声渐渐地低沉了下去，喉咙才隐隐有了几分清润的感觉。

便问男孩是谁。男孩说我是达娃的儿子。又问达娃是谁。男孩咬了咬嘴唇，笑了，露出两排参差不齐的牙齿，说达娃就是我妈。我妈见你早上没下来吃饭，就让我上来敲你的门。百川心想这个达娃大约是楼下餐厅的老板娘。就问男孩叫什么名字。男孩说我在学校里叫张亚南，在家里叫益西丹增。百川猜想是个藏汉混血儿。

男孩从背包里拿出一个大杯子来，递给百川，说这是你的早饭，我妈给你留的。百川打开杯子，是满满一杯的米粥，煮得很烂，烂得几乎看不出米粒来，中间埋了一个咸鸭蛋——还是温热的。百川拿勺子拨了拨，鸭蛋已经切开两半了，蛋心红红地流着油。闻着那油香，肚子突然擂鼓似的响了起来，便就地坐着，狼吞虎咽地喝起粥来。三勺两勺就喝完了，才微微地有了几分气力。见那男孩蹲在地上目不转睛地看着自己，就问你不怕吗，我倒在地上？男孩接过脏杯子，说不怕，我妈也这样昏倒过，是我救过来的。

两人正说着话，就听见有人敲门。男孩过去开了门，进来的是培训中心接待处的水月。水月进门，扶了百川坐到椅子上，说黄老师我就知道你病了，培训中心来的外地老师，头一个星期准得病一场，所以都让你们早一两个星期报到，预备着生病的时间。百川觉得这个女人说话有点意思，便忍不住哈哈大笑，说资本家心态呀，就想着榨我们外地人的油。女人说好不容易逮着个上当的，自然得好好榨一下。又问我儿子没给你惹麻烦吧？青海的孩子见识少，对什么都好奇，什么都爱问，问到你烦。

百川一愣，说那你就是达娃？你不是那个水，水什么的吗，怎么又叫达娃了？是不是你们这儿人人都有一个藏名，一个汉名？女人捂着嘴笑得咯咯的，说哪有这么复杂。其实我的藏名和汉名都是一个词，叶桑达娃翻成汉语就是水中月亮。百川说那我到底叫你水月还是达娃？女人说其实我从小到大一直就叫达娃，只有丹增他爸管我叫水月，培训中心的人听他这么叫，也跟着叫，叫习惯了，也就成自然了。

百川说你是藏人，怎么不穿藏服？达娃说也穿，只是你没看见。我阿爸是汉人，我阿妈是藏人。我们这样藏汉混血的人在这里叫团结族。我父亲在西宁市政府工作，我五岁就跟父亲上了干部子弟幼儿园，后来又上子弟学校，都是寄宿的——就习惯穿汉族服装了，走路干活都方便。

百川又问那我该叫你儿子亚南还是丹增？达娃还没回答，丹增却接过去说："黄老师你看见我和我爸在一起，就叫我亚南。和我妈在一起，就叫我丹增。"达娃见百川一头雾水，就解释说，我和丹增他爸，是分开过的。丹增出生上户口时用的是张亚南这个名字，后来就一直用下去了。

百川不知分开过到底是什么意思，却也不好深问，一时无话，就呆呆地看着达娃抽出一条枕巾，狠命地抽打起床铺来。早晨的阳光在百叶窗的缝隙里炸开一条条白带，空气里到处飞舞着银色的尘粒。达娃掸完了灰尘，就来铺床，一边铺，一边抿着嘴笑，说其实，我们家丹增还没你爱问问题呢。百川猛然想起床角还藏着昨晚换下来的脏衣服，便过去抢被子——自然抢不过达娃。达娃一抖被子，抖出一条男人的内裤来，却看也不看，一把卷起来，随意往脸盆里一扔，说以后这些小东西，换下来随手洗了。青海比不得你们江南，没那么多水气，衣服一晾就干，也不费事。百川的脸皮就有些紫涨起来。

"黄老师你会洗衣服吗？看你那样子，也是个宠坏了的，从老妈手里交到老婆手里，连个过渡都没有。"

其实百川很小就会洗衣服了。百川家族里的女人都活不长。百川的奶奶，也就是财求的婆娘，四十岁不到就患败血症死了，那时百川的父亲才刚刚中学毕业。而百川的母亲是在百川八岁那年去县城赶集的时候，被一辆装满了化肥的卡车撞死的，当时她还怀着六个月的身孕。

那天早上，母亲出门的时候，百川正在屋里帮阿爷劈柴生火。母亲都走到街尾了，又转回来，偷偷地塞给他两个红鸡蛋。那天是隔壁黄财源家的孙子过百日，亲戚近邻都分了鸡蛋。百川吃了一个，还想吃另一个，舍不得，就死死地捏在手里等母亲回来吃。他等了很久，一直等到天傍黑了，母亲还没有回来。吃晚饭的时候，家里突然来了很多人，都是藻溪的头脸人物。众人进得门来，就把他带走了，领到了隔壁财源家。他贴在墙壁上偷听隔壁说话，只听见众人在叫他父亲，华元你说话，你说句话呀。半晌，父亲才惊天动地号出了一声皇天。他当下就知道天塌了。

母亲下葬后很久，百川还一直捏着那枚鸡蛋睡觉。后来那枚鸡蛋长出了绿毛，发出恶臭，被父亲夺过去扔了，才作罢。

父亲是家里的长子，阿爷财求是跟长子住的。百川的母亲去世时，百川的两个姑姑都已经出嫁了，家里只剩下大小三个男人。父亲当了几年的鳏夫，也苦熬了一阵，却没熬住，到底还是另娶了一个。父亲娶的是一个没有婚史的女人，女人在娘家也不怎么会做家务琐事。父亲没娶继母的时候，百川洗的是一家三个男人的衣服。娶了，百川洗的是一家三个男人再加上继母的衣服。继母的内裤很脏，百川只能躲在角落里，一遍又一遍地搓，搓得手指都脱了皮，也搓不干净那上面的斑斑点点。冬天换洗一家人的被褥是最难的事，油垢太厚重了，得泡了碱水再用棕毛刷子刷，哗哗地一刷一层冰碴子，还没来得及投水就已经结成硬硬的一坨。

可是这些话百川是不能说的，百川只是嘿嘿一笑，说达娃呀我没有老婆也没有老妈。说这话的时候，他感觉上竟有些唏嘘，似乎要擤鼻涕的样子。有一股温热，从心尖上生出，渐渐地升浮到脑门，又顺着鼻腔汩汩而下。他慌慌地去擦，却发现了一掌都是黏湿的猩红。

"妈妈，黄老师流鼻血了！"丹增在叫。

他是从丹增的声音里听出了事态的严重的。丹增的声音如一条风干的树枝那样四下裂开了，每一条裂缝里都塞满了丝丝缕缕的恐慌。他想说不要紧，可是话还没来得及出口，就看见那些温热黏稠的液体从他的指缝中流泻下来，在他的衬衫上砸出一朵一朵灿烂的桃花。他"啊"了一声，嗓子就喑哑了。

达娃飞奔而来，将百川的额头狠狠地往下一摁，百川的下巴翘了上来，整个人瘫坐在了达娃怀中。

达娃掀起一角衣襟，堵在百川的鼻子上，又吩咐丹增去医务室找消毒棉花球，顺便带一瓶泰利偌和红景天过来。丹增的脚步咚咚地消失在走廊尽头，屋里便突然都安静了下来。后来百川开始听见了一些声响，是水落到石头上的那种声响。先是细微的，窸窸窣窣的。后来渐渐响了起来，如瀑布飞溅到礁石上的轰鸣。轰。轰。轰。轰。轰。过了一会儿他才明白过来，那是达娃的心跳。达娃的血潜伏在达娃的衣服之下，汹涌地一下一下地撞击着他身体，撞得他千疮百孔，遍体生疼。他终于忍不住呻吟了起来。

"别害怕，这只是高原反应，过一阵就好。"

达娃的声音穿过阵阵轰鸣，遥遥地传了过来。

"红景天是治高原反应的好药，立竿见影的。"

百川感到有一些柔软的虫子，正徐徐地爬过他的头颅。他那僵硬结了痂的头皮，渐渐如三月的冻土一样疏松开裂，一拨头发肮脏孱弱地倒了下去，另一拨头发清爽强健地站了起来。倒下去的时候是一片荒原，站起来的时候却成了一片绿野。他觉得那些头发和头发之间的裂缝里在嗞嗞地长出东西，似乎是青草，又似乎是野花。他伸手去探那些花那些草，却意外地摸到了达娃的手指。他看见她眼角和唇边的皱纹，犹如许多尾小鱼，在她的脸上轻软地游弋穿行，游出一汪又一汪的浅浅笑意。

他吞下了拥堵在喉咙口的一团哽噎。

"丹增这孩子，一点也不烦人。"他说。

|二十三|

百川熬过了一场病，暑期也就过完了，培训中心开始授课，丹增的学校也开学了。

丹增的学校离培训中心不远，每天放学之后，丹增都来培训中心等达娃下班一起回家。轮到百川下课早的时候，丹增就来找百川玩，在百川宿舍里玩百川的电脑，听音乐，看光碟。达娃说黄老师这孩子反正也是一样麻烦你，倒不如利用这段时间给他开点英文课吧，早点学总比晚学好。

百川就嘿嘿地笑，说你们主任都叫我百川了，你还成天黄老师黄老师的。谁不知道你对我好，再撇清也没用的。承蒙你看得起我那半瓶子醋，你要不怕误了丹增我就来教他。达娃说那可是你说的，别后悔。二四五你和丹增都是四点下课。四点一刻到六点一刻，你给他补习两个小时。百川说四点一刻到五点一刻，是绝对的运动时间，五点一刻到六点一刻，才是读书时间。丹增的童年不能就这样交代在你们这种人手里。

五点，就五点，一定开课。晚饭我包。达娃斩钉截铁地说。

百川无奈，说各让一步，五点七分半。你可别拿食堂的饭打发我，那是喂猪的。我要吃你的手艺。

达娃转身就走，边走边说我让街口的餐馆给你单炒。我的手艺，只能等以后了。

走到门口，达娃又回过头来，顿了一顿，问："百，百川，都是谁说的，我对你好？"

"风先看见了，就传给云。云听了，又传给鹰。鹰的翅膀把天空盖满了，世界就全知道了。"

达娃一怔。

"百川莫非你也有藏族血统？出口就是文章，倒像是我们的马背歌手呢。"

从那以后，每周三次，丹增放学就固定来找百川。遇到达娃盯得紧的时候，两人玩一会儿，就装模作样地念几页书。

若达娃不在眼前，两人就一路玩到吃饭。

玩的路数很多。

开始的时候是踢足球。

培训中心有一个小运动场，有时是他们两个人踢，有时丹增带了同学来踢，有时百川也邀同事来踢。丹增个子虽然瘦小，却极是皮实，踢起球来泥鳅似的见缝就钻，滑不留手，没有人能抓得住他。磕磕碰碰的，全然不放在心上，站起来就接着跑。有几回百川给丹增包扎伤口，见丹增连眉头都不曾蹙一蹙，就忍不住感叹，暗想高原的男孩生下来大约就是男人了。

后来两人就去放风筝。

百川爱收集风筝，飞鸟花草虫鱼，各式各样的，收集了满满一箱。来青海时也带了几个，原本是想当作艺术品送人用的，并没真想过要去放。有一天丹增来百川屋里，看见了百川的墙上钉了一张硕大的寿带鸟风筝，二话不说就揭了下来，嚷嚷着要出去放风筝。百川给缠不过，见天气又极好，便由了他。

培训中心坐落在一个山坡上。坡虽不高，爬到顶上再往下看，城市竟也像落在了一个面盆里似的低矮了下来。丹增背着风筝上山，那寿带鸟如一张被单裹在他身上，尾巴绊得他差一点儿摔跟头，就没了耐心，在半山腰上便扯起了绳子。

山腰的风太软，风筝跌跌撞撞的总也飞不高。丹增丧了气，在地上坐了，不肯再走。百川将丹增一把拎起来，驮在背上，弓了腰一口气就往山上猛跑。丹增不愿意被人背，便拿脚来踢百川。踢了几下，那踢就渐渐演变成了蹬。丹增一只手提着风筝，另一只手挥来扬去的，嘴里一迭声地喊着"呷呷"——倒是把百川当成马来催了。

两人爬得高了，风就有了劲道，落叶飞沙迷了人眼，风筝却是动了起来，寿带鸟两条长尾巴水波纹似的游动着，衬着一汪瓦蓝的天，煞是好看。百川将丹增咚地扔到地下，就来抢丹增手里的绳子。丹增哪里肯让，两人便在草地上翻滚起来。百川将丹增压在地上，用两只膝盖顶住丹增的胸脯，又腾出一只手来挠丹增的肋骨。丹增极是怕痒，百川的指头还没到，他就已经笑得缩成了一团胡乱颤动的肉球，绳子自然让百川夺了过去。

百川怕丹增再来抢风筝，就噌地跳上了一块石头，立得高高地放绳子。山上看天，太阳又大了一些，却有些要坠的意思了，把云和树染得如同一团团翻溅的番茄汁，很是触目惊心。风把百川手里的绳子绷得直直的，寿带鸟已经变成了一只蝌蚪，依稀只见着一截小尾巴。

丹增嚷着该我了该我了，就跳起来掰百川的手。掰不着，却就势挂在了百川的臂弯，荡秋千似的来回晃着。突然，丹增手一松，人蔫矮了下来，半截话也哑在了嗓子里。百川回头一看，原来达娃就站在数步之外。

百川的手也软了下来，一路收绳子，一路嘿嘿地笑。"你瞧我，忘了时间了，还以为刚四点半呢。"

达娃不说话，却转过了身去。百川兜到达娃跟前，还想嬉皮笑脸几句，却一下子看见了达娃脸上斑驳的泪痕。一怔，就慌了。

"都，都是我挑的头。丹，丹增没想来的。以后看，看着点时间就是了。"

达娃扑哧一声笑了，说行了行了，知道你做惯了检讨的。我不是这个意思，我只是觉得，我们丹增很久没有这么高兴了，自从他爸走了以后。

便都静了下来。

百川将风筝收了，绳子卷成一卷，把绶带鸟叠成一个方块，给丹增抱着，三个人便慢慢地朝山下走去。天说黑就黑了，夜风刮在身上，已经带上了钩刺。百川在登山时狠狠地出了些汗，这会儿遭风一激，就起了一身的鸡皮疙瘩，忍不住哈哧哈哧地打了几个喷嚏。达娃把身上的一条蓝披肩扔过去，说我们青海人都习惯日夜温差的，你不行，别感冒了。

百川不肯要，正待扔回去，却见达娃的脸已经沉了下来。

"山上没人看你，你非得再病一次，还吓我们不够吗？"

百川只好把披肩摊开了，裹在身上。那披肩虽是蓝色的，却印了几朵暗花。百川本想找几句俏皮话损损自己的，搜肠刮肚却一无所得，三人竟一路无语地下了山。

到了培训中心，百川本以为是三人一起吃晚饭的，谁知达娃却要和丹增坐公共汽车回家。百川陪着达娃母子在车站等车。等了一刻钟，车才来，很是拥挤，百川塞粽子似的把母子两人推上了车。车门关了，却关住了一个女乘客的手提包。女人天老爷地骂了起来，车门便又吱吱嘎嘎地开了。百川只见丹增从人群中探出一张脸来，大声喊了一句话。话还没喊完，车门又咚的一声关了，切断了一截话尾巴。

过了一会儿，百川才悟出这句话是：我妈请你周末来我家吃饭。

| 二十四 |

末雁和灵灵在财求家住下，便天天有乡党轮流来请吃饭，财求一概替母女两个推辞了，只让在家吃。百川笑老头子有独霸假洋鬼子的嫌疑，弄得人人受罪，天天吃你煮的猪食。财求抢了拳头，说你个浑球爱上哪儿吃就上哪儿吃，你姑和你妹子是要在家陪我的。百川脖子一拧，拧出两条蚯蚓似的青筋："谁是我姑了？我姑好好的在广州呢，嫌我亲戚不够的，一路瞎认。"

末雁知道百川这话是说给自己听的，便忍不住抿嘴一笑。自从在藻溪落下脚，百川就从来没有叫过自己一声姑。能含混过去的地方就含混过去，实在含混不过去的时候，就用一个"她"字或是一个"你"字来糊弄了事。

吃过饭，总有客人来，当然是看末雁和灵灵的。大多是黄氏宗族的亲戚，末雁虽然在母亲出殡时见过一些，终究还认不齐全。财求给一一介绍了，其中就有辛寡妇财来财得等家的后代，都是老实本分的乡镇人，说穷也不算穷，说富也算不上富，与财求的家境相比，就多少有些落魄了。

财求的儿子，也就是百川的爹，这些年在广州杭州上海都走通了外贸渠道，很是挣了些钱，在全国好几个城市都置下了房产。不单自己生财，也给乡里人挣来了许多生财的路子。一乡人靠着卖竹编工艺品，日子才渐渐地不那么捉襟见肘了。财求家挣的是大钱，乡里人挣的是财求家从指头缝里漏下来的小钱。漏多少，漏给谁，都在财求儿子一句话上。所以财求在乡里并无一官半职，可是一乡人跟财求说话的神情上，却都很有些巴结的意思。

末雁母女原本是藻溪一乡人的客人，在财求家住下了，就仿佛成了财求一人的客人。众人来看末雁，原本是还信月的情，现在多少也有了几分给财求做面子的意思。从这些神情畏缩的乡党身上，末雁看到了母亲黄信月的另外一种可能性。如果母亲没在那个月黑风高的夜晚逃离那份本来属于她的生活，也许母亲永远也不会知道城里的那片天地。那么母亲也永远不会与父亲相遇，那么母亲就会有别的丈夫，别的儿女。那么母亲和她的儿女们就可能夹杂在这些人中间，看着财求的脸色选择合宜的话题。也许那个黑夜就是一个契机，是造就了末雁存在的一个契机。隔着五十年的沟壑来看母亲那些曾经不可一世的乡党，末雁想替母亲说几句刁话狠话，话到嘴边，却都瓦解成了细细碎碎的叹息。

命啊，这就是命。

客人三三两两地来，都不空手，带的自然都是乡下的土产，有柚子笋干发菜腊肉折叠式凉席等等。起先末雁总跟人解释多伦多华人超市里什么都不缺，后来便懒得说了，由着礼物堆了半个屋子，却暗暗交代财求记下人名，等自己走后再慢慢给人送回去。

客人来了，坐着，呼噜呼噜地喝着茶，拘拘谨谨地，很快就将那几句客气的话说完了。毕竟隔了两个世界，可以和末雁讨论的话题极其有限。

你家有车吗？是什么牌子的车？

你家房子几层楼？

才两层？不都说你们外国都住摩天大楼吗？

你一个月薪水多少呀？

交税？交它做啥？什么政府不政府的，你挣几个钱，藏起来，他知道个球。

说到这一步，财求就起身送客了。财求送人送得远远的，一路往人口袋里塞着物件。末雁虽然听不懂他们的方言，却也猜得出那是在推来推去。就问百川财求在做什么，百川说分红包呢，谁叫你是洋客呢？末雁气急败坏的，说这是什么风俗呀，我也不能让他花这个钱啊。百川对灵灵眨了眨眼睛，说你妈跟你爸急的时候也这样吗？灵灵说才不呢，我妈跟我爸坏就坏在从来没有脾气。末雁越发气急了，说灵灵你还不给我闭嘴。百川嬉皮笑脸地挡在末雁和灵灵中间，说要鼓励小孩子说真话嘛。这回就轮到灵灵急了，说谁，谁是小孩子？你才是小孩子呢。末雁捂了嘴笑，说活该，两边不讨好。

百川才收了笑，说你跟老头子客气什么？他这是在显摆呢。我爸的公司这些年这么红火，你猜最早是谁给批的许可证？是你爸的老部下。老爷子存了这么多钱，花点在你身上，很该的。

灵灵在家待得腻味，就问有地方上网吗？百川说全镇就一家网吧，还三天两头死机，你要不怕就去试试。

三人就一同去了。

网吧里冷冷清清的没有什么客人。吧主见百川进来，就拍手，说欢迎诗人同志带领外国友人光临。百川扔了一根烟过去，说少废话，你小子好好地给我端几杯冰镇杨梅汁出来，别拿那破糖水来糊弄人。那人果真就去后边端了几杯冷饮，往台子上一放，一片雾气。灵灵喝了一口，凉得直嗆腮帮子，说比去北极还过瘾。

吧里总共才三台电脑，一人一台开始上网，慢如爬虫。灵灵终于上了路，大呼小叫，说妈妈妈妈爸爸一连来了五封信，问我们在哪里，为什么不跟他联系。末雁一看自己的信箱里都是些垃圾邮件，就没好气，说那你赶紧送封信过去，告诉他你妈在藻溪找了个后爸，准备把你留在这儿了。你吃不饱穿不暖，整天以眼泪洗面。

灵灵呆呆地看着末雁，半晌，才轻轻地说："妈妈你变了。"末雁哼了一声，说你妈要早变就好了，这会儿思变也晚了。

母女俩正斗着嘴，末雁的电脑叮咚响了一声，是有人来信了——却是一个末雁不熟悉的网名。短短的几行字，没有抬头，也没有署名：

　　年岁，在你面前的时候，是一条

无法逾越的 河

在你身后的时候，是一条

微不足道的 缝

今夜我不想河，也不想缝

今夜我只想你

呵 姐姐

末雁吃了一惊，却听见身后有人扑哧一笑，回过头来，百川正坐在屋角远远地看着她，两眼如炬，烧得她一身燥热，汗流如潮。犯了一会儿怔，才敲回一行字：

哪个姐姐？汉族的还是藏族的？

|二十五|

百川照着地址找叶桑达娃的家，刚拐进巷口，就看见达娃站在一地树荫下朝他遥遥地招手。

"怕你走丢了——没有地下工作经验的人，一般找不到我家。"

达娃在前头引路，七拐八拐的，走进了一家厂房。过了两道门，又拐进了一处小平房，开了门进去，说这就是我的窝——原来达娃是借了培训中心下属印刷厂的一间库房栖身的。

百川进了门，看见房间方方正正的其实还算宽敞，只是有些昏暗，大白天也得点灯。不见丹增在屋里，就问，说是他爸领去过周末了。又问你怎么不去培训中心要一间房呢，不是正在分福利房吗？达娃说要不得，那是卖身契，要了我就卖给他们，再也动不得了。

百川吃了一惊，说你要走吗？达娃就笑，说主任都不紧张我走，你紧张什么？我这个人，典型的游牧民族，在哪里也待不长。大学毕业十五年，换过四个地方了。培训中心算待得最久的，都待得发霉了。

百川听了，心里突然生出些空落落的感觉来，明知没有道理，却由不得自己。不说话，却只一下一下地抠着指甲缝里的灰土。达娃去了厨房，一会儿工夫端了两个粗瓷碗出来，满屋便都是香——却是一味奇异陌生的香。

酥油茶，敢喝吗？南方来的人，刚开始都喝不习惯。

百川端起碗来闻了一闻，浅浅啜了一口，却是满嘴腥膻，经久不散，自然不敢再喝第二口——却依旧不说话。达娃过来收碗，却不走，歪着头看百川。

这是怎么了？我又没说要走。再说，真要走，也轮不着你生气。

百川想做个笑脸，却觉得五官僵僵的竟挪不动地方，口舌也没有平日顺溜，只得嘿嘿了几声，问晚饭你准备拿什么招待我？达娃说刀削面，早上就发下的面，到这会儿软硬正好，羊肉末煎辣子，典型的西北风味。百川素来不吃羊肉也不吃辣椒，正暗暗叫苦，却听见达娃咣咣咣地搅着鸡蛋，搅了半天，才扑哧一声笑了，说吓唬你的，怎么这样不经吓？面是下了一大盆，不过还有别的，糖醋排骨，西红柿炒鸡蛋，野菜拌凉豆腐，总有你爱吃的。百川这才坐稳当了。

达娃一个人在厨房里忙，死活不要百川插手，百川闲得无聊，就四下看着达娃屋里的摆设。家具极是简单，床是一大一小两张，被子叠成两个长条，乍看上去像是裹了两个人在里头——很有些心惊肉跳的样子。桌子也是一大一小两张，小的那张其实算不上是桌子，不过是几个纸箱子靠着墙根垒开，上面铺了一块白布，也就权当桌子了。小桌子上摆了高高一沓的书，是课本，大约都是丹增的。大桌子上也有一沓书，却是大小厚薄不一的杂书。书边上放了个白色的茶杯，杯里横七竖八地插了几枝野菊花。椅子倒有四五张，小小的，沿着墙一字摆开，像是幼儿园的座位——都是光亮无尘。

百川走过去看大桌子上的书，走近了，才发现桌子上铺了一块玻璃板，玻璃板底下大大小小地压着好几张照片，都是丹增的，各种姿势，各个年龄段的。只有角上的一张，是达娃自己的。照片大约是从什么地方撕下来的，边角不平，颜色也已开始泛黄。照片上的达娃极是年轻，穿着一件红底绣金花的藏袍，领口袖口缝着一圈毛茸茸的兽皮。头发很长，直直地梳成两条粗粗的辫子，没有刘海，露出光光洁洁的一方额角，额上挂着一串银饰。太阳是看不出的，看得出的只是银饰上的闪亮。笑颜也是看不出的，看得出的只是达娃眸子里那两汪盈盈欲滴的水。那衣裳上的金花，额上的银饰，眼中的波纹，被十年二十年的岁月洗过，就洗成了铜版似的古旧——却很是厚重。

百川忍不住把玻璃板掀开，取出那张照片来。照片的背面有两行字，被撕得断了行，又遭水浸湿过，剩下的几个字尚隐约可辨：……湟中旅游……彭措……歌手达娃。百川把照片放在手心翻来覆去地看了多遍，直看得两眼发直，似乎眼珠已经掉在了手心。突然间，照片上的人嫣然一笑，头上的银饰叮唧一晃，在他的耳膜上撞击出一圈又一圈嘤嘤嗡嗡的波纹。百川的心咚地跳了起来，跳得一屋都听得见。再定睛一看，照片上的人早已凝固如昔。

达娃从厨房端了菜出来，见百川呆鹅似的，便呵呵地笑，说这是我当导游的时候拍的，你都认不出是我了吧？百川顿了一顿，才说达娃你把这张照片，给，给我，好吗？达娃说一张破照片，你稀罕就拿走吧。百川将照片小心翼翼地揣进皮包里，舌头打了个转，就立时滑溜了起来。

"达娃你可别后悔，一个女人把自己的照片送给一个男人，这在我们汉人的习俗里是什么意思，你知道不知道？"

达娃哼了一声，说我只是一半汉人，所以用不着全守你们的规矩。再说这是人家撕剩了下来的，你爱拿它怎么着都吓不了我。

是彭措，撕的吗？

达娃点了点头。

为什么？

生气呀，因为我要离开旅游局，换工作。

那个彭措，是谁？

是我的第二个伴，丹增他爸前头的那个。

百川吃了一惊。这么说，达娃已经有过三次婚史了。在和那个叫彭措的男人拍下这张朝花似的照片的时候，她已经是一个失婚的妇人了。可是那张脸，那张脸看上去却像是一张完全未经世事的脸呢。那张脸和残缺失落颓丧之类的事情毫无关联，那是一张既未经历过获得也未经历过失却的脸呀。

一个结过三次婚又离过三次婚的女人，到底是个什么样的女人？百川突然想起前阵子读过的一本书，扉页里有一句描述女主人公的话，用在达娃身上，似乎也适宜：

她一生遭遇的无非是男人。

菜很快就上了桌。样数不多，却都是用盆子盛的，就摆了满满的一桌。达娃取出两个碗，倒了酒，都是盈盈地满着，说上回去机场接你，那青稞酒是做做样子的，你点一点就行。在我这里你得真喝。我们藏族人能喝酒，所以我喝一碗，你喝半碗，省得说我欺负你。便端起碗来咕咚咕咚一口气喝完了，舔了舔嘴，将碗倒翻过来，亮给百川看过了，说这碗是谢谢你对丹增好。

百川原也是有几分酒量的，遭达娃这一激，便轻狂起来，说你喝多少我也喝多少。就端起碗来，大口地喝。虽然中间略略地停了几停，却终于都喝尽了。也学着达娃的样子，把碗亮了，说这碗是受了你的谢。又拿过酒瓶来，满满地斟了，说这碗是我敬你的，若没有你在这里，青海就是很遥远的。

说完就端起碗来，又喝了——这回速度就没有那么快了。酒已经有了些棱角，从喉咙到肚腹，所经之处都刮得他隐隐生痛。想说话，却觉得一嘴都是舌头，满嘴的舌头在嘴里磕磕碰碰的，却不知挑哪一根来使唤。再看达娃，颧上已经开出了两朵桃花。那桃花如水彩在宣纸上一路洇染过去，眼角眉梢的皱纹渐渐消融在水彩里，竟清淡柔和了许多。百川突然想起那张照片背后的题字，忍不住问达娃：

"你，你是歌，歌手？"

达娃呸了一声，说但凡身上有几滴藏人血液的，谁不会唱几句？少见多怪，你们就知道一个才旦卓玛。

"那，你，你唱，唱一个。"

达娃把酒碗放了，开口就唱。唱在这里是一种类似于夸张的说法，更确切的形容其实是哼。达娃把字轻轻地咬碎了，在嘴里嚼过来拌过去，旋律就断断续续地从唇齿之间流了出来：

太阳和月亮从不见面

太阳和月亮却是一家人

太阳和月亮都来自一个母亲

百川倏地站了起来，止住了达娃，说等等，等等，容我找张纸。就从小桌子上丹增的作业本里撕下了一张纸，又从口袋里摸出一杆笔："我得把这些歌词都记下来。"

达娃就笑，说这不算什么好词。真正的好歌词，都在情歌里。藏族情歌，那可是字字珠玑呢。

我的歌声能叫

金沙江倒流

雪山生出彩虹

虎豹变成牛羊

岩石开出花朵

我却留不住你的心

你真要找我

为什么不杀一只蚊子剥了皮

做一双靴子

摘一朵格桑花举在头顶

走遍草原

百川从前也听过一些藏族歌曲，那都是江河澎湃雪山巍峨似的粗犷和激越。可是达娃的歌却全然不是他想象中的那种。达娃的歌竟是一种他所陌生的轻软。其实轻软也不完全是轻软，轻软之中却蕴涵了微微一丝的坚韧。轻软是面，坚韧是底。面是触摸得着的，而底却只能靠着感觉体味。达娃的歌如一把在太阳里晒了一整天的细沙，窸窸窣窣地从他的耳膜流过心底，温暖的贴恤之下，却依稀能感受到嶙嶙峋峋的颗粒。

蓝天上飞得最高的是雄鹰

比雄鹰飞得更高的是我的歌

草原上跑得最快的是骏马

比骏马跑得更快的是我的歌

大地上流得最远的是雅鲁藏布江

比雅鲁藏布江流得更远的是我的歌

可是你来了，英俊的小伙

你的爱是绳索

捆住了我的心

一道 两道 三道

我的心捆死了

四道 五道 六道

再也唱不出歌

达娃唱完了，余音却如烟如雾在墙壁和墙壁家具和家具之间来回缠绕，百川觉得伸出手来就可以随意抓住一截音符。过了很久，烟雾终于彻底散去，尘埃落定的时候，百川看见达娃的双眸如千年雪山融水，乌黑清澈透亮，仿佛一眼可以看见前世今生来世。

"达娃"，百川的声音有些走调。"那，那是你自己的歌吗？"

达娃眼睛一眨，雪山融水波动起来，水面就混浊了。

"这是我阿妈吉仁的歌。其实，也不是她自己的歌，是她的阿妈央金传下来的。我央金奶奶是甘孜人，从小跟着她的阿妈流浪，因为歌唱得好，被头人的儿子看上了，娶过来，生下我阿妈，她就逃走了。头人带了人马去追，眼看就要追到了，我央金奶奶隔着一条河唱了这支歌。头人的马听了，就走不动路了。头人听了，心也软了，就放她走了。"

"我阿妈吉仁是中央民族学院的大学生，毕业了分配到西宁市政府工作，做了我阿爸的助手。我阿爸爱上了她，向她求婚。我阿妈不愿意，也是唱了这支歌回绝我阿爸的。"

"后来组织上出面做工作，我阿妈就嫁给了我阿爸。可是生下我不久，我阿妈就离开了我阿爸。"

"我们家的女人，天生爱唱歌，却天生不愿意嫁人。"

"可是，你，"百川迟迟疑疑地说，"却是个例外。"

达娃咯咯地笑了起来，说百川你这个笨蛋，我谁也没嫁过，包括丹增他爸，我们只是伴。你懂吗？

百川又吃了一惊。这一惊里，却有了更丰富的内容。但这一惊他只能暗暗地吞咽下去，再渐渐地销蚀。虽然酒意已经开始涌现，他还是清醒地知道这一惊是他不能问的，一问就是错。

那晚达娃喝了四碗青稞酒。百川喝了三碗。其实百川也想喝四碗的，只是在他开始喝第四碗的时候，他突然发觉他的眼睛不好使了。他看见达娃颧上的两朵桃花变成了四朵，四朵又变成了八朵，八朵又变成了十六朵。再后来满屋便都是桃花了。他伸出手来去探那些桃花，却头重脚轻一跤跌进了花丛。层层叠叠的桃花如一床厚厚的蚕丝棉被，将他的全身无限温软地裹住——每一块骨头，每一根筋，每一丝肌肉。他觉得他的灵魂散成了无法收拾的一把零碎，赤裸而放肆地摊展着，在桃花上安然栖息。

第二天早上百川醒来时，一屋阳光灿烂。白光若无数只蜜蜂在他的眼皮上狂舞，刺得他睁不开眼。后来他终于睁开了眼睛，才发觉那光亮不是阳光，而是雪。一场铺天盖地的大雪，已经悄无声息地覆盖了整片大地，抹杀了街市的所有颜色和形状。远远望出去，都市像是一个硕大无比的坟场，所有的建筑物都如同大大小小的坟包，低矮臃肿单一。昨天，就在昨天，他还在宿舍旁边的山坡上捡拾那些颜色艳丽的秋叶，准备压干了给丹增做书签的。昨天当他行走在去往达娃家的路上时，完全还是一个艳阳高照的秋日。就在这一睡一醒中间，他错过了一个季节。

达娃在厨房里准备早饭，锅碗发出杂乱的声响。酥油茶的味道弥漫在房间里，依旧腥膻，却已经不是不可忍受的腥膻。达娃的歌声快捷轻扬，如母鹿在林子里飞奔，百川甚至清晰地看到了蹄子在雪地上的脚印，滴滴点点，点点滴滴，梅花瓣似的一路远去，成串成行。

你一箭射中了一棵松树
落下十个松果
我只拿走当中的一个
其余的九个请你收回

百川突然有了家的感觉。

后来百川便时不时地在达娃家里过夜——当然是挑丹增
不在的日子。达娃的空青稞酒瓶子在过道上堆积如山，而百
川那个用来记录藏族民歌的本子，也渐渐有了丰盛的内容。
百川觉得自己正在达娃的引领下，一步一步地走近一段神秘
未知充满玄机的景致。

他甚至觉得他已经隐隐约约地看见了门。

只是他当时并不知道，那扇门其实还没有打开就已经关
闭了。

| 二十六 |

百川到青海工作期间，曾经数次去过塔尔寺，最后一次

是叶桑达娃带他去的。

那天是正月初八，百川刚从藻溪过完春节回来，培训中心还没有开学。连着下了几场大雪之后，天终于晴了，却是奇冷，是那种牢牢地粘在骨头上，剥也剥不动、剔也剔不下去的冷。早上起来，百川看到树上被风刮得嚯嚯生响的冰凌，就给达娃打电话，说不去了吧，这种天。达娃说带你去看的这样东西，只有这个时节才是最精彩的，别人想看也进不去的。百川说莫非你认识班禅的转世灵童不成？达娃咯咯地笑，说班禅我不认识，我却认识那山上的每一块石头。要知道，有时候石头比班禅还管用。

两人约好了在车站见面。百川左等右等不见人，虽然严严实实地裹在一件极厚极重的羽绒大衣里，顶着风一站，那衣服顿时轻若蝉翼，仿佛赤身裸体。正顿足搓手取暖间，只听得有人扯了扯他的袖子，说"傻子呀，你"——这才认出旁边那个等车的女人就是达娃。

达娃那天穿了一件绣满了云朵的宝蓝色藏袍，头戴一顶兽皮帽，足蹬一双长筒藏靴。皮帽极大，帽檐垂挂下来，遮住了半张脸，只露出两个脸颊，红若山楂。这是百川第一次看见达娃着藏装，就歪了头左看右看，说怎么心血来潮了，今天？达娃说一进塔尔寺，我觉得我就是个地地道道的藏人了。

到塔尔寺的时候是正午了。冬季的塔尔寺游客很少，大小金瓦寺的屋顶上盖着厚厚的积雪，太阳照在土黄色的院墙上，颜色和质地都很凝重。有几个小喇嘛在空地上玩雪球，猩红的袈裟如血点在雪地上浮溅。雪球嘭的一声撞在树干上裂碎开来，惊起一树寒鸦，天空中扑扑簌簌地就满是翅膀的痕迹。

　　若不是出了家，这个年纪，其实也就是孩子呢。百川心想。

　　达娃像羚羊般灵巧地在寺院和寺院之间的窄巷里穿行，藏袍在雪地上拂出一片一片蓝色的云。积雪之下的路面蕴藏着无数晦暗的秘密，坚硬的石卵一次又一次让百川滑跤。渐渐地，百川就追不上达娃了，却看见她藏靴留下的印迹，如兽蹄般一坑一坑地远去了。突然想起达娃说的到了塔尔寺就是个地道的藏人的话，便感叹人也如百面兽，到了哪里，就像了那个环境。就拢着嘴，大喊了一声："喂，等一等。"林涛瞬间被激醒了，如暴风雨般铺天盖地地卷了过来，将他的呼喊撕得粉碎，嘤嘤嗡嗡地扔了一山。

　　百川放大了步子追达娃，只觉得腿重得几欲断在靴子里，而心却轻得要从喉咙里浮游出来。狠狠地咳了几声，非但没能把心吞咽回去，反倒咳出一脸的泪来。揉了揉眼睛，揉得耳朵一阵轰鸣，就看见天上有几十个太阳，齐齐地朝自己砸过来。知道又是高原反应，立时惊骇起来，就地坐了下来。

达娃赶了过来，见状就大笑，说平地的老雕，到了高原，也就是一草鸡。百川擤了一把鼻涕，有气无力地说改造汉族人民是一个长期的工程，也不能指望一天里完成。达娃搀了百川起来，说我给你找个避风的地方坐一坐。

两人就七拐八拐地拐进了一条更深更窄的小巷。巷尾有一扇油漆斑驳的旧木门，没上锁，达娃轻轻一推就悄无声息地开了。两人迈过门坎，瞬间跌进了一片深不见底的黑暗。在黑暗中站了一会儿，眼睛渐渐适应了，才看见是一条狭长的过道，过道尽头有隐隐一丝的光影——是一盏酥油灯。

达娃用脚钩了钩，从角落里钩出一张木凳，按着百川坐了下来。屋里没有生火，依旧是冷，却毕竟有墙挡了风，就不是那种穿心透肺的冷了。百川喘了几口气，方渐渐地舒坦了些，就问达娃这是什么地方。达娃说是上花院的边门，花院是艺僧们做酥油花的作坊，不到展览的季节，旁人是不允许看的。百川说那么你不是旁人了？达娃在黑暗中咕地笑了一声，说没告诉你我熟悉这里的每一块石头吗？我做过四年的导游，专跑塔尔寺一线，一周带两次团，中间自己还要来一两趟。

"再好的景致经得起你这么看吗？那叫审美疲劳。"

"我是来看彭措的。"

"彭措在塔尔寺医院工作。塔尔寺的曼巴扎仓，也就是藏医学院，是很出名的，后来改编成了塔尔寺医院，彭措跟过那里的驻院活佛研究藏医藏药。"

百川闭着眼睛，脑子里慢慢地浮现起一幅图像：一个身着猩红藏袍面如朝花的年轻女子，在尘土弥漫的公路上飞奔，追赶着往塔尔寺方向去的长途汽车，头发上的银饰在风中叮咚作响。

"为什么，和彭措分手？"

"认识彭措的时候，我刚和第一个伴分开。他是我大学时候的同学，后来来四川发了点小财，就不想回来了。苦闷的时候碰到一个好男人，当然会有故事发生。"

"彭措是藏人中的藏人，彭措的每一滴血每一块骨头，都在藏酒里泡过的，彭措对藏医藏文之外的世界，一点也不感兴趣。"

"丹增他爸和彭措正好相反。丹增他爸是汉人，在青海大学教古汉语。丹增他爸是个学痴，除了古汉语之外，对任何语言文化没有兴趣。"

"彭措觉得我太汉化，丹增他爸觉得我太藏化。我有两只翅膀，他俩都只想要一只。一只翅膀还能叫鸟吗？"

"我阿妈吉仁说过，我们家的女人前世都是鸟，在地上待不住，一定要飞的，不能停下来，一停就要死。男人总想把我们的翅膀钉在地上，所以我们只能从一个男人流浪到另一个男人——趁他还没有把我们钉死的时候。"

百川久久不语，只看见过道尽头酥油灯隐隐的光亮，将浓重的黑暗割开一个边角模糊的洞眼。洞眼里淌出来的，是一股混沌慵懒的寒意。后来百川轻轻吟出了一首诗：

不是每一只鸟儿都渴望流浪

可是热爱飞行的

早已把话语写在了翅膀上

总可以

借着翅膀 辨认

同行的旅伴

达娃叹了一口气，说百川啊你可以成为最好的马背歌手，可惜你不是藏人。

百川也叹了一口气，说狭隘啊达娃，飞行和歌唱，这两件事只和灵魂相关，和种族扯不上。

酥油渐渐地低矮了下去，灯影越发地昏暗起来，黑暗中百川看见达娃的双眸如玻璃珠发出清幽的光。百川突然一把搂住了达娃，达娃挣扎了两下，没挣动。百川的手臂如同套牲畜的绳套，达娃越挣绳套越紧，紧得达娃身上的骨头格格生响。达娃终于放弃了挣扎，骂了一声天杀的，佛祖脚下呢，你也敢？百川才松了手。

达娃牵了百川的手，摸索着朝过道的深处走去。走到底，又拐了一个弯，突然就光亮起来——原来是一排窗户。窗很高，玻璃上蒙着些尘土，百川趴在上面看了一会儿，才渐渐看清屋里有一老一少两个僧人，在捏塑酥油花。捏的似乎是一尊佛像，比真人还高，呈坐态，两眼微睁，面容祥和，一只手放在膝上，另一只手半举在空中，似在凝思，又似在授课。佛像通身洁白，只有袈裟和袈裟的衣边色泽艳丽，一为猩红，一为明黄。衣袖上的线条明暗错落，仿佛有风穿堂而过，拂起一袭轻纱。

佛像身体面容部分都已完成，老僧正在修整右手。右手是举在空中的那一只，老僧个头低矮，站在一只木凳上方能与佛手平视。那个年岁幼小的僧人并未挨着佛像，却只高高地举着一个脸盆。脸盆很重，小僧的手微微地颤抖，袈裟在地上摊开一朵灿灿的猩红——百川这才看出他是跪着的。

"是宗喀巴的像，藏传佛教格鲁派的创始人。塔尔寺的塔里，埋着他的胞衣。有了塔，才有后来的寺。"达娃说。

"下周正月十五是塔尔寺酥油花大展的日子，上下花院的艺僧都在做最后的准备——却是保密的，谁也不知道别人做的是什么。到时候现场评比，评出名次来，再摆到玻璃柜里展览，直等到下年。如此循环，年年岁岁。"

这时老僧点了点下颏，端水的小僧立刻会意，将脸盆更高地举了一举。老僧把双手伸进了脸盆，像是洗手，却又不动，只是泡浸着。过了一会儿，老僧的脸色就有些青紫起来，颤抖是从嘴唇开始的，渐渐扩散到整张脸，再到肩膀，再至全身，袈裟里仿佛有无数的虫子，在他的背上蠕蠕爬动。

"冰水，脸盆里是冰水。"达娃说。"酥油花的融点是零上四度，若不把手冰到零度以下，是无法捏塑的。"

"一个艺僧一生只能做三次酥油花——手就废了。"

老僧从脸盆里抽出手来，嘴已经歪了，一丝口涎在唇边细细闪亮。老僧的指头缓慢僵硬地抚摸着宗喀巴那些伸在半空的手指。百川看不清老僧动作的细节，却只看见那些酥油凝成的呈兰花状的手指渐渐地有了动感，仿佛有轻风从指间流过，发出窸窣的声响，满室生香。

百川双手合十，默默地闭上了眼睛。

| 二十七 |

"你和你的那只飞鸟，是怎么飞散的？"

末雁一按发送键，这行字便带着叮咚的声响，飞到了百川的电脑上。

"唾沫打湿了翅膀，飞不动了。"

百川回答说。

百川在青海快教完第二个学期的课程时，培训中心的主任突然来找他谈话。主任是一个刚从市教育厅调过来的土家族干部，老实巴交的，话很少。可是那天主任却反常地健谈。主任问了百川许多关于老家的问题，百川一一答过了，主任就说你们江南水乡这么好的条件，跑到我们大西北，实在是亏待了你。又问百川想不想家？百川说江南有江南的好处，西北有西北的好处，哪个也替代不了哪个。

主任掏出一根云烟来，抖抖索索地点不着火。百川用自己的打火机给主任点了，主任一口接一口地抽起来，抽得屋里云遮雾罩的，彼此看不清脸。

"要不，你就提早一年回去，省得家里人惦记？"主任终于结结巴巴地说。

"说好两年的，好多该看的地方还没看呢。"百川说。

主任只是不说话，一支烟很快抽完了，只剩了短短的一个茬。主任从兜里掏出第二支烟，按在烟茬上续着了，接着抽。百川夺过主任的烟，塞进自己嘴里，嘿嘿地笑，说主任啊主任，你绕过来绕过去的，该不是赶我走吧？

主任把头夹在两个膝盖中间，拿手指一下一下地挠着头皮，刺啦刺啦的声响听得百川起了一身的鸡皮疙瘩。

百川抓起一个茶杯，朝墙上猛掷过去，茶杯哗地裂成无数个碎片，白花花地滚了一地，满屋都是一片嘤嗡的回响。

"我不是你们的洗脚布，爱要就要，不要就扔。你倒给我解释明白。"

主任站起来，在门后找了把扫帚，慢悠悠地将地上的碎瓷片一片一片地扫干净了，倒在簸箕里，才叹了一口气，说飞机票都给你订好了，下星期三的，你去人事处的小李那里取。

"我不认识什么狗屁小李，是水月接我来的，我只问水月去。"

主任慌慌地站起来，挡住了百川的路。"你不，不要再去找水月。这里不像你们南方开放，少数民族地区，事，事情复杂。"

百川隐约悟出，原来事情与达娃有关。当下送走主任，便立即搭车去了达娃家。丹增正在做作业，见了百川喜出望外，缠着百川要下军棋。百川勉强应付了几局，就给达娃使了个眼色，两人便到了外边路上。百川说了主任的事，达娃沉吟半晌，才说丹增他爸所在的大学，是我们培训中心的上靠单位。从前就是靠了这层关系，我才调进培训中心的。

百川突然一身透亮，明白了事情的整个原委。点了一会

177

儿头，又摇了一会儿头，突然抓起达娃的手，说你不是腻味了培训中心吗？我们一起走，离开这里。

达娃回头望了望自己的那间屋，迟迟疑疑地问："去哪里？带着丹增？"

"我父亲在广东有几个公司，我们可以去他那里。那边很开通，谁也不管谁的事。在那里你有最彻底的自由。"

达娃不说话，眼中却生起两粒炭火，闪烁有光。西北的初夏姗姗来迟，夜空广袤，星斗带着乍暖还寒的局促不安。夜风刮起达娃的头发，丝丝缕缕地飞上百川的脸，既粗糙，又柔软，有几分热，也有几分凉。两人紧紧相拥，听着夏夜的街音从身后遥远地响起，突然有了一丝地老天荒的凄惶。

达娃把百川的手摊开来，捂上了自己的脸。

百川觉出手掌湿了。

百灵鸟离开树林就成了麻雀

骏马离开草原就成了驴驹

歌手离开家乡就成了哑巴

你走吧远方的客人

看见你的时候我用眼睛送你

看不见你的时候我用心送你

这是达娃给百川唱的最后一首歌。

| 二十八 |

其实，岁月不一定改变所有的东西
比如纯真比如热情比如勇气
即使在冬季
即使你的脚步已经走过了所有的风沙雪雨
你，依旧可以是一朵
初醒的月季
仿佛第一次感受
阳光，还有空气

百川在这封信的结尾附上了一张动漫图，是一个头上只长了三根头发的男孩，男孩伸出一根硕大无比的红舌头，不停地舔着两个嘴角，发出嘎嘎的笑声。末雁看了忍不住一笑，却不知回什么话好。网吧里有些闷热，末雁就叫老板再来几杯冷饮，取钱时看见了一张夹在皮包里的名片，怔了半晌，终于忍不住按上面的地址发了一封英文信：

汉斯：

不知你是否还记得北极的那个日落？我猜想你已经忘了，可是我没有。

从那个日落到今天，我的生活已经发生了许多变化。我离了婚，现在和我的女儿在中国南方的一个小镇上，渐渐挖掘关于我母亲的故事。希望我的女儿不要像我这样，在母亲身后才开始点点滴滴地了解她。

到这个小镇，原来是想体会梭罗到瓦尔登湖生活的感觉，可是在寻找简单的过程中，我可能又一次陷入了没有预料到的复杂。

我会继续等待你的信。

多伦多的雁

刚送出信，叮咚一声，又马上收到了一封信，是从汉斯的信箱里发过来的。

亲爱的女士/先生：

这是一封来自海德堡大学的自动回复信件。我们已经收到了你给汉斯·克林博士的来信。我们非常遗憾地通知你，我们亲爱的汉斯在今年十月十二日于北极考察途中不幸身亡。

汉斯驾驶的飞机是在从加军基地到育空机场的途中失事的。那天的云层很厚，云层的色彩和形状都与地面的冰层非常接近。在低空飞行中，汉斯的飞机坠落在冰川之中。飞机上的十二名成员，当时有八名成功地爬出了飞机残骸，汉斯是其中之一。当时地面温度在零下二十四度，汉斯将自己身上的抗寒装置让给了其他人。六个小时后当救援飞机抵达现场时，还有六位成员活着，只有汉斯和副驾驶员，因失去了抗寒装置而以身殉职。

汉斯不仅是一位杰出的科学家，更是一位真诚坦率朴实的朋友。他的去世是所有认识他的人的损失。

但是我们坚定不移地相信，汉斯不希望你为他的离去而悲伤，他希望你能为他在这个世界上曾经留下的温暖和快乐而感到欣慰。

海德堡大学工学院

末雁计算了一下日期和时间，汉斯飞机失事的时候，她正坐在从育空飞往多伦多的飞机上，读梭罗的《瓦尔登湖》。末雁觉得有一片厚重的败絮般的云层，正从脚底缓缓地升腾起来，盖过脚面，盖过身体，盖过眼睛，最后没过了头顶，身体和感官渐渐坠入一团硕大无比挥叱不去的混沌。

末雁扔下鼠标，头重脚轻地走出网吧，坐到了路牙上。

夜风起来了，秋叶开始在路面上窸窣地滚动。秋虫声间间续续地传过来，一季里最后的萤火虫还在野草之间飞舞，画出一个又一个暗淡的圆圈。

末雁的眼泪哗哗地流了下来。

汉斯，汉斯。我不信他们说的。也许你不希望别人悲伤，但你一定是希望我悲伤的。你说过我要是能哭，我的病就好了。你是要我流泪的。只是谁能想到，你是以这样的方式要我流泪的呢？

末雁满身找手纸，却在兜里摸到了一条手绢——那条在母亲的老房子里找到的手绢。末雁摊开手绢擦脸，眼泪瞬间湿透了手绢。五十年后的眼泪和五十年前的眼泪带着不同的缘由在这块失却了劲道的旧布上相聚。布角上的那朵莲花在夜风中发出一声微弱的呻吟：

"开了，开了。"

末雁坐了一会儿，坐得背上有了热度，就知道是百川跟出来了。便头也不回地说："我头晕，带我回去。"

百川交代灵灵在网吧里等着，便带着末雁先回了家。

财求不在家，屋里黑着灯，狗低低地吠了几声，认出了人，便将身子矮了，在百川脚边绕来绕去。百川正要伸手开灯，却被末雁拦住了。末雁伸出一根手指，准确无误地勾住了百川的手，两根交缠的手指在黑暗中结出一朵灿灿的花。

百川引末雁上楼，在楼梯拐弯的地方，末雁转过身来，摸摸索索地吻住了百川的唇。钟在那一刻停止了摆动，偌大的世界，突然空了，只剩了两根火热的舌头，深深地，久久地，刀光剑影地交战着。

百川一把抱起末雁，进了屋。床吱呀一声，将末雁吞了进去，又吐了出来。百川的手异常地灵活起来，在黑暗中几乎毫无阻隔地探着了末雁的衣扣，和衣扣底下那大片大片的温软和湿润。那天百川的手指像一根细细的魔棍，伸向哪里，哪里便生出水和火来。

末雁的两腿紧紧地箍住了百川的腰，脚跟蹬在硬实如铁的肌肉上，先是软绵的，试探的，后来就渐渐地生出了些劲道。她有多少力气去蹬他，他就有多少力气来抗她。她蹬得越狠，他抗得也越狠。蹬的和抗的都不知道自己原来有这样的力气。

后来末雁忍不住呻吟了一声，又马上为那样响亮的呻吟深感羞愧。末雁是在那个晚上第一次发现了自己，又被自己的发现震惊。在这之前她并不知道她的身体可以是火，也可以是水。欲望在茫茫荒漠之中潜伏了五十年，却在这个有些燥热的暗夜里突然完成了水和火的蜕变。

越明，你去死吧。你老婆离老，还有几脚路呢。末雁在心里恨恨地骂了一句，牙齿咬得格格生响。

百川用手背擦拭着末雁身上的汗，突然轻轻地笑了一声。末雁问笑什么，百川却不回答。末雁用小拇指捅了捅百川的肋骨，百川怕痒，身子就麦芽糖似的扭了起来。

"我说，你的那一位，怕是一辈子都没见过你这副疯样子吧？"

末雁的心，咚的一声从水和火之中怦然跌落。仿佛只是做了一个梦，梦醒了，四周依旧是深不可测的荒漠。

便坐起来，下了床，趴在地上满处找衣服。找不到，只好摸索着打开了壁灯。

床上百川一声惊呼，末雁抬头，猛然发现了站在门口的灵灵。灯影里灵灵两眼深黑若井，身体笔直木然，一如墙上的挂图。末雁慌乱地套上衣服，扣子扣错了位置，衣襟无措地团皱在胸前。末雁惶惶地站在灵灵对面，隔在母女中间的是一片浓得涂抹不开的沉寂。后来末雁颤颤地伸出手来抓灵灵的手，灵灵突然触了电似的惊醒过来，飞也似的跑出了屋子。

末雁追出屋来，灵灵早已跑出了半条街。路灯把灵灵的影子拖得很长，末雁一路踩着灵灵的影子，只觉得脚已经离开了身子，自行其是地狂奔。两耳呼呼地灌满了风，口鼻之中都是尘土的味道。两人不知跑过了多少盏街灯，渐渐地，灯稀了，路窄了，树却浓密了起来。灵灵突然停了下来——

原来两人已经跑到了藻溪边上，再无可走的路了。

末雁猛地搂住了灵灵，灵灵使劲踢蹬，末雁死活不肯撒手。突然臂上麻了一下，过了一会儿才有了疼的感觉，方醒悟过来是灵灵咬的。两人都吃了一惊，一起瘫坐到了地上。灵灵布袋似的软了下去，将脸埋在膝上，身子团成一个球，一抽一抽地哭了起来。

"为什么？为什么？"

末雁的手指一遍又一遍地犁过灵灵汗湿的头发，久久无语。

夜已经深了，云却依旧浓郁，月亮穿过云影的时候，水面就裂成了千点碎银。虫声嘹亮如琴，从这岸响到那岸，经久不息地遮掩了水底下一切的声息。

"孩子，妈妈实在是，太孤单了。"末雁终于说。

| 二十九 |

这天后半夜，天突然下起了雨。先是一滴一滴的，后来是一丝一丝的，再后来便是一条一条的，刀似的砍着地。风捆在玻璃窗上，铮然有声。末雁睡不着，睁眼看着曙色从竹帘的缝隙里一鼻子一鼻子地探进来，屋里的家具渐渐有了些轮廓，便暗想自己大概离家太久了，竟全然不记得江南也有这般狰狞而固执的雨。

起了床，来到饭桌上，众人都有些讪讪的，低着头，只看自己的饭碗，却都无话。这顿早餐便吃得持久沉闷而难以下咽。

财求不知情，就拿筷子咚地敲了敲百川的额头，说你个浑小子昨晚酒吃多了？怎么这么蔫头蔫脑的？百川含含糊糊地嗯了一声，算是回答。灵灵却啪的一声将碗放了，搂了狗，坐在门槛上愣愣地看雨。雨在门前的小路上积成一条小河，河面又被雨敲出一个个的洞眼。旧洞眼来不及回复，又有新洞眼生出，满目都是疮痍。

却听见饭桌上财求吩咐百川，去镇上买些香烟瓜子话梅糖回来——若是雨一直不停，今晚唱七的人就得进屋。香烟买好的，有熊猫买熊猫，没熊猫买中华。带一两盒阿诗玛，万一有人爱抽云烟。百川又嗯了一声，半晌，才抬头看了末雁一眼，说女人家吃的东西，我不会买，要不，你跟我去？

灵灵突然放了狗，走过来，说：

"我看见了外婆。"

众人吓了一跳，财求问你梦见她了？灵灵摇摇头，说不是梦见，是看见。早上我起来开门，外婆就坐在门外哭。

末雁便训斥灵灵："胡说，你多少年没见过外婆了，怎么认得出来？"

"当然认得，外婆穿的是小姨结婚那年你给她买的那件衬衫，胸前有朵康乃馨的。"

众人的脸都白了。

财求颤颤地问："你外婆她，她对你说什么了？"

"我问外婆为什么哭，外婆说……"灵灵突然迟疑了起来。

"说什么？"末雁着急地问。

"外婆说，问财，财求公就知道。"

众人便都看财求。财求仰了脸看天，下颏抖抖的，仿佛随时要从脸上掉下来。抖了半晌，才喃喃地说："妹子你有话跟我说，别吓着孩子。"

便放下饭碗上了楼。

那天财求就一直没有下楼。

后来末雁进了财求的房间。

外头的雨停了，太阳却没有出来，云很浓郁，只隐隐地带了些光的意思。屋里有些暗，却又没到点灯的时候。财求在床上躺着，似睡没睡，眼睛突然就塌陷下去，下巴尖利如刀。

"那年把我妈关在屋里的时候，你也在场？"

财求点了点头。

"后来财来带人跑出去捞我大外婆的时候，是指派了你守住我妈的，对不对？"

财求不说话。

"我妈不是逃走的，是你放走的。"

财求依旧不说话，左脚的那半个趾头，却痉挛似的抖了一抖，六趾伸张开来，如一朵猝然开放的梅花。

"你放走我妈是有条件的。那群叫得最响的人，其实都没有占着便宜。只有你，才真正沾到了我妈的身体。"

"我妈到温州城里的时候，是带着身孕和我爸结婚的。你知道，你从来都是知道的。"

财求猛然从头底下抽出一条枕巾，紧紧地盖住了自己的脸。枕巾时起时伏，先是急，后来就渐渐地平缓了下来。

半夜里，财求突然中风。抢救了整整一天，终于抢救过来了，却已半身瘫痪，不会说话了。醒来后只是一遍又一遍吁吁地叫，没有人听懂他在说什么。有人猜测他是叫正从广州赶回家来的儿子华元，也有人说他在叫死去不久的远房堂妹信月。

这一切，末雁都是不知道的，因为末雁已经走在路上了。

| 三十 |

二十六朵莲花开，
　一朵更比一朵白。

末雁走到路口，就听见鼓声响起来了。鼓声节奏极慢，被风撕扯得长长的，鼓点和鼓点之间仿佛隔了万水千山。在山水之间穿走的，是那个唱词的人。唱词人听不出男女，声气里似乎有着男人的苍凉，也有着女人的凄惶。声调起伏如锯齿，高亢时穿云裂帛，将夜空割成残渣碎片；低沉时游丝散线，将人心细细地牵着，留也留不得，走也走不成。

末雁知道这是唱词人的开场白。每一朵莲花，都是有关母亲的一件事情。二十六朵莲花一朵一朵地开起来，母亲的身世，也就要在这个夜空之下徐徐展开。

一朵花开三三年，
二女生在紫东院。
瑞雨随着祥云至，
小月跟着大月来。

末雁似乎看见财求站在门口，殷勤地给男人递烟给女人递小吃的情形。百川呢？ 今夜大概是没有百川的。百川经不起这样的故事。没人经得起。

八朵花开五一年，
信月读书平阳县。
才若星斗颜若玉，
见者莫不起思恋。

末雁现在明白了，母亲一生为何如此沉默寡言。母亲的所有真性情，都已经被一个硕大无比的秘密，碾压成一片薄而坚硬的沉寂。那片沉寂底下也许有母爱，只是母爱在坚冰底下，末雁看得见的，只是坚冰。末雁的目光无法穿越坚冰，末雁的目光在还没有穿透坚冰的时候，就已经被坚冰凝固成了另外一坨坚冰。

天有不测之风云，
信月离乡暗夜行。
一节汀步一行泪，
节节走过断肠人。

末雁也明白了，母亲生前为何坚持要让自己送骨灰回藻溪，因为母亲期待着她去捡拾那些丢失在乡间路上的生活碎片。可是，纵使她捡起了所有丢失的碎片，她也无法搭回一个完整的母亲了。

母亲和她之间，隔的是一座五十年的山。她看得见母亲，母亲也看得见她，然而她却没有五十年的时间，可以攀过那座山，走进母亲的故事里去了。她和母亲都已经等得太久了，错过了可以爬山的年龄。

可是，现在她还有时间走进女儿的故事。女儿的故事里会有许多个无关紧要的甚至有点甜蜜的小秘密，可是女儿的故事里再也不会有山一样沉重的大秘密了。

现在她只有女儿了。

"回温州我们就给外公扫墓，妈妈好多年没有见过外公了。"末雁搂着灵灵，急急地朝长途汽车站走去。

"请你别碰我。"

灵灵抖开了末雁的胳膊，冷冷地用英文说。

尘 世

——关于花和树的联想

伤心都市

如果把一个城市和它的街道比喻成一个家庭和它的子女的话，亚德莱街一定是多伦多这个子女众多的大家庭里最不安分守己的那一个孩子。白天它潜伏在大都市固有的节拍里，既不矜持，也不招摇。它发出的声响只是硕大的尘世交响曲里的一个小音部，让人听了虽不至于立时忘却，也决不会刻骨铭心。

亚德莱街的生命是在夜幕降临，城市逐渐进入睡眠前的安静状态时才真正开始的。亚德莱街对那个包围它的都市一直心存着一种爱恨交织的感情，既信赖又防备。它依赖着都市而生，却又害怕都市会将它沦为平庸。它像任何一个处在青春反叛期的少年人，在渴望自由支使父母的钱包的同时，又无时无刻不向往着摆脱父母的控制。夜意想不到地给它提供了这样的机会。夜像一支硕大的饱蘸墨汁的画笔，三下两下便将作为背景的那些部分抹去，于是亚德莱街就被孤孤零零地推到了前台。亚德莱街是很喜欢这些孤独的时刻的。在这些时刻里，来往过客投向它的目光会突然变得专注而多情起来。它是从这样的目光里猜出了自己区别于多伦多其他街道的独特韵味的。

亚德莱街是不夜的。亚德莱街车水马龙灯火通明地折腾到天亮。给亚德莱街提供了无穷能量的是那些遍街散布的五花八门的酒吧和咖啡馆。亚德莱街的酒吧和咖啡馆不仅仅是酒吧和咖啡馆，正如亚德莱街的酒和咖啡不仅仅是饮料一样。亚德莱街的酒吧和咖啡馆是氛围，是情调，也是陷阱，让拥有的人想在这里痛痛快快地丢失，失落的人想在这里出乎意料地得着。

亚德莱街的酒吧和咖啡馆虽然五花八门，却从不混乱，什么样的人进什么样的门是一种熟稔的约定俗成的默契——除非你是不谙市面的外乡人。你千万不能被"蝴蝶夫人""兰花谷"这样的阴柔名字所诱惑，因为那里是男同性恋者的天地。你也不要以为走进"天曲"就可以听到好音乐，那是兜里没有几个钱却又火气十足的青年人的聚首之地。你更不能为了叙旧而进入"过去的好时光"，因为那是一个臭名昭著的摩托飞车党黑窟。

十多年以前，曾经有一个叫刘颉明的外乡客由于无知在亚德莱街上闹了一些笑话，吃了一些苦头。他是从遥远的中国来与他的妻子相会的。他的妻子在多伦多大学攻读化学博士学位，而他则在一家中国餐馆里烟熏火燎地炸春卷，替她挣房租和伙食费。她在实验室里通宵达旦地做实验，他不愿意一个人回到冷冷清清的家。只要天不是很冷，他下班了就在街上来来回回地转，一直转到她快要回家的时候。他总能比她早半小时到家，她进屋时他已经把被窝焐得十分温热。她闻着他身上的油烟气味，迷迷糊糊地问一声"怎么不洗澡"，没等他回答便已经蒙眬入睡。当然那时他完全没有想到她竟会很快离他而去，否则他一定会把花在街上的时间花在她的实验室里。他宁愿远远地坐在一个角落里看着她静静地工作，哪怕时不时地打上小小一会儿盹——只要她能游移在他的视野之内。为这件事他后悔了很久。

他们结婚还不到两年，在那之前他们仅仅只是熟人而已。她是上海人，大学毕业后分配在上海的一家师范学院教化学，为挣点外快有时在外边兼点课。他在北京一家化工厂当技术员，单位派他到上海进修一年，她是他进修班上的老师。她才教了他一个学期，就办好了自费留学手续。她妈妈让她赶紧找个对象，别把一生的事情耽误了——在国外找一个知根知底的男人不太容易。她妈妈就是这样一个精明而又实际的女人。她想想也是，就找到了他——他是她那个人生阶段里为数不多的几个正派单身男子之一。她给他看她的入学通知书，又向他传达了她与她母亲之间的谈话纪要。她说这些话的时候一直没有看他。她低垂着头，头发纷纷乱乱地散在肩上，眼帘微微颤动着，像两只试图在叶子上站稳脚跟的蝴蝶。他并没有在认真听她说话，因为他期待的不是这些话。但是当他看见她那样微微颤动的眼帘时，就决定了要和她结婚。

他们刚刚来得及办完结婚登记手续，她就动身去了加拿大。之后他们分离了将近一年。当他经过多番周折终于拿到探亲签证时，他对她已经很生疏了。他怕自己在机场上会认不出她来，就把她的照片放在皮夹子里，反反复复地温习着，后来就忘了拿出来。有一次她洗衣服时掏他的钱包，无意中发现了这张照片，竟泪眼蒙眬起来，说这年头能把老婆的照片带在身边的男人真是太少了。他很惭愧，却没有说话。现在回想起来，她是带着这样一个美丽的误会离开他的，他心里便略觉安慰。

就是在无数次下班之后的游荡徘徊中，他找见了一条叫亚德莱的街道，也找到了亚德莱街上最便宜的一家咖啡馆。午夜以后，那里一杯咖啡只卖五毛钱。即使是这样，他也舍不得。一个月里，他至多只进去一两回，不为咖啡，只为在里边坐上一坐，听一听人声。有一天在那家咖啡馆门口，有一个人走过来向他兜售毒品。他的英文不够好，把可卡因听成了可口可乐——他不知道这两者在俚语里是一样的发音。他看见那个人衣衫褴褛，头发脏得起了结子，就突然触发了异乡异客的一点恻隐之心。他说把你的可乐给我，我给你钱。他把口袋里所有的零钱都给了他。当然他口袋里所有的钱也不够买那种货物的一个零头。结果他挨了打，打得很凶。当他从地上爬起来，走到附近的一个厕所里洗脸时，才发现镜子里的脸很像一幅京戏面谱。那天她回到家来，立刻就被他的样子吓哭了。他说他踩到香蕉皮上摔了一跤——他不想让她知道他是因为寂寞才流连于街头的。她对他的话深信不疑，正像她对他别的一切都深信不疑一样。只是从那以后，他行走在多伦多五花八门的街道上时，目光再也不会朝两旁游移。他就是在那个时候开始觉得自己不再是外乡人了。

过了一阵子，他发觉她很是消瘦起来——她的肠胃一直不好，又苦夏。就叫她去看医生。她被他逼不过，只好请了半天假去诊所看病。那天他要去驾驶学校学开车，没法送她。临出门他从冰箱里拿出一牙西瓜，让她吃——那本是头天晚上吃剩的。那年的西瓜年成不好，半个西瓜竟要四块钱。她不肯吃，他也不肯吃，最后他只好把瓜切成两半，他一半，她一半。她吃完了，就吩咐他以后买西瓜，买他一个人的份就好，她用不着。当时他以为她是节省的意思，后来回想起来他才醒悟到那原来是冥冥之中的一个预兆——她竟是一语成谶。两人就在宿舍楼底下分了手，他往东，她往西。他走了几步，就听见她在叫他。他转过头来，看见她遥遥地对他扬手，说："别忘了问老师哪家保险公司便宜。"那天她穿了一件浅绿色带白点子的裙子，很宽也很长，被早晨的风吹得鼓鼓扬扬的，像一片大大的沾着水滴的叶子——这就是她留给他的最后印象。

她是在离家不远的一条马路上被车撞上的。错不在她。她规规矩矩地照着指示灯过马路，侧面开来一辆装满了建筑材料的大卡车，将她拦腰撞倒，又从她的身上碾压过去。她仰面朝天地倒在马路上，书包飞到了对面的人行道上，里面的东西滚了一地。书。笔记本。眼镜盒。饭盒。饭盒里装着他们前几天去郊外农场采来的樱桃西红柿，细细巧巧，红艳欲滴，如斑斑血迹触目惊心地点缀在本来灰暗无奇的水泥地上。

他赶到时她已经被装在一个大黑色塑料袋里拉走了。关于那天的许多细节他是从警察局的现场记录和验尸报告里得知的。她被卡车压成了一张薄纸。她的上半身是用铲车一点一点地从路面上铲起来的。她怀着孕。八个星期左右。

后来他每次从那条马路经过，都恍惚觉得她依旧躺在那里，蜷手蜷脚，担惊受怕的样子。行人和车辆无视着她的存在，东来西往，南下北上。有一天他看见一个妇人牵着一只狗上街，走过她被撞倒的地方时，狗突然驻足不前。狗固执地反抗着项圈的牵扯，不断地用鼻子碰着地面，发出低低的犹如堵塞了的泉眼似的呜咽。刹那间，他感觉到动物和人之间的那条分界线其实是很模糊的。他不知道她那么娇小的身体如何承受得了那样永无休止的街市重量。他们一下一下地踩在她的身上，也一下一下地踩在他的心上。他再也受不了这样的折磨，就搬离了大学宿舍区。

他们在一起的时间太短了，在她还来不及向他展现女人们共有的某些瑕疵弱点时，死神就已经将她凝固在一个永恒的韵味无穷的视角里。没有一个活着的人可以和这样的视角媲美。这一点，他后来生活里出现的诸多女人完全可以证明。

几个月以后，他收到了保险公司寄来的一张支票。支票上的面额换算成人民币像是一个天文数字。他把那张支票破开，一半寄给了她在上海的母亲，一半存进了自己的账号。那笔钱他很久都没有动用。在这期间他多次离开了他和她短暂地生活过的那个叫多伦多的繁忙都市。他尝试过许多种活法。他读过书，卖过保险，当过流水线装配工，甚至跟人去阿拉斯加捕过鱼。可是没有一样事情不是半途而废。他仿佛是一个热情有余功力不足的歌唱家，还没来得及唱出一个差强人意的开头，就已经把自己精疲力竭地消耗在运气的过程里。所以他总也不能唱出一支完完整整的歌来。一次又一次，他疲惫不堪地回到了他离开的那个城市。直到有一天，他再次来到亚德莱街上那家曾经挨过打的咖啡馆前。他没有进去，却在马路对面坐了很久，看着客人渐渐地聚集，又渐渐地消散。就是在那天里他突然产生了一个奇想，他觉得他应该用她留给他的那笔钱，在亚德莱街上开一家咖啡馆，那种有英文名字也有中文名字的，卖点饮料也卖点小吃的店，让来往的过客，当然也包括从他故土来的那些过客，有一个歇脚的地方。

后来的事情就比较顺理成章了。咖啡馆的名字他早想好了，就叫"Desire"。这个名字的中文直译是"欲望"。这样的名字能引起人的无限遐想——美的和丑的。善的和恶的。但是他选用的中文名字却不是直译的那一个，而是叫"思凡"。他的中国朋友不禁拍案叫绝，都说这样的翻译简直是"信达雅"原则的最高体现。他但笑不语。岁月从他的指缝里水一般地流过，十年里新友故知聚散无常，他的熟人圈子里已经不太有人知道他和她的那段烟尘往事。自然也不会有人知道他故去的妻子的名字叫余小凡。

在咖啡馆开业的第一天，当他终于送走深夜里的最后一个客人回到自己的住宅时，他打开床头柜里的一只抽屉，找出一沓颜色泛黄的照片和信件。他把这沓东西用一层塑料纸紧紧包住，锁进一只小箱子。他提着箱子走到楼下的储藏室，放下箱子时轻轻地叹了一口气。

"好了，都过去了。"他对自己说。

有个女人叫塔米

星期五这天正好是十三号，一年里这样组合的日子屈指可数。对刘颉明来说这天果真是个倒霉的日子。

首先是国税局的事。

也不知得罪了哪路人马，居然有人暗地里给国税局打电话，告思凡咖啡馆偷税漏税。国税局倒是很有礼貌的，提前来电话预约了时间，让准备查账。刘颉明的咖啡馆才开张一年多，账目也没来得及复杂起来，不过是薄薄的一本。然而刘颉明早就听说了国税局的厉害，不敢掉以轻心，花了整整一个晚上，把账本和花销的账单都一一捋了一遭。把那些模糊的款项，努力地回忆了一遍，加了注解。又排练了一肚子撇清辩白的话，准备第二天讲给人家听。

谁知一早上国税局的人来了，哈罗了一声，就一头钻进了办公室。脱下风衣，打开手提电脑，便埋头看起账本来了。刘颉明准备下的一肚子对白，竟没能派上一句用场。在那人身后呆站了一会儿，见人也没搭理他的意思，就尴尴尬尬地退了出去。走到前厅，看见喝早茶的人已经散尽了，吃中午饭的时辰又还没有到，店堂里冷冷清清的，只剩了几个女招待在打扫一地的碎杯盘——早上来了一群高中生，各样饮料小吃要了一桌子。没说几句话就吵了起来，没吵几句话就扭在了一起。等到警察赶来，早有人鼻青脸肿了。杯子盘子砸碎了好些个，椅子也摔坏了三张。损失最大的还是柜台，半边给压塌了。那柜台是镂花玻璃镶绿云纹木框的，是早先请专人来设计的。如今要修理这半边，颜色花纹都相配的，谈何容易。若让保险公司来修，明年的保险费就得涨到天上去了。若自己找人来修，就不知是个什么价钱。店里这副模样，也不好营业。耽搁一天，雇下的女招待照样要付工钱。刘颉明想着这一大摊子的烦恼事儿，脑子哄地大了好几倍，就没好气地冲着那群女招待嚷了起来：

"说过多少回了，不要穿凉鞋上班——要是扎了脚，我哪赔得起你的工伤事故？"

大家见老板脸色灰拓拓的，也不敢回嘴，都低了头干活。只有一个叫塔米的，翻了刘颉明一眼，说："扎了鞋子，你就赔得起了？我的鞋子也不便宜。"话虽是轻轻说的，众人却都听见了，忍了忍，没忍住，都吃吃地笑了起来。刘颉明就绷不住脸了，挥挥手，说："都回去吧，明天再来。这会儿才九点半，都算你们半天的工资。"众人原先都准备来上一天班的，听了这话，无奈，只好散了。

这时就进来一个装修公司的人——是刘颉明请来估价的。拿了皮尺色板，便来丈量柜台的尺寸。量好了，拿出计算器来来回回算了几遍，才说了一个数。刘颉明一听就跳了起来："你这是什么天价呀——去年装一整个柜台也不过比这多个零头！"那人就笑："今年是今年的行情嘛。你这绿色的云纹木，全加拿大也只有阿尔伯塔省有。这一两千公里的运费，你自己算一算看。你这镂花玻璃是加厚的，又比寻常的玻璃贵好几倍。谁叫你当初尽挑稀罕的物件来用呢？"刘颉明越发气得跳脚，说："罢，罢，我不修那劳什子了，重新装一个还不成？"那人收了皮尺，就往外走："也好，你先请人来把这半边柜台推倒了搬走——也就五六百块钱的事。"

正巧女招待塔米在厕所里换了衣服出来，听见这话，就拦住那人问："你的估价里头多少是材料，多少是人工？"那人见塔米一个女流之辈的，也没放在心上，随口就说了个数目："人工值几个钱？还不都是材料贵。"谁知塔米盯住不放："那好，你就管人工，材料我来找。"那人便嘻嘻地笑："你来找？好啊，你是背呢，还是扛呢，反正也不远，就在阿尔伯塔省。"塔米也不恼，等那人笑过了，才说："都不用，找辆卡车就行。哪到得了阿尔伯塔呢？城北有一家叫'梦之屋'

的，是日本人开的装修材料店，小是小点，倒还有些稀罕物件。那绿云木台面，找割剩下来的零头，碰巧了一两百块钱就够。那镂花玻璃嘛，得到新开的那家'建筑箱'，老的那几家货都不全。在十号走廊右手侧，价格倒没你说的那么贵。"那人听了，就愣在那里，脸色很有些尴尬起来。又不能改口，只好打着哈哈给自己圆场："行，行，你找来材料，我豁出老本给你干就是了。那点工钱，还不够车马费的。"

待人都散了，刘颉明也不说话，却死死地盯着塔米看，终于看得塔米笑了起来："杰米你这种眼光应该用在卧室里，而不是在公众场所。"刘颉明的咖啡馆里雇的都是洋人，谁也不会说他的中文名字，众人干脆就照着谐音给他起了个英文名字叫杰米。"别忘了我在'家居库'干过五年售货员，要不是跟那只母老虎吵翻了，也不会上你这儿来——你到底看没看过我的履历表？"

塔米是咖啡馆里最新的雇员，才来了一个星期。那天塔米来找工作，门也不敲就直接进了刘颉明的办公室。刘颉明收了她的履历表随手往抽屉里一放，说了句有空缺再给你打电话，就想打发她走。塔米是混血儿，母亲是牙买加人，父亲是爱尔兰人。小时候长得粉雕玉琢的，完全像白人。长大了肤色就渐渐深了起来，露出些黑人的本色来——却依旧比一般的黑人白净。极高极瘦的个子，穿一套短背心短裤衩，胳膊大腿上的肌肉紧绷绷地闪着亮。露出一截肚皮，肚脐眼上穿了两个银环。一头卷发盘得高耸入云——那身架和打扮就让人很有些提心吊胆的。刘颉明从前也雇过几个黑人女招待，懒散如水，调拨不动。还受不得委屈，为一点小事总爱跟顾客顶嘴。所以见了塔米这副模样，就不敢要。谁知这个塔米竟赖着不走，说："我问过你店里的人，说刚走了一个怀孕的，正好有空缺。"刘颉明从没见过脸皮这么厚的人，一半是生气一半是好奇，就问："你能说说我为什么非得雇你不可的原因？"那个叫塔米的年轻女人就蔫了下去，脸上的锐气顿时不见了，低声下气地说："因为我下个月的房租还在你的账号里。"刘颉明听了，心里动了一动，突然想起很久以前自己曾经有过的一段日子，便叹了一口气："起薪七块两毛五一小时。你最新，班次由不得你挑。"女人明知这是最低工资，却讨不得价，只好答应了。

刘颉明雇了塔米在店里，多少是可怜她的意思，没想到这女人还有几分机灵，竟比那几个老的都强，就随口问道："店里东西坏了，你能修吗？"塔米蹬了凉鞋，晃着两条腿坐到咖啡桌上，一边拿出小钢锉修指甲，一边回答："那得看情况。七块两毛五一小时的工钱，也就会换个灯泡。八块钱一小时嘛，应该可以换保险丝。到了十五块钱一小时，说不定就能修洗碗机了。"刘颉明看着女人伶牙俐齿的样子，暗想是不是该提拔她先管点小事，慢慢培养起来，哪天自己休假去了，也好有个知道底里的人来照管店里的事。谁知塔米早看穿了刘颉明的心思，肩膀一斜，就把胳膊搭在了他身上："杰米你赶紧给我加工资吧，我的那点好处，你一会儿就全发现了。我都打听过了，丽莎的起薪是七块七毛五，安迪是八块，连那个胖猪罗瑟琳，你都给了七块五。你就是把我当猪，也得给我涨点，是不是？"塔米的半个身子坠在刘颉明肩上，说重不重，说轻也不轻，衣服上的香水味丝丝缕缕地钻进他的鼻孔里。刘颉明忍住了喷嚏，暗想这世界上还真有那么一些潦倒至死却还要体面的人。就闪了闪身子，指指办公室，说："你去给人送杯咖啡吧——早上进去到现在还没出来过。"塔米就眯了眼笑："刺探军情，这事我内行——007的电影我每部都看过。"果真就去煮了大大一杯卡布奇诺咖啡，颠颠地端进了办公室。一小会儿就出来了，两个指头夹了一枚两元的硬币，叮当一声扔进了收款机。

"杰米你铁定有麻烦了，人家咖啡都不白喝你的。"

两人正瞎侃着，刘颉明兜里的手机就鬼也似的尖叫了起来。刘颉明的手机是一个月前刚刚配的，号码只有那么几个人知道。撩起袖子看了看手表，一算时差正是中国那边上床睡觉的时间了。接起来"哈罗"了一声，果真就听见了一个温温软软，略略藏了些倦意的声音。赶紧说了句"我给你打回去"，就夹着手机要进办公室。走到门口，才想起里边有国税局的人。只好拐弯抹角地跑到厕所，关上门来，坐到马桶上，方定下心来细声细气地煲起了电话粥。

洋那边

最初为刘颉明牵起这条线的是他已故妻子余小凡的母亲方雪花。

方雪花是江浙乡下人，后来几经周折嫁到了大上海，惹得邻里极是眼红，却偏偏年纪轻轻就守了寡。丈夫生前是一家阀门厂的供销员，有一回替厂里出差到江西，坐长途汽车经过盘山公路，下雨路滑，整辆车子翻下了悬崖，竟连尸骨都没有找到。婆家埋怨方雪花命硬，便和她绝了往来。方雪花自己带着女儿余小凡住在杨树浦区的工人新村，邻里都是阀门厂的工人，没有多少文化，却又看不起她的乡下人背景。她在上海待不住，就把女儿送到娘家小镇读书，自己一人去了江浙一带给人打短工，当保姆。方雪花多年穿梭于上海和江浙之间，最长一次的外出是在温州地委专员江汛初家里——她在江家做了三年的保姆。

当年丈夫死时，方雪花至少还有女儿这个念想，逼着她

209

挣扎着站起来辛苦做人。那时她无论如何不会想到，二十年后女儿也会离她而去，而且父女两人都是死于车祸。至此她才真正认了命。女儿死后的第二年，她老家的寡母也去世了。身边没有一个至亲，她便再也没有过日子的念想了。正好又碰上阀门厂效益不好，她丈夫的抚恤金在几经物价暴涨之后只是几张作用不大的纸片了。仅仅两三年的工夫，她就从里到外地潦倒了起来。平日又好强孤傲惯了的，不愿求人，也不愿意见人，有时就好几天也不出门，赖在床上泡几包方便面充饥了事。

正在那个时候她收到了一张从加拿大寄来的支票。

她把那张支票兑现了，拿出一部分钱贴进去，跟人换了一处虹口区的单居，虽然比原来的住处小了许多，却是新楼，又离公园近。剩下的钱，她存了银行，按月拿利息。新邻里也没有一个是认得她的，没有人知道他们家里的那点伤心事。大上海有的是像她那样的孤寡老人，在公寓楼里一住，就如一粒沙尘散在了沙滩上，谁也不会多看一眼。遇到天晴她就散步走到公园里跟人学打太极拳，遇到刮风下雨她就蜷在沙发上看电视连续剧。想做了就做点好饭食，不想做了就到楼下小饭馆买点现成的。日子依旧是清寡的，但毕竟是衣食无忧的清寡，她再也不用人前人后地撑硬摆软，只痛痛快快地做回了她自己。

于是她就很感激刘颉明——他是完全可以一人独吞了余小凡的赔偿金的。她在上海和在江浙老家也不是没有亲戚朋友的，甚至还有一两个曾经走得很近。然而当她孤独一人地陷在那个上无攀缘之枝下无踏脚之石的烂泥淖里时，递给她竹竿的竟是一个没有血缘关系的外人——她一直固执地把刘颉明认作外人，因为她仅仅见过他几面。关于他的许多信息，她都是从女儿余小凡那里辗转得知的。当余小凡去世，联系他和她的那个中间链节已经失却之后，她情愿他只是作为外人存在。外人不会进入她的生活，至少不会迫使她联想起那个无比沉重的丢失了的链节。

刘颉明是个明白人。在尝试给她写过两封信又一直没有收到她的复信之后，他就不再与她联系。冬去春来，日子周而复始无边无沿地朝前铺展开去，她居然无病无灾健健康康地活了下去。十年里她很少上别人家做客，也很少有人登她家的门。她渐渐习惯了这样孤独的日子，有时偶尔想起丈夫和女儿来，竟恍然如隔世。

直到有一天，一个姓江的年轻女人敲响了她的门。

"我是江汛初的女儿——温州的那个江专员，我妈说你一定记得的。我到上海来找工作。我妈说你能帮我。"

也就在同一天的下午，她下楼去小菜市场买菜，在黄瓜摊前她意外地碰到了一个多年不见的余小凡的同学。

"你知道吗？刘颉明到现在还是单身呢。"那人告诉她。

刹那间，她心里动了一动。久远的记忆排山倒海地涌了上来。她扯出一条手绢塞在嘴里，抖抖索索地哭了起来。在暮春灿烂的夕阳里。在满街拥挤的人流中。

那天回家，她坐下来，第一次给刘颉明写了一封信。她觉得十年的沉寂在同一天里被两个人打破绝非偶然。

她在信里谈到了一个叫江涓涓的单身女子。

刘颉明收到信后，将信里的那个电话号码随手抄在一张纸头上，就把这件事丢在了脑后。直到有一天他洗衣服时从口袋里掏出这张纸条来，才重新把她想了起来。

江涓涓。二十八岁。温州市人。中专毕业生。学服装设计。在上海外企打工。

这是他从方雪花的信里得知的关于这个女人的全部信息。他数了一下字数，关于她的描述正好是二十八个字，和她的年岁一样多。二十八岁的生命可以很复杂，也可以很简单。然而无论怎样简单也无法塞进那个二十八个字构筑成的狭小空间里。如果把二十八岁的生命比作一汪湖水的话，这二十八个字就是一阵还来不及擦破表层的轻风。想到自己只能借助这样来无影去无踪的轻风，去莽莽撞撞地探测这汪也许很深也许很浅的湖水，他就很有些惊惶起来。

他拿着她的电话号码，心想如果他打过去她不在家，这事就算到此结束了——他向来相信预兆。这种千里寻偶的故事，他听说过也见到过，几乎都是以粉红的色彩开场，灰褐的基调结束。过程冗长复杂，高潮迭起，千变万化，结尾却只有一种模式。四十多岁的男人约会一个隔着一条马路的女人都有些力不从心，更何况是一个隔着一汪大洋又隔着许多年岁的女孩子。他孤孤独独地走了十几年的弯路，他已经不习惯携伴相行的旅途了。

怀着胡乱一试的心情他给她拨了电话。铃声响了一会儿才有人来接。并不是她。又过了好久她才走过来。她的声音细细软软却很清晰。他说了他的名字之后，就不知该如何进行下去了。不是因为窘迫，也不是因为羞涩——这些形容词对他来说都属于一些异常久远的过去。他只是没有认真地考虑过开场，所以他像一个拙劣的演员，上台的时候居然没有准备好开场白。她却替他解了围。她轻轻一笑，说："一直在等你的电话，怎么今天才来。"她说话的口气好像他们是认识了很久的朋友，只不过在某一个时刻意外地走散了。她的简洁明了突然使他轻松了下来。

他就问她刚才去喊她来听电话的是她家里人吗，她说不是——她现在借住在一所职业学校的学生宿舍里，八个人合住一个房间，电话是大家共用的。他听了一愣，才想起她是来上海打工的。只是他没有想到她的居住条件这么差。她离开她其实已经很富裕了的老家，独自一人来到那个很花俏也很新潮的大上海，宁愿睡在层层叠叠的格子铺上，跟另外七个年轻女人抢用一架电话，大概是为了圆一个梦吧——就像当年余小凡离开上海到多伦多来一样。她家乡的女人，向来是以寻梦出名的。

"你们温州人啊，给你针眼大的一个洞，就钻进来了。一忽儿没留神，就在别人眼皮底下发起大财来了。我可是上过你们的当的——以前买过一双温州皮鞋，比进口的还漂亮。谁知穿了三天就破了，里头垫的是纸片。"

从她的静默中他就知道自己开了个拙劣的玩笑——她大概早已听腻了诸如此类拿她家乡开涮的话。这样的话若放置在高潮和高潮之间的平缓地带，大概还不失为一种点缀和铺垫。然而作为开场白却不能不算是一种策略上的失误。半晌，他才听见她轻轻地叹了一口气，说："那都是清朝的事了。你赶紧回来补补课吧，变成老外倒不怕，只是千万别变成背时的老外。"他被她说得呵呵地笑了起来。笑完了才明白过来其实那是一个隐晦的邀请。尽管他觉得这样的邀请应该发生在稍后的时间顺序里，可是他还是忍不住隐隐喜欢上了她的说话方式，无论是她的直接还是她的隐晦。

那天不知不觉地，他们就说了一个多小时的话。挂了线，电话已经被他的手心焐得温热。天开始黑了，屋里的百叶窗帘从浅灰渐渐变成深灰，阳台上有鸽子在咕咕地行走寻食，卖冰激凌的大车叮叮咚咚地响着音乐从街上缓缓开过。他一动不动地裹着暮色呆坐了很久，似乎害怕关于她的新鲜记忆会像轻尘般在些微的振动里随时飞散消失。这时他才觉察到他其实一直都很寂寞。他把他们的对话仔细地回想了一遍。把这叫作对话实在是有些夸张。确切地说，这只能叫作谈话——他说，她听。他对她说起他在北京胡同里度过的童年，他在陕西插队时的穷开心日子，他的大学岁月，他到上海进修时的单身生活，以及他在多伦多当咖啡馆老板的生涯。他非常惊讶他竟突然间变得如此伶牙俐齿，滔滔不绝。他觉得他已经把自己的一生像放录像带一样地给她放映了一遍，只不过用的是快进档。当然他的叙述是跳跃的不完整的，因为他省略了其中的某一个阶段——一个与女人有关的阶段。对于如此关键的省略她不可能没有察觉，然而她一直保持沉默——这和她后来的许多处事方法相当一致。

后来他就时不时地给她打这样的电话。有时说一两个小时，有时说几分钟。依旧是他说，她听。但是他感觉得出来她在用心地听。关于自己她说得很少，也许他根本就没有给她这样的机会。有一回，在他长长的叙述的短暂停顿里，她突然问他："你不想知道我长得怎么样吗？我在方阿姨家看过你的照片。"他知道她是在问他要不要寄照片过来。他说好啊，可是说完就后悔了。他知道眼睛和耳朵是一件事情的两个侧面，本来也许是相辅相成的，可是眼睛往往要自作聪明地走在耳朵前面。大凡眼睛一派上用场之后，耳朵就自甘落后地迟钝了。在他人生的这个阶段里，他其实更愿意让耳朵走在眼睛前面。也就是说，他更愿意把耳朵当作开路的探子，因为耳朵的感觉总是可以在后来用眼睛去证实修改或者推翻的。而眼睛一旦做了定论，就是极为霸道的，耳朵的参与往往是于事无补的。

照片是在两个星期之后抵达的。他把她的信原封不动地在抽屉里搁了三天，到了第四天他终于没有忍耐得住，又把信拿了出来。拆信封的时候他的手有些发抖，他害怕她长得太年轻艳丽。他明白青春美丽是有代价的，好花就得有好瓶来插，而他这个瓶子早已是千疮百孔了。他又害怕她长得过于苍老寻常——这样的女人比比皆是，不值得他隔山隔海地去追寻。看到她的照片之后他才略微放了些心。照片是在一幢楼房跟前拍的。楼是半高不低的江南小城里到处可见的那种，挂了个牌子，远远看上去好像是一所学校。她胸前搂了一摞书，直直地站在一地的阳光里，像个受了老师表扬的规矩学生。风把头发吹乱了，丝丝缕缕地爬满了她的脸。脸上的笑仿佛还没有来得及完全展开就被快门打断了，所以就流露出那么一点的遗憾和惊讶。那是一张平平常常不太年轻却又含了一丝秀气的脸。那样的秀气既不张扬又不藏掖，正好在他可以接受的那个范围里。她穿了一件男式夹克衫和一条水磨蓝牛仔裤。衣服和裤子都很宽大，可是他还是一眼就注意到了那些隐藏在服饰里面的结实的和不怎么结实的部位。

与她的照片相比，她的信就显得有特色多了。在信里她没有谈到他，也没有谈到她自己。短短一页纸里，她谈的是夏天里的一次旅行。这次旅行开始时只是为了给她葬在老家乡下的祖母扫墓，后来越走越深，竟停不住脚步了。她说那一路上的溪水是可以喝的，清凉解渴，略带一丝甜味。那一路上的树林里长着各种各样的蘑菇，大的如脸盆，小的如豌豆。那一路上的鸟儿并不怕人，竟敢飞到人的手心索食。在路上看天，天是蓝的，那种真正的，还没有被烟囱熏灰了的处女的蓝。

"你若回来，假如天不太冷，我带你去走那条路。"

在信结尾的时候，她这么对他说。

这是她对他发出的第二次邀请。

还是塔米

刘颉明头天打了半夜的国际长途电话，第二天早上闹钟响了许久，才醒来。哈欠连篇地坐在床沿上发愣，才猛然想起今天是停业装修的日子，早和装修队约好了八点钟在咖啡馆门口会合的。一看手表，已经晚了半个小时。就脸也顾不得洗，随便套上件T恤衫，飞也似的开车去了咖啡馆，一路在心里编了些解释道歉的话。停车下来，没想到咖啡馆已经开了门，女招待塔米穿了一件上下连体的工作服，正坐在一张高脚凳上和装修工说笑。电锯突然间尖声啸叫了起来，木屑粉尘似的在空中迷乱飞扬，地上落满了铁钉和下脚料。塔米一把拔了电源插头，将那个装修队的领班猴似的揪了起来："也不看看是什么样的地板？一百块钱一尺的硬木呢。你是不是想修完了柜台再接着修地板？"那人也不恼，嘿嘿地笑着，说："知道了，奶奶，你放了我吧。再不放可就是工作场所性骚扰的罪了。"果真就叫人清理了地板上的垃圾，又严严地铺了层厚塑料布，才接着干活。

刘颉明进来，塔米从头到脚地看了他一眼，就抿嘴一笑："杰米你巴黎才回来？"见刘颉明丈二和尚摸不着头脑的样子，便指指他的脚，越发咯咯地笑了起来："这是法国的时髦，流行到多伦多还得有些日子呢。"刘颉明这才发现自己慌乱之中穿错了鞋：左脚是一只棕色的麂皮鞋，右脚是一只黑色的便皮鞋，一只系带，一只敞口——一屋的人都笑得前仰后翻的。都笑完了，塔米才说："杰米你给我记着账，今天本不该我当班的。"刘颉明连连点头:"双份,算你双份工。"就进办公室胡乱找了双工作鞋换上。

换了鞋,拿了黑色公文包就要去银行存钱。咖啡馆的营业额高,收的银款向来是不过夜的。昨晚和江涓涓煲电话粥忘了时间,银行关了门,就没存上。临出门,刘颉明拉过塔米悄悄叮嘱:"看着些,别让人偷工减料了去。"塔米就不耐烦起来:"你以为我一大早来干什么的?开半个小时的车上你这儿调情来了?"

刘颉明到了银行,没想到那天的存款里有两张伪钞,一张一百元票额,一张五十元票额。人当场就被银行扣住了,又叫了警察来,反复查问了一个早上,写下了详细笔录,留了住家地址电话号码车牌号码社会保险号码,才放了回来。回到咖啡馆,将空皮包往办公桌上咚地一扔,劈头就骂塔米:"跟你们说了多少回了,那五十块一百块的纸票要验仔细了才收。这一百五十块钱,你白干两天都挣不回来,还不算你找回人的钱呢——就这样冲了马桶。一群蠢货!"塔米见刘颉明脸色铁青,也不敢回嘴,就去端了一杯新煮的山楂果茶来。刘颉明喝了半杯茶,才渐渐平了些气,挥挥手,让塔米去写一张大大的告示贴在柜台上:"本店从今日起一律拒收一百元及五十元的纸票,敬请各位自备零钱。"

这时候装修队的领班就拿了张发票来让刘颉明验收签

字。刘颉明看了看发票上是四个小时的工价计四百八十块钱，另加上塔米花的三百多块钱的材料费，统共也没超过八百块钱，比原先预想的便宜了很多。修完的柜台颜色质地都还相配，跟新的时候相去不远。心里暗暗高兴，就在发票上签了字，又掏出支票本来要写支票，却被塔米拦住了。塔米拿过发票来，仔仔细细地看了一遍，问保修期怎么没写上？领班说不都事先讲好了吗，按惯例是一年的保修。塔米问一年的保修是人工加材料吗？领班就急了："材料是你买的，与我无关。谁是厂家谁给你保修。我只给你保人工。"塔米说你急什么，又短不了你的工钱。那你就写上人工保修——万一你带着女朋友上大溪地度假了，我也好拿着这张纸找你老婆孩子算账。说得众人又笑。领班见塔米盯得甚紧，只好在发票上写明了："人工无条件保修一年。"刘颉明这才写了支票。

收了工，刘颉明就让塔米拿出些甜圈饼来给工人吃，自己又打了一圈电话通知员工装修已经提前结束，下午就恢复正常营业。这时他发现柜台上的告示还没有贴上，就去问塔米。塔米说："看你刚才气得那个样子，就跟砍了头的鸡似的，哪听得进一句话？这会儿多少像个正常人了，才跟你说个道理——你贴了这张告示，倒真不会有伪钞了，不过连真钞也没了。你以为人真会拿着一张百元大票，穿过三条街等两个红绿灯排一条大长队去银行换了零钱，再回到你这里买一杯九毛八分钱的咖啡？你卖的就是金子钻石人也不会回来。这亚德莱街上又不是你杰米刘一个人在开咖啡馆。你这里不收大票，有的是收大票的人。倒不如去买个验钞机，每逢大票都验一下，不过十秒钟的工夫。那验钞机央街上有的是，大的小的轻的重的红的绿的蓝的黑的由你挑，比挑女朋友容易多了。便宜的也就百十块钱，用个十年八载的也用不坏，不像女朋友时不时还得换。你自己看着办吧。还写不写告示啦？"

那个装修队的领班听了笑得几乎喷了咖啡，走过来拍了拍刘颉明的肩膀说："兄弟你真有福气，雇了这么个人物，中看，中用，还中听。你若不好好待她，就别怪我来挖墙脚了。"塔米斜了刘颉明一眼，说："反正我有他的电话号码，你上午欺负我，我下午就跑他那里上班去。"刘颉明赶紧赔笑，说："哪敢哪敢。你说话，我今天怎么谢你。"塔米想了想，才说："不如你约会我吧。我给你说说约会我的好处。第一省时间。你看你整天在咖啡馆里，从早忙到晚，哪有时间去外边找妞？就算你找着了，又哪有时间陪妞？你要是找了我，咱们上班的时间里，顺便就把约会的事儿也办了。再说咱们总在一处，第三者也难以插足，省得你老耗费时间换女朋友。看看你一年能省下多少时间？第二是省钱。你到外边泡妞，一顿饭是多少钱？一场电影是多少钱？开车汽油费又是多少钱？还不算圣诞节情人节生日周年的礼物呢。你若找我，店里有的是点心小吃打发我，节假日给个小红包——本来你也得给的，就不用另外花钱买礼物了。这笔账你仔细算算——你一点也不吃亏的。"那几个装修工听了，就集体起哄，说杰米你怎么也不能让女士丢面子的，你要不上，我们就上了。刘颉明无奈，只好答应晚上带塔米出去吃饭，由她挑地方——是吃饭，不是约会。

就打发塔米先回家换洗去了。到了下午，员工都陆陆续续赶到店里上班。刘颉明指挥众人把店堂里外都打扫清理了，才开门营业。又跟了几个小时的班，见一切运转正常，方脱身去接塔米。

塔米住在多伦多城东的一个公寓区，那个区的居民大都是些无钱置业的流动人口。沿街的楼房都有些年岁了，房租就比别处略微便宜些，街面上自然就不那么干净齐整。塔米住的那幢楼，底层开着一家杂货铺，铺面上红红绿绿地贴了些减价的牌子，门口堆了一叠空纸板箱，里头隐隐生出些不太中闻的气味，便有蝇子嘤嘤嗡嗡地飞着。门厅外边有几个小年轻，穿着旱冰鞋在人行道上燕子似的溜来溜去。刘颉明懒得上楼，便用手机给塔米打了个电话，让她下楼来。

一会儿工夫，塔米从门厅里款款地走了出来，身穿一件深黑色的连衣裙，腰里系了一条葱绿色的缎带，把那腰身系得纤纤欲折。那衣裳是无领无袖的，露出两个肩膀一抹颈项，闪着些紫蔷薇似的亮光。裙裾长长地拖到脚踝，一双黑色高跟凉鞋里伸出十个抹了蔻丹的脚趾，如同十瓣零零乱乱大小不一的落花。脸上淡施脂粉，眉黑目深，唇红齿皓。一头乌云随意地披在脑后，用一个黑色大塑料发卡松松地夹住，有两缕散发风情万种地披挂在颊上。那几个滑旱冰的小年轻看得呆呆的，都朝塔米吹口哨。刘颉明从来没有见塔米如此打扮过，也不禁愣了一愣。

塔米走进车里，就用肘子推了推刘颉明："其实你偶尔也可以夸我漂亮的——我不会拿这个要求你涨工资的。"刘颉明有些窘迫，就嘿嘿地笑："塔米你知道我们中国男人不太会夸女人——笨嘴拙舌的。"塔米哼了一声，说："夸女人的事，爪哇岛的人都会，不用学。杰米你这个人什么都好，就是太严肃了，整天把个咖啡馆当作个国家来管理，你累不累呀。"刘颉明连忙摇头摆手："我今天并没有打算向你请教我的治国方针。还是告诉我去哪里吃饭吧。"塔米说湖滨大道上有一家"蓝湖礁"餐馆，是多伦多城里最正宗的加勒比海风味。刘颉明问了地址，两人就呼地驶进了一街的车流里。

进了餐馆，塔米也不等人来带座，就熟门熟路地找了两个靠窗的位置坐下。一会儿便有一个西装革履的男招待走过来招呼塔米，问怎么这么久不来了，是不是忙着发财呀？塔米斜了那人一眼，说我挣的那点钱，还不够你一晚上的小费呢。又四下看了看，问老板哪里去了？说去看蒙特利尔芭蕾舞团演出了。那人拿了菜单，眼睛笑眯眯地看着刘颉明，嘴上却问塔米："又换了一个。"塔米一把夺过菜单，指了指刘颉明："你没看见我正一心一意勾引这位先生吗？我那点破事，你知道不要紧，只要不让他知道就行。"那人听了，就嘿嘿地笑："你的好事我都没听说，更别说破事了。我只知道你每次吃饭都是一个人来的，绝对一个人。"

刘颉明看着塔米和那个男招待你一句我一句地斗着嘴，猜想塔米大概是这里的常客，就推说不懂加勒比菜式，让塔米来点菜。塔米也不客气，就如此这般地要了几样。两人一边等着菜上来，一边四下打量着餐馆的布局。这家餐馆很有些与众不同之处。从墙壁到地板到桌椅柜台，用的都是清一色的涂了桐油的原木。那木头纹理清晰柔和，质地坚韧，香气轻软而不郁腻。桌上的盘碗杯盏，也都是粗粗笨笨的木料——自然是极好的质地。四面墙上皆是壁画——满眼是沙滩丛林椰子树的加勒比风情。从窗口望出去，又是一汪碧蓝 ——那是安大略湖。夕阳要沉未沉，便有千斑血痕将水染得甚是壮丽。风帆如剪铰过，海鸥载在风上悠然自得地歇息。这餐馆的布局设计与外头满街的灯红酒绿相比，并不起眼，只有内行人才看得出是一番经过深思熟虑的不露声色的排场。在湖滨大道这样的黄金地段拥有一片如此大的排场的人，绝非等闲之辈——刘颉明就暗暗惊诧凭塔米的收入如何付得起这里的账单。

等了约有两三刻钟，菜就上来了，颜色很是热烈。塔米一一解释给刘颉明听：这盅白汤是海龟肉——凯门岛的海龟养殖场空运过来的。这个褐色的碗是半个椰子壳，里边装的是牙买加凤梨。这碗绿的是油炒仙人掌——墨西哥的特产。这碟黄的是咖喱山羊肉——海地的名菜。只有那盘红的茄汁炖牛肉是纯粹的加拿大菜——怕你吃不惯那些稀奇古怪的，做个后备。刘颉明不饿，略略都尝了些，剩下的塔米就一扫而光。刘颉明看着塔米一边吮着手指上的茄汁，一边拿面包将盘底蘸得极是干净，心里突然有些感动，暗想这个女人虽然口无遮拦，却心纯如水，竟不太懂得在男人面前忸怩作态。

结账时才发现账单上写的是四十一块钱。刘颉明没想到那么便宜，以为算错了，就要找那个招待。塔米从他的皮包里抽出一张五十加元的纸币往桌上一扔，就扯着他离开了餐馆。到了停车场才说："算你捡了一个便宜——谁叫这餐馆是我父母开的呢。"刘颉明听了顿时愣在那里，半晌才说："塔米你还有什么秘密最好一起都说出来，我哪儿经得起你这样零敲碎打的吓唬？别待会儿告诉我你爷爷当过加拿大的总督。"塔米微微一笑，说："我妈在'蓝湖礁'当过七年的女招待，才和我爸成为合伙老板——杰米你是不是认为我这种人的父母就应该是抽烟吸毒吃救济金的？"刘颉明被塔米说穿了心思，脸上就有几分尴尬，嘴里却一味儿地打着哈哈："哪里的话？我只是奇怪你妈这么有钱，你为什么还要给我打工？告诉我你爸是怎么掉进你妈的陷阱，让你妈偷去了半个老板的位置的？"塔米斜斜地瞪了刘颉明一眼，叹了一口气："杰米这是我认识你以来你问的最愚蠢的一个问题——你喜欢当总统，我喜欢当乞丐，这是各人所爱。我妈有没有钱，跟这有什么关系？而且，我也没说要给你打一辈子的工。顺便告诉你，我妈计划买下'蓝湖礁'股份的时候，我爸只是那里的帮厨。"

刘颉明一路无话送塔米回了家，看着她下车进了门厅，又忍不住喊了她一声。塔米转身走回来，问什么事？刘颉明顿了一顿，才说：

"今天晚上你很漂亮。真的。"

关于花的联想

刘颉明推着行李车从绿色海关通道走出来，一眼就看见了上海的天。正是傍晚，暮色轻轻地垂挂下来，遍天的灰暗中略略夹杂了几丝日尽的潮红。霓虹灯早早地亮了起来，五颜六色的广告牌像一只只涂了浓重眼影的大眼睛，放肆地窥探着层层叠叠的楼宇组成的都市。行人近近地擦着他却又视而不见地从他身边走过，口音有些熟悉，也有些陌生。楼不是那些楼了，人也不是那些人了。唯一不变的，只是那片天，依旧苍老，依旧疲惫，依旧欲说还休。

十多年前他离开这里，是为了投奔一个女人和一团温暖去的。他曾经把这个城市叫作"后方"，仅仅因为这里是那个女人的娘家。十多年后他回到这里，女人不在了，他也没有一个可以投奔的人了。当然，在偌大的一个上海城里，他也不是完全无亲无故的。至少有一个人，一个叫江涓涓的女人，是他在沙子一样的人群里搜寻驻留的理由。她使这个硕大的都市变得可及起来，她使他涣散茫然的眼神有了一个焦点。

他开始相信奇迹。他相信他是无数个失败的隔洋寻偶故事里的那个例外，他相信他和她的相逢将会是那些故事得以演绎下去的理由。毕竟，这是在上海，一个什么事情都有可能发生的都市。

他开始用目光在人群中搜寻她。他发现国际航班接机的人流中她这个年纪的女人出奇的多。在他眼里，这些身材细瘦面容姣好的年轻女子其实都披着一个极为肥胖暧昧的梦，所以她们脸上的表情都有些游移鬼祟秘而不宣。为了不至于错认，事先他让她穿照片上的那一套衣服。历史在这里发生了一次惊人的重复——时隔多年，他仍然必须依赖照片的帮助来寻找一个有可能和他的生命发生重大关系的女人。他在人流里找了很久，却一直没有找见她。便突然想起他们曾经约好，万一彼此走散了，就都到问讯台前集合。于是他就朝问讯台走去。

她果然在那里，斜着身子靠墙站着，脚边歪了一只大背包。大概也等了他不少时辰了，神情就微微地有些沮丧。虽然依旧在东张西望着，眼睛里却不是那种初来乍到欢天喜地的企盼了。仿佛是一朵被轻风抚过的花，虽然还是盛开着，却毕竟蒙上了细细一层的灰尘。他没有立刻走过去，而是远远地站着，用目光将她从头到脚地测量了一遍。他发觉他的目光被她无处不在的清晰分明的轮廓线条割得辛辣生疼。她如约穿了那套衣服。衣服大约洗过很多次了，褪了色，清清爽爽地带着洗衣粉和漂白剂的痕迹。她几乎完全没有修饰，任凭青春如水般地从衣裳的拘束包裹中挣脱流溢出来。他从她身上立时读出了自己无可挽回的苍老。与她的真人相比，她寄给他的那张照片不过是一个不知被盗版了多少次，谬误丛生含混不清的拙劣副本。

他朝她走过去，在离她很近的地方停了下来。他没有叫

228

她，任由她的目光从很远的地方渐渐收拢过来，最终落到了他身上。他们对视了一会儿，她才犹犹疑疑地笑了笑，问："是，是……？"他点了点头，猜想自己大概比那些旧照片里的样子老了一些。她就把手里的花递给了他，是一捧喜庆热烈的红色康乃馨，夹杂着些同样喜庆热烈的绿椿枝，裹在一张有些俗气的粉红玻璃纸里。纸上残留着她微微潮湿的指印。他接过来放到行李车上，心想以后再慢慢告诉她，在国外是不时兴给男人送花的，即使送了，也是不用粉红色的包装纸的——关于外边的那个世界，她要学的东西大概还很多。

后来他们叫了一辆出租车，不远不近地并排坐进了后座，朝旅馆开去。他试试探探地穿越了他们之间那个似远似近的距离，把手搭在了她的肩上。她微微地闪了闪，弯下身去系鞋带，他的手就落到了她的腰上。他几乎是同时探到了她身上的柔软和僵硬，他的手就尴尴尬尬地陷落在柔软和僵硬的两重夹击中，不知所措起来。

这时他的手机响了起来，他及时地抽回手来接了电话。这是一个英文的电话，她听得出来他说得挺流利，却又没有流利到随心所欲的地步。他讲了十来分钟话才关了机，告诉她是他的咖啡馆里打来的——他不在的时候就交代给一个女招待管事。她看得出他接完电话以后心情很好，就问他："是税的事吗？"他吃了一惊——他只知道她在一个日本人开的服装厂里打工，却没想到她也听得懂英文。她猜出了他的惊异，笑笑，说："我刚开始学英文，听懂一两个字，瞎猜的。"他告诉她国税局上个月来咖啡馆查账，今天来了封信，说通过计审了。她说那你们得花不少钱打点吧？他想说他连一杯咖啡都没有用上，又觉得她是不会懂的，就点了个头算是回答。两人生生分分地呆坐了一会儿，各自扭着头看着窗外的街灯一盏一盏飞蛾似的扑过来，又流火似的闪到身后，连成一条橘黄色的链子，前到天边，后至地极。他想问她是不是为了他才开始学英文的。他暗暗排练了几个俏皮轻松的提问方式，可是话到了嘴边，却又生生涩涩地找不到一个圆滑的出口了。

后来就到了旅馆。进了屋，他让她在客厅里坐着，自己去卫生间换洗了出来，又从箱子里找出一个小盒子递给她。她拿在手里，木木地看着盒子上的彩纸和纸上贴着的卷成细细波纹的银箔花。他催促她打开，她舍不得撕破包装纸，便用指尖轻轻地挑着胶带纸的边缘，窸窸窣窣地拆了半晌，才拆开了。原来是一条小小巧巧的项链，坠子是一颗银心。她说国外的银子就比国内的成色好，颜色亮。他听了忍不住扑哧一笑："小姐，这是白金，比银子贵好几倍呢。"她"哦"了一声，说"怪不得这么好看"，就把项链收进盒子放了起来。她平平淡淡的样子反让他放了心——他最害怕那种为了一件小礼物能毫不费劲地说出一箩筐好话的女人。

他问她上海最好的餐馆在哪里——他要带她去吃饭。她低低一笑，说："你知道我一个月挣多少钱吗？我哪里配知道最好的在哪里，连次好的都没去过呢。你要请客也好，就算给你自己接风。有个温州馆子叫'阅虹'，装潢一般，菜式还挺地道。离方阿姨那边也不远。吃完了饭正好去看她。"

他跟着她下了楼，两人叫了辆出租车往"阅虹"开去。走到半路，他突然对她说："我还是先去她家一趟——她留下的一些东西，我要交给她妈。"她当然明白他说的那个她是谁。她就吩咐司机在一幢公寓楼前停了下来。他下去了，她却留在车上。她把头探出窗外对他说："你去，我在餐馆等你。"他没有留她，只是看着她的出租车风一样地驶进一街的灯红酒绿里去。

他提着一只上了锁的小箱子，走进了那幢大楼。箱子沉沉的，装的是他的前半生。当他把这只箱子交给方雪花之后，他就是一个没有过去的男人了。他不知道没有过去的日子究竟是一种什么样的日子，但是他至少知道那是一种与现在不同的日子。

江涓涓是懂得他的。他必须独自面对他人生中的某些片段。在哪里开始的记忆，也必须在哪里卸下。

影 子

江涓涓回家时已是午夜前后了。临分手刘颉明提出要送她到宿舍门口。他说送女客人到家门口是西方人的礼节。不仅要送到家门口，而且要看到女客打开房门进屋后才能离去——不光是为了礼节的缘故，也是为了安全。刘颉明身上那些带着洋气的迂腐味，让她觉得既可笑又多少有些着迷。然而她执意不肯，坚持在离宿舍很远的地方就下了出租车。毕竟是十月了，夜风吹在身上已经含了些秋天的意思。那件洗旧了的牛仔夹克在这时才派上了更为实际的用场。她将夹克紧紧地裹在身上，抱着双肩一步一步地踩着自己的影子缓缓行走着。她并不着急回去。这一顿饭吃得有些安静——几个月的期待在不知不觉中已经把本该厚重的见面情绪稀释得单薄了。然而她却依旧有一肚子零散细碎的回忆，需要在孤独的路程中慢慢咀嚼消化。月亮很大，像存久了的旧报纸似的泛着黄边。树影把月色割剪得支离破碎，一把一把地掼在她的脸上，带着一些重量，也带着一些凉意。她觉出了颧上的温热。她喝了一些酒，是刘颉明带过来的加拿大洋酒。她记不住酒的名字，只记得这酒不好喝也不难喝。今晚她像一个拙劣的探险家在浑然不知毫无准备的情况下，意外地发现了一个叫人飘然欲仙乐不思蜀的极乐境地。这个境地处在醉与不醉之间的那条细线上——少走了一步她就会被留在山巅上，和这个大千世界清醒又遥远地隔阂着。多走了一步她就会坠入万丈深渊，与这个世界污泥浊水地搅拌在一起，不知身为何处。可是那晚她正正地走在了那条细线上，不偏也不过。所以她有些清醒地糊涂着，又有些糊涂地清醒着，感觉极为惬意。

在离宿舍很近的地方她听见有人从身后向她走来。脚步声凌乱拖沓，犹豫不决。她带着迷茫的微笑转过身来，猝不及防地看见了一张脸，一张开始被时间和距离磨蚀出毛边的脸。刹那间她以为她走进了一个梦境——近来她常常做各种各样离奇古怪的梦。她很响地清了一下嗓子，她的声音被寂静的暗夜撕扯成嘤嘤嗡嗡的回音，散落在远处和近处的无数个角落里。她被自己的声音吓了一跳，于是就知道她并没有在做梦。

那个男人在离她几步远的地方站住了，两人四目相对，如同窄路相逢的乌眼鸡。后来是男人先将目光软下来的。男人变了很多，比从前更加不修边幅。男人身上穿着一件不灰不蓝的T恤衫，前胸后背印的都是凡·高的画。一半掖在腰里一半垂在腰外，盛开的向日葵仿佛被疾风折断了茎秆，带着黄灿灿的微笑纷纷扑向大地。男人脚上的那双懒汉鞋，鞋边早已成黑色，鞋面上厚厚地积了一层跨省的灰尘。男人

233

蓄起了胡须，长长乱乱地几乎遮住了半张脸。男人开始谢顶，前额光润柔滑地采集着无所不至的月光。男人身上不变的是气味。是那种介于油漆和漂白粉之间的油彩颜料气味。后来她才明白过来，其实她是从气味上辨认出这个男人来的。这种气味，她就是绕地球走完十圈再回来，也是能从万人中间一下子将他闻出来的。记得从前有一回，当她还是服装设计班的学生，头重脚轻地爱着这个作为美术老师的男人时，她曾逼着他仔细地洗过头洗过澡换过衣服，干干净净地坐在她面前，可是他满头满身的香波药皂味竟没有遮得过那个颜料气味。那天她对他半开玩笑半认真地说，他这辈子只能捧艺术这只碗饭了——那气味原来不在皮上，竟是在血里呢。没想到他听了愣了半晌，才说了一句像诗也像哲言的话：在缺乏艺术的氛围里遭遇艺术的激情。这句话听上去像是没有说完。过了一会儿他才告诉她这是一句流行于艺术家圈子里的歇后语，后面的部分是"不举"。她觉得好笑，可是她却没有笑。

你这里真难找。我等了你整整一天了。男人说。

她冷冷地看着男人，她想说：我等你的，哪只是一天。可是她什么也没说。她期待男人说的，不是这样的话。她赌气离开这个男人已经半年了，半年的分别不算长也不算短，不够让她忘却，却足够教她懂得沉默的效应了。

果真男人没能沉得住气。男人叹了一口气，期期艾艾地说：现在我，我终于知道你从前是怎样忍受我的。

她依旧没有说话，眼圈却热了一热。往事随着酒意汹涌地浮了上来。她站在路口，路口也是个风口，风呛着她嗓子刺刺地痒，她捂着嘴咳嗽了几声，身子就突然像一只布袋似的矮了下去，毫无先兆地呕吐了起来。白色的秽物溅到她的裤脚鞋帮上，四周立刻充溢着一股酸臭交织的气味。男人被她撕心裂肺的样子吓了一跳，一时不知所措。等她终于噉噉地吐完了，才走过去，架起她来，坐到马路牙子上。她很想推开他，结果非但没有推开他，反倒软软地靠在了他的肩上。

她趴在他的肩上喘了一会儿，才渐渐将气喘匀了。男人闻到了她身上的酒气，就起了些疑心："你在上海，到底打的是什么工？怎么这个时候才回家？"

她顿时就清醒了过来，坐直了，冷冷地一笑："你说我能打什么样的工呢？站着的女人不如坐着的挣钱，坐着的不如躺着的挣钱——那是你说的。"

男人的脸色就很是难看了起来："那你是坐着的还是躺着的？"

她扶着树站了起来，满目飞着金星。闭了一会儿眼睛，方好些。男人依旧坐着，就比她矮了一截："躺着坐着，横竖不关你的事了。"她恨恨地说完，也不看男人，就飚飚地走进一街的风里。腿颤颤地有些软，手心却都是汗。

男人追了上来，也不并排，只在她的身后不紧不慢地跟着："我辞了学校的职，想到海南开广告公司，带你去。"

她的脚步慢了下来。她知道，这就是求婚的意思了。像他这样的男人，是多一句话都不肯给的。她等这样的话，等了也有五六年了。现在真听到了，她却被自己的平静吃了一惊。若在从前，哪怕是三个月以前，他肯说这句话，她是愿意为他生，为他死，为他舍了世上的一切，跟他天涯海角受苦受累去的。可是现在毕竟有了一个刘颉明了。去海南的事他考虑好几年了，当然她从来不是他计划里的一个人物。她那时以为海南就是她的天下了，现在她才知道海南不过是大千世界里的一块铺路砖，而且还是铺在很远的角落里的那块。外边那个世界的景致，原本她是一无所知也一无牵挂的。偏偏半路跑出一个刘颉明，将那大大的幕布掀起小小的一角，叫她看见了一个角落，从此她便欲罢不能了。她的好奇心成了她的缰绳，她给牵着一步一步地朝景致里走去，回头一看，她不知不觉地已经忘了回去的路了。想到这里，她便轻轻地叹了一口气，可是她并没有把脚步停下来。她忍不住回过头来，对男人温婉地一笑，说："回去吧。"

男人隐约有些明白了，半晌，才问："你有人了？"

她不回答，却又说了一遍"回去吧"，这次她就没有再回头，因为她不愿让男人看见她的眼泪。男人跟了几步，见她的脚步越发地快了起来，就不跟了，独自狗似的坐到了街边。她知道，从这一个路口走过，她和这个男人就像是两条经过漫长的并行路途终于交叉而过了的直线，从今往后将永远各行己路，而且越走越远。

桃 源

那晚吃饭时，刘颉明问江涓涓在日本人手下干事日子好过不，江涓涓说日本人对人体疲劳程度挺有研究，天天让做广播体操，早上一遍下午一遍，腰腿练得不错。他说你一个学服装设计的，怎么去缝起衣服来了呢？她笑笑，说学设计的要是不懂做衣服的工序，就得事事求人。"你在多伦多帮我打听打听，大学的服装设计专业要学几年？学费得多少？"他暗想你学了也是白学，中国人的时装设计，国外有谁来买？终究还得另谋生路。心里虽是这个想法，嘴上却只问这几天我们有什么计划安排？她问他喜欢热闹还是喜欢安静，他说什么样的热闹我没看过？我就想躲人，找个真正安静的地方，不是那种做出样子来骗游客的。她顿了顿脚说，我就等着你这句话。我带你去一个真正的乡下地方——是我爸爸的老家。

只是乡下人眼界浅，没见过出洋的人，你别吓着他们。他说这好办，你不叫我开口我就不开口，行不？

第二天他们就坐飞机去了温州。下了飞机，她家也没回就吩咐出租车司机直接开去了长途汽车站。他拿过车票来才发现他们要去的那个地方叫"藻溪"。他说没想到你们江浙的乡下也有这么文气的名字。她抿嘴一笑，从兜里抽出一支圆珠笔来，哈了一口气，埋头在手心写了几个字，写完了就亮给他看："江浙的正经好地名，你哪里见过？"他探过头来，只见她的手心龙飞凤舞地写着："仙居天台，龙游丽水，平阳文成，瑞安泰顺。"见他疑惑，她就把包里的那张地图摊开来，把手上的地名一一画出来给他看。他说不用了，我们北方人也有好地名的，只是不那么文气罢了。就抓过她手里的那杆笔，也埋头在手掌上写了些字。写完了，亮给她看，是"裤裆胡同，羊尾沟，狗牙寨，二豁口。"她把那杆笔抢了回来，又在自己手上写字。手心没地方了，就一直写到手腕手背上。字又小又密，他看不清楚，她就念给他听："仙居裤裆胡同，龙游狗牙寨，平阳陷入二豁口，瑞安掉进羊尾沟。"两人就忍不住哈哈地笑作了一团。

就上了车。

没多久车就离了闹市区，驶上了公路。到处在修路，坑坑洼洼的，车如同醉了酒似的摇摆着身子行走。虽是早晨，却因是个大晴天，就略略地有些热。有人将窗开了小小的一条缝，尘土渐渐地钻进车厢，在里头弥漫开来。他们坐在两排乡下人中间，后排的趴着他们的椅背仰着颈脖和前排的说话，唾沫零零星星地飞到他们的脸上。乡下人说的话又快又急，他一句也没听明白。问她，她只是笑，说回头再告诉你。乡下人的脚边丢着两只大塑料编织袋，把过道堵得死死的。袋子红蓝相间，俗俗气气地带了些喜庆。里头塞得饱饱胀胀的，有一只已经顶破了头，露出花花绿绿的一个礼品盒，上面印了些英文字。她低下头去读那些英文字，没全读懂，就去问他。他说那么简单的还看不懂，出去怎么办？她别过了头，不看他，半晌才说："谁说要出去？"她的声音硬硬的，他就知道自己说错了话，只好嘿嘿地笑，脸色便有些讪讪的。

　　渐渐地，路边的楼寓便有些稀疏起来，景致就开阔了。是田，一小块一小块，边角规规矩矩方方正正的，像是有人专门拿刀修过了。都是绿，有的是葱葱郁郁的绿，有的是黄恹恹的绿，有的是不灰不蓝的绿。旱地里景致少些，水田里倒映了一角天空和几团云彩，就让人凭空多生出几分想象来。不见人劳作，偶尔却见一两头肥大的水牛趴在田里歇息。半个身子泡在水中，只露出驼峰似的一扇大脊背，嗡嗡地招着苍蝇——自然是没有牧童的。他没见过这样秀气的江南农家景致，就叹着气说："在这种地方盖个房子过老，也是不错的。"她斜了他一眼："你还不几天就待腻了——没有车，也没有抽水马桶。"

车子摇摇晃晃地走了三四个时辰，停过了无数个大站小站，终于到了一个小镇。他跟着她懵懵懂懂地下了车，问接的人在哪里？她说我一路替你导游，还用谁接？他问住在哪个旅馆？她说镇上哪有什么好旅馆，还不如住二婆家里干净。他问二婆是谁，她说三言两语跟你讲不清楚，反正住她家没问题。他又问你跟这个二婆说过我们要来吗？万一她不在家怎么办？她被他烦不过，就大步走在了他前头："二婆从来不出门。你是叶公好龙，说得好听，要找个乡下地方安静安静，真来了又摆城里人的谱。"他本来想让她叫个乡下人替他们提行李，遭她一说，就只好作罢了。

正是午后，镇上的人都在歇午觉，街上行人稀稀落落的。刘颉明穿了一件红蓝相间的汤米海菲格夹克衫，拖着一只安着四个轮子的皮箱，在藻溪镇高低不平的小路上嘎嘎地走过，很是眼生，惹得路人都回过头来看。在车上颠簸了一路都是清醒着的，到了这一会儿时差就像烟瘾似的毫无防备地袭了上来，就满眼是泪地打起哈欠来了。却见江涓涓肩背了一个沉甸甸的大背包，兴头头急匆匆地走在前边，并无慢下来等他一等的意思，心想这大概就是年纪的差别了。

两人一前一后行走了约有两三刻钟，刘颉明就有些疲惫不堪了。正想叫住江涓涓坐下来歇一歇再走，却看见眼前陡然一亮。原来是一汪溪水，悄无声息地环绕过来，将路猛地堵得很是窄小起来。水虽然不宽，却还算干净，清清地略带了一缕蓝。水边有几块大石头，黑黑厚厚地长了些青苔。溪边有一棵老树，满身疤痕，一半在岸上，一半在水上。低矮处的枝干遭轻风一吹，几乎就探进了水里。隔着树荫隐隐看见一座老木屋，油漆斑驳，露出木头的底色来，很是古旧落泊的样子。她指着那屋做了个手势，他就知道他们总算走到了。

两人绕着大树走过去，木屋里嗖地蹿出一只秃毛大黄狗，直直地朝他奔来，几乎将他扑倒在地。他顿时就吓得很是清醒了起来。她拍了拍狗头，斥骂道："你这乡下狗，真没见过世面。"狗遭了这一拍一骂，顿时就蔫了下来，呜呜咽咽满腹委屈地蹲在了她脚边。

闻见狗声人声，屋里窸窸窣窣地走出一个老婆子来。脸上如千层饼似的布满了粗粗细细的皱纹，稀疏的头发在脑后挽成一个一丝不苟的小髻子，髻上缠了一段青丝线。穿着一件灰色斜襟宽布衫，驼着背走路，衣裳和步履都有些颤颤的。走到门口，就将手抬起来挡着午后的阳光，眯着眼睛朝路上看去。

江涓涓叫了一声"二婆，"就丢下狗，跑过去搀着老婆子迈过门槛，坐到门前的小木凳上。二婆摸了摸她的脸，啧啧地叹气。二婆虽然说的是藻溪乡下话，刘颉明却隐约听明白了，像是说"瘦了，瘦了"。二婆又咧了嘴对他笑。二婆的牙齿剩了没几颗，说起话来嘶嘶地漏着风，嗓门却依旧是大的。

"前次你画的那张像，镇里人都说像死了。"

这一回二婆说的是普通话，生生硬硬地带着口音，刘颉明却全听懂了。江涓涓拍着二婆的手背嘎嘎地笑了起来，说："二婆你那白内障早该动手术了。看错人了，不是上回的那个。"二婆也呵呵地笑，说："你带来的人长得都差不多。"刘颉明站在那里，就有些尴尬。

江涓涓看出来了，便过去把刘颉明拉到二婆跟前，说："这位刘先生是北京人，专门来看藻溪的景致的。要在这里住几天。"二婆听了就对刘颉明摇头："是小涓撺弄的吧？听她说的，北京什么景致没有呢，白让你跑那么老远看这一条臭河沟。她没钱在城里招待你，就往我们乡下地方拉。罪过，罪过。"江涓涓说："他乐意呢。二婆你可不许说乡下话，他听不懂的。"二婆说："晓得，晓得，该让他听的我说官话，不该让他听的我就说乡下话，行了吧？"刘颉明觉得这老太太不像是完全没见过世面的乡下人，说话颇有些风趣，便也忍不住笑了起来。

二婆站起来，从兜里颤颤地摸出一个手巾包，打开了，捻出一张纸票来，就"呕呕"地唤狗。待狗过来了，便将手里的纸票扬了扬，说："让财川家的给送几个菜来。"狗张嘴叼了纸票，一路小跑忙不迭地去了。刘颉明也要掏钱包，却让江涓涓给止住了："我们二婆有钱，也该花点在我身上了。"

三人就进了堂屋。屋外很是光亮，便衬得屋里有些暗朦朦的。刘颉明站了一会儿，才渐渐看清了屋里的摆设。墙是木板的，后来刷过几层漆，已被油烟熏得发乌。地也是木板的，极厚，虽然旧了，踩上去却无声响。靠墙处摆着两张梨木太师椅，椅背和扶手上雕的是龙凤相缠的图案，擦拭得极是洁净——大概是女人娘家陪嫁的物件。堂屋正中墙上挂着一张泛黄的黑白放大照片。照片上是一对旧式男女，男的戴一顶瓜皮帽，撩着中式长袍的下摆，神情拘谨地坐在一张靠背椅上。女的穿着一件浅色绣花短袖旗袍，倚斜着身子站在男人旁边。女人手里抱着一个年幼的男孩，地上另站着两个年岁略长些的男孩。江涓涓指了指女人手上的那个孩子对刘颉明说："这是我爸。"

二婆在屋外太阳底下站了一会儿，眼里就流泪，只好撩起衣袖来一遍一遍地擦眼睛："你爸小时候，是藻溪镇闻名的恶小子。有一回在三舅公家拉了屎，回家睡了一觉，第二天醒了才想起来，非要你奶奶走五里地去舅公家把屎挖回来——要浇自家的地。还有一回你奶奶先给你大伯洗了脸，他死活不肯，非要拿炉灰把你大伯的脸抹黑了，让你奶奶先给他洗了才完事——其实，他要不是那个刁钻作恶的样子，都学了他两个哥哥的老实，后来也就成不了大事了。"刘颉明听了，很是疑惑，就问你爸是什么重要人物，说出来让我也沾点光。江涓涓就叹气："拿你们北京的标准，也就一个衙门里扫地的。拿我们地方的标准，大小是个地委专员。可惜早死了，连我都没沾上光。"刘颉明吃了一惊——难怪这个江涓涓是有那么点小脾气的，原来是个地委专员的千金。就低声问这个二婆是你爸的什么人。谁知二婆眼神虽然不济，耳朵却是极好的，就听见了："她爸要是给衙门扫地的，我就是给她爸扫地的。"江涓涓斜了刘颉明一眼，他就不敢再问下去了。

这时候门外有狗汪汪地叫了起来。二婆探出头去，问："是财川送饭菜来了吧？"果真就走进一个六十多岁的黑脸汉子，两只手上各托了一个木托盘，里边装了好几样菜肴。摆下了，才看清是雪菜毛豆，肉丝茭白，酱油腊肉，水煮花蛤，生醉海蟹。江涓涓伸手抓了一只螃蟹腿，撕开了轻轻一吮，肉就哧哧地流进了嘴里。便让刘颉明也尝尝。刘颉明从没见过这样吃生蟹的，只推说腥，死活不肯吃。二婆就骂那个黑脸汉子："这个笨呀。人家刘先生是北方人，哪吃得了你这个？来个大碗扣肉不就好了。"汉子低着头，由着二婆数落了一通，才嗫嚅地回了一句："那狗也没说来的是北方客呀。"众人都被他说得笑了起来。

江涓涓熟门熟路地打开碗柜，取了碗拔了筷子，众人就开始吃饭。刘颉明一路上只啃了一个面包，到这时就很饿了。也顾不得客气，直吃得狼吞虎咽。一边吃，一边说好多年没吃过茭白了——从前在上海进修的时候，倒是吃过的，也没有这个嫩。黑脸汉子听了，就说这都是我老婆自己种的，田里摘了锅里就烧，能不嫩吗。二婆见汉子站着不走，就翻了他一眼，说："托盘碗盏回头洗完了再给你送回去，你不用等了。哪有你这样看人家吃饭的，倒像是狗等剩食似的。人家刘先生大地方来的，以为我们乡下人都这么没相道。"汉子把手在裤子上擦了擦，就走了。江涓涓看着汉子一颠一拐地走出房门，就笑："二婆你欺负人。"二婆便叹气："我是恨他不成器——他哪能比得上他堂姐一指头呢。许家大小姐的那个模样，那个灵气，全藻溪也没有第二个的。当年县长出面提媒她都不肯——却让你爸一个眼色就勾走了。"

江涓涓推了推刘颉明，低声说："许家大小姐嫁了我爸没几年就死了——我爸后来又娶了我妈。"二婆冷冷地笑了一声："藻溪祖宗祠堂里，你爸明媒正娶的夫人是许家大小姐，不是那个唱戏的。"江涓涓听了就板起脸来："二婆你别得了便宜还卖乖——要不是我妈同意，我爸别想给你寄一分钱。"老太太瘪了瘪嘴，便不再说话。

刘颉明吃过晚饭，眼皮便渐渐沉涩起来。二婆收拾了厢房，他一个人进了屋，躺下。想问江涓涓晚上睡哪间屋，还没容想出个合适的问法来，便已陡然坠入了黑甜乡。起初睡得极沉，鼾声如雷，震得窗棂格娑娑地抖。没多久突然听见房梁嘎啦作响，以为是老鼠爬过，披衣起来查看，才发现窗外隐隐有红光闪现。那红光带了些青烟渐渐逼近，便有哭喊声尖利地响起——那声音竟有几分耳熟。他猛然意识到是屋里着了火，便鞋子一蹬箭也似的钻进了堂屋。堂屋已被烟灌满，伸手不见掌，却听见有人从他身边跑过，又软软地跌倒在地，哭声游丝散线似的低落了下去。他顺着声音摸去，摸着了一只手。手瘦瘦长长的，带着些常年劳作的力气。那手探着了他的手，便伸出五指紧紧抓住，指甲几欲陷进他的掌心。他拽了一拽，立刻觉出了重量，方明白那身子是被压住了。就手脚并用四下摸索着，摸到了一件沉沉的木器。狠命地蹬开了，便有脆裂声响起——像是镜子碎了。他从满地的碎木料中刨出一个身体，扛到肩上是温热绵软的一团。跌跌撞撞地将那人背到门外，自己却一个趔趄，跌倒在地，背上的那人就重重地压在了他的身上。他挣扎了几下，想站起来，却又突然停了下来，因为他感觉到有一股极为细微柔软的气息，正如虫如蚁似的蠕爬过他的颈项。那气息轻得仿佛是四月清晨的微风，抚过树梢的时候甚至没有摇动树叶——树却知道了。在如此轻柔的抚触里他就很是疲倦了起来，四肢仿佛远离了身体，瘫软无比地散落在泥地上。这时他感到背上的那个身体微微动了一动，发出一声呻吟。这一次他准确无误地听出了那个声音。他挣扎着翻过身来将那人平放到地上，见那人头发眉毛都已烧没了，光秃秃的头颅在月夜里闪着清光，犹如一枚去了壳的鸡蛋。脸上满是焦土泥尘，唯有双眸依旧闪烁如星。

"塔米，你，你的头发……"

他才喊了半句，就猛然惊醒过来，方知是南柯一梦。

坐起来，呆呆地把这个梦从头想了一遍，尚是惶怵，胸口跳得犹若万马奔腾，脸上汗湿如潮。看了看手表，正是多伦多的中午时分，就从枕头底下摸出手机，给咖啡馆打了个电话。接电话的女招待不知道是他，半晌才把塔米找来。他隔着听筒叫了一声"塔米"，嗓子就喑哑了。"杰米，你怎么刚走就想我了？"塔米的声音里带着一如既往的没心没肺的欢快。他问她怎么样了，她说你是问我还是问店里，他低低一笑，没有回答。她就问他的中国之旅是不是想象的那个样子，他顿了一顿，才反问：什么样子？两人便都静默了下来。后来他说了一句你要小心水火，便挂了电话。

遭了这一惊一吓，困劲便烟消云散。只好披衣起床走到窗边，看外头的景致。

夜是个清朗的夜。月如银盘，高挂中天，里边隐隐的是山水田地的景致。树枝被月色铺天盖地地浸润着，很是湿软起来，在风里摇动，却没有声响。树底下的大石头上，坐着一个人，一条狗。人靠着树，狗靠着人，很是孤单的样子。

他扣上衣服，轻轻地开了门，朝树下走去。狗动了动耳朵，却没有吠。人动了动身子，挪出半块石头来。他就坐了。"是中秋了吗？"他问她。她不说话，却把身子靠了过来。三个影子就团成了一个。

便都低头去看溪。溪水很黑，也很亮。黑处静如浓墨，亮处有千点碎银于浓墨之上悸颤不止。偶尔听见"扑通"一声，像是碎石坠入深潭——原来是鱼在翻动尾巴。

"我爸到平阳中学念书，暑假回来，天天在这条溪里游泳。许家大小姐坐在这块石头上，捧了一本书。一半看书，一半看人。"

"二婆是我爷爷给我爸指腹为婚的女人。可是爸娶了许家的大小姐。二婆不肯嫁别人，我爷爷就把我爸的那份家产给了她，让她在我们家过老。后来是二婆给我爷爷奶奶养老送终的。"

"二婆识字不多，却是个人精。我爸是她的天，许家大小姐是她的地。她服许家大小姐，却不服我妈——我妈是个越剧演员。那年我爸带我妈回藻溪扫墓，二婆死活不肯出屋相见。"

刘颉明摸了摸身下的石头，石身上似乎有无数的纹理折皱。每一条折皱里，大约都藏了一个故事。月不变，水不变，石头也不变。变的大约只是坐在石头上的人和他们的故事。

夜风很是生凉，江涓涓耸了耸肩膀，打了个冷战。刘颉明就把夹克脱了，披在她身上。她裹在他的体温里，闻着他衣领上的油垢味，慵懒地打了一个哈欠。

"听说多伦多有条著名的时装街，是吗？"她问他。

"一条街都是如此——楼上是设计室，地下室是制衣间。楼上坐的是白面孔，地下室里踩缝纫机的是黄面孔。"

"迟早总得有一张黄面孔爬到楼上坐一坐的。"

他突然就把她紧紧地搂了，声气很是认真起来："涓涓，我想尽快办你出来——以未婚妻的身份。最快半年，最慢也就一年。出去你想干什么，我们再商量。看时机，也看我们的能力——我会尽力帮你的。我只有一个星期的假期，没法像别人那样和你仔细地谈一次恋爱。等你到了那边，我再听你讲你们家的故事。"

她听到"别人"两个字，便忍不住轻轻地笑了一笑。她想问他"别人"到底是什么意思，可是她终究没有问。因为她知道，在她人生的这个阶段里，属于别人的那个故事已经是一个无关紧要的旧章节了。她还年轻，怀旧应该是很多年以后的事。

他看着她脸上遥远而迷茫的微笑，心里突然就有了一丝惶惑。回顾他的感情生活，他难免有些遗憾。他总觉得他的一生是一本撕去了一些张页的书。在他从少年进入成年的过程中，他丢失了一个至关紧要的章节，这个章节的标题叫作恋爱。有的人一生是踩着厚实的层层叠加的恋爱铺垫进入婚姻的，而他却命中注定必须在异常单薄的恋爱铺垫下跌跌撞撞地闯入婚姻。前一次如此。这一次也如此。

他期待着她告诉他一个关于她自己的故事。不是她爸爸，不是她妈妈，不是许家大小姐，也不是二婆。他也期待着她来探索那个纯粹关于他自己的故事。不是关于多伦多的。不是关于咖啡馆的。更不是关于时装业的。

可是，她没有。

当时没有。

后来也没有。

夕 阳

　　方雪花逛了整整一个下午的商场，是为了给刘颉明买一件衬衫。这是她给那个曾经是她女婿的男人买的第一件也许是最后一件礼物，所以她挑得很是上心。她不厌其烦地向柜台小姐打听今年的流行款式，又不厌其烦地向小姐描述刘颉明的身量尺寸。在经过反复酝酿之后，终于选定了一件浅灰色带蓝条纹的纯棉布衬衫。这件衬衫的风格既正式又略微带了一丝休闲的韵味，从颜色质地到设计包装都十分贵气，正是她想要的那个样子。

　　刘颉明明天回加拿大——是江涓涓告诉她的。昨天晚上江涓涓过来看她，给她带来了一套《小宝与康熙》的录像带。自从二十多年前离开温州的江家以后，她就没有再见过江家的这个女儿。这些年来传到她耳朵里关于这个女孩的信息，也是极为断断续续的。可是那天当江涓涓第一次敲响她的房门时，她与这个很是陌生了的女孩子之间立刻就产生了一种不可言喻的亲近。方雪花带她出去吃馆子，两人点的是同一样菜。她们一起逛商场，在林林总总五花八门的展示品中，竟能不约而同地指向同一件衣物。甚至连看电视剧的品味，竟也相当一致。她们都不爱看时下的都市言情片，却对朝廷野史情有独钟。昨晚方雪花留她吃饭，她坚持不肯。方雪花

251

猜想她要去会刘颉明，就没有勉强。方雪花送她到门口，问她："那个人，怎么样？"她弯下身子系鞋带，头发散散乱乱地遮了一脸。方雪花看不出她的表情，却听见她低低地说了一声"还行"。方雪花从窗口看着她走出门厅，来到大街上，夜风把她的裙子刮得颤颤的，裙子里的身子仿佛有些站立不稳。方雪花忍不住探出窗口叫了她一声。她被方雪花尖利的喊声吓了一跳，脸上浮起了零零星星的惶惑。方雪花意识到了自己的失态，掩嘴笑了笑，轻轻吩咐了一声："小心车。"

方雪花逛完了商场，就一路散步到了外滩，坐在石凳上看黄浦江。天本该黑了，却没有黑。太阳恋恋不舍地磨蹭在天和水交界的地方，将树，将水，将楼，都抹了一脸一身的血。都市忙过了一天，步子渐渐地缓慢了下来，车声人声里就浸了些柔润的疲软。她怀里那个镶着金边的黑木匣子已经被她焐得温热。匣子方方正正的，却很精致，像是从前旧式人家装聘礼首饰的物什。她把耳朵贴在匣子上，静静地听了一会儿，似乎听见了隐隐的风声雨声和浪的声响——仿佛是小时候从贝壳里听海的那种声响。她知道那是海在遥遥地呼唤。

她站起来，高高地举起黑木匣子，朝水里掷去。水被击中，沉沉地呻吟了一声，又归于沉寂。她看着匣子落处有水波漾出，由小至大，渐渐扩展到她视野不能及的地方，就轻轻地叹了一口气。

小凡，你终于可以歇息了。

晚上方雪花回到家里，从抽屉里翻出余小凡留下的旧字典，戴上老花眼镜，坐在灯下，吃力地认认真真地写了一封信。

你曾经那样细致地照料过我的一个女儿，现在也请你同样照料我的另一个女儿——一个我永远也不能认的女儿。这里边发生的事情很落俗套，原谅我就不向你细细叙述。只是请你不要拂逆一个日薄西山的老人的最后意愿。

方雪花把信叠成一个小小的方块，放进那件新买的衬衫口袋里。明天早上刘颉明会来向她告别的，到时她会交代他上了飞机以后再拆那封信。

放下笔已是午夜时分。方雪花感到力量已经如水从她身上渐渐漏失，现在她只是一具徒有框架而不再有内容的空洞躯体。好在她已经做完了当做的事，她终于可以毫无牵挂地安睡了。

火

刘颉明回到多伦多，在机场上给塔米打了个电话。塔米很是惊讶："不是说后天才回来吗？怎么提前了？"刘颉明说放心不下店里的事，塔米就笑："也好，店里水深火热的正等你来救呢。"刘颉明不知真假，顾不得回家，便叫了辆出租车拉着行李直接去了咖啡馆。

进了门，就给每个女招待送了一条中国丝巾。众人欢欢喜喜地扎了起来，或在脖子上，或在发梢上，店堂里就五颜六色很是亮丽了起来。却不见塔米。问众人，说在房顶上呢。刘颉明以为是笑话，只是不信。众人说真是在房顶上——前两天下暴雨，后边的房顶漏了一小角。今天刚放晴，塔米就借了张梯子上去了。刘颉明赶紧去了后门，果真看见墙上斜搭了一张梯子，塔米穿了一件黄色的夹克衫，正叉着腰在房顶上来回行走。见了刘颉明，就双手拢成一个话筒，对他"嘿"了一声。风把她的声音撕得嘤嘤嗡嗡的，衣裳里鼓鼓地灌满了风，身子滚圆像一只落在绿屋顶上的黄气球。刘颉明看得胆战心惊的，便吆喝她下来："叫物业管理公司的人来——别摔了你，我可赔不起。"塔米"呸"了一口，说："别提那些蠢货，早打过电话了——下雨不能来，有风不能来，光线不好不能来，太阳太毒也不能来。明天预报还有暴雨，再漏水你的墙可就全完了。"刘颉明说那你等着我，我也上去。就将身上的风衣脱了远远地扔在地上，挽起袖子爬上了梯子。梯子是极长的那种，风且大，爬到中间，脚下便有些颤颤的感觉。塔米看着他甚是狼狈的样子，并不伸手拉他，却只嘻嘻地笑："别往下看——下面有什么好看的？好风景在上边呢。你抬头看着我，脚就不软了。"好不容易爬上了屋顶，塔米就指指点点地告诉他："就这一小片瓦，是让风给刮跑的。先拿块油毛毡钉上去，对付过明后天，再等物业管理的人来换瓦。"刘颉明按住油毛毡的一头，塔米拿软木榔头敲钉子，两人忙了约有三两刻钟，才把那湿漏之处暂且遮盖住了——早已是一头一脸的汗。

两人便坐在房顶上歇息。天是个好天，从街头到街尾都是阳光。沿街的树木已经变了颜色，红是红，黄是黄，衬着一片明净的蓝天。风刮过，枝叶相摩，如涛相击，声和色皆甚是壮观。本是极熟悉的街景，在房顶上往下一看，便很有些不同了起来。人流车流小了，天却近了，仿佛一抬手就能探着云彩。刘颉明推了推塔米，说："我可发现了一大秘密——这个城里的女人都是两头小，中间大。从上往下一看，都是肚子。"塔米说："我也发现了一个秘密——这满城的男人都秃顶。从上往下一看，是一片稀树绕孤岛。"两人便哈哈地笑成了一团。

刘颉明从口袋里掏出一个玉珮来递给塔米："上海买的，送给你。"那是一块上好的碧玉，遍体晶明透亮，上面雕了些吉祥如意的花纹。正中间有一个小孔，穿了一根编成滚条花的红丝线。塔米拿起玉珮来对着太阳照了一照，见有绿光莹莹生出。便问那细脖子的是什么鸟？说是凤凰。那凤凰为什么要和蛇缠着脖子呢？那不是蛇，是龙——龙凤代表男女爱慕相守的意思。塔米哦了一声，又问："那你给别人也送了吗，这个男女相守的东西？"刘颉明顿了一顿，半天才说："别人没有你辛苦。"塔米就把玉珮挂在了颈上，想了想又塞进了衣领里头。

刘颉明问店里这段时间生意还好吗？塔米就拉着他下了房顶，去办公室拿账本来看——营业额基本保持了原先的水平，有一两天还超过了些。刘颉明心里很是欢喜，就说："明后天店里开个会，正式提拔你当白班经理。进货出货员工管理分派，白班的事务由你全权打理，你不用倒夜班了。"见塔米听了脸上并无大惊喜，就问怎么啦——吵着当经理的是你，让你当你又不乐意？你要不愿意我就找别人了——想当经理的人满城都是，一抓一把，从亚德莱街头排到街尾呢。塔米低了头，半晌才问："杰米，听说你回去找了个未婚妻，是真的吗？"刘颉明愣了一愣——江涓涓的事，自己从未和咖啡馆的人说起过，塔米如何就知道？也不认真回答，只是打着哈哈："你说真的就是真的，你说假的就是假的。"谁知塔米转身就朝屋外走去："她来了你让她当经理——咖啡店都是夫妻搭档的，我哪能去支使她呢。"刘颉明听了就苦笑：

"人家哪里看得上咖啡馆的营生呢？她以为她是巴黎公主，米兰皇后，将来是要在多伦多领导世界时装新潮流的。"说完了，就被自己的刻薄吓了一跳。

塔米折回来，不搭他的话，却问杰米你想不想发财？刘颉明说那得看干什么。杀人越货的事早几年还行，现在就过年龄了。塔米从夹克口袋里摸出一张小方块的剪报来："对面那家'消闲时光'咖啡屋，正在《多伦多星报》上登广告卖呢。我好管闲事，偷看了你的租约。你这个咖啡馆的租金是四十二块钱一平方呎（英尺，旧也作呎）。我打听过了，对面那家'消闲时光'是三十六块钱一平方呎，租约一年以后到期，到时候还可以讨价还价。那家老板年岁大了，想要出手。人家店面和你的差不多大，上边是一幢五十三层的办公大楼，有两三百家公司，楼里却仅此一家咖啡馆。上班下班的人都必经那地，经过那地的人必在那里买咖啡早点甚至午饭。你的店虽然离那个办公楼不远，却要等一趟交通灯横跨一条大马路。对于午休只有半小时的打工族来说，谁也懒得在路上耗费时间。所以你得着的只是过路的散客。人家还不用上夜班，周末也不开。大楼营业他也营业，大楼关门他也关门——将来你就有大把时间来跟人吊膀子。人家租金比你低，生意比你好，经营时间比你短。只要有十万块钱的首期，就能把它顶下来。又是连锁店，现成的银行贷款，你接手过来就行，四点五的利息。是不是个机会你自己感觉感觉。"

刘颉明听了，暗暗盘算了一下：自从前年同时买下咖啡馆和住宅以后，目前手头可以支配的现金加上银行股票，至多只有四万加元。这四万块钱，还要用在江涓涓的移民申请和将来上大学读书的学杂费上。就叹了一口气，说："是个好机会，却不是我的。"两人就撂了这个话题，不再提起。

刘颉明晚上回到家，躺在床上，就把白天塔米说的事又想了起来。这么一个绝好的机会，离他如此的近，又如此的远。近得让他看得见它的每一个细节，却又因着那一臂之遥，与他始终无缘，擦肩而过，落到那些并不知道它好处的人手里。好比是两个深知彼此一切好处的有情人，却因付不起聘礼的缘故，被生生拆散，眼睁睁地看着那个美人儿落入了一个不知冷热的莽汉手中。于是他就很是愤愤不平起来。辗转反侧了很久，身体极为疲惫了，可是意念却不肯与身体妥协。直到后半夜方渐渐松弛涣散了下来。刚刚有了些稀薄的睡意，电话铃却无比尖利地响了起来。

是警察局来的。

亚德莱街在凌晨二时左右发生火灾，"思凡咖啡馆"和毗连的宠物食品店一同被烧毁。消防队仍在抢救过程中，目前尚难以估计损失程度。

刘颉明匆匆驱车赶去，只见街口停了一排消防车，车顶上的警灯触目惊心地烧红了一整个街区。十数名穿着荧光背心的消防队员正在往车里搬运长肠般的消防龙头。火已经熄了，烟雾如一张硕大而沉重的网，罩住了楼和树组成的街。隔着警戒线遥遥望去，曾经是思凡咖啡馆的地方，现在是一片灰黑的废墟。只有那个曾经永不改变姿势，坚定傲慢地高擎着"思凡"招牌的钢架子，尚畏畏缩缩弯弯曲曲地站立在废墟之上。霓虹灯管早烧成了炭黑的一坨，却依旧固执地攀在钢架上不肯离去，仿佛是一块发着隔夜臭味的口香糖，死皮赖脸地黏在老朽的牙床上。一阵急风吹过，钢架抖了几抖，终于不堪重荷似的轰然倒地。激起一地的黑灰，如蛾子般走投无路纷纷扬扬地飞散在亚德莱街睡眼惺忪的黎明里。地受了伤，呻吟声嘤嘤嗡嗡地传了很久很远，才渐渐地归于死寂。

刘颉明感到一阵晕眩，身子一软，就坐到了地上。开始他以为是烟灰迷了眼睛，就掏出手帕来一遍一遍地擦拭着。烟灰越擦越多，天色似乎越来越昏暗，世界如一片硕大无比的荷叶载着万物渐渐地飘移而去。这时他隐约看见一个黄色的身影如同一只矫健的母鹿从警戒线的那一端朝他飞奔而来。他张了张嘴，却发不出声音。

之后他就坠入了一片铺天盖地的黑暗之中。

关于树的联想

刘颉明睁开眼睛，发现窗帘已经打开了小小的一角。阳光带着初醒的羞涩遮遮掩掩地探进屋里，空气中有一些白色的细尘在轻柔地飘舞。屋里很热，他的手心额角湿湿地出着汗。他很快就发现了热的原因——床边的茶几上摆着一壶袅袅冒气的咖啡，壶边有一个陶土花罇，罇里插着大大一把猩红色的玫瑰。玫瑰喧嚣热烈地开着，灼得半壁生辉。

墙上的挂钟正正地指向八点一刻，他暗暗惊诧如何就没有听见闹钟的声响。正要披衣起身，才突然想起他已经无处可去了。那个用余小凡的生命代价和他一年多的心血搭造出来的咖啡馆，竟然脆弱得如此不堪一击。如同一头在晴朗的日子里看起来健壮无比的泥牛，却能在一阵轻风细雨中顷刻间销蚀为子虚乌有。

窗外依旧是车流和人流。街市带着酣睡过一夜的无穷能量，熙熙攘攘地从他的窗前走过。街市是健忘的。街市是没心没肺的。"思凡"留给街市的空洞将会被岁月的积尘飞快地填满。也许十天，也许一个月，也许半年。没有人会记得亚德莱街上曾经有过一家叫"思凡"的咖啡馆。没有人会记得"思凡"的招牌后面一个客旅他乡的尘世女子的哀婉故事。没有人会记得"思凡"曾经是一个中国男人的生计，驿站，和梦想。

这时他的手机响了。迷迷糊糊地接起来，是长长一阵的沉默，然后是一个遥远而有些模糊的声音："原来你在家。"他这才恍惚意识到他错过了原先约好给江涓涓打电话的时间，就赶紧解释："真对不起，我这边有点事，耽搁了。"那边的声音里便有了些嶙嶙峋峋的怨意："我等了你一个晚上。我也是有事的。"又是一阵长长的沉默。突然间他就失去了解释的兴趣，轻轻地叹了一口气，对她说："我们心情都不好，改天再聊吧。"

放下电话，他感到了一阵前所未有的疲惫，身体犹如一堆失却了骨骼支撑的散肉，毫无次序沉重无比地跌落在床上。思绪仿佛是一叶小舟，在清醒和迷糊之间穿梭往返着，最后终于搁浅在长长的昏睡的海滩上。后来他感觉到有一阵蓝色的风无声无息地飘进了屋里，带了一些类似阳光和海的清软气息。风在他的床前驻留了很久。风的羽翼温婉地抚过他的额，他的眉，他的颊，他的唇。风很轻，他的眼皮却很重。风飘进来，风飘出去，他却始终没有睁开眼睛。

后来他隐约听见有人在外屋说话。

"布线百分之百没问题，我保证……我们的电路是你们认可的专业电工设置的……调查报告出来了，是有人在隔壁的宠物食品仓库抽烟引起的，与我们无关……"

"书面报告可以向四十五分局索取……安德逊警长的电话是……手机是……今天，就今天，我们等不起……十八个员工的生计呢，最好不要让我们怀疑您是在有意炒高加拿大的失业率……什么？找克里靖总理解决？太知名的废物我们一般不找。要找我们就找律师……你说得真对，希望我们下辈子都用不着律师……"

外屋的那个声音越来越轻，越来越模糊，最后如一截游丝散落在他线索纷乱的梦境中。

他梦见了海鸥。白色的带着灰褐色斑点的海鸥，密密麻麻地在海滩上嬉戏寻食。有一片风帆疾驶而来，浪在礁石上惊天动地地破碎了，惊起鸥群齐齐振翅向天，一时如蝗虫遮天蔽日。海滩上只剩下两只。一只受了伤，低垂羽翼，步态蹒跚，一步一呻吟。另一只远远驻足，频频回首观望。"等我……"伤鸟无望的低语在尚未抵达它的同伴时便已迷失在浪和礁石的杂响里。

这时有人将他摇醒。睁开眼睛，他看见一个女人夹了一柄电话，端了一个木托盘坐在他的床前。托盘里摆着两片煎得焦黄的法国吐司，一枚清煮鸡蛋，一个切成两半的佛罗里达甜橙，和一杯鲜榨橘子汁。

"杰米你叫我？在梦里。"女人问他。他正想说哪有这事，女人已经用一根手指封住了他的嘴唇："不许抵赖。"他只好认了。女人叫他起床，他迟疑了一下——他被窝里的身子几乎是完全赤裸的。女人转过身去，吃吃地笑了，说又不是不知道你。他三下两下地套进了一条牛仔裤，起了床。女人放下托盘，站起身来，将窗帘大大地打开了。正午的阳光潮水一样疯狂地涌了进来，屋子瞬间淹没在一片耀眼的白色里。他闭了一会儿眼睛，才渐渐看清女人潦草地套了一件蓝布衬衫，衬衫很大也很长，宽宽地盖住了一大半个身子。女人哈腰的时候就露出高高一截浅棕色的腿，如同在高原上行走的麋鹿，颀长，结实，矫健。那件衬衫隐隐有几分眼熟，后来才看出来是他自己的衣物——这才想起女人这几天一直住在他家。

那天他在思凡咖啡馆门前昏迷过去，摔倒在一块裸露的钢筋水泥板上，右臂被刮伤。塔米叫了救护车将他送去了急诊室。他在观察室里住了整整一天，直到排除了脑震荡和破伤风的可能性之后，医院才准许他回家。塔米在医院里守了他一天，送他回家之后就一直没有回去。在他昏睡的这几天里，无数的事件已经在他身边悄无声息地发生过了。有的发生在他的意识围墙之内，有的发生在他的意识围墙之外，有的则发生在他意识边缘那团如云似雾的灰色地带里。想起塔米方才说的"又不是不知道你"这句话，他的思路顺着那团灰色的地带漫无边际地铺展开去，脸就微微地烫了一烫。至此他不得不相信冥冥之中万事万物早有定运。这次"思凡"的火灾和他已往生命中发生的许多重大事件一样，事前都是有昭著的预兆的。他清晰地记得那趟回国在藻溪乡下二婆家中过夜时做的那个梦。火是那样的火，人也是那些人，情景也是那样的情景。只不过在梦里，是他救了她。而在梦外，是她救了他。

这时他的肚子擂鼓似的响了起来。他没顾得洗漱，抓起法国吐司就狠狠地咬了一口，鲜软的还来不及完全凝固的鸡蛋在他的唇边留下一个金黄色的圆圈。她看着他贪婪的吃相，突然就抓住了他的肩膀："杰米，我有一个好消息要告诉你。"刘颉明叹了一口气，说："是你要结婚了？还是找到新工作了？说吧。不管哪一样，我都恭喜你。"塔米微微一笑，说："如果是我想恭喜你呢？老天爷偶尔也帮助一些不太走运的人。"刘颉明哭笑不得，煞是费力地将塔米的手掰开："塔米你实在要恭喜我也不是不可以——至少我现在有大把的时间可以扩展我的社交生活了。"

塔米"呸"了一口，说："做梦呢，你。你注定得老死在咖啡馆的。听着，我名片都替你设计好了：杰米刘，'消闲时光'咖啡馆董事长兼总经理。本店经营范围：特色咖啡饮料精美小吃，并设有特别午餐会议室。相信你愉快而有意义的一天，是从'消闲时光'开始，也是在'消闲时光'结束。

怎么样？"

　　见刘颉明一头雾水，塔米忍不住咯咯地笑了起来："十五万，保险公司赔偿你十五万！不是你的保险公司，是宠物商店的保险公司——是他们的过错，你的保险费分文不涨。首期有了，装修费也有了。'消闲时光'随时可以改姓刘了。当然，你应该做的第一件事，就是给你的值班经理肥肥地加一把工资，使她的腰包和她的职位大体相称。"

　　刘颉明呆呆地看着塔米，久久无语。他一生中经历过的所有女人都像月亮——阴柔如银，软弱如水，让人在无比的眷恋中失去勇气也失去方位。唯独眼前的这个女人像阳光——热烈，温暖，健康，无所不在，从不需要刻意寻求。曾经走进他生活的女人都让他联想起花朵——娇柔，温婉，开落无常，无时无刻不需要他的呵护关注。唯独这个叫塔米的女人让他联想起树木——一棵采集阳光采集水汽采集大自然一切力量的树，一棵在风雨里高扬着长矛般的枝叶的树，一棵在冰雪里孕育着来年生命的树，一棵在他疲惫的时候可以让他靠上去歇息片刻的树。

　　"今晚你愿意请你一文不名的上司吃一顿饭吗？"刘颉明放下盘子，站起身来温柔地问塔米。"不知道你对那个既省时间又省钱的约会方式还有兴趣吗？"

　　塔米一愣，手里的电话掉到了地上。

"不过，你要答应我一个条件。那个将来要领导加拿大时装新潮流的设计师，还是需要你和我来共同培养的。她是我的亲人，你懂吗？"

塔米不说话，眼里却渐渐聚积了两团泪水。

2002 年 3 月 19 日，初稿于多伦多

2002 年 5 月 13 日，修改于多伦多

注：本文中涉及的人物场景故事情节纯属虚构，请勿对号入座。

玉　莲

| 短篇小说 |

那个夏天我终于在上海的一所名校里熬完了四年的大学生涯。当时我的同班同学都结伴南下到深圳珠海广州，雄心勃勃地要去淘他们一生中的第一桶金，而我这个南蛮子却像一只孤雁执意要往北飞去。"从今往后，我们做我们的铜臭商人，你做你的达官贵人。下回见面，我们坐吉普，你坐红旗。"同学们嘻嘻哈哈地上了路，大约真是年轻，竟把一些本该很是沉重的离别之言说得如此轻狂。我在班级里一直是班长，班会上发言也爱引经据典，大家由此认定我去京城是踏上仕途的第一步。殊不知我只是要向一个远方的男人证明，我是完全可以离开南方的暖巢，到未知的北方去闯天下的。那些日子里我一直在等待着一封远方来信，这封信可以立即改变我已做的和未做的任何决定。

　　可是这封信一直没有来。

我决定北上之前回一趟老家，辞别双亲。我的家乡在浙南一个叫温州的小城，那时它与外界的交往还只能依赖于海路。轮船抵达温州港的时候天在下着雨，是那种江南特色的不成点也不成条的淅淅沥沥的雨。码头的泥浆厚厚重重地黏着我的鞋底，昏暗的街灯中我根本看不清来来往往的人群中哪些是接我的人。我提着两只大箱子在雨中站了很久，才听见哥哥高一声低一声地喊着我的小名。等到他把我和我的行李塞进一辆蚕茧般大小破旧不堪的菲亚特出租车里时，我们早已全身湿透了。

　　还没有来得及抱怨，哥哥就推了推我，说："玉莲来了，住在家里。"我吃了一大惊——在我的记忆中，玉莲住在大西北一个连名字都叫不顺的小县城里。凭我极其有限的地理知识，我知道她得从小县城倒几趟长途汽车辗转至兰州，再从兰州坐火车到上海，从上海转轮船到温州，路上怎么也得一个星期。路费加上住店吃饭的费用，她哪来的钱？哥哥叹了一口气，告诉我："听说你大学毕业了，要到北京去做事，就死活也要来看你一眼。她男人的劳保赔偿，也拿出来花了。"我听了连连跺脚说不得话，心里却怨我妈多嘴。

　　一会儿工夫车就开到了家门口，临下车哥哥吩咐我，见了玉莲不要表现出惊怪的样子 ——自从她女儿小青死后，玉莲受了些刺激，神志有时清醒有时模糊，说话也有些神叨叨的。

推门进去，就走进了一屋的烟雾里。屋里坐了三个人，我爸，我妈，还有一个长得十分老相的瘦高女人。爸和女人都在抽烟。爸抽的是凤凰牌，正是那年流行的，文文雅雅地带着些香气。女人抽的是自制的卷烟，辛辛辣辣地割着人的喉咙，熏得人几欲流出泪来。女人穿了一件白底细花短袖的确良衬衫和暗灰色的府绸布裤子。那套衣裤隐约有些眼熟，过了一会儿我才想起原来是我妈妈的旧行头。衣裤明显地短了，女人的手脚长长地从袖子裤腿里伸出来，鹭鸶般地笨拙着。女人的脸在细皮嫩肉的江南小城里也算是一奇景了，肤色极黑，却又不完全是黑，双颧泛着些隐隐的红，毛毛糙糙的像一张风干的柿子皮。

女人见我进来，咚地扔了嘴里的烟，站起来就抓了我的手，脸上的皱纹生硬地挪动起来。

"阿玲我的娃，你可平平安安地长大了——都以为你过不了那个坎了呢。"

女人的手很长很大，极有劲道，指甲深深地掐进我的掌心。女人身上的羊膻味熏得我后退了一步。女人觉出来了，就讪讪地松了手，转身对我爸说："张同志你们好福气，世界上这样机灵的孩子统共也没几个，倒都生在你们家了。我们青青小时候，就是阿玲这个样子的——我奶大的孩子，都像是一个模子里出来的。"

我妈正弯腰捡拾女人扔下的烟头——地板上早烧出一个浅坑来了，听了这话就摇头："玉莲你又犯糊涂了，你到我们家来还是个什么事也不懂的小姑娘呢，阿玲哪能是你奶大的？"

女人也不恼，只是嘿嘿地笑，露出两排被烟熏得黑黪黪的牙齿。

"反正阿玲是我带大的。"

算起来玉莲到我们家的那年大致是十八岁。而我才五岁。

那年我在幼儿园里感染了一种奇怪的肾病，小便化验单上红血球白血球浓球的格子里总有长长一串的"+"号。这种病在医学十分发达的今天实在算是小菜一碟，可是在那个年代里医生却束手无策。病一急性发作，我就住进医院，靠打链霉素庆大霉素针来控制。病情一缓和我就出院。出了再进，进了再出。这样的循环周期越来越短了，我的鞋子几乎都是在医院的门槛上磨薄了的。有一天，我听见主治医生叹着气对我妈妈说："再这样下去，就怕尿中毒。"尿中毒是什么东西我并不懂，不过我知道我们隔壁姚苹苹的妈妈，就是死在尿中毒上的——头肿得像个大冬瓜。于是我猜测我大概也会死了。

那时候我爸爸和我妈妈都在市委机关里做着不大不小的官，忙得四脚朝天，顾不上我，只好雇了个保姆来照看我。由于我的身体状况，医生吩咐我不能跳绳，不能踢毽子，甚至不能像别的小孩那样上井边玩水。而且我还得禁盐。用无盐酱油烧出来的菜味同嚼蜡，让我忍无可忍。于是我吃饭闹，睡觉闹，打针闹，服药闹，上幼儿园闹，不上幼儿园也闹，直闹得家里鸡犬不宁。

玉莲是我们家那阵子换过的第五个保姆。

玉莲来的那一天是大年初二。我们一家人刚刚吃完晚饭，就听见邻居王阿姨来敲门。王阿姨的丈夫是机关食堂的炊事员，跟机关上上下下都熟。王阿姨是个热心人，谁家有事她都爱帮一手。那天王阿姨身后跟了个瘦高个的乡下女人。王阿姨进了门，女人却不肯进门，依旧远远地站在走廊上。王阿姨把那个女人推到我妈跟前："这就是上回说的那个玉莲，是我们老家龙泉镇的。玉莲上过几年学，识得几个字。只是不懂城里的规矩，你们尽管放心指教她。"又指了我爸我妈对玉莲说："张同志陈同志两口子都是大学生，在市府机关里工作，人也和善，家事也简单，你就只管把阿玲这孩子照管妥了就好。算你的福气，头回到城里做事就碰到了这样体面的人家。"

玉莲不说话，只是点着头笑。走近了，才看清，管玉莲叫女人未免有些夸张。其实她至多是个刚刚长成的女孩而已。玉莲剪了一头黑得流油的齐耳短发，右侧的头发用一段绿玻璃丝头绳束起小小的一绺。穿了一件葱绿灯芯绒棉袄，海蓝灯芯绒棉裤，足蹬一双黑布棉鞋，手挽一个红花细布包袱。那一身衣装大概还很新，在胳膊腿弯处绽出一些生生硬硬的皱纹来。灯芯绒在那个年头算是稀罕的货物，玉莲的家道想必还过得去——后来我们才知道，玉莲到温州城里当保姆，其实并不是为了钱。玉莲是地地道道的山里人打扮，可是玉莲长得却不像是山里人。玉莲的五官其实也没有什么惊人之处，却因了皮肤的白净，便衬得眉黑目深的。嘴角弯弯的，颊上隐隐跳着两个小酒窝，不说话时也是一副喜庆的模样，便先讨了人的欢喜。

　　玉莲放下手里的包袱，就要来收拾桌上的碗筷。我拿筷子在空碗上敲了敲，大声对我妈说："她怎么不脱鞋就进屋？"玉莲的脸腾地涨红了，弯下腰来，就解鞋带。偏偏鞋带绑得很紧，解了半天才解开，玉莲的额上，早已渗出些细碎的汗珠子来。待玉莲终于脱了脚上的棉鞋，换上家里的布拖鞋，我妈就拉着她去了里屋，关起门来说了回话。出来时，两人的眼圈都是红红的。我知道她们在说我。

　　玉莲走过来，把我抱过去坐到她的腿上，叹了一口气，说："这么轻。阿玲我非要把你养胖了不可。"

这是玉莲跟我说的第一句话。玉莲的声音软软的，让我想起家里过年时蒸的桂花糯米糖糕。以前我们家的保姆都是些脏老婆子，一开口嗓门嘎嘎的像鸭子叫。从来没有人和我这样说过话。

我是从那一刻开始喜欢上玉莲的。

在我妈的眼里，玉莲并不是个称职的保姆。

玉莲不会煮饭，不是把水放多了，米放少了，就是把米放多了，水放少了。如果哪天米和水都放得正好，那么饭一定是焦煳的。玉莲也不怎么会洗衣服，两只手在搓衣板上揉来揉去，只揉大面子上的，却很少关注袖口衣兜这些阴暗角落。玉莲在龙泉用的是蹲坑，不会用城里的马桶。洗马桶时只知道拿水冲一冲了事，却不知道要用竹刷子刷刷桶底。妈妈看玉莲做事，看得着急，忍不住要说叨她几句："玉莲你怎么什么都不会呢？"我爸听了，就扯我妈的袖子："阿玲肯跟她就行了——忘了先前是怎么闹的。"我妈立时就闭了嘴。玉莲也不恼，却憨憨地笑，说："我会做针线呢。"

玉莲没有吹牛。玉莲果真做得一手绝好的针线活。玉莲闲着的时候，就给我们纳鞋底。玉莲纳的鞋底，有时候是回字针，有时候是云型针，细密如黑蚁。纳完了再钉上两块防水胶皮，做了鞋子穿在脚上，竟如腾云驾雾似的温软。剩下来的布头，玉莲就拿来缝成小包，装上细沙子，和我玩丢沙包。玉莲把沙包扔得高高的，让我猜会落到哪里。我说嘴巴，就一准落到她的鼻子上。我说耳朵，就一准落到她的脑门上。

玉莲还把家里的旧毛衣都搜寻出来拆了，将毛线洗干净了放在锅里蒸平整了，晾干之后再重新织一遍。当然再织出来的就不是原先的样子了。玉莲给我爸我妈织的是青灰色的圆领衫，领边袖口下摆加一圈黑的，老实古旧里略带一丝新潮。给我哥织的是蓝白相间的海魂衫，腰下斜斜地插了两个兜。给我织的是玫瑰红的开衫，领边上缝上两个小绒球。邻居见了，都说张同志一家穿得这么漂亮，是要去拍电影哪？玉莲听了，就将嘴掩了吃吃地笑。玉莲爱笑。玉莲的笑像那个冬天街上盛行的流感，碰上谁就传给谁。

玉莲干活的时候，嘴也不闲着，不是哼歌，就是嗑瓜子。我之所以用哼字而不是用唱字，是因为玉莲从来没有把一首歌从头到尾唱完。玉莲的嗓子圆圆润润的找不到一道沟坎，可是玉莲永远也不会成为一个好歌手，因为玉莲永远记不住歌词。玉莲往往只开了一个头，就把后边的扔了，再去开别的头。有时她甚至能在一个调子里开出好几个头来。玉莲最爱唱的一首歌是关于一朵鲜花的。它是这样开的头：

金河岸，鲜花千万朵，

最美的有一朵。

雪山下，骏马千万匹，

最俊的有一匹。

玉莲唱来唱去，只会唱这两句。我缠着她往下唱，她就又从头唱起。于是她的歌声就像失修的唱盘一样，无休无止混混沌沌地重复往返着。有一天，我实在忍不住了，就问玉莲，那最美的花到底是哪一朵。玉莲看过了左右无人，才点着自己的鼻子说："这朵呢。"我便长久地纳闷着——我懂得人和花之间的某些共性，是很多年以后的事了。

玉莲不唱歌时，就嗑瓜子。玉莲嗑瓜子的样子很奇特，很少用手。玉莲抓了一大把瓜子扔进嘴里，接下去手就完全派不上用场了，舌头便顶替上来将瓜子一颗一颗地送到牙齿跟前。剥皮的过程是猜测出来的，看见的只是瓜子皮井井有序地落到地上。我妈妈虽然不喜欢家里的地板上总有瓜子皮，却因为瓜子是玉莲自己花钱买的，也就数落几句，要玉莲常常扫地，便睁一只眼闭一只眼了事。

玉莲在我们家一个月的工资是十块钱。可是玉莲并不像从前的那些保姆那样着急地往家寄钱。玉莲拿了工钱，先去街角的酱油店换成零票，用一条粉红色的手绢包裹起来，压在枕头底下。偶尔从里边抽出一张角票来，买一包瓜子，一瓶雪花膏之类的小东西，又将剩下的仔细地包裹回去。玉莲买完瓜子，有时也给我买一小块麦芽糖。我拿了糖，并不能马上就吃，总要待到我爸我妈都看过了，说过"玉莲你这么宠她做什么"，我才能开吃。当然，这样的待遇全家仅我一个，我哥哥是不够级别的。

玉莲不寄钱回去，是因为玉莲的家里并不缺钱花。玉莲在家是幺女，有三个哥哥两个姐姐。玉莲的爸爸和哥哥都是木匠，一年到头有做不完的活计。玉莲家里挣钱的事情，都由男人来操心。家务琐事，又有妈和姐姐。一家的忙人养了一个闲人，所以玉莲就只会做针线活了。大凡人一闲，心思也就多了。读过高小的玉莲只在书里学到过关于城里的种种趣事，却从来没有迈出过龙泉镇一步。于是就撺弄了爹娘，让进城去当保姆。现在回想起来，玉莲关于城市生活的种种想象里，大概很早就包括了爱情的。

玉莲命运的转折其实是由一件极小的事情引发的。

有一天我哥哥拉屎时拉出了五条蛔虫。我们都是第一次见到这种肥肥白白的虫子，又兴奋又害怕。后来妈妈给哥哥吃一种形状像宝塔一样的糖块，哥哥又拉出了更多的虫子。医生说蛔虫可能来自弄堂里的那口井。紧挨着水井就是一条阴沟，洗菜洗衣服洗马桶都在一处，难免有寄生虫进入食道。妈妈怕我也得蛔虫，就吩咐玉莲不要再用井水洗菜。那时候我们家还没有装上水龙头，用自来水得去一条街外的机关大院家属楼去挑。玉莲挑不动水，挑水是我爸的事。我妈心疼我爸，为了让我爸少挑几担水，玉莲的工作日程里就增添了一项新内容：去机关大院洗菜。

我至今尚清晰地记得玉莲第一次去机关大院时的每一个细节。

那天是个阳春四月天，泥泞的春雨停了，天上出了一轮大大的太阳。从街头到街尾都是阳光，照得人遍体酥痒。沿街的夹竹桃树一夜之间就绽出了满树的红点。玉莲脱下夹袄，换上了春装。玉莲的春装是一件翠绿带黑格的线呢单衣，是进城的前一年做的。玉莲在那一年里真正长起来了，衣服显得又瘦又短，身子在衣裳的钳制下发出半是无奈半是欣喜的叹息。玉莲左手提着一个菜篮子，右手牵着我，行走在夹竹桃树的阴影里——自从玉莲来后，我就待在家里，再也不上幼儿园了。玉莲的菜篮子里放着一条肥大的金灿灿的黄鱼，一大捧包在荷叶里的满是污泥的白蚶，两根碧绿的黄瓜，一细条猪肉，一把豆芽，一包马铃薯和一捆菠菜。玉莲的菜篮子里有很多的颜色和重量，可是玉莲挎着菜篮子走过街面时的步态却很轻松。玉莲那天走路的样子让我想起一些没有腿的东西，比如游在水里的鱼，飞在荷花上的蜻蜓，飘在天上的云。

当然，那时无论是玉莲还是我都没有想到，命运之神已经将他的绳索牢牢地套在玉莲的脖子上，一步一步地拉着她走向那个无法回避的深渊。

玉莲走到机关门口的时候脚步突然缓慢了下来，因为玉莲看见了一个身着绿色军装荷枪直立的士兵。那时小城正坐在三年困难时期和后来的十年大浩劫中间的缝隙里战战兢兢地喘息，街上很少见到荷枪实弹的士兵。大山里来的年轻姑娘玉莲，一生中第一次猝不及防面对面地遇上了一个真正的士兵。兵很高壮，军服里结结实实的都是内容，玉莲仰着头才看得清他的脸。兵的皮肤很黑，眉目很粗很浓，不说话时脸面里就隐隐藏了些威严。但是兵并没有把他的威严保持得很久，因为兵很快就开口说话了。

工作证。

兵说话时嘴角忍不住含了点浅浅的笑意。兵一笑，顿时就很年轻了起来。兵的普通话有些大舌头，一听就是外乡人。

玉莲愣了一愣。

水，水龙头在哪里？

玉莲文不对题地问。还没问完玉莲的脸就红了起来。玉莲脸红的过程就像是在生宣纸上滴了一小块丹朱，慢慢地洇开去，从双颊洇到额头，再洇至脖子。玉莲知道自己脸红了，就不再看兵，把头低垂了下来，盯着脚尖。所以玉莲并不知道，其实当时兵的脸也红了。

兵和玉莲红着脸面对面地站了一会儿，都不说话。后来说话的是我。

我爸爸是我的家属。在三处工作。

兵和玉莲同时笑了起来。

那天玉莲洗菜的时候就有些心不在焉，把豆芽头摘了扔在水里，却把豆芽皮归在篮子里留着。

第二天玉莲再去洗菜，兵就没有再盘问她。她走过他的跟前，彼此轻微地点了一个头，却没有说话。

后来我就跑去找兵。

"你叫什么名字？玉莲阿姨没有叫我问你。"

兵嘿嘿地笑了，露出两排细碎的重重叠叠的牙齿。兵弯下腰来，从口袋里掏出一块大白兔奶糖给我。

"你也不要告诉你玉莲阿姨，我叫欧阳青海。"

陈同志，井水洗的衣服不干净呢。你看张同志的这件衬衫，领口都是黄的。

玉莲指着我爸的衣服对我妈说。

那阵子玉莲突然很讲究起卫生来了。我妈有些吃惊，却没阻拦她："你要不嫌烦就用自来水洗吧。"

于是玉莲去机关大院的次数就越发频繁了起来。玉莲洗菜，是在早晨。玉莲洗衣服，总是挑下午两三点钟的时候去。那时候使水的人少，不用排队等龙头。

玉莲去机关大院，有时带我去，有时一个人去。有一回我跟玉莲去洗衣服，发现站岗的是一个陌生人，就问兵哪里去了——我嫌欧阳青海的名字太长，叫起来拗口，就依旧管他叫"兵"。玉莲摸摸我的头，说："他也得歇息呀，总不能一天站到黑的。"

玉莲让我在石阶上坐稳了，就把木盆放在水龙头底下，接了水来泡衣服。玉莲那天洗的不只是衣服，还有床单被褥。玉莲将衣物打好了肥皂，搁在洗衣板上来回搓揉着，两只手就消失在一堆白花花的肥皂泡里。玉莲揉衣服时，摆动的不仅是手。腰肢，肩膀，脖子，还有头发，都在一颤一颤地动着。玉莲的头发长了，梳成了两根麻花辫子，发梢上拴了两段红头绳。玉莲搓了一阵子衣服，突然停了下来，抬头望着围墙边上的那棵大树发呆。那是一棵老法国梧桐，树身上都是黑褐色的疤痕，叶子倒还茂密，在午后的风里轻摇慢舞着，像一只只绿色的手掌。可是树上并没有鸟。我问玉莲在看什么，玉莲摇摇头，却不说话。

这时候又来了一个洗衣服的人。玉莲把自己的木桶挪开了，让那人接水。也不看那人，就问："怎么这么晚？"

那人笑笑，说："开会呢。"我这才听出来那人原来是兵——兵那天没穿军装，换了一件白色的细布衬衫，领口敞开着，就一点也不像兵了。

我看见兵，很高兴，就跑过去问他枪藏在哪里了，可不可以拿出来让我摸一摸。兵把我的头发揉得乱乱的，说："女孩子要什么枪呢，我教你玩别的。"就跑去路边扯了一株空心草，将叶子摘了，芯子吹干净了。又拿自己的肥皂盒，从玉莲的桶里舀了些肥皂水出来，教我吹泡泡。我对着太阳吹出满天的泡泡来，五颜六色的，很是好看。兵给我舀的肥皂水很多，我吹了半天也没有吹完，倒吹出了满眼金星。

兵的衣服很少，三下两下就洗完了。兵洗完了自己的，就来帮玉莲拧床单。床单很大也很厚，玉莲拽一头，兵拽一头。玉莲往左拧，兵往右拧。床单就渐渐细小了起来，只剩了中间大大的一个水包，死活不肯瘪下去。兵把自己的这头夹到腋窝下，腾出手来朝水包擂了一拳，水就哗地流了出来。玉莲低声对兵说："看你的衣服，都湿了。"兵只是笑。

后来玉莲也洗完了衣服，兵说坐一坐吧，玉莲就拉着我在石阶上坐下。兵从裤兜里掏出一个小小的铁盒子，塞进嘴里，兵的嘴里就流出了一些咿咿呜呜的声音。后来我才知道，那个铁盒子叫口琴。兵先吹了一个尖尖的急急的欢欢喜喜的调子，说那是他们家乡结婚迎亲时的曲子。兵说到结婚两个字的时候脸红了一红。后来兵又吹了一个不紧不慢四平八稳的调子，说是他们那里的求雨调。兵最后吹的是个极慢极低的曲子，呜呜咽咽的，仿佛是一汪溪水给堵在了泉眼里似的。兵吹完了，看着天，却不说话。玉莲问这是什么调呢。兵叹了一口气，才说："思乡调。"

那天玉莲洗了很久的衣服才回家。饭桌上，玉莲的话很少。只吃了小小的一碗饭，就说吃不下了。

"陈同志，你说青海这地方，比上海还远吗？"

玉莲问我妈。

玉莲来后的半年里，我一直都没有犯病。全家人刚刚松了一口气，夏天里我却又进了一回医院。

是一场流感引起的，发烧发到 40 多度。烧到半夜，我开始口吐白沫，说起胡话来。玉莲吓得嗓子都变了调，叫醒了我爸我妈，就背我去了医院。玉莲到了医院才发现脚上套错了鞋子——左脚穿的是右脚的鞋。

进医院以后的事情我记不清楚了，因为在去医院的路上我就昏迷了过去，醒来时已经是一天之后了。睁开眼睛我看见我妈玉莲和我哥都坐在我的床前。我哥把一个糊着牛皮纸的方盒子放到我的枕头上，说："给你了。"我知道那是我哥装香烟壳的盒子。我哥爱收集香烟壳子，从早先的炮台美人头老刀牌，到后来的前门牡丹飞马，再到新近的大联珠工农劳动牌，他都收齐全了。那盒子平日是他的宝贝，碰都不让我碰一下的。我是从那一刻里知道了我病情的严重性的。

　　我妈伏下身来，问我要吃什么。我说要吃腌萝卜条。我妈就哄我："萝卜条有什么好吃的呢？妈给你做莲藕羹，放好多葡萄干沙果干。都是你小舅从新疆寄来的，甜极了。"我对莲藕羹毫无兴趣，有气无力地坚持要吃萝卜条。玉莲听了，眉开眼笑地对我妈说："我说了，脑子没烧坏。"就把我抱起来，坐在她的怀里，从兜里掏出一把细齿梳子来替我梳头。玉莲给我梳的是两根四股辫子，到最后总成一根，用一条红手绢绑成一个结子。玉莲一边梳，一边问我妈："陈同志，这孩子常年吃不得盐，身子骨怎么能长得硬，抗得了病呢？"我妈叹着气，说："玉莲这医学上的事你不懂。"

　　我在医院里一住就是好几个星期。高烧虽然退下去了，低烧却持续不断，一直到入秋时分才渐渐好些。住院的日子里，除了晚上睡觉，白天玉莲都来医院陪我。若逢天色阴凉些，玉莲就背我到住院部楼下的院子里走动走动——那阵子我病得身子很虚，连路也走不动了，上上下下都要玉莲背。院子里长着一棵遮天蔽日的桑树，很有些年月了。低矮处的桑叶，都被人摘了喂蚕。高处的叶子，依旧茂密翠绿，浓荫里还藏了几个零星的桑葚。玉莲踮着脚尖拿枝条打下几个来，我们分着吃了，吃得一嘴一牙青紫，我看着她笑，她看着我笑。

那天我们在院子里玩了一个下午，大约是招了点风凉，回来热度就升高了。护士过来打点滴针，直骂玉莲蠢。玉莲不敢回嘴，一味小声小气地求："轻点，啊？找个软点的地方扎，啊？"护士就给了玉莲一个白眼："你来找找，哪还有什么软的地方？都扎遍了。"那天护士扎了好几针才找着血管，扎得特别疼，我扁了扁嘴，想哭，又忍了回去。玉莲抓了我的手，说："娃呀，想哭，你就哭吧，哭一小会儿就好。"我问玉莲："打了针我就不会死了吧？"玉莲听了，不说话，却流下泪来。

几天以后，我午睡醒来，突然看见兵坐在我床前的凳子上。兵那天军装穿得很是齐整，风纪扣一直扣到领下，绿领口里露出一丝白衬衫。可是兵没有戴军帽——军帽脱了放在茶几上。兵大约刚理过发剃过胡子，颏下鬓边都是青青的。我有一阵子没见过兵了，就觉得兵又长高了一些。

兵的手里提着一个小热水瓶。兵见我醒了，就拧开水瓶往杯子里倒东西。兵倒出来的不是水，而是两根冰棍。兵剥开包装纸，递了一根给我，一根给玉莲。兵买的是那个夏天最贵最好的红豆奶油冰棍，七分钱一根的。玉莲不肯吃，递回去给兵。兵也不肯吃，又递给玉莲。两人推了半天，还是玉莲推不过兵。冰棍很凉，我和玉莲咬一口，咝地抽一口气。两人咝咝地吃了好久才吃完了。

我就要兵吹口琴。兵果真带口琴来了。兵先吹了一个《草原英雄小姐妹》，又吹了一个《王二小放牛》。兵那天吹的歌曲我们都会。兵一边吹，我和玉莲就一边唱。旁边病房的小朋友听见了，都围过来看热闹。看得兵和玉莲脸都红了，就歇了。我不肯，要兵教我吹口琴。我拿过兵的口琴含在嘴里，吹了半天才吹出蚊子般的一丝嘤嗡来。玉莲就对兵说："刚养好些了，又来这一场病——哪有元气吹这个东西。"兵看着我只摇头："你们南方人太娇嫩了，要让我带去青海，吃几天粗粮，百病都没有了。"

那天是个极热的天，兵又穿得严严实实的，早焐出了一头一脸的汗。兵没带手巾，只好擦了衣袖来擦汗，衣袖就湿了一大块。玉莲拿出自己的手绢来给兵，兵犹豫了一下才接过去，擦完了汗，放在鼻子上闻了闻，就放进了口袋里。后来玉莲送兵到门口，我听见她低声对兵说："脏死了，也不还给我。"

后来玉莲就把针线活带到了病房里做。那阵子玉莲做的活计是绣花。玉莲买了两条大方手绢，一条白，一条青。白的上面绣的是两只蝴蝶在一蓬荷花上跳舞。荷花是粉红的，蝴蝶是金黄色的，翅膀上长着几个暗红色的斑点。青的那条手绢上绣的是两座山，山顶上飘着几朵白云，山脚下弯弯曲曲地流着一条河。河边灰灰的走着几团东西，像马，像驴，又像是羊。现在回想起来，这大概是玉莲有限的视野里对北方景致最初始的想象了。

我妈看见了玉莲绣的花，掩了嘴半晌无话。后来才叹了一口气，说："你要生在城里，也就是一个艺术家了。"玉莲不知道"艺术家"是什么东西，但听得出是句好话，便也叹起气来："我们乡下人的命啊，没得怨的。"我妈问玉莲这手帕是给谁绣的，玉莲顿了一顿，才说是给姐姐做陪嫁的——玉莲的二姐要在年底出嫁，一家人都在忙着替她准备嫁妆。

这是玉莲在我们家撒的第一个谎。

欧阳青海的名字被再次提起，是半年以后的事了。

有一天夜里，我被尿憋醒，摸了摸身边，发现玉莲不在床上，就光着脚跳到地上，四下找玉莲。当我找到玉莲时，

她正坐在客厅里哭。其实我是从她的姿势上猜出来她在哭的
——玉莲哭的时候从来没有发出过声响。玉莲用一条手帕堵
住了嘴，脖子一抽一抽的似乎要背过气去，颊上歪歪斜斜地
沾着几缕湿头发。屋里不只是玉莲一个人。我还看见了我爸
我妈，隔壁的王阿姨夫妻，还有一个兵。我仔细地看了一眼
才看出这个兵并不是那个兵。这个兵个子比那个兵小，脸也
白净一些。这个兵的军装上有四个口袋，而那个兵只有两个。
我马上知道了这个兵是个官，是管那个兵的。

　　屋里的人都在看玉莲哭，却一直没有人说话。兵呵呵地
咳嗽了好几声，从喉咙里湿湿地咳出一口痰来，没地方吐，
又咕噜一声咽了回去，轻声说："欧阳青海年底就要复员了。
群众影响，咳，这个群众影响。"我爸对兵一连点了好几个
头，才结结巴巴地点出一句话来："是我们，咳，咳，没管
好。"王阿姨憋不住，咚地站了起来，说："谁没管好谁呀？
他一个解放军，我们一个老百姓。只听说老百姓学解放军的，
没听说解放军学老百姓的。军民鱼水情，也不是这个情法
呀。"众人听了，想笑又不敢笑，眉眼就有些歪歪咧咧的，不
怎么好看。王阿姨的手指，又直直地戳到玉莲鼻子上："祖宗
你说句话，你让我怎么跟你娘交代？"玉莲依旧不说话，只
是把气抽得更急了。

　　那天晚上玉莲过了半夜才上床。玉莲上了床，脱了衣服，

关了灯，却又不睡下。玉莲用两手抱了两腿，将脸抵在膝盖上，一动不动地呆坐着。那夜是个大月亮夜，西北风溜过窗棂格，发出细碎的声响，树影鬼魅似的在墙上舞动着。月光里玉莲的脸色很白，像纸，像墙，也像石头。我突然害怕起来，就爬过去偎到玉莲的腿上。玉莲将棉被抖开，在我们身边实实地围了一圈。在这样温软的包围中，我们坐了很久，却没有说话。后来我伸出手来寻找玉莲的手。我一把摸到了玉莲掌心一个硬硬的物件，这个物件已经被玉莲的体温焐得几乎有些发烫。

那是一把口琴。

玉莲是第二天下午回龙泉的。

从前我淘气的时候，玉莲也多次说过要走的话。我当然知道那只是一种威胁。可是这次玉莲什么也没有说。然而当我看见玉莲在收拾那个红花细布包袱的时候，我一下子意识到事情已经完全没有挽回的余地了。

那天玉莲像往常一样喂我吃午饭。我的菜依旧是分开单做的。那天我吃的是米饭和鸡蛋豆腐羹。我一辈子都没有吃过那么好吃的鸡蛋豆腐羹，又白净又松软，上面铺了一层碧绿的油汪汪的葱花。我三口两口就吃完了，像家里那只猫那样把碗舔得干干净净。那天我从那碗豆腐羹里尝出了一种久违了的味道，过了一会儿我才明白过来那是盐味。我妈惊异地对玉莲说:"什么时候见她这么吃过饭? 总得哄上半个时辰才肯吃一两口的。"玉莲看着我笑了一笑,没有说话。我也看了玉莲一眼,没有说话——这是我和玉莲之间的一个小秘密。

收拾了饭碗玉莲蹲下身来,掏出兜里的手帕给我擦嘴巴擤鼻涕。"阿玲你是大孩子了,小孩子才哭,大孩子是不哭的。"后来她站起来,也不看我妈,低头盯了脚尖,嗫嚅地说:"陈同志你放心,我这次回龙泉,这事就算了结了——看把你们连累的。"我妈叹了一口气,说:"别怪我们,都是为你好。那地方太苦,不是我们南方人去的。"就从抽屉里拿出一张钞票,硬往玉莲手里塞。玉莲死活不肯要,两人推来推去的,直推得面红耳赤起来。后来我妈指着我,说:"去,叫玉莲阿姨收下来。"我走过去,抱住了玉莲的一条腿。玉莲哑哑地叫了一声"阿玲",才将票子揣进贴身的衣兜里,回屋拿了包袱就走出门去。

玉莲走的时候穿的还是那件葱绿灯芯绒棉袄,那条海蓝灯芯绒棉裤,那双黑布棉鞋。她的眼睛微微有些红肿,可是她颊上的酒窝使她的脸看起来依旧像藏了些隐隐的笑意。一切似乎都和她来的那天一样,而一切又都不一样了。来的时候玉莲是一张白纸,去的时候这张纸上已经有了景致了——而且是很深的景致。

我倚在门口看着玉莲跨过门槛,走到街上。她走过了一棵树，又一棵树。当她走过第五棵树的时候，我终于撕心裂肺地哭了起来。她停了一停，却没有回头。风呼呼地撩拨着她的辫子，后来她的棉袄就渐渐地变成了一个绿点子。

　　玉莲走后一直没有消息。半年以后，我们突然收到了一个盖着青海邮戳的包裹。包裹里是两件手织的女童毛衣。一件大红，一件翠绿，红的那件前襟缝了一只鸭子，绿的那件袖口绣了两只白兔。毛衣口袋有一个小信封，信封里是一张用薄信纸包着的两寸黑白照片——是玉莲和兵的合影。兵依旧穿着军装戴着军帽，只是没有了领章和帽徽。玉莲梳着两根粗辫子，穿的是一件花夹袄，脖子上围了一条纱围巾。两人坐得板板正正的，肩抵着肩，脸上阔阔的都是藏不住的笑。

　　信纸上却没有一个字。

　　我妈拿了照片翻来覆去地看，看完了就感叹："到底还是没断了。"我爸便摇头数说我妈："你管他们呢。苦不苦的，乐意就行。你跟着我受的苦还少吗？偏你乐意呢。"我妈啐了我爸一口，却又忍不住笑："你说玉莲这丫头是不是长得有点像王丹凤？"

　　后来玉莲断断续续地和我们通过几封信，信很简单，都是些问好的话。关于自己的情况，她一笔带过，没有细说。

倒是从王阿姨那里，我们辗转听到了些故事。欧阳青海复员后回到原籍，分配到县城的一家伐木厂工作。玉莲是从龙泉家里偷偷跑出来，坐了几天几夜的火车到青海成婚的。玉莲在龙泉的娘家伤透了心，就一直不肯认这个女儿。直到玉莲生下第一个孩子，满月后两口子带着孩子回龙泉认亲，娘家人见生米已经煮成了大熟饭，才渐渐恢复了联系。

玉莲的头胎是个男孩，跟着他爸的名字叫了小海。第二胎是个女孩，也跟着她爸取名叫小青。玉莲做了娘之后，就一心在家带孩子。幸亏欧阳青海的工资不算低，一家人日子凑合着还过得下去。只是没过上几年太平生活，家里就出了大乱子。欧阳青海在厂里卸货时被一根木头压伤了腰，县城省城都去过，治了好几年，时好时坏的，就成了半个废人。厂里虽然每月发些补贴，孩子一大就不够用了。玉莲只好靠给厂里的工人浆洗缝补衣服挣些家用。偏偏祸不单行。女儿小青十岁那年，突然得了脑膜炎，被厂里的医务室给误诊了。后来找了辆板车将孩子推到县医院，在半路上就断了气。玉莲哭女儿哭伤了身子，精神头就大不如从前了。

我妈每次和王阿姨说起玉莲来，神色就免不了有些黯然。都叹红颜薄命，女人长得出挑些，一生就多坎坷。不如那长相普通平常的，反倒能过一辈子太平日脚。

玉莲那次在温州住了五天，我妈拿了两百块钱，让我带玉莲上街买点东西。那时温州的个体企业已经很发达了，国营商店倒是门可罗雀。我领玉莲去了一个叫妙果寺的个体商场，在五彩缤纷光怪陆离的女装世界里玉莲目瞪口呆，不知所措。我挑了几件衣服让她试，她比了比就放下了，说："这么小的腰身，给小鸡儿穿还差不多，人哪里穿得进去。"周围的人听了，都窃窃地笑——玉莲似乎完全没有意识到"鸡"这个词在南方文化里的含义。后来她就直直地朝童装店铺走去。她在童装店铺里待了很久，大大小小春夏秋冬四季的都买了几件，捆起来就是沉甸甸的一包。我问玉莲买这些衣服做什么——小海才上高中，离做祖母还远呢。玉莲说是买回去做样子的——她想开个童装剪裁铺。我建议她不如做批发生意，转手快，又有我哥在这边帮她订货发货。玉莲连连摇头，说："他爸这个身体，我哪脱得开身来做大事，只能在家里小打小闹的。"

　　买完衣服，我问玉莲还想去哪里转转。玉莲顿了一顿，才说你带我去老地方看看吧。其实市委机关两年前就迁到新城区了，当年的旧址现在已经成了一片建筑工地。我们转了几个圈才找到了从前的家属区。那个家属大院早连根拆除了，取而代之的是一幢拔地而起的高级住宅楼。楼才起了一半，

294

钢筋混凝土隔成的方块里，不时地有人在走来走去。那个自来水龙头还在，却早锈得斑斑驳驳的，拧不出水来了。那几级石阶也还在，只是爬满了暗绿色的青苔。玉莲从衣服堆里抽出一个塑料袋，扯开了铺在台阶上，我俩就坐了下来歇脚。天色晚了，太阳像个硕大无比的火轮盘，坠挂在楼顶上，将楼抹了一头一脸的血。风一起，就有黑压压一片的鸽子，呼呼地从头顶飞过，鸽哨声嘤嘤嗡嗡地响了很久，不绝于耳。

阿玲，你有相好的吗？

玉莲突然问我。

玉莲在青海待了这么多年，话语里自然带了些北方腔调。听到"相好"这样的词，我忍不住想笑——这个词让我无法不产生一些粗俗的诸如野合之类的联想。可是那天我并没有笑。不知怎的，我就和玉莲说起了铁木辛。

铁木辛是电机系带职研究生班的学生，蒙古族人。我们俩是在组织学校的国庆联欢时认识的。他是唯一一个不肯哄我的男人，所以他就成了世上唯一一个让我动心的男人。我们已经暗地里谈了两年的恋爱了。今年年初他结业回到了赤峰，我们炽热的联络在我毕业前夕突然冷却了下来。我知道这是铁木辛在试探我。铁木辛祖祖辈辈生活在赤峰，他绝对不会离开那个生他养他的地方。我们之间唯一的可能就是我毕业后也去赤峰。铁木辛知道这个选择的分量，所以他把这个选择完完全全地丢给了我一个人，他要我独自为此承担所有的责任。其实我一直都在期待着他的一声呼唤，有了他的呼唤，我会跨越万水千山义无反顾地投入他的怀抱。

可是他一直保持着沉默。

玉莲听了长长地松了一口气，说："没找你就好。你哪扛得住他来找你呢？赤峰那个地方，咳。"

我愣了一愣，才问玉莲是不是后悔去了青海。玉莲不说话，却从口袋里掏出一包烟丝来，慢条斯理地卷了一支烟。卷好了，放进嘴里，才含糊不清地笑了一声：

"你说现在这些兵，哪能和那时候比呢？"

2001 年 9 月 18 日，定稿于多伦多

恋曲三重奏

| 短篇小说 |

名字?

章亚龙。

年纪?

三十七。

哪里来的?

福建。

来多久了?

两年半。

做什么工作?

衣厂打包。

有移民纸吗?

……

王晓楠捧着一杯新煮的咖啡靠窗站着，把背脊丢给那个男人。咖啡很烫，她并不喝，只是为了暖手。她的问话很短，男人的回答更短。男人的回答使她想起一管将要用尽的牙膏，虽然还有些内容，却要狠命地挤。天色有些晚了，可是她没有开灯。从客厅的那两扇玻璃大窗直直地望出去，便是那个十分有名的安大略湖。在晴朗的日子里，水色本来就很亮。太阳坠进湖面之前，总要在那里迸出一些耀眼的猩红来，就映得屋里越发回光返照似的明亮起来。

　　当初她和许韶峰就是为了这片水色才决定买下这幢房子的。漂亮的房子在多伦多这样多少有些历史气味的城市里是随时可以找见的，然而有这样的湖光水色做背景的漂亮房子，就不是那么容易得着的——所以他们很是花了些钱。

　　问你呢，有移民身份吗？

　　……

　　那个叫章亚龙的男人对这个问题始终保持缄默。男人似乎比他自己说的那个年纪要小一些，是典型的亚热带地区长相。皮肤黝黑，颧骨有些高。但男人的身量却不像是那个地方的人。男人个子不算矮，甚至有些壮。男人的五官肤色和身架其实很容易把他组合成一个粗俗的形象，可是男人看上去一点儿也不粗俗。也许是唇上那一团梳理得很整齐的胡须，也许是鼻梁上的那副金丝边眼镜，也许是身上那件青灰色带着一团一团云雾般花纹的薄毛衣。总之，男人坐在那里说不说话都是一副斯斯文文的样子。这样的男人若行走在校园区里，一定很容易会被当成一个教书先生。一个写了许多书做了许多学问却不善言辞的教书先生。这样的男人若平时走在街上王晓楠大概也会多看一眼，甚至会设法制造一些谈话借口的。

可是今天她不会。

因为今天他只是一个揣着她登在报纸上的广告前来应征的打包工人。

王晓楠到加拿大虽然才六个月，但她并不是个土包子。对外边世界的了解，她不比那些出国好些年却仍然在埋头打工的人少。从她和许韶峰决定移民的那一刻起，她就努力寻找机会去学习在那个叫加拿大的国家里生活所需要知道的一切琐碎。她懂得在多伦多这样的文明都市里，有的问题不管在任何场合都可以问，有的问题则在任何场合都不可以问。还有的问题在一些场合问起来是调剂气氛的幽默插曲，在另一些场合问起来就是没有教养的粗鲁行为。可是今天她把该问的，不该问的，有时该问有时不该问的都统统问了。

因为她不在乎那个叫章亚龙的男人怎样看自己。她有一手好牌，好得让人实在无法拒绝——在玫瑰谷这样的高级住宅区里白住，又是在这样一幢倚山临水的好房子里。这样的机会，不是每天都有的。当然严格来说也不完全是白住，夏天里他要帮她打理前后两块草坪，冬天里他要替她铲除行人道上的积雪，周末他得开车带她出去购物。不过这样的付出与那样的回报相比，简直是不值一提的细节。尤其是对章亚龙这类男人来说。

在他们的谈话刚浅浅地碰破一层表皮时，她就已经猜到他是没有合法居留身份的"黑户"。他的那个家乡，这边报纸上倒是常常见到名字的，无非是一些和海呀船呀有关的事。她多次听到过关于他们的故事，大致知道他们这些人的路数。无论是陆路还是海路，他们的旅途一定是遥远曲折冗长，充满惊险插曲的。不管是什么借口，他们要在这里留下来的理由听起来一定能感动移民官也感动他们自己的。这些人身后欠着几十万块钱的债，前面又没有什么发财的路子，于是只好一分一厘地抠着省着。她由此断定章亚龙绝对不会放过这个付出小劳动贪得大便宜的机会，不管她会问他什么样的问题——尊严是西装外套，生存是贴身内裤。再体面的外套，也是可以随时脱下的。而再破烂的内裤，也是不得不牢牢守护的。她不相信他会为了外套而脱下内裤。

她不害怕和这样的人同住。这样的人已经断了退路，这样的人只能鼎力向前。这样的人只能像软壳螺似的紧紧吸附在移民这个希望上。这样的人日夜生活在移民官无限宽广的视野里。这样的人胆小怕事，规矩行事。这样的人容易使唤。当她和许韶峰在长途电话上商量人选的事情时，他们不约而同地想到了这类人身上。

只是可惜了这副英俊的皮囊。

王晓楠忍不住叹了一口气，似乎要让他听见她对他的惋惜。

"你明天早上等我电话吧——我还有几个人见。"

其实当时她就已经做了决定，然而她并不想在那一刻里宣布她的决定。她知道每天在多伦多的大街上都行走着许多像章亚龙那样怀揣着一纸希望的人，可是她也知道多伦多每天的报纸上也有很多给人希望的小广告。说不定此刻章亚龙的口袋里，就有三五张诸如此类的从报纸上撕下来的小纸片。她不能把希望太快太便宜地丢掷给他，可她也不能把他推到绝望的死胡同里去。于是她想出了这样一句能将他稳妥地放置在希望和绝望之间的安全地带的话来。

他不置可否地笑笑，起身去穿鞋子。他那天穿的是一双运动鞋，很旧了，带着路上的热气，却依然很白。他系好鞋带，抬头看见了门厅里的一张风景画，就停在那里看了一会儿，然后转身问她：

"王姐，这画贵吗？"

他的这个称谓使她吃了一惊——从来没有人这样叫过

她。她在广告上留的是一个王字，他完全可以像别人那样称呼她王太太，王女士。如果肉麻一些的话，甚至可以叫她王小姐。所有这些称呼都显示着带有敬意的距离。可是这个男人却单刀直入地割弃了他和她之间的客套和距离。她一时不知如何对应这样突然而来让她毫无准备的熟稔。她愣了一愣，才说："这是挺有名的一张画，七人画派的。三千加元。"

男人摇摇头，指了指画框下角的一行小铅笔字，说："这是复制品，只不过是限数的复制品。总共复制了一百张，这张是第八十六张。这样的复制品，最多值五六百块钱。"

男人并没有等待她的回答，就关门走了。男人关门的声音很轻，身子风一样地走进了满街的暮色里。她站在窗口看着男人的背影渐渐地消融在混混沌沌说不出颜色的街景里，心想这背井离乡的半年里自己大概又老了一些了。

| 二 |

那个叫章亚龙的男人是在三天以后搬进王晓楠的住处的。

没多久王晓楠就发现章亚龙不仅在关门这件事上手脚很轻，章亚龙几乎在所有应该发出声音的地方手脚都很轻。进门的时候他像一片秋叶似的闪进来，出门的时候他像一股青烟那样地飘出去。她的浴室和他的隔了一层楼，她几乎从来没有听见他用水的声音。可是当他在厨房里和她照面的时候，他的衣容一直是洁净的。他进门的时候通常是很黑的夜，出门的时候是不太亮的晨。当然这样的信息是她根据那辆泊在她车库里的满脸沧桑的黑色丰田车推算出来的。有时她的推算也会发生误差。比方说有一天夜里她一直没有听见他开车进来，可是到了早上起床的时候，她从窗口望出去，门前草地上的落叶却已经被打扫干净了。叶子装了满满九个特大号透明塑料袋。那九个塑料口袋围着院子斜角那棵粗大的橡树排成一个圆圈，中间的那个口袋上摆着一个硕大无比的南瓜。南瓜也不是寻常的南瓜，瓢子早掏空了，剩下一副火红的皮囊，用刀雕出些鼻嘴眉眼的，顶上又安了两穗长须玉米，在风里飞飞扬扬的。远远一看，竟很像是一个体形健硕梳了两根冲天大辫的红脸村姑。她知道这是摆了给她看的，便忍不住笑了一笑：这个章亚龙，倒是有点意思的。

后来秋就渐渐深了，他被她指使来劈柴。柴是入秋的时候她从商店里买的，等冬天到了好烧壁炉用。柴买过来的时候是大块大块的，他替她劈成一小块一小块，挨着墙根码好，再用绳子捆成一扎一扎的。他劈柴的时候就一点儿也不斯文了。他把毛衣脱了，剩了里头一件蓝色的背心，背心上印着

305

几个脱了漆的大字：长乐工体男篮。男人抡动长柄斧头的样子很凶，像是和柴结下了世代冤仇。她提心吊胆地看着他，觉得那斧头随时会脱离斧柄飞落到花园的任何一个角落。他舞动胳膊的时候嘴也没有停过，噗噗地发出一种类似引擎启动时的汽声，肌肉老鼠似的沿着膀臂上蹿下跳着。他使她想起了许韶峰。其实许韶峰也是有过这样的肌肉的。他曾经捏着拳头弯着手臂让她来拧他胳膊上的肉。他的胳膊硬得像铁，她拧来拧去拧酸了手指头也拧不起一块赘肉。当然那是他当兵的时候。后来他就不当兵了。许韶峰不当兵的时候比当兵的时候更忙，但都是脑子上的忙，身子上反倒是懒怠了。懒怠了的身子自然就生出些懒怠的肉来。

　　男人劈着柴，背上的衣服渐渐地湿了两大团，只剩了中间一条缝是干的。男人看上去像是背了两扇肺叶。王晓楠去屋里拿了两听可乐，一听给自己，一听丢给男人。"坐会儿吧，那柴，够烧就行了。"男人噗的一声拉开了铁罐，仰了脸咕咚咕咚地喝，水就流了一脖子。喝完了，拿手臂抹了抹脖子，果真在她身边坐了下来。男人坐下了，才看明白原来是坐在吊椅上的，就是那种钉在铁架子上的没有腿的，人一坐上去就吱扭吱扭晃动的椅子。这种椅子，他在好莱坞老电影里看过好多次，都是富贵人家的小姐在花园里与情人秘密幽会时用的。如此一想，便有些不自在起来，就将身子扭来扭去地想离她远些。谁知那吊椅就越发秋千似的摇晃了起来。幸好男人腿长，就拿脚拄了地，方稳了下来。

"你也打球？"她指指他背心上的字，问他。他咧嘴一笑，露出两排微微发黄的牙齿，算是回答。她说："我打过排球。"她说这话的时候，嘴角略略向上一挑，挑出一个半是真实半是梦幻的微笑。那是一个年代有些久远的故事，那时她是一个大学校队的副攻手。她的球打得不错，当然再好也只是一个普通校队的水平。只是她打球的那个年代并不是普通的年代。在那个年代里任何关于女子排球的小小故事都能引起几亿人热泪盈眶的回响。后来校园里的年轻人开始用国家队里一个长得格外秀气的副攻手的名字来称呼她。有一天，她参加华东六省市高校排球联赛回来，突然看见张敏在宿舍门外等她。张敏说我去看过你的球了。她没有想到他竟跟去了她的赛场——在这之前他们虽然做了大半年的同学，他却没有和她认真地有意义地说过话。当然他也没有认真地有意义地和班里的任何一个女同学说过话。那一刻她被太多的意外击中，瞬间失去了对答的本领，只知道拼命地点头。他俩在半明不暗的过道里站了一会儿，谁也没有看谁。后来他低低地，几乎有些口吃地对她说："我看见了一个精灵，一个跳出了形体和语言拘束的精灵。"这是那个年代里一个中文系一年级学生在朦胧的恋爱情绪中所能想得出来的最离奇的形容词了。后来回想起来，就是这句话揭开了那段为期三年多的风雨恋曲的序幕。

章亚龙知道王晓楠关于排球的话题只是她进入怀旧情绪的一个极为方便的引子，对于这样的引子无论他说什么都是无关紧要的。于是就心不在焉地说了一句："打排球你那身量……"却又不说了。她不知道他想说她长得太高了还是太矮了——她的身量正是在这两种说法都适宜的那个范围。

这时候她兜里的手机就惊天动地地响了起来。

是许韶峰。

"豆芽问你过年回不回来？"

"再问就说你妈让你爸给扔在荒郊野地里等死，正盼着你来救呢。"

"你看看，又来了。你的那个房客，还好吗？"

"好又怎么样？不好又怎么样？你还能星夜赶回来管我不成？"

说这话的时候王晓楠转过头来看了章亚龙一眼，这才发现章亚龙其实早已回屋去了。院子里突然很是安静了起来，长柄斧蛇一样地蜿蜒在草地上喘息着，新劈的木柴在初起的暮色里小心翼翼地吐出一丝森林的芳香。

张敏不是个毛头小伙。

张敏入学时就是一个插过六年队教过两年书的知青。张敏比王晓楠大八岁。

张敏早就有了女朋友。张敏的女朋友叫秦海鸥。张敏同秦海鸥认识已经有很多年了。两人都是南京人，小学中学一路是同学。后来又一起到淮北农村插队，一起考大学。张敏考进了上海的学校，秦海鸥考进了苏州的学校。一个学文，一个学医药。苏州离上海不远，每逢节假日，秦海鸥也不回家，却坐了火车到上海来看张敏。秦海鸥一来，全班都知道了，因为张敏总是带着秦海鸥到教室来做功课。两人一前一后地坐着，你看你的书，我看我的书。有时秦海鸥就掏出一个小手巾包，悄悄地放到张敏跟前——里头通常是剥好皮的瓜子和花生。待到教室熄了灯关了门，张敏就把秦海鸥送到女生宿舍挤一晚，然后再自己回到男生宿舍。宿舍里有几个结过婚的老大哥，忍不住取笑张敏，说你小子怎么总不给我们一个肃静回避的机会呢？张敏笑笑，却不说话。张敏是个不太善言辞的人，和男的和女的在一起都这样。他的缄默使他所说的每一句话，都如压缩食品似的存放在王晓楠的记忆空间中，在后来的日子里被岁月泡胀开来，放大夸张了许多倍地充填着她的感情断层。

有一回张敏带秦海鸥去学校礼堂看新拍的电影《小花》，刚好坐在王晓楠的前排。王晓楠进去的时候电影马上就要开演了。张敏偶然一回头发现了手执票根挤过人群找位置的王晓楠。他们只来得及点了点头，灯光就暗了下来。后来正片进入一个用当今人的眼光来看过于煽情的情节，那个年轻美丽的村姑妹妹，在催人泪下的音乐声中抬着失散多年的伤员哥哥，跪行在崎岖的山路上，膝盖上的鲜血与崖上的杜鹃花相映生辉。王晓楠发觉秦海鸥的身子渐渐地向着张敏移动。张敏的身子也移了一移，却不是向着秦海鸥的方向。尽管后来秦海鸥的头终于还是越过他们之间的距离，轻轻地靠在了张敏的肩膀上，可是就是张敏那微微的一闪，突然间给了王晓楠一线希望。

那天晚上张敏又把秦海鸥送到女生宿舍借宿。刚巧那天宿舍里的两个本地女生都没有回家过夜，铺位都占满了。王晓楠说要不你就跟我挤吧，两个人便睡在了一张单人床上。看上去有些瘦弱的秦海鸥在脱去衣服之后其实是个还算丰满的女人，没有了乳罩限制的胸脯饱胀地充盈在洗得稀薄了的旧背心里，胳膊和大腿在朦胧的月色里闪着结实的紫蔷薇似的亮光。这种肤色在十几年以后成了必须花钱购买的时髦，而在当时却仅仅代表着常年的劳作。两个人都侧着身子背对背地躺着，尽量避免着可能发生的身体碰触，可是王晓楠还是闻到空气中隐隐的蒜味。她听见秦海鸥的呼吸渐渐低沉了下来，以为她睡着了，才敢微微地翻了个身，没想到秦海鸥却突然轻轻地对她说：

"听说你的球打得好极了。"

她吃了一大惊，她没有想到张敏竟和秦海鸥说起过自己。黑暗中她的脸涨得通红。

"张敏还说过我什么呢？"

"说你的行李最多。"

王晓楠想起了新生报到那天第一次见到张敏的情形。她在学校门口找到了中文系的接待站。一个穿着蓝色工作服胡子拉碴的男人接过她的箱子，就带着她去女生宿舍。她以为他是校工，也没多问就跟着他走了。他很高也很结实，轻飘飘地提着她的两只大箱子一个旅行包仿佛只是拎了几只半空的菜篮子。她很快就被他甩在身后，他走出了很远才停下来等她。他帮她把行李卸在上铺，并带她去买了饭菜票，灌了热水瓶，却一直没有和她搭话。到了晚上系里开迎新会，她突然发现他坐在她对面，方知道他是她的同班同学。他刮了胡子，换下工作服，穿了一件白底带细隐格的的确良衬衫，就变了一个人。衬衫很新，还带着折痕，夹着塑料片的领子硬硬地卡着他的脖子。他很适合穿那样洁白的衬衫，白色使他显得深沉而具有书卷气。她忍不住多看了他几眼。后来辅导员让新生们一一站起来做自我介绍。他的经历太复杂了，复杂得无法用几句话来概括。而她的经历太简单了，简单得无法用太多的语言来叙述。于是那晚他和她的发言都是最简短的。

想起那个时候的自己王晓楠不禁抿嘴笑了——这一年里她毕竟长大了很多，在身体上，也有别的事情上。这样的变化，秦海鸥是不知道，也不需要知道的。

后来秦海鸥就睡着了，可是王晓楠却一直醒着——她在翻来覆去地想着秦海鸥的话，猜测着张敏对秦海鸥说这些话时的场合和表情。不知为什么，她认定自己是张敏向秦海鸥叙述大学生活片段时出现的唯一一个女同学。在这样的思绪中，平时她和张敏之间极为偶然的一个笑容一句交谈便突然有了新的意义。后来她听见黑暗中有一些细碎的嘎嘎声，好像是老鼠在啮咬家具，又好像是板壁被风吹动。过了一会儿她才醒悟过来，原来是秦海鸥在磨牙。

秦海鸥磨了一夜的牙。

王晓楠一夜都没有睡踏实。

第二天早上的第一堂课是古汉语，教授选析的是李白的《长干行》。教授是个白发苍苍的老人。据说教授娶的是他的远房表妹，所以教授那堂课上得声情并茂。从"妾发初覆额，折花门前剧"，说到"郎骑竹马来，绕床弄青梅"，一路尽情渲染着青梅竹马的朦胧诗境。在教授抑扬顿挫的解说里，课堂上的青年男女渐渐地都被浸润在一片潮起的感动里。王晓楠睡意蒙眬地忍耐了一会儿，终于没能忍住，突然站起来打断了教授：

"青梅竹马只能造就兄妹之情，不能造就爱情。爱情是异体之间的新鲜碰撞，不是从故知里产生出来的。李白他不懂。"

教授愣了一愣，继而哈哈大笑起来："李白不懂，你懂，是不是？到底是童言无忌啊。"

全班都随着教授笑了。只有张敏没有笑。张敏抬头看了她一眼，她没有回头就知道了他在看她，因为她感觉到她的背上很热。

四

章亚龙是个无可挑剔的房客。

章亚龙认真地打理着王晓楠家的草地和花园，让该红的地方很红，该绿的地方很绿。后来秋天过完了，天大冷了起来，隔一两天就要落一场雪。章亚龙便仔细地扫除着王晓楠门前便道上的积雪，撒盐化冰。在王晓楠需要的时候，章亚龙就开车带她去商场购物。章亚龙带王晓楠去购物，却又不和王晓楠一起购物。通常他把她放在商场里一个方便的入口，说好一个时间再回来接她。有时她准时完事，有时她会略微拖延。他把她接到车里，至多也就抬腕看看手表——这就是他对她的一种婉转责备。当然，这些事情都是他在周末或两份工作之外的时间里见缝插针地完成的。总而言之，章亚龙对于他和王晓楠之间的君子协定，一直是恰如其分地遵守着。恰如其分的意思，就是一点儿也不多，一点儿也不少。章亚龙有两份工作的事，其实是王晓楠根据章亚龙在家时间的长短而推算出来的——章亚龙有一次说过，衣厂的活不够，老板又不想裁了熟手，只好减了大家的工时，一天一人只能摊到五个小时。关于章亚龙剩下的时间里所从事的第二职业，尽管他自己从来三缄其口，王晓楠却有许多丰富的联想。有时这些联想会绕着章亚龙的长相和身材十分复杂地生长蔓延开来。王晓楠也知道自己想歪了，却任由着自己歪着去想，反正无论是正还是歪，章亚龙都是不需要知道的。

在多伦多安定下来之后，王晓楠就去附近的社区中心报名参加了一个英文补习班。班级里都是些和她一样的新移民，远的来自东欧，近的来自墨西哥，也有几个从中国来的同胞，英文程度并不比她强多少。上了一阵子课，王晓楠的胆子就渐渐地大了起来，竟敢在课堂上开口结结巴巴地和人用英文争论。虽是语法错误百出，好在众人都是五十步笑百步，一片嬉闹之中，就把一应的烦恼之事给丢在脑后了。可是课一散，那一份没心没肺的快乐也就丢在了教室里。回到家来，依旧是形影孤单的一个人。不由得恨起那个章亚龙来——他若在家陪她说说话也是好的。就后悔了当初没在广告上提这个条件。可是，这事在广告上又怎么提呢？"寻找聊天伙伴，共度寂寞夜晚。"怎么听上去竟像是哪份小城晚报上半老徐娘的征婚广告了呢？王晓楠忍不住一个人低低地笑了起来。

有一天晚上，王晓楠下课回家，一个人吃过了饭，还不到七点。开了电视来看，都是些闹剧，哄哄的也听不懂几句。外头下着雨，打着闪，风拖着长长的尖利的尾音跑过长街，将窗户捆得咚咚作响。那风声像怨妇哭殡，也像原野上饿了一个冬天的狼。王晓楠从小是在南方长大的，大学毕业后虽然在北京待了好几年，也见过一些冷天，却是从来没有听过这样的风声的，心里不免就有些惊悸。忍不住给许韶峰打了个电话，铃响了很久也没有人来接。这才突然想起那头正是周六的大早上。到了周末许韶峰不睡到日上三竿是不会起床的——大概把电话也关了。只好从壁橱里抱了床毯子拥在怀里，靠在沙发上发了一会儿呆，心里突然就很盼着章亚龙早点下班。后来不知怎的，仿佛受了鬼使神差，竟从皮包里找出一把钥匙，去开了章亚龙的房门。当初章亚龙搬进来之前，诸事都答应了，却只提出一个条件——房门要上锁。王晓楠当场就给他配了新锁，又把两把钥匙都给了他。当然章亚龙并不知道，王晓楠手里还有第三把钥匙。

章亚龙的屋子和从前几乎没有太大的差别。除了桌子上多出了几个镜框，壁橱里放了两只箱子之外，一切都一如既往地简单而有秩序着。简单和有秩序其实是一件事情的两种说法而已。一个一无所有的人是很难制造出混乱的布局来的。混乱只能是富有的产物，混乱绝少能从简单里衍生出来。

王晓楠便凑到桌子上看照片。照片统共有三张。第一张是一对老头老太太，穿着一身崭新的西服套装，别别扭扭地坐在照相馆的长凳子上，对着照相机傻笑——看着像是章亚龙的父母亲。第二张照片是章亚龙自己，穿着一件洗得泛白了的军绿球衫，胳膊上兜着一个篮球，额上脖子上湿湿的都是汗。照片大约有些年数了，章亚龙看上去很是消瘦，球衫从颜色到样式都有些古板。第三张是一个三十多岁的女人，手里牵着一个五六岁的男孩。女人其实相貌平平，可是女人却有一个灿烂的微笑。女人还有一把极好的头发，在阳光和风里柳丝似的飞扬起来，细细碎碎的全是金黄。男孩有些怕羞，紧紧地闭着下巴，不肯对着镜头笑。章亚龙并没有出现在这张照片上，可是王晓楠从女人的眼睛里看到了章亚龙的无所不在。记得章亚龙第一次来应征的时候，曾经说过他是"一个人过"的。这样的说法在现今的时代里被许多结了婚的男人和女人们广泛而松散地使用着，这样的说法可以有多种多样的解释。也许许韶峰现在就在某一个酒吧茶廊里对某一个年轻而美丽的女人说着这样的话。当然，这样的话从成功的人嘴里说出来，总是更富有吸引力一些。如果章亚龙在彼岸的妻子听见章亚龙这样地对人介绍着他自己的状况，她的笑容大概就不会像照片上这么灿烂明媚了——每一个女人刚开始做女人的时候大约都有过这样的笑容，侵蚀和毁坏是在后来才渐渐发生的。

后来王晓楠又在章亚龙的房间里发现了一样她先前没有注意到的东西，这样东西使她在房间里的逗留延续了一些时候。她看见墙角里有一摞白色的布，布底下仿佛覆盖着一个木头架子。布显然旧了，皱皱地发着黄。她本来并不真想去探讨布后边的内容，可是一想到她还有一个非常完整的夜晚需要细细打发，她就无法遏制地向那个角落走去。

她掀起白布，木架上是一幅画。一幅油画。

油画看起来很新，颜料似乎还微微地透着湿气。王晓楠把手指轻轻地贴上去摸了一摸，方知道早就干透了。画上是一个年轻女子，穿着一件月白色的旧式斜襟布衫，袖口领边

317

上绣了一些细碎的云边。女人的头发齐齐地梳到脑后，头顶露出半只斜插的碧玉发簪。也许是风的缘故，也许是笑的缘故，那玉簪上绑的红丝线似乎在轻轻地颤动着。女人的头发很密，刘海黑压压地遮住了眉毛，一双眸子乌亮清明。女人的双手紧紧地绞在一处，膝盖上斜斜地放着一枝夹竹桃。夹竹桃大约是新采的，白色的花瓣上沾着些露水，在早晨的太阳底下闪着些晶晶的亮光。王晓楠只觉得这女人隐约有些面善，过了一会儿才看出来原来就是照片里的那个女人——只不过是一个年轻些的古装版本。画面右下侧有一行碳笔字，字很潦草，她颠来倒去地看了几回才依稀看出是"琼美印象"几个字。

王晓楠站在离画很近的地方看画，画里女人被画笔肢解在斑驳的颜料中。后来她退后了几步，距离使女人和她膝盖上的夹竹桃渐渐地完整起来，整个画面便带上了一层朦胧的忧郁，甚至连阳光也仿佛隔了一层薄薄的雾气。这时候她突然看见女人的嘴角牵了一牵，发出一声轻轻的叹息。她吃了一大惊，再凑近了些，女人却不再有响动，回到了画中的寂静。她便慌慌地想退出房门，却完全没有意料到章亚龙会在这个时候推门进来。

他在见到她的那一刹那愣了一愣，手上的拎包咚的一声掉到了地上。他的面部表情在尝试了数种变换之后，终于固定在一个模式上。

"这是，是你画的吗？"

他没有回答她的问题。他直直地看着她，却又像没有在看她，他的眼光笔直地穿过她落在很远的地方。她突然就觉得被这样的眼光扎得遍体鳞伤。

"这是我的房子，我想进就进，想出就出。"

她依稀记得自己对他狠狠地嚷了一句这样的话，她也依稀记得他在她身后轻轻地关上了门。但是她没有听见他锁门的声音。

那天晚上，他一直没有锁门。

在那以后的日子里，他也不再锁门。

她回到自己的房间里，头疼欲裂。在吞服了几片安眠药之后，她昏昏沉沉地进入了半睡眠状态。那一晚她的睡眠被无数的梦境割锯得支离破碎。在其中的一个梦里她看见了那个穿月白布衫的女人。女人站在一片悬崖上，四周是水——不知从哪里开始也不知到哪里结束的水。女人的嘴唇在微微启动着，像是一尾即将死在网里的鱼。可是她始终没有听懂女人的话。后来女人朝她颤颤地伸出手来，她也朝女人伸出手去。当她几乎能感觉到女人指尖的冰凉时，女人突然带着一声轰隆的巨响坠入了深渊。

原来是风声。

王晓楠捂着胸脯坐起来，一身冷汗，心跳得一个屋子都听得见。她把那个梦从头到尾地回忆了几遍，那个巨大的环绕着悬崖绝壁的水泽突然使她想起来章亚龙桌子上的那张照片——那张有女人也有孩子的照片。那张照片的背景其实也是水，很遥远很模糊的，淡化成一片青灰色烟雾的水。

突然间她明白了那汪水是尼亚加拉瀑布。

突然间她也明白了章亚龙的妻子不在中国。章亚龙的妻子就在多伦多。

五

那年夏天大考完毕，暑假即将开始，班上有几个同学建议去苏州无锡旅游。王晓楠是厦门人，还没有机会见识过苏杭一带的景致，就跟着报了名。其实开始时王晓楠是有些犹豫的——王晓楠的父母是双职工，有两份收入，所以王晓楠是申请不到助学金的。她下边还有一个弟弟也在上大学，两人的费用都是家里来负担，她手头就没有几个宽裕的钱。促使王晓楠决定花钱去旅游的，其实还不仅仅是苏杭的景致。王晓楠是在听同宿舍的女生说起张敏也要去之后，才下了决心的。

到苏州那晚，正是最炎热的时节。天像一口严丝合缝的大瓦缸，倒着个儿扣在地上，透不进一丝凉风，满街的树木都无精打采地耷拉着枝干。班长点着人数安排众人住招待所，指了指张敏问："你去不去你女朋友学校住？"见张敏不吱声，就把他的名字画了出去。一行二十来个人分了三个大统铺房间住下，一间女房靠里边，两间男房靠外边。天时还早，众人都没有睡意，有的跑去娱乐室看电视连续剧《姿三四郎》，有的就扎在一堆闹哄哄地玩扑克牌。王晓楠见张敏走了，早没了兴致，就推说头疼，一个人无心无绪地回屋躺下了。

躺下了，却睡不着，听着窗外的知了扯着嗓子撕心裂肺地叫，汗就渐渐把身上的背心湿透了。只好起来，用湿毛巾一遍又一遍地擦拭着身子。好不容易略微有了些睡意，却听见一阵窸窸窣窣的开锁声，黑暗里闪进来一个人高马大的影子，也不开灯，径直就朝她的铺位走来。王晓楠惊得汗毛耸立，咚的一声跳下床来，飞也似的冲出屋去。其实那人是招待所新来的服务员，不懂规矩，怕吵了顾客睡觉，所以没敲门就进屋了。知道闹了误会，连忙追出来说："是我，别怕。"哪还来得及——人早跑到街上去了。

王晓楠昏头昏脑地跑到街上，迎面就撞到了一个人身上。那人没防备，险些被撞了一个趔趄。待两人都站定了，才看清原来是张敏。王晓楠惊魂未定，身子一软就歪到了张敏怀

321

里。张敏见王晓楠穿着短背心花便裤，光着脚，披头散发地站在街上，也吃了一大惊，慌忙扶着她在街沿上坐下。王晓楠就把刚才的事说了一遍给张敏听，一路说，尚一路喘息。张敏听了，就笑："这么多人呢，他哪儿敢？八成是服务员来换水瓶的。"王晓楠这才想起，那人手上似乎提了东西，大概真是热水瓶，便也觉得好笑起来。

心略略定了些下来，就问张敏怎么又回来了呢？张敏"嗯"了一声，算是回答。这时王晓楠感觉到左脚心隐隐生疼。摊开来一看，原来被石子扎破了，蚯蚓似的爬着一线血。王晓楠见了血，就是一声惊叫。张敏把她的脚举到自己的膝盖上，从兜里掏出一条手巾来包缠伤口。一边包，一边笑："丁点大的事，也值得叫。你们这代人呀。"王晓楠不服气，说："谁说我没吃过苦？你来看看我们球队训练的时候。"张敏只是摇头。王晓楠就问："秦海鸥我这么大的时候，比我有出息吧？"张敏不说话。王晓楠又问了一遍，张敏给缠不过，才说："秦海鸥你这么大的时候，用一根擀面杖打死过一条狼。"王晓楠叹了一口气，说："生在好时候也不是我的错。你总不能叫我把你们这代人的苦都吃过一遍，才肯拿我当真吧。"张敏听了，心里动了一动，转过脸来看王晓楠坐在路灯底下，手臂肩膀全然裸露在外，一身的肌肤如同上了釉的新瓷，光光的没有一丝折皱瑕疵。一副清清凉凉的样子，反

322

看得他很是燥热起来。就站起来要帮她取鞋子。王晓楠不肯，要张敏陪着坐一会儿。张敏说你这副样子，王晓楠这才觉察到自己穿得很是单薄，就说那你把衬衫给我。张敏无奈，只好把身上的衬衫脱下来，给她披上——幸亏里头还穿了一件背心。

两人就坐着看天。

天极是清朗，星星如豆，一望无际。一轮滚圆的月亮，照得地上仿佛被水清洗过了一遭。天色晚了，终于起了些细风。知了也歇了。遍地寂静中，只听见满树的叶子窸窸窣窣地抖着。两人久久无话。王晓楠用手指头梳编着头发，梳拢了又拆开，拆开了又梳拢。王晓楠的头发很长，有时梳两条长长的辫子，有时在脑后扎一根马尾巴。不梳辫子也不扎尾巴的时候，那一堆散云就把她半个身子都盖住了。后来她拨开散云把头靠在了张敏肩上。张敏没动。

过了很久她才听见他幽幽地叹了一口气。

"晓楠我是不能离开秦海鸥的。"

"如果我不让你离开秦海鸥呢？"

王晓楠伏在张敏肩头，低声问道。

张敏没有回答。

| 六 |

毕业分配方案下达时，张敏的去向是早已预计到了的。老家南京的一所高校，三个月前就发了公函到系里点名要张敏，而那时秦海鸥已经考取了南京药学院的研究生。无论于公于私，张敏都是应该回南京的。然而王晓楠的去向却一直在变动之中。开始时班里沸沸扬扬地传说她在四方活动准备回老家厦门的一所高校教书，后来又有人说她在努力争取去浙江的一家出版社，最后她却定局在北京一家不大不小的报社当了文字编辑。其实关于她去向的种种传言都只是人们生动活泼的猜测。当管分配的辅导员征求王晓楠的意见时，她只稍稍沉吟了片刻就说要去北方。在这件事上王晓楠并没有像往常那样地向张敏讨教，所以公布名单的时候张敏难免吃了一大惊。当然张敏没过多久就明白过来了——北京是三个城市中离南京最远的。

在尘埃落定，众人的未来都有了着落时，王晓楠突然得了一场大病。严格地说，王晓楠的病并不完全是突发的。王晓楠一直有胃病的历史，只是在那段时间里她的胃病达到了登峰造极的地步。那时她的同学们都已经到单位报到或趁报到之前的短暂片刻回家探亲去了，她却因为要在学校的挂钩医院里接受检查而独自留了下来。她一个人躺在没有人声的宿舍里，在胃痛的间隙里尝试着睡一小会儿觉，或者在胃药制造的片刻安宁中小心而又频繁地进食，而这种时刻学校的食堂通常是关门的。

张敏决定留下来陪王晓楠看病。

张敏从他的同乡那里借来了一个煤油炉子，用剩余的粮票到附近的农贸市场和农民换来半篮鸡蛋，并把自己的自行车卖了，去小菜场买来薏米，肉松，活鱼和排骨，每天为王晓楠做着小灶。于是宿舍狭窄的楼道里，便常常充溢着一股葱花和热油交混着的香气。

有一天，在饱饱地喝过一碗鲜鱼汤之后，王晓楠有了些睡意，就靠在床头懒怠地闭上了眼睛。午后的阳光把她的脸色涂抹得娇嫩异常，该红的地方很红，该白的地方很白。汗湿的刘海在她的额上形成一个个大大小小的圆圈。他用手指头长时间地挑弄着她的额发，她醒来时发现他的脸色有些疲惫灰暗。

"你该走了。"

她缓缓地对他说——他的宿舍在她的楼上，每天他都会被叫上去听南京来的长途电话。

"晓楠。"

他叫了她一声，嗓音有些嘶哑。

"我和她还有很长的日子，和你却没有了。"

后来他决定送她去北京报到。

到了北京，王晓楠的单位分给她一间宿舍，是和一个单身女记者共住的。屋很小，摆了两张单人床，一张旧桌子和两张木椅，就连走路也得侧着身子了。桌子只有一个大抽屉两个小抽屉，早让那个记者占满了，见王晓楠来，只好百般不情愿地腾出一小块空地来。王晓楠平时爱买书，带着一箱子的书到了北京，却哪有个地方放置？只得堆在床头，高高的就堆了半堵墙。屋里连盏台灯也没有。若一个人占着桌子写字，另一个就得蜷腿坐在床头看书，暗蒙蒙的十分伤眼力。张敏原以为京都大地方，事业生活自然另有一番风景，谁知竟也是这般小气拙陋，就十分放心不下。反倒是王晓楠时时地说着些宽慰的话。

王晓楠的单位虽小，却还算热情，给了她一周的安家假期。正巧张敏前几天刚收到了一笔稿费，就带着王晓楠上街买了一盏台灯，一些锅碗瓢盆和一条新床单。后来他们路过西单商场，看见服装柜台跟前围了好些人，就挤了进去看热闹。柜台里摆着几件刚刚上市的太空服。蓬蓬松松的，上边匝了些横横竖竖的道道，分大红天蓝两种颜色，很是鲜艳。那年羽绒服是一桩刚刚兴起的时髦，从前众人只是在电影里见过宇航员穿这样的衣服，便都好奇，却还是嫌贵，终是看的人多，买的人少。王晓楠看了看标价，是三十九到四十三块钱不等，就拉着张敏转身走了。两人走出几步，张敏突然又折了回去，回来时手里就多了一个大包。王晓楠嚷了半句："你疯了，回去不，不办事了……"就停顿在了那里。虽然王晓楠异常小心地绕过了那个关键的词，她却知道张敏这趟回南京，最早国庆节，最晚元旦，是要结婚的。张敏不回答，却催着王晓楠把太空服套上试试。张敏选的是天蓝色中长的那一款，王晓楠穿上了，拉上拉链，正好在膝盖上，那遮住的和露出来的部分都让人产生无限遐想。找不着镜子，就问张敏怎么样？张敏看得呆呆的，半晌说不出话来。王晓楠闷出了一头一脸的汗，就把衣服脱了。张敏接过来拿在手里，就势将王晓楠紧紧地搂住了。两人站在当街的秋阳里，听着秋风细语呢喃地梳理着秋叶子，突然就有了些地老天荒的凄惶。

　　第二天张敏去火车站买回南京的车票。买好了票他就到旁边的邮局挂了一个长途电话。那头秦海鸥接起来，轻轻一笑，问："是浪子吗？"张敏没笑，却说了火车的班次和抵站时间。秦海鸥问还有别的事吗，张敏呵呵地干咳了两声，才说："海鸥这趟我真的回家了。"秦海鸥那头半天没有说话，张敏知道她在哭。事过多年秦海鸥回想起来，仍旧觉得张敏的这句话是一语成谶。

　　后来王晓楠送张敏去火车站。王晓楠在张敏的车厢里待了很久，一直待到高音喇叭前后报了三次"送客的同志请下车"，王晓楠才站起来。王晓楠虽然站了起来，却没有离开。这时张敏把手搭在了王晓楠的肩上。张敏的手放得不轻也不重，使王晓楠一时无法判断他是在拉她还是在推她。在片刻的犹豫中，火车喘了一口长长的粗气，缓缓地行走起来。王晓楠重新坐了起来，说："我到天津再下车吧——会儿去补张票。"

可是王晓楠并没有在天津下车。王晓楠后来是在济南站下车的。王晓楠下车的时候走得很急，两腿像灌了风似的，停也停不住。一直到那辆依旧载着张敏的火车蛇一样地蜿蜒进一天一地的暮色里，最后只剩了一个黑豆大小的圆点时，她才发觉她的身子其实一点也不肯与她的腿配合。她的身子如同一摊抽去了筋骨的散肉，腿突然间就载不动那样的重量了，便咚的一声坐在了马路牙子上。她在马路牙子上坐了很久，看着街灯一盏一盏地亮了起来，行人在橘黄色的街灯下蛾子般笨重地移走着。没有一盏灯是她见过的，也没有一个人是她认识的。她想哭，可是她却没有哭。因为她知道没有人会听她哭。

她于次日下午回到了北京，意想不到地发现她的办公桌上有两封加急电报——都是从徐州发过来的。第一封是张敏的。张敏的电报从抒情的角度来说很是简短，只有两句话。

然而从电报惯常的叙事用途来说，却啰唆得几乎接近奢侈了：

> 我一直在你和世界中间做选择，现在才知道它们是一回事。等我回北京。

第二封电报是徐州市公安局发来的，说一个身份不明的男人在徐州火车站旁边被一辆货车撞死，口袋里有一封电报草稿，收件人是王晓楠。请速来徐州认尸。

张敏最后葬在了南京郊区的一个僻静县城。葬礼上秦海鸥远远地躲避着试图安慰她的人群，却从头至尾一直紧紧地握着王晓楠的手。秦海鸥喃喃地问了很多次："他为什么要在徐州下车呢？"王晓楠没有回答。王晓楠没有告诉秦海鸥张敏从徐州给她发过电报，秦海鸥也没有告诉王晓楠张敏在北京给她打过电话。她们都怀了一个被死亡骤然切去了尾巴，却依旧能产生无限美丽遐想的巨大秘密，各自以为最终得到了她们一生中最重要的那个男人。这样的想法使她们开始彼此深切地怜悯着对方——毕竟失去了对方，她们对张敏的记忆就是残缺不全的了。

秦海鸥与王晓楠的友情断断续续地保持了很多年。秦海鸥硕士毕业后直接报考了博士生，后来就留校任教做研究。没有出国，一直单身。到三十九岁时才嫁给了她的导师，一位在"文革"中丧偶的知名教授。她很少对王晓楠说起过她的婚姻。然而她和她丈夫的名字，却常常并排出现在一些很有分量的学术杂志上。当然还是他在先，她在后。

| 七 |

许韶峰回国之前，两人将买完房子后剩下的几十万加元，都存进了互惠基金账号。本金不动，利息用来做王晓楠在多伦多每月的花销。王晓楠写信给国内的旧友，说起这边移民生活的百般无聊，落款时就会写上"惜婆"两个字，谐的是"息婆"的音。

年底的时候，王晓楠收到了投资公司寄来的一封信，报告这几个月来的投资收入情况。粗粗地看了一眼，就觉得钱数不对。在国内钱上的事从来不需要王晓楠上心，到了这里没个商量的人，只好自己学着管钱。就翻箱倒柜地找着了开账户时签的文件，对了对数目果真少了约有十来万加元。立时就打电话给投资公司，问这几个月互惠基金怎么亏成这个样子了？那头的小姐听了她的口气，就笑："算你运气好，虽然没赚，却也没大吃亏——你看看近来这股市是什么行情？你先生没告诉你？他一个月以前从账号上取走了十万加币。

你们开的是联合户头，谁单独签字都生效。"

王晓楠挂了这头的电话，又急火火地拨了个北京的电话。接通了，就甚是凶狠地嚷了起来："好你个许韶峰，还有什么要瞒着我的，你就一并都说出来……"那头听了，沉沉地叹了一口气："什么事，就不能慢一点说？多少年了，总是这个脾气。"王晓楠这才听出来是婆婆的声音，就多少有些羞愧，又不便对婆婆细说原委，只好收敛了些火气，问许韶峰哪儿去了。说出差去了。哪儿出差？广州深圳一带。什么时候回来呢？没准。在外边讨债呢，年底要讨不回来，过了年就更没指望了——这年头，欠债的大过讨债的。豆芽呢？进住宿学校了，周末才回来。王晓楠听了又是一愣——不是说好了要到这边来上住宿学校吗？婆婆就有些不耐烦起来——你不在，谁管孩子的功课？他是孩子的爸，还能不为孩子好吗？什么时候去加拿大不是还没定嘛。王晓楠无话，只好挂了。

许韶峰办好移民手续带王晓楠来加拿大登陆时，头一个星期里不去看高楼大厦，也不去看名山好水，却一直呆呆地坐在公寓门口看天。看着看着，就翻来覆去地问王晓楠："这天，这天怎么就能蓝成这个样子呢？蓝得让人他妈的想哭。"——好像老婆必须为天的颜色负责似的。到了第二个星期，天依旧还是蓝的，他却不再提想哭的话了。到了第三个星期，他就渐渐忘了天本来可以不这么蓝的——那时他已经待得有些无聊了。许韶峰是在买了房子后的第五天回北京的。飞机场上和王晓楠说好了，这趟回去，最多待两个月，把人家欠他的他欠人家的债都清一清，再把公司的事彻底交到合伙人手里，就起身回来，顺便把儿子豆芽带来送进私立住宿学校念书。可是转眼五六个月过去了，许韶峰电话里却渐渐不提回来的事了。王晓楠追得急了，那头就长一声短一声地叹气，说公司的麻烦事多了，一时半刻哪脱得了身。问什么事，又死活不肯细说。王晓楠忍不住和他诉些苦，说这边家里的水管漏了，修了几回也没修好。考汽车驾驶执照，考了三回也没考过，眼看冬天就要来了，不开车怎么出门呢？许韶峰开始还讲几句宽心的话，后来就听得哈欠连篇起来，说叫出租车就是了，你又不是没有钱。再不，叫个人住进来，帮你干些杂活。你这还叫苦，有多少人想吃你这种苦都吃不上呢。王晓楠听了，心里一凉，从此不再拿这头的事烦他。

　　王晓楠放下婆婆的电话，又马上拨了许韶峰的手机。许韶峰的手机是全球通，一拨就通了，是个女声，细声细气地问："是你吗？什么时候回来？"王晓楠没好气地回了一句："正是我。你说我该什么时候回来呢？"那头一听来头不善，顿时就换了种语气，正正经经地说："我是许总的秘书。许总正在开会，让我替他听手机。"王晓楠冷冷一笑，说："那正好，请告诉你们许总，他老婆在加拿大让人绑架了，他若是要人，就火速拿出十万加币来。他若不要人了，也得回来收尸。"说完也不等回话，就嘭的一声挂了。

就坐在地毯上发了很久的呆。想给厦门的娘家打电话，刚接通了，听见是母亲的声音，又赶紧挂了。母亲去年得了乳腺癌，动手术做化疗放疗加上单人病房高级营养品，一共花了十多万元——都是许韶峰付的钱。母亲从此不再说许韶峰一声不好。王晓楠又从手提包里拿出一本通讯录来，十几页纸统共好几十个名字，从头翻到尾，竟找不到一个可以说话的。后来还是忍不住给章亚龙拨了个电话——章亚龙衣厂的电话号码还是当初他留在租房申请表上的。衣厂正是午休的时候，电话里闹哄哄很是嘈杂。她等了约有十来分钟，章亚龙才来到电话机旁边。听见是她的声音，就愣了一愣。她清了清嗓子，说了半句："那天的事……"就说不下去了。他也不接她的话，由着她尴尬了一小会儿，才扑哧一笑，说："我接受你的道歉。"王晓楠"咦"了一声，说谁给你道歉来着？家里炖了西洋参鸡汤，你吃不吃？他说吃，她就挂了。

王晓楠打了这一大通电话，只觉得周身燥热无比，在屋里再也待不下去了，就抓了一件大衣走出门来。出了门，却又不知道往哪里去，只好顺着平常坐车去英文补习班的路线，无精打采地走了三两站地，两腿就渐渐沉了起来。正想坐车回家来，突然看见街边停了一辆漆得甚是花里胡哨的大汽车，车门大敞着，门外排着一队人。王晓楠走近了，才发现那人群中有两个是她班里的同学。就问去哪里，说是去尼亚加拉赌场，五块钱一张票，包晚饭。还有空位置，你去不去？王晓楠就糊里糊涂地跟着上了车。

车慢吞吞地开了约有一两个时辰，就到了一个开阔去处。耳里隐隐的仿佛听见些轰鸣，车窗上也渐渐地蒙上了些雾气。王晓楠知道这是到尼亚加拉瀑布了。谁知车路过了瀑布，并不停下，却一路直直地开进了一幢大圆楼。王晓楠问了同学，才知道这车的司机和赌场有协议，旅客要先进赌场，赌够了才能放出来观光——世界上哪有免费的晚餐？王晓楠无奈，只好随着众人进了楼。

进了楼，才发现这楼里的景致反比楼外的明亮。一个硕大无比的圆形屋顶，通通拿来做成了一顶人造天穹。那天也不仅仅是一块蓝天，还飞着些丝丝缕缕的白云。白云是纹丝不动的，动的是天穹。这天穹一转动，云仿佛就动了，天也就很是逼真了起来。又见四围的墙壁上，不是西洋壁画，就是罗马雕塑，一片金碧辉煌。那没有壁画也没有雕塑的空间里，就做了各式各样的店面，卖的是进口烟草，欧洲皮货，非洲艺术品。地上一律铺着酒红色的地毯，几十个年轻女招待，手托着饮料盘四下走动，给客人送茶饮。一式一样的瘦高挑身材，一式一样的超短裙，一式一样的殷勤微笑，甜媚却不低贱，亲近又不狎呢。王晓楠只觉得这个地方像是大闹市里的一个艺术馆，像是为富贵人家设计的一家专卖商场，又像是旅游胜地里的一座五星级宾馆。什么都像，却唯独不像是赌场。

同学就拉她去玩老虎机。她的皮包里正好装了两百多块钱的现金——原来是想去买吸尘器的。就数出五十块钱来去柜台换了满满一筒的筹码，刚刚投进去四五个，就听见她的机子鬼似的尖叫了起来，吓得她心慌慌地直跳。旁边的同学拍手欢呼起来：好运气——老虎口里就叮叮当当地掉下好些筹码来。她接了一筒，没接完。又淅淅沥沥地接了大半筒，才接完。就拿了那个半筒的去给同学玩，自己抱了赢的那一筒，加上原先的那一筒，兴兴头头地接着玩了起来。谁知后来老虎机就很是安静了起来，再也不肯出声了。同学说你把一天的数额都赢走了，还指望它给你出钱呢。赶紧换一部机子吧。她果真就换了几部机子，却依旧不出钱。没过半个小时，就把两筒筹码输光了。又去服务台换了一百块钱的筹码。输几下，赢几下的，拖拖拉拉地玩了一阵子，终究还是都输完了。看了看手表，离吃晚饭的时间还早。实在无聊，又去柜台把口袋里的钱都兑了，换了个一块钱一次的老虎机玩。这次倒是痛快，全是进的，竟然没有一个出的。不到一刻钟，筒就露了底。口袋里再也没有票子可换了，只好下决心歇了，不再恋战。

正好这时晚饭也送过来了，是盒装的意大利比萨饼外加一小杯可乐。比萨饼上浇了满满一层奶酪，王晓楠向来不爱吃奶制品，勉强咬了几口，就吃不下去了。便沿着走廊逛来逛去看人家赌大筹码的。看了一会儿玩二十一点的，见都是输的，一个没赢，就扫了兴。后来走到了一个五颜六色的大转盘跟前，看见一个精瘦的墨西哥人，半蹲半坐在椅子上，正往台子上放筹码。那人将筹码放得挤挤的，在二十到三十号中间的数字上都堆上了小小的一叠，连边边角角都堆满了。发牌小姐手腕轻轻一转，转盘悠悠地转了一小圈，在一个号码上停了下来。还没容王晓楠看清楚，小姐早将一桌的筹码掸灰尘似的掸得一个不留，单单给那个墨西哥人扔了一大摞子筹码。到第二轮时，墨西哥人并不着急，等着小姐把手扶到了转盘上，才开始放筹码，也是放得拥拥挤挤的。这回小姐用力凶狠了一些，转盘转了几圈才停了下来。众人只盯着墨西哥人看，只见那人又搂进了一沓筹码，竟比上回的还多。小姐的脸色就遮掩不住地有些难看起来。这时里头走出一个领班模样的人来，把小姐领进去了。过了一小会儿，小姐又出来上了台子——却不是同一个小姐了。

王晓楠看得稀里糊涂，同学就解释给她听，那个墨西哥人可不是寻常的赌徒，是属于赌精这一类的。这些人从不轻易下注，必是在某张台子边上转来转去观察了很久的，早就摸清了小姐转盘时的手势和下力的轻重缓急，推算出转盘大概会在哪个区域内停下，就把赌注下在那个范围的数字上。这样的赌客，赌场极是忌讳，却又找不出由头来拒绝，只好靠频繁地换小姐来扰乱他的推理。王晓楠听了，大长见识，就说那我就跟他投注，他投什么我也投什么。同学见她早先也输过几百块钱了，都劝她。她正在兴头上，哪里听得进劝？径直去取款机里取了五百块钱，通通换了筹码，回来一看，不仅是墨西哥人不见了，连同学也走散了。只好自己找了张台子，自作主张地下起注来。结果又同早上一样，开门第一炮就红，红了一炮却再也不见颜色了。便越发着急起来，赌注越下越大。那五百块钱不禁输，五把十把就全军覆没了。本想再去取钱，突然想起银行卡上的每日取款限额已到，只好怏怏地站了起来，一个人离开了赌场。路过大厅，在玻璃镜子里看到了自己的模样，两个眼睛红红的如灯泡，头发根根直立，这才明白了赌徒为何十有八九面目可憎。

走到门外，早已是暮色苍茫。天上正下雪霰子。雪霰子落到地上，沙沙的像小时候家里过年炒糖栗子的声音。路边停了两辆城市电视台的车子，有三两个工作人员正扛着黑黝黝的摄像机在拍晚间新闻——昨天移民局刚刚在赌场抓住了一个通缉已久的杀人犯。一个三十来岁的女记者，穿了一套极是精神的玫瑰红西装，胸口别了一个小麦克风，身子在风里冻得抖抖的，在伶牙俐齿地报新闻。王晓楠不禁微微一笑。时光倒移，她仿佛看见了当年的自己。在北京的那些年月，想起来真是恍如隔世。

遭冷风一吹，王晓楠才清醒了些，明白自己这半天的工夫里已经扔掉了七八百加币。这七八百加币若换成人民币，也是三四千块钱，那是从前自己做记者时好几个月的工资。章亚龙在衣厂里要打多少个包，才能拿到这个钱数？就有些心疼起来，不由得后悔了自己的孟浪。懊悔归懊悔，终不肯服气——自己输的这个钱数，还不够许韶峰一个晚上在歌厅酒吧里的消费。说是招待客户，谁知道是一群什么样猪头狗脸的人呢？由此想开，又想到那个接手机的青葱翠玉般的女声，心里越发翻江倒海似的难受起来。方才吃的那几口意大利馅饼，渐渐地堵了上来，忍不住蹲在冷风里嗷嗷地吐了起来。

吐完了，站起来，看见身边有个电话亭子，就钻进去，塞了一张信用卡，拨了家里的电话号码。原来只想查一查家里的电话留言，没想到却有人在家。她顿了一顿，才说："你，你来接我一下吧。"

| 八 |

王晓楠大学毕业分到北京，在报社工作了一年多，就通过公开招聘考到京城一家新成立的电视台当了采编记者。那几年里，像王晓楠那样重点大学毕业又有本事也有点相貌的单身女子，是很难被社会遗忘的，尤其是在京城那类充满了伯乐也充满了千里马的地方。她们一如钉子，即使被重重叠叠地包裹深藏着，最终还会在几经颠簸之后从包裹中破孔而出的。尽管后来在人事关系调离一事上王晓楠遭遇了可以用"万水千山"来形容的艰难历程，她毕竟很早就离开了枯燥乏味的文字编辑工作。在单调刻板的办公室生涯还没有在她脸上画下永久性的记号时，她就非常及时地翻开了她人生中截然不同的一页。

王晓楠到电视台之后选做的第一个专题片，就是关于部队年轻军官的。确切地说，是指那批高等院校毕业的大学生军官。王晓楠的任务就是把这些人从平淡无奇又广阔无边的军营背景里剥离出来，把他们的故事添上绿色之外的其他颜色呈现给观众。王晓楠的节目出现在一个军队已经失却了惯常的神秘色彩，其功能已逐渐退化到不再被社会瞩目的太平盛世里。在当时人人致富的社会主旋律里，王晓楠的主人公和他们的故事似乎在唱着一支小小的反调。然而在缺少反调的日子里，微弱的反调引起的注意有时却可以胜过强大的正调。正是由于这个原因，王晓楠在电视台的首次亮相就取得了意想不到的巨大成功。这个成功为不久之后她成为京城知名的栏目主持人铺下了第一块坚实的基石——那是后话不提。

许韶峰是王晓楠制作的军队故事中的一个人物。许韶峰是同龄军官中资历最老的，十六岁入伍，后来被保送进入一所部队系统的医学院，到那时已经有将近十五年的军龄。许韶峰大学毕业后，并没有像他的同学那样进入部队医院当医生，而是被分配去协调管理部队医院的设备更新换代和技术人员培训。在那个异常强调专业对口物尽其用的时代背景里，许韶峰其实不是那种常规成功故事的原材料。可是王晓楠在一片反对声中坚持要选用他的故事，用较为通俗的话来说，王晓楠对许韶峰有知遇之恩。那时许韶峰的同班同学中已经有人当上了住院总医生，而许韶峰却连一个盲肠小手术都没有动过。可是许韶峰却是他们中间第一个被提拔为正营级干部的。正营级在今天的标准里如同小数点之后的第三四位数，小得几乎可以忽略不计。然而在当时却是许韶峰的同伴们近乎奢侈的梦想。

当王晓楠和她的摄制组跨进许韶峰那个显然经过精心布置的办公室时，摄影师马上把镜头对准了墙上那一排框裱得整整齐齐的奖状和奖章。王晓楠请许韶峰解释这些奖状和奖章的由来，许韶峰嗨嗨地笑了一笑，说："你要听哪个版本的？是开着麦克风的，还是关了麦克风的？"王晓楠就是在那个时刻注意到了许韶峰的不同之处。许韶峰和他的同伴们一样，都想急切地通过媒体成名，但是许韶峰不像他们那样小心翼翼地掩掩着他的企图。在一片巨大虚浮的喧嚣声中，这一点小小的诚实，却突然使王晓楠产生了一些感动。

王晓楠还注意到了许韶峰的高大英俊——王晓楠生命中出现过的男人仿佛都是这个样子的。矮小懦弱的男人走不进她的视野。那天是个极热的夏日，许韶峰没有穿军装。许韶峰穿的是一件极为普通的白布衬衫，但是他臂膀和胸脯上的肌肉使得那件再普通不过的衬衫突然间有了深刻的内容。他们之间的谈话很是顺畅，如同一股在平坦的山道上行走的溪水，几乎完全没有障碍地自由流淌，即使是在镁光灯和麦克风的注视之下。当然那天的谈话并不都是通过语言进行的，其实眼睛也有很多的参与。当她问起他的家庭情况时，他突然有了小小的一个停顿。随后他说了一句"不随军"，就不再往下说了。这是那天全部的对话中出现的唯一一个阻隔。分手时他表现出一些心不在焉，甚至没有回应她的道别。后来她才明白，其实在那时他就坚定不移地相信他们还会见面的。

后来王晓楠就全心投入了这组节目的后期制作。再后来她又全心投入了节目带来的成功情绪之中。再后来她就接受了一组新的节目。日子由这些后来和再后来循环往复地充填着，许韶峰带给她的短暂感动就渐渐失落在忙碌之中了。生活的隧道太长也太灰暗，那些短暂的火花是很难长久地照亮一个人的行程的。三个月后当楼下传达室打电话上来告诉她有一个叫许韶峰的人要见她的时候，她已经想不起来他是谁了。

她当时正在和总编谈一个新节目的创意，谈得兴起她竟然忘了他在楼下等她。当她最终想起来时，他已经在传达室里坐了将近半个小时了。穿军装的他和穿衬衫的他很有些不同，军装使他显得成熟而又威严。她看了他好几眼才把他认了出来，她脸上惊疑交加的表情使她在那一刻里突然有了几分未经世事的清纯和单一。他觉得自己多年堆积的世故顷刻之间像一片雪花融化在她的目光里。当然他没有这样告诉她，至少在当时没有。他站起身来，而且站得很是挺直。他双腿紧闭，双肩高耸，扬起右手，突然对她行了一个威严而标准的军礼。然后他从口袋里掏出一封信交到她手里，就一语不发地离开了传达室。在众人好奇的目光中，她追着他跑出办公大楼。她自然是追不上他的。她看见他的步子从容又坚定，后来他就化成了熙攘的街景里一个小点子。可是他一直没有回头。这是他设计已久的一个亮相动作。他知道只有采用某种别具一格的戏剧性方式，他才有可能进入她的视野。

　　她打开了他的信。信有两页纸。第一页纸上是一首诗。诗很短，没有署名：

　　　　默默的等待中，
　　　　指间溜过了多少
　　　　无风的夜晚。
　　　　天上星星，个个都很亮。
　　　　为了那一个，
　　　　却迷失了回家的方向。

　　　　路过你的窗前，
　　　　想问
　　　　你的灯火是否为我而亮？
　　　　可是我不敢。
　　　　夜是沉沉的网，
　　　　隔开了你
　　　　在窗的那端。
　　　　我
　　　　在窗的这端。

这是许韶峰对王晓楠第一次也是唯一一次的与求爱模式最接近的感情表白。后来王晓楠多次问过许韶峰这首诗是写的还是抄的，许韶峰从来没有正面回答过她的问题。他总是笑笑，不置可否地反问她："你觉得呢？"

与第一页纸里的浪漫情怀相比，第二页的正文显得有些不合时宜的严峻。

我是在一年以前经战友介绍认识了现在的这个"妻子"的。

许韶峰在写到"妻子"这个词时使用了一个引号。

她家在天津，我在北京。我们是通过书信联络交往的。四个月前我们登记"结婚"了。

在写到"结婚"这个词时，许韶峰又一次使用了一个引号。

然而我们仅仅只是法律意义上的夫妻，我们始终没有住到一起。因为在筹备婚礼的前夕，我无意中了解到她有相当严重的作风问题，在当地名声很坏。

看到这里王晓楠忍不住抿嘴笑了一笑。那是八十年代中期了，"生活作风"这一类的词语虽然有时还在一些场合出现，在更多的场合里却已经被另外一些听上去不那么严肃的词语所替代了。

　　但是促使我决定离开她的不是上面的原因，而是我发觉她并不爱我。作为我妻子的那个女人，可以有千疮百孔的缺陷，却至少应该是爱我的。

　　于是我单方面提出离婚。然而她坚持不肯，并层层告到部队上级。部队正在协助地方调查事情真相。相信手续只是一个时间问题。

读完信王晓楠才认识到许韶峰在一些想法上与时尚很是脱节，在另一些想法上又异乎寻常地前卫。好在那脱节的地方正好在皮毛上，那前卫的地方倒是在骨子里。因了骨子里的那点前卫，皮毛上的那些脱节就不显得那么迂腐，反倒有了点意外的幽默。其实王晓楠是从心底里有那么点喜欢许韶峰的。

可是她还是把他的信锁到了抽屉里，不再予以理会。

因为她与张敏那一段长达三年的枝外有节节外生枝的复杂恋情，早已让她跋涉得精疲力竭。在她人生的那个生活阶段，她向往着一种简单直了黑白分明的感情，她再也无法忍受两个人的空间被三个人使用的那种拥挤了，哪怕那第三个人只是一个影子。

当然这只是她没有理会许韶峰的原因之一。其他的一些原因还包括她的生活方式。那时她已经在京城混了两年多，在文人的小世界里有了属于她自己的圈子。她的周围不乏对她献着殷勤的人，其中甚至还有一两个让她看得上眼的。

二十五岁的王晓楠那时以为日子是没有尽头的，男人如同长长的旅途中的驿站，错过了一个，自然还会有下一个，他们之间一定是相隔不远的。

| 九 |

王晓楠与许韶峰再次相见，是六年之后的事了。

那时王晓楠在电视台里已经不再是个跑腿打杂的小字号了。台里新分配进来的大学生，见了她都毕恭毕敬地叫她一声"王老师"，而和她差不多年纪的同事，在领导不在的场合里开始戏谑地称她为"王头"。"王头"在台里采编并主持一个叫《角角落落》的节目。节目很短，隔周一次，每次只有半个小时。拍的都是些灰色调的与大悲大喜无缘的小人物，柴米油盐贫贱夫妻的小故事，没想到收视率还挺高。

有一天临下班，社会新闻部的两个小记者拿了几张餐券来找她，说是京城闹市区的一家自助餐厅开业，请他们去捧场。王晓楠看了看餐券上的名字，说这地方我知道，不是一般的贵。一张餐券值一二百块钱呢，哪是白请的？吃了是要给人做宣传的。那两人就没心没肺地笑——所以才叫上你嘛。吃了再说，实在逼得紧了，就说你们《角角落落》只拍穷人，哪天变穷了再来找我们，一定给帮着宣传。王晓楠心想自己回宿舍一人待着也是无聊，不如跟他们去胡乱凑个热闹，就骂了声："不怕挨刀呐你们。"果真跟着吃请去了。

到了餐馆，自然宾客如云，光花篮，就堆了一整个前厅。来的人个个油头粉脸，西装革履的，偶尔有几个相互认得的，就挤过人群大声寒暄握手。大多数和王晓楠一样是来打秋风的，只看盘子不看人。王晓楠嫌闹，又怕餐厅老板认出她是电视台来的，就挑了些蔬菜水果，一个人找了个僻静角落躲起来慢慢地享用。

正吃着，就听见身后有人扑哧一笑，说："还真想大隐于世呢。"王晓楠回头一看，竟是许韶峰。六年没见，发福了好些，大样子上却还依旧。王晓楠一眼就认了出来，两人都有些意外的惊喜。彼此伸出手来握着，就半天没有分开。

许韶峰没穿军装。身上那套银灰色的西装和腕上那块白

347

金表，都不像是市面上的寻常货。许韶峰那天看起来很像回事，只是丝毫没有军人的痕迹。王晓楠就问："什么时候复员的？"许韶峰听了便笑："说你不懂吧，兵才复员，官叫转业。"王晓楠也跟着笑："那好，官是什么时候转业的？转业都干了些什么？"许韶峰就不笑了，认认真真地说："啥也不干，就等着星期三看《角角落落》。"王晓楠心里热了一热，暗想这个许韶峰几年不见，果真有些长进，竟很知道怎么说好话了。

两人东一句西一句地说了一会儿别后的事，许韶峰就把手里的盘子放了，拉着王晓楠往外走去："什么东西，要味道没味道，要颜色没颜色，倒大街上猪也不碰的，还敢标这个价。不如我们找个清静地儿煮方便面吃。"也不容王晓楠回话，两人就到了街上。许韶峰朝街对过招了招手，王晓楠以为他要打的。就有一辆黑色的奥迪车缓缓地停了过来，里边走出一个穿得很是齐整的小年轻，朝许韶峰躬了躬腰，说："许总请。"王晓楠才知道这原来是许韶峰的坐骑。

进了车，许韶峰就同王晓楠一起坐在了后排。车子剪刀似的割进了一街的灯火里，在熙熙攘攘的人流里裁出一条窄缝来。许韶峰吩咐司机开些音乐来听。司机一开录音机，排山倒海似的滚出来崔健的《一无所有》，直震得车玻璃沙沙地抖。许韶峰拍了拍司机的肩膀："有没有唱小康的，怎么

348

天天是这一无所有的穷调调？"司机听了，也笑，果真就换了个轻柔些的流行曲来听。许韶峰侧过脸来，问王晓楠"结了吗"，王晓楠摇摇头，也问许韶峰"离了吗"，许韶峰点点头。王晓楠不知道许韶峰离的是第几次了——两人都没提上回的那封信。

后来车就在一座高楼跟前停了下来，两人坐电梯到了第十一层楼，走出电梯迎面就是一个办公室，墙上有块大金匾，上面龙飞凤舞地印着"韶远国际旅游公司"几个大字，署名是京城一个有名的书法家。许韶峰见王晓楠盯着牌子看，就嗨嗨地笑："这遍地的水货里头，也只有这个匾是真的。做生意，总想把名字起得大些——在你们文人眼里，总归是一个土字。我中学同学里有一个哥们，他老爷子在国家旅游总局管点事，能提供点信息财路，我俩就挂在旅游局下面，合伙开了这个公司。"

两人就在会客室坐下了，王晓楠看了看那会客室的装修很是富丽堂皇，不像是个小家当，就猜想许韶峰这些年大概真是发了。问总共有多少雇员，许韶峰说不算当地雇的导游，真正来上班的约有十四五个人，工资册上的就比这个数目多多了。王晓楠不解，问不上班怎么会在工资册上，许韶峰只瞅着她笑，却不说话，王晓楠突然明白了过来，就叹气："不能怪干部不好，只能怪你们的本领太高。"又问有些什么旅

349

游路线，许韶峰说："远的游香港澳门新马泰，近的游京津卫，不远不近的游苏杭三峡九寨沟。不过这些线路都是老皇历了，你有我有大家都有。我们这里的特色不是这些。"说着递过一叠宣传资料，王晓楠略略翻了翻，都是些"井冈山怀旧之旅""万水千山长征路""伟人故地吃住行""延安窑洞夏令营"，等等。许韶峰很是得意地告诉王晓楠："这才是我们的特色菜。刚推出来的时候，是想打部委机关离休老干部的市场，谁知后来来报名的都是些小年轻，忙的时候一天五条线路三十个导游都排不过来。"王晓楠听了，暗暗佩服许韶峰的脑子，就想起当年采访许韶峰时，众人只当他是为了升官唱高调，才说专业对不对口无所谓。到今日才看出来，那几年在部队管设备更新换代，倒让他早早地学了些商场的招数，却真是他的兴趣所在呢。

这时候里头就叽叽喳喳地走出一群下夜班的女孩子来，走到门口，猛然见到会客厅许韶峰正陪着一个陌生女客说话，就折了回去。回去了也不肯老实规矩地待着，都挤在过道里咕咕地笑。许韶峰喝了一声："有话到外边说，笑什么笑？"那群女孩子果真就一一走了出来，倒不怎么怕许韶峰。为首的一个忍着笑低声说："许总你说过领导有重要会议时我们不能打扰——我们也没什么学问的，怎么知道什么重要什么不重要呢？"许韶峰指着王晓楠说："这位是电视台的大记者，你说重要不重要？"那群女孩子异口同声说了声"重要"，就齐齐地围过来看王晓楠。其中有一个就认出来了："你就是，你就是那个……"，"就是"了半天也没把名字说出来。王晓楠就推许韶峰："喂，管管你的部下。有这么看人的吗？又不是猩猩。"众人越发笑得前仰后翻的。好不容易笑完了，为首的那个女孩子就趴到许韶峰耳朵跟前说："许总你赶紧把人家追过来吧，我们好去电视台看拍戏。"许韶峰挥挥手，说："这事容我拿个方案出来。去吧，去吧。"一群人才磨磨蹭蹭地走了，一路走，尚一路笑。许韶峰又是得意了一番："听不出口音了吧？全是我们一手训练出来的。没有一个是北京人，都是从山西陕西湖南招来的。一能吃苦，二对旅游景点有感情。"

待人都散尽了，许韶峰就招呼王晓楠到办公室里头转一转，王晓楠只是不肯："知道你气派大，我们现在是贫富悬殊，再看下去我没法回去过我的日子了。"许韶峰就叹了一口气："我的穷日子，你又不是没有见过。一个月七八十块钱的工资，管爹管妈还要管两个弟弟。那时候，谁都看着当医生的强，只有你没有把我看死。"

王晓楠想说"其实我也没想到"，却终于没说出来。许韶峰送王晓楠回家，这回是自己开的车。到了宿舍门口，王晓楠下了车，许韶峰把头探出车来，说："我没吃饱，你好歹给我煮包方便面吧。"王晓楠说："我从来不备方便面。"许韶峰涎皮涎脸地不肯作罢，说水总是有的吧，我渴着呢。王晓楠无奈，只好请他进来坐。王晓楠因是单身，在电视台只分到了一小间房，虽也花了些钱略略地装修了一下，毕竟还是寒酸。许韶峰在沙发坐下来，大衣也不脱，只骂暖气不足。王晓楠笑笑，说："京城里百分之九十五的人就是这样过冬的，抱怨的却是另外的百分之五。"许韶峰意识到王晓楠似乎有些情绪，知道自己在这个时候说什么都不合适，略略坐了坐，就起身告辞了。

　　第二天王晓楠下班回家，邻居递给她一个包，说是快递公司送过来的。王晓楠回屋打开来一看，是一床韩国产的真丝面料鹅绒被。王晓楠把被子抓在手里，只觉得轻如蝉翼柔如春水——一下子就猜到是许韶峰送的。不免想起那年张敏在北京街头给她买羽绒服的事来，便感叹女人对男人可以有千种好法，男人对女人的示好方式却是如此雷同单一。又不想去问许韶峰，认定他总会打电话过来的。谁知这一等就等去了一个月，许韶峰那里一点响动也没有。王晓楠终于沉不住气了，就按许韶峰名片上的号码打了一个电话过去。电话铃一响，那头就有人接了起来。一听到那个底气十足的"喂"字，王晓楠一时语塞。许韶峰一笑，说："我知道你会打电话过来的。"王晓楠隔着电话，脸上就有些臊，嘴上却依旧是硬："凭什么？"许韶峰过了半晌才轻轻地说："为了那六年。"王晓楠不说话，心里却很是感动。

这年年底电视台照例给所有的节目按收视率排出档次，王晓楠的《角角落落》归在"尚好"这一档——前两年都在最佳档。王晓楠心里就不是很受用。过了两天台里的头找她谈话，说收视率只能代表节目质量的一部分，媒体对社会的引导意义有时比收视率更重要。王晓楠只道是领导明白她心里的委屈，特意来化解的，谁知那头话锋一转——"当然我们也要正视收视率这个现实，看能不能有所改进"。在绕了几个弯之后，领导终于涉及了正题："你看我们能不能依旧由你来编这个节目，再从广播学院物色一个主持人？"

王晓楠从领导办公室出来就直接回了家。其实电视台里有很多面大镜子，有从上往下照的，也有从左往右照的，有二维，三维，也有四维的。可是王晓楠此刻只愿回家照她那面窄小的穿衣镜。王晓楠在镜子面前站了很久。侧身。正面。低头。仰首。微笑。沉思。怨恨。无论哪个角度哪种表情，她看见都是一张还算年轻的脸。眼角的那些细纹，必须非常挑剔地观察才能发现。可是摄像机已经习惯了她的这张脸。习惯的另一层意义就是疲乏。摄像机在狠狠地使用了她几年以后，终于厌倦了她的脸。摄像机从来不怕得罪任何一张脸，因为京城有太多年轻的充满新意的脸迫不及待地要和摄像机亲近，摄像机已经被那些成千上万张的脸宠坏了。

王晓楠从宿舍里出来，信步走到街上。天阴了一整个早上，到这时就飞起细碎的雪花来。街上的人流裹在厚重的冬衣里，缩头缩脑地朝她走来，又离她远去。一切似乎都与她相关，一切又似乎与她全然无关。行走在熟悉得几乎熟视无睹的街景里，她突然有了一种深切的几乎带了一丝恐慌的陌生感。在这个充满了机会的硕大无比的都市里生活了八九年之后，她第一次觉得她依旧是一个孤苦伶仃的寄人篱下讨生活的外来妹。京城把她高高地举起来，其实只是为了再把她狠狠地摔下去。

后来王晓楠走进了一个公用电话亭，给许韶峰打电话。电话是秘书接的，说许总在开一个重要会议，暂时无法听电话。王晓楠突然提高了嗓门，一字一顿地对秘书说："你们许总就是在开政治局会议，也要把他找出来。告诉他有一个叫王晓楠的女人，问他想不想结婚——我就在这里等回音。"

五分钟之后，秘书回来了，说："许总请王小姐定个时间。"

那年春节，王晓楠和许韶峰在京城登记结婚。许韶峰给王晓楠的结婚礼物是一只一克拉的白金钻戒和一座位于城郊的小别墅。这两样礼物在很长的时间里都没有派上用场。钻戒一直锁在保险柜里，别墅离单位太远，王晓楠不愿意在路上耗费太多的时间。结了婚之后的王晓楠，堂而皇之地加入了电视台里等待分房的大队伍，没多久就分到了一个两室一厅的中等单元，和许韶峰搬了进去住。

｜十｜

章亚龙去尼亚加拉赌场接王晓楠，正遇上大风雪，满天飞絮刮得路都不见了，车像一只肥白的虫子在高速公路上笨拙地蠕动着。走走停停的，王晓楠的胃就颠簸得很是难受起来。随手抓过一个塑料口袋，便又哇哇地吐了起来。撕心裂肺地吐完了，脸色煞白如纸。章亚龙吓了一跳，问要不要把车停在路边歇一歇？王晓楠摇摇头，就闭了眼睛靠在椅背上养神。两人半晌无话，后来章亚龙叹了一口气，说："你再怎么折腾自己，他也是看不见的。"一句话说得王晓楠红了眼圈，忍不住流下泪来。章亚龙也不劝，由着她窸窸窣窣地哭完了，擦净了脸，才把身上的大衣脱下来，盖到她身上："睡会儿吧，到家叫你。"

开到家，已是半夜。王晓楠下了车，脚下一滑，就摔到了雪地上。章亚龙伸手去搀，却摸着了一只滚烫的手掌。进屋拿出体温表量了，竟是三十九度多。就马上要开车去医院，王晓楠只是不肯，说去急诊室等两三个小时，还不如在家躺会儿。章亚龙就翻箱倒柜地找出了几片退烧药，让服了。又去厨房煮了一锅红糖生姜汤，逼着王晓楠喝了驱寒。正喝着，床头的电话就惊天动地地响了起来。王晓楠也不接，由着它响到疲软为止。章亚龙注意到王晓楠已经把电话上的留言机关了。后来电话又响了几回，一回比一回声嘶力竭。王晓楠听得腻烦了，就把电话线给拔了。章亚龙见王晓楠脸颊红扑扑的，额上湿湿地出了些热汗，就吩咐夜里要盖好被子睡觉。正要走开，却听见王晓楠轻轻地叫了一声："亚龙。"从被窝里颤颤地伸出一只手来，对他说："陪我一会儿吧。"声气里竟带了几分凄惶，平日的果断尖刻突然都不见了。章亚龙就将屋里的大灯关了，只剩下幽幽的一盏台灯。又拖了一张椅子过来，在床前坐下，握住了王晓楠的手。那只手裹在他的手掌里，是柔柔软软的一团。起先是没有多少分量的，后来就渐渐地沉了起来——便知道真是睡着了。

这一睡，就睡到了次日清晨。王晓楠一觉醒来，太阳穴尚隐隐生疼，嘴里甚是苦楚。暗蒙蒙的曙色里，突然发觉章亚龙歪在旁边的椅子上睡着了，手里依旧握着她的手。这才把头天晚上的事一一想了起来。就摸索着下了床，只觉得头重脚轻，满眼晃着金星。靠着墙歇了一歇，将气喘匀了，才颤颤地去衣柜里拿了一床毯子给章亚龙盖上。谁知章亚龙就醒了。章亚龙一醒，第一件事就是找来体温表给王晓楠量体温。见烧已退了好些，脸色也比昨晚清朗，就说："你依旧躺着，我去给你煮一碗热汤面来吃。"王晓楠果真躺了回去，却忍不住笑："看不出你这么能体贴人。你们家琼美倒是个有福气的。"章亚龙听了这话，脸色骤变，笑容一丝也无了，起身就走出了房间。王晓楠暗想这个叫琼美的女人也不知做下了什么事，竟让章亚龙如此提也提不得，放又放不下。

一会儿工夫，章亚龙就回来了，手里端了两大海碗热气腾腾的面条，清清淡淡的只放了些葱花榨菜，上头铺了两只黄灿灿的荷包蛋——那颜色香味都很是诱人。两人果真是饿了，也顾不得多话，就呼啦呼啦地吃了起来。王晓楠怕积食，不敢多吃，只吃了半碗就放下了。就问章亚龙是在哪儿学的画。章亚龙说是工人文化宫美术班打的底子，后来又在师范学校的美术系进修了半年——实在算是玩票的，当不得一回事。王晓楠忍不住啧啧惊叹："那科班出身的也不见得有你这份感觉——再好的训练，学的也都是技巧，感觉是爹娘给的。生下来有就有了，没有你也模仿不成。"章亚龙听了虽不吱声，心里却很是得意。

两人说了一会儿话，就听到屋里有鸟儿啾啾地叫了几声——那是王晓楠的挂钟，指针中间坐着一只红脯罗宾鸟，时辰一到就要跳出来鸣报钟点。王晓楠一看挂钟，就吓了一跳："都什么时候了——你老板还不开了你。都怨我，害得你一夜没睡好。"章亚龙却依旧坐在那里不动身。王晓楠又催了一回，章亚龙才咧嘴一笑，说："还上什么班呢？衣厂都关门了。"王晓楠就吃了一惊。想起章亚龙是没有身份的，没有身份就没有工卡，只有衣厂这样的地方才肯雇用这种工人，图的是最便宜的劳动力——两下都不敢声张。若丢了这份工作，再找一份也不是十分容易的。家那边还不知有多少人在指望着他的钱呢。如此一想，心里就有些难受起来。沉吟了片刻，才说："前几天我去央街买东西，看见那儿大大小小地开了不少画廊。我虽不是行家，也看得出那些画都不及你的。要不咱们合伙找个店铺做画廊——也不用专门卖画。有生意就卖画，没生意也可以定制镜框，翻晒照片。你看能学得会不？"章亚龙半天没有回话，王晓楠猜着了他的心思，就说："资金我包了，你出力就是了。"章亚龙就嗨嗨地笑，说："我知道你要说这个——这个世界上就有两种人总爱惦记着钱。"王晓楠问什么人，章亚龙说："有钱的和没钱的。"王晓楠忍不住哈哈地笑了起来。笑过了，又问章亚龙："怎么样——画廊的事？"章亚龙依旧不肯认真回答，一路打着哈哈："有钱人怎么总喜欢包，不是包人，就是包事。我看上去一无所有只有力气，你看上去一无所有只有钱。咱俩要是合作，真叫共产主义——物尽其用，各取所需。"这本来是一句没心没肺的玩笑话，却突然触着了王晓楠心里一个埋藏了多时的痛处，就愣愣地待在那里，半晌说不出话来。章亚龙瞧见王晓楠的脸色，便知自己把话说拧了，想解释，又觉得越描越黑，只好"咳"地拍了一下自己的额角："我知道你都是为我好——你犯不着为我这种人生气。这钱若是你的，一百万我也敢用。若是他的，我一分一厘也不能动。"

王晓楠听了心里不禁动了一动。细细地将这话想了一遍，只觉得里头没有一个字是关于私情的，却又没有一个字是与私情无关的，思绪竟很是烦乱了起来。

| 十一 |

王晓楠很是憋了几日的气，总不肯听许韶峰的电话。后来实在是挂念儿子豆芽，忍不住接了电话。许韶峰那头自然是轻言慢语地解释了一番："公司卷进了一堆三角债，债主里头有一家新成立的小公司，规模小，就靠着这么点钱过年。不还了他就是不走人，白天黑夜地赖办公室里，门都没法锁。这么点债，其实真算是小头。只是现在资金暂时周转不灵，只好先挪了你那边的钱。实在是怕你知道了担心——原先想等两三个星期债一追回来就填回去，谁想到你偏偏就知道了。你怎么就不是个省心的命呢？"王晓楠听了虽还是将信将疑，语气上却已渐渐温软下来了。

又问什么时候能把豆芽带过来呢？许韶峰的口气就有些迟疑——公司的事，比想象的复杂多了，一时半刻怕是移交不了。豆芽在住宿学校里适应得挺好，功课进步了，身体也比从前壮实。要不，就这样先对付一阵子，等你在那里待满了三年拿了公民，咱们再做长远考虑？

王晓楠放下电话，心里空落落的，竟没有个依托之处。这些年不知不觉地靠惯了许韶峰，渐渐的竟不知道怎么靠自己了。她突然明白过来，在这个庞大的举家移民计划中，也许许韶峰从一开始就没有把他自己囊括进去。而她则必须孤独地在加拿大住满三年。三年之后，她会得到一本新的护照，可是她也会失去一些旧的东西。三年的时间在人生的某些阶段只是一个和其他瞬间没有太大区别的短暂瞬间，而在人生的另一些阶段却像是一道截然的分水岭。走过了这道岭，若想再回过头来看那边的河，河虽然还是同一条河，水却已经不是同样的水了。岭那边的景致便不再是故事，而只是故事里的背景了。

王晓楠是在情绪十分低落的时候想到出国的。现在回忆起来，她人生的几个重大决定几乎都是在情绪十分低落的时候做出的，比如北上京都，比如向许韶峰求婚，又比如辞职出国。

　　那年生下豆芽歇过产假回到电视台，《角角落落》的节目早已由别人接管了。接管的是一个年轻编辑，原先是一家报纸的娱记。那人追踪的是社会上的新异现象，关注的是异类人的心态变幻，所以节目虽然还叫同一个名字，风格走向都与从前很是不同了。王晓楠从旁看着，总觉得好像是自己的一个白胖儿子，让人家过继了去给养成了瘌痢头，心里很有几分窝囊和不甘。后来也没排上什么正式节目，一直跟在别人节目里当零工。懒懒散散地混了好几年，才派上了一个新节目，叫《神州书苑》，是介绍新书新人的。内容大多是文化界的事，正是老本行，王晓楠倒是很上了些心去做。可惜纯文化品位的节目，曲高和寡，收视率不高。所以电视台里有一条不成文的规定，凡是上了《神州书苑》的文人，都得赞助电视台六万元。王晓楠按台里的规定试了几期，结果不甚满意——那出得起钱的，写的东西实在入不了王晓楠的眼界。王晓楠看上了的书，偏偏作者不是出不起钱，就是清高不屑出钱——节目的质量可想而知。原先排在周末晚上黄金时段播出的，后来就给挪到了周末白天。再后来又给挪到了周二白天。王晓楠气不过，便常常找台里的头头脑脑理论，说："我这个节目，是给你们打品牌的。我不信你们这一大堆下里巴人的节目，就养不活我一个阳春白雪，非得我开口问作者讨钱？"领导碍着她的资历，开始时还耐着性子听，后来见她唠唠叨叨地没个完，便商量着一起躲避着她，暗地里都说这个女人大概是提前进入更年期了。

王晓楠在电视台里遇到不痛快的事，回到家里自然也没有好脸色。许韶峰见了，就劝她："你的这份工，本来就是玩的。你那点收入，还不够在赛特买一瓶进口香水。既然是玩，玩成什么样都好，就是不能玩得太上心。"王晓楠嚷了半句："我好歹是名牌大学中文系……"就咽了回去。生活像一只细砂轮，耐着性子日复一日年复一年地磨人。十年二十年下来，谁能保得住不被磨平了呢？大学里的那点理想，早已是桃源旧梦了。这种时候，王晓楠就格外怀念死去的张敏。张敏会被日子磨平吗？磨平了的张敏就不是张敏了。张敏是一块花岗岩，砂轮磨不平花岗岩，花岗岩倒有可能磨秃砂轮——死亡像一张永久有效的保鲜膜，将张敏所有的优点都鲜活地保存在王晓楠的记忆里。在新潮迭起变幻莫测的日子里，只有古旧的记忆是不变的。不变的记忆相对于多变的日子就显得格外珍贵。许韶峰自知是敌不过这样的记忆的。每当王晓楠站立在窗前，一语不发地眺望着其实没有什么景色的都市夜空时，许韶峰就知道王晓楠又在缅怀她和张敏也许真切地存在过也许仅仅在幻觉里存在过的如歌岁月。这时他往往会保持沉默，等待着她思绪的回归。可是那天他却犯了一个愚蠢的错误。

他走过去拍了拍她的肩膀，用一种时髦的潇洒语气对她说："要不我化名给你们台里捐它个百十万，指名是给你们节目的，让你尽兴玩几手？"王晓楠看了他一眼，没有说话。王晓楠的眼光很冷，仿佛是两潭正在结冰的积水。

那天晚上王晓楠早早地洗了澡换了睡衣，坐在床上看《动物世界》。那天的节目是关于澳大利亚袋鼠的。可是许韶峰知道王晓楠没有在看，因为她始终没有回答儿子豆芽提出的关于袋鼠的任何问题。在节目即将结束的时候，王晓楠突然喃喃地说："体育部的小王刚刚出国采访回来，说加拿大那个国家不错。"许韶峰当时什么也没说。后来王晓楠半夜醒来，看见床头一明一灭地闪着一颗烟头。"也好，我们豆芽将来上那边的大学。"许韶峰半躺半坐着对她说。

第二天他们就开始物色合适的移民公司，着手办理去加拿大的移民手续。手续进展的速度完全超出了他们的意料，当他们接到那张浅绿色的，印着加拿大移民部大钢印的移民签证时，感觉上仿佛只是做了一个离奇的梦。临别时，电视台里的同事们设宴为王晓楠送行。那天众人的情绪都很高涨，在一片震耳欲聋的卡拉 OK 背景音乐里，彼此勾肩搭背一遍又一遍地声嘶力竭地高唱《过去的好时光》。连平时与王晓楠交往很疏的那几个人，也都红了眼圈。已往的摩擦碰撞所结下的痂痕，顷刻之间平复在酒精制造出来的亢奋和宽容之中。只有那个素来和王晓楠有些过节的领导，始终坐在角落里，一支又一支地抽烟，一言不发。到曲终人散的时候，才站起来，重重地握了握王晓楠的手，叹了一口气："可惜了，你。"

这句话后来就像一只蛀虫，一遇到发霉的心境就爬出来啃咬王晓楠。可是王晓楠却明白自己是流出溪头的一股水，无论如何也已经走不回去了。

王晓楠一个人坐在屋里发了一会儿呆，把过去现在将来揉过来捻过去地想了又想，却一直没想出个头绪来，只好无精打采地打开窗帘看后院的雪景。

后院一片银装素裹——这场雪下了整整五天五夜。篱笆不见了，树不见了，工具房不见了，鸟笼也不见了。看得见的只是高高矮矮肥肥瘦瘦的雪包。地上有两行梅花脚印，一路延伸进入邻人的地界——大约是松鼠觅食的踪迹。章亚龙穿了一件柠檬黄色的羽绒服，正弯腰跪在雪地上堆雪人。雪人已经堆了十有八九。肥硕的身子，滚圆的头，眼睛是两颗乌枣，鼻子是一根萝卜。头顶上歪着一顶红帽子，脖子上缠了一条旧围巾。肩上斜插着一根树枝，枝上挑了一角小黄旗，在风里猎猎地飞。旗子上歪歪扭扭地写着："我不丑，我也很温柔。"王晓楠看了忍不住微微一笑——这个章亚龙倒真像是楚霸王，穷途末路了还能高歌一曲。

章亚龙这些日子除了晚上有时出门一下，白天几乎都待在家里，闷头作画。她很想问他找工作的事有什么进展，可是她不敢。有时她觉得她和他都是落在水里没有退路的人，他们只能奋力朝前游。她游她的路程，他游他的。他们无可奈何地看着彼此在水里挣扎，谁也帮不上谁的忙。但是他毕竟在水的那一方对她扬起了一面小小的艳黄色的旗子，那是他给她的加油信号。而她呢，她到底为他扬了什么样的旗子呢？

她一声不响地走到了后院，团起一堆积雪，朝他扔了过去。他吓了一跳，但马上进入了反击状态。她自然不是他的对手，在她还在筹备第二次进攻的时候，她身上就已经挨了他的三个雪球。其中有一个不幸落到了她还来不及系上围巾的裸露的脖子上，有些疼，也有些冷。她突然蹲在地上，捂着脸哭了起来。虽然他不是第一次看见她哭，他还是不知所措地站在了那里。

"为什么你们男人总也不肯让女人一点呢？"

她问他。

他蹲下来，脱下手套，帮她擦拭脸上的泪水。"因为你不是普通的女人。你不需要任何人对你让步——无论是男人还是女人。"

他扶她站了起来，拥着她朝屋里走去。她细细瘦瘦地缩在他的怀里，像一个受了惊吓的孩子。

后来发生的事情似乎完全超出了他们原先的预料，又似乎完全在他们的意料之中。开始时他有些拘谨，对于女人他毕竟有点陌生了。然而她很快就使他恢复了所有关于女人的记忆。她的身体温软若水地承载附和着他，使他无论是想给还是想要的时候都能够运作自如。

当欲望渐渐退却，思绪如沙滩在落潮之水中渐渐呈现出来时，他抚摸着她汗湿的，有了些细碎皱纹却依然明丽的额头，久久无语。其实他很想问她一些事情，一些与许韶峰有关的事情。可是话到喉咙口却如隔夜的沉涩鱼骨，始终无法轻易地吐到舌尖上。后来他说的那些话其实并不是他最想说的。他说："那天我实际上是替一个朋友看广告找房子的。到了你这里，才认出是你来。你的《角角落落》，我每期都看，而且都录了——所以我临时改变了主意，决定自己搬进来住。"

"搬来了才知道，原来是这么一个庸俗懒散的女人——半老不老，又自以为是。倒也好，从今往后就绝了你追星的念想。"

章亚龙听了就嘿嘿地笑："灯泡到了哪儿也是灯泡，星到了哪儿也是星——脸是留不住的东西，早晚都是要老的。只是那留得住的东西，你可别丢了。"

"世上哪还有什么留得住的东西呢？横竖不过是边走边丢的。"

章亚龙叹了一口气："要真没有一样留得住的东西，人活一辈子也真算是个浪费。加拿大这个地方，不该是你来的。你哪到养老的时候了呢？实在是可惜了，你。"

王晓楠一下子想起电视台那个跟她有些过节的领导临别前对自己说的话，突然感觉到仿佛有一根棍子在心底搅了一搅，泛上来的是隐隐的钝钝的莫名的疼。她只能紧紧地捂住棍子，因为她宁愿容忍长长的隐疼，也不愿承受拔出棍子那一刹那的剧疼。她披衣坐了起来，冷冷地看着他："没有什么可惜的，这是我的选择——至少我还有选择的自由。"

他听出了她话语里的恶毒。在他和她居住于同一屋檐下的日子里，他已经不止一次地看到了她诸如此类的情绪起落，所以他并没有特别在意。况且他尚沉浸在肌肤之亲所造成的随意之中。于是他爬到床的那一端去寻找她。他搂住她的肩膀，贴着她的耳根，低声对她说："我没有这个自由，我已经被你锁住了，所以我只能赖在你这里不走。"他不合时宜的随意使她越发恼怒起来。她甩开他的手，冷冷一笑：

"加拿大是不怎么好，偏偏还有人非得做偷渡客呢。"

他听了她的话，突然就愣在了那里。他直直地盯着她看，然而他的眼神却涣散地不知所终地失落在了半空。这样的眼神让她有些害怕起来。她看着他拿起衣服，头也不回地走出了她的房间。她想叫住他，她的嘴唇轻轻地嗫动了几下，却始终没能发出任何有意义的声音来。

第二天早上她起床时，已经完全忘记了他们早先的短暂不快。她顾不得洗漱就直接来敲他的门，因为她想起了这天正好是小年。她想叫上他一起去超级市场买菜回来做火锅——这将是她在国外过的第一个年。她敲了很久的门，他一直没有回应。后来她推门进去，才发觉他已经走了——他连同他简单的行囊。她走进他住过的房间，脱下袜子，赤脚踩在橡木地板上，仿佛在重温他们曾经有过的短暂的肉体接触。她试图寻找他在这个屋子里留下的痕迹，可是她一无所获。她轻轻叫了一声："亚龙。"她的声音在空荡的四壁间来回荡漾，发出嘤嘤嗡嗡的回响。

｜十二｜

半个月后王晓楠收到了两封寄给章亚龙的信，一封来自西尼卡学院，另一封是联邦移民局的。两封信都只轻轻地封了个口，王晓楠轻而易举地就启了封。西尼卡学院来的是一封很短的格式信，祝贺章亚龙先生学业圆满结束，取得电脑图像设计专科证书。移民局的信就略微长了一些：

　　　　我们已经详细地审查了你的移民申请。我们很难过地得知，你的妻子刘琼美和你的儿子章小龙半年前在尼亚加拉瀑布遭受车祸不幸身亡。你最初是以探亲为理由进入加拿大的，你后来的移民申请也是基于家庭团聚的概念。然而由于你妻子（同时也是你的担保人）已经亡故，你实际上已经失去了继续留在加拿大的理由。我们完全可以拒绝受理你的申请。但是我们在仔细审理你的个人资料时发现，你在最近的两年多时间里不仅一直坚持工作向政府纳税，并且在业余时间进修大专课程。事实证明你是一个已经适应了加拿大环境并对加拿大社会做出积极贡献的守法居民。出于人道主义的考虑，我们破例通过你的移民申请。近期内当地移民局会通知你领取移民文件的具体日期。

　　王晓楠看完信，愣了很久。后来她就把信天衣无缝地封了回去。

　　她开始考虑用哪一种途径可以最快地找到章亚龙。

　　当然不仅仅是为了这两封信。

2002 年 1 月 16 日，改于多伦多

向北方

| 中篇小说 |

小越：

　　爸爸要离开你一段时间。爸爸离开的原因，等你再长大一些就明白了。爸爸要去的那个地方，在多伦多的北边。很北。可是不管爸爸在哪里，爸爸的心永远不会离开你。

苏屋瞭望台。

陈中越趴在桌子上，举着放大镜在那本新买的加拿大地图上寻找这个奇怪的地名。湖泊河流如蝌蚪带着各式各样的尾巴，在放大镜里游来游去。后来他终于摆脱了蝌蚪们的纠缠，在安大略省的北部找到了这个芝麻大的黑点。

打开电脑，进入雅虎，有十几条索引。

　　镇内人口：3400。外围人口：1800。纬度：北纬52度。

主要居民：乌吉布维族印第安人。辖区：印第安和平协议第三区……

网页的图文说明渐渐地模糊起来，只剩下几个字如平地里凸起的山峰，生猛地占据了他的全部视野。

北纬52度。

中越翻出一本卷了毛边的中国地图，沿着北纬52—53度线一路找过去，只找到了一个孤零零的地名：漠河。他听说过这个地名。中学地理课老师曾经告诉过他，这是中国最北的一个县。

也就是说，苏屋瞭望台和中国最北的一个县城几乎处在同一条纬度线上。

中越觉得血从脚底一寸一寸地热了上来，心跳得一屋都听得见。关闭了网页，就飞快地打出了一封信："我接受聘任合同的全部条款，将于两个星期之内赴任。"信打完了，用食指轻轻地击了一下发送键，叮的一声脆响，电子信件飞离了他的电脑——这才感觉到手在微微地颤抖。闭上眼睛，仿佛看见了满天都是透明的翅膀，载着他一腔的急切，飞向那个有着一个奇怪的名字的加拿大北方小镇。

第二天中越就开始收拾行李。大件的家具电器，都送给了范潇潇。自己的日用物件整理起来，是四只大箱子。两只放后盖箱，两只放后座，应该正好是一满车。关结银行账户，检修汽车，购买长途行车保险，带小越去家庭医生那里做年检，与导师同事朋友一一话别。琐琐碎碎的事情，办起来竟出乎意料地简单顺利。

一个星期之后，中越就开始了前往苏屋瞭望台的漫长旅途。

启程的那天早上，车都开到高速公路口上了，他又停下来，用手机给潇潇打了一个电话。电话铃响了很久，才有人接。"小越在吗？"他问。那头冷冷一笑，说你有多少时候没送小越上学了？你不知道她夏季班的校车七点半就到？他顿了一顿，才说潇潇那我就走了啊。那头不说话，他就挂了。停在路边，他怔了半天，心想自己大概还是期待着潇潇说些话的。可是他到底期待潇潇说什么样的话呢？其实，无论她说什么，他都主意已定。她是知道他的，所以她什么也没说。

车子开出了多伦多城，屋宇渐渐地稀少起来，路边就有了些田野，玉米在风里高高地扬着焦黄的须穗。再开些时辰，房屋就渐渐绝了迹，田也消失了，只剩了大片的野地，连草都不甚旺盛。偶有河泽，一汪一汪地静默着，仿佛已经存在了千年百载，老得已经懒得动一动涟漪。夏虫一片一片地扑向车窗，溅出斑斑点点壮烈的绿汁。路上无车也无人，放眼望去，公路开阔得如同一匹巨幅灰布，笔直地毫无折皱地扯向天边地极。中越忍不住摇下车窗，将闲着的那只手伸到窗外狂舞着，只觉得满腔的血找不着一个出口，恶浪似的拍打着身体，一阵一阵地轰鸣着：向北方，向北方，向北方。

中越对北方的向往，最早的时候，其实只是一个模糊的概念。

中越出生的年代，正逢越南在轰轰烈烈地打着仗。中越三四岁的时候，跟着院子里的孩子们看过一部越南电影。电影的内容有些模糊，依稀记得是一群面黄肌瘦的南越儿童，在飞快地削竹桩。电影的插曲，他却清晰地记住了。这首插曲词语重叠，音韵反复，极容易上口。用现代流行音乐的套路来重新诠释，其实就是"蓬擦擦"最简单的变奏。

向北方，向北方，南方的孩子盼解放。

向北方，向北方，南方的孩子盼解放。

向北方，向北方，南方的孩子盼解放……

这是中越一生里学会的第一首歌，是记忆的大筒仓里垫在最底层的一样东西。后来长大成人，筒仓的内容不断地增加着，溢失的却总是那些堆积在最表层的东西。而最底里的那首歌，却已经化了血化了骨，再难剥离了。虽然那时他对南方对北方都毫无概念，那首歌却是最早点燃了他对北方的模糊向往的。

后来，他的小舅和二姑，都是知青，都去了东北的生产建设兵团，时时有信来。那时父亲还在，饭桌上，母亲就念信给父亲听。信都是些诉苦的信，他半懂不懂地听着，只记住了他想记的部分，比如康拜音割也割不到头的田野，比如看不到一丝云彩的地平线，再比如比棉被还要厚的遮了天盖了地的冬雪。这些信使他对北方的模糊猜测开始具备了一些实质的内容。

再后来，他就发酵似的飞快长大了。初三的时候，他就已经是个一米八的大高个了。裤子永远太短，鞋子永远太紧，门框永远太矮，嗓门永远太粗，学期品德鉴定上永远有"希望改善同学关系"的评语。开学分组的时候，没有人愿意做他的同桌。学校野营训练，没有人愿意和他睡同一张床铺。除了在运动场上，几乎没有一个地方可以容他舒适地摆置自己的身体。他觉得自己是一头高大笨拙的熊，小心翼翼地行走在江南精致而错综复杂的街景习俗人情中，举手投足间随时都可能碰碎他所遭遇的一切，不是他伤了人，就是人伤了他。江南的城郭像一件小号的金缕绣衣，他轻轻一动，就能挣破那些精致的针脚。少年的他开始感觉到了轻巧的南方压在他身上的千斤重担。

于是他越来越渴想他从未经历过的却又永远不能割舍的

北方。北方的大。北方的宽阔。北方的简洁明了。北方的漫不经心。北方的无所畏惧。

高中毕业的时候，他其实是有一次机会可以逃离南方的，可是他错过了。他的高考成绩实在太差，只能上本地的一所师范学院。

大学毕业的时候，他其实还有一次机会可以逃离南方的，可是他再次错过了——他爱上同级的一个叫范潇潇的女生，他败在她的愿望里，两人就一起报考了省城一所大学的研究生。

再后来的生活轨迹就是顺理成章的了。研究生毕业。留校任教。结婚。生女。出国留学。移民定居。生活隔几年扔给他一项新责任，他像接力赛一样一站一站地跑着那些途程。心既定在目标上，感受就渐渐地淡了。那首"向北方"的歌，偶尔还会在他最不警醒的时刻悄然响起，那旋律，却低得如同规则心跳间隙的一两声杂音，已是无比的微弱了。他几乎以为，那个关于北方的梦不过是成长期里一个躁动不安的插曲，已经随着青春岁月消逝在记忆之中，世间不会再有力量能去搅动那个角落的平安了。

可是他错了。

有一天半夜，他从一些纷杂的梦中醒来，习惯性地摸了摸身边，是空的，才想起潇潇已经搬走了。坐起来，满耳是声音。他以为是耳鸣——那阵子他的耳鸣很是厉害。过了一会儿，他终于明白是那首久违的蓬擦擦的旋律。那音乐如万面皮鼓在他耳中敲响，使他再难入睡，只好起床，在空无一人的街上跑了整整一个小时，回来又冲了一个凉水澡——依旧无济于事。

向北方。向北方。向北方。向北方。

那咚咚的鼓点一声比一声强劲地撞击在他的耳膜上，撞得耳膜千疮百孔。耳膜终于全线决堤，鼓声如黑风恶浪哗地涌入血液，翻搅得他全身生疼，步履踉跄。那鼓声覆盖了所有的尘世街音，那鼓声叫他的心膨胀了许多倍，如气球一路升到喉咙口，卡住了，上也上不去，下也下不来，他的呼吸就突然失去了节奏。

他知道他生命中的一些部分正在渐渐死去，另一些部分却正在渐渐复苏。

他也知道他斗不过那样的呼唤，他只有顺从。

于是他辞去了原有的工作，开始整天挂在网上，寻求任何一个可以通往北方的机会。

苏屋瞭望台就这样走进了他的视野。

小越：

　　　印第安儿童的居住条件大多都很差，漫长的冬季里，上呼吸道感染引发的中耳炎是常见病。因为没有及时医治，造成了永久性的听力损失。这里失聪儿童的比例，比多伦多高出了许多。所有的城市孩子，和他们相比，是多么的幸运——只因为生在了城市。

　　中越在大学里学的是教育学，读研究生时选的是儿童教育心理学。后来留学到加拿大，又读了一个硕士学位，主修听力康复学，副修残疾儿童教育。毕业后，就在多伦多东区的教育局找到了一个儿童听力康复师的位置。这次来苏屋瞭望台，是一份为期一年的合同工作，接替一位休产假的本地听力康复师，照顾附近六所学校的聋儿，并为残疾儿童教师培训手语及助听设施维修常识。

　　中越到任时，学校还在放暑假，并没有学生。中越就带着地图开着车，上各所学校转了一圈。转完了，才知道，在这地广人稀的北部，"附近"是一个什么概念——六所学校之间，最近的距离也是一个小时的车程。苏屋瞭望台是六所学校的中间点，所以他的住处就安置在了这里。

　　教育局为他安排的住处在镇西角。入住的时候是夜里，他一连开了三天的车，极累，倒头便睡，也没细看。次日早上被一阵尖锐的鸟啼声惊醒，才发现自己原来住在一片树林之中。屋里从梁椽到墙壁到地板到家具，没有一样东西不是原木筑就的。是那种只上了一层清漆的木头，木纹年轮甚至虫眼，都历历可数。凡是平面之处，都雕了图案，或是草木，或是鸟兽，或是人物，线条简明，刀锋粗粝，凹凸分明，乍看，竟都像是在飞在跳在动。屋顶上开了两爿大天窗，阳光如一条宽大的白带汹涌流下，照得一屋雪亮，尘粒如银粉缓慢地在光亮中行走坠落。便想起从前给小越买过一本外国童话故事，里头那些插图里的森林小屋，大约就是这个样子的。

走出屋来，迎面就被一片瓦蓝击倒，闭了会儿眼睛，才适应了那样的晴空。回头看，方知道自己原来是在一个矮坡之上。下得坡来，几步之外就是淡淡的一抹灰白。那一抹灰白一路远去，渐行渐窄，窄得成了一条线，和地平线混杂到了一处。微风起来，有些细细碎碎的鳞光——原来是一汪湖。极目望去，树林湖水之间，竟无一舟一人。忍不住，就仰着脸朝天哇哇地喊了几声，便有水鸟嘎地飞起，搅得满天都是零乱的翅膀。扯了一把青草捏在手里，狠狠地揉碎了，团成一团扔在湖里。湖水只是浓稠，竟砸不出一丝波纹。掌心有了一丝绿汁的清凉，心里却依旧燥热——还是想喊。

就走到坡的顶上，将两手拢在嘴边，又是一阵狂喊。

咿咿……吁吁……呜呜……呀呀……

风将他的声音扯碎了，又一把一把地掼回来，满林子都是嘤嗡的荒腔。直喊到嗓子喑哑，才颓然扑倒在草地上，突然间感觉五脏六腑都掏空了，心里一片明净。

这时候兜里的手机响了，接起来，是白鱼学校的一位社工打来的，说白鱼小学的一个学生在打架时把助听器的耳模给踩碎了，不知能不能来一趟采个模型，再订一个耳模，赶在开学之前。社工问完了，很有些歉意，又说知道你在休安家假，可是家长很急——这家情况有点特殊。中越说没问题，我就来，不过赶到你那里也是中午了。社工说你倒不用赶路，人我给你送来了，就在你的办公室。

中越赶过去，社工已经等在门外了。中越匆匆翻了翻社工带来的资料，知道这个学生叫尼尔·马斯，六岁零十个月，患极端严重的先天神经性耳聋，语音分辨能力几乎是零。就问孩子的语言能力怎样，社工说只会几句简单的话，平时能打一些基本的手语。学校一开学就要送他进语言康复治疗班——所以家长着急要做新耳模。中越又问小孩的父母怎么没来，说父亲很少在家，母亲在一家鱼类加工厂工作，赶不过来。中越正要进屋，社工扯了扯他的衣袖，迟迟疑疑地说："这孩子，有，有点，不太一样。"中越笑笑，说什么样的孩子我都见过，不怕的。

两人就进了屋。屋里却是空的。中越叫了一声尼尔，无人答应。社工把手指放在嘴里，打了个惊天动地的呼哨，一会儿，屋里也传回来一个呼哨——却是高高在上的。中越抬头，就看见墙角的那张梯子上，猴似的坐着一个男孩，两眼黑森森地盯着他看。中越仰着脸，对着梯子端端正正地打了一个手语：早安。男孩含糊不清地回了一句话，中越没听懂，也不知他说的是不是乌吉布维语，就问社工。社工忍了笑，说那是脏话，问候你母亲的，别理他。中越果真不再理睬他，却坐下来，从口袋里摸出一副扑克牌，在桌上一张一张地铺排开来。这副牌如果看牌面的话，也就是一副寻常的牌。可是中越用的偏偏是牌的另一面。这副牌的背面，印的是全美篮球明星队队员的照片。每一张照片上，都有队员的签名和题词。

中越听见身后有些窸窣的声响，知道是尼尔下来了，却也不回头，依旧不慌不忙地将牌洗乱了，再一张张地铺排开来。铺排好了，再洗乱。如此这般几个回合，就感到背上脖子上痒痒的有些热气——是尼尔凑过来了。这才将牌收拢来放回兜里，转过身来，和尼尔打了个正正的照面。

尼尔是个小矮个，罗圈腿，大脑壳，看人时眼睛往上一翻，额上就蹙出几圈浅纹来 ——像个干瘪老头。耳倒是招风大耳，可惜是个摆设。

中越一字一句地问："迈克尔·乔丹穿的是几号球衣？"

尼尔不回答。中越又打了一遍手语，尼尔还是不回答，两眼却一直盯着他的衣兜，中越觉得那衣兜给看出了几个洞。

"你，让我，打一个耳模，这副牌，就是你的了。"

尼尔的眉眼依旧纹丝不动，身子却渐渐地低矮了下去，坐到了凳子上。中越换上白大褂，拿着耳镜走过来，捏住了尼尔的耳朵。接下来发生的事，简直像是好莱坞惊险影片中的慢镜头动作。过了好久，中越才渐渐明白了那些动作的意义。中越恍惚看见一只棕红色的豹子，从凳子上飞跃而起。凳子和豹子都在空中画了一道优美的弧线。凳子落了地，豹子却没有。豹子朝自己直直地俯冲过来。他想躲，却已经来不及了，豹子的眼睛离他的眼睛只有一两寸的距离了。他看见豹子的眼眶龇裂开来，眼白从裂口流了出来，一滴，又一滴。后来他就被豹子压倒在地上，他想推，却推不动，因为他的手突然麻了。

等他终于坐起来的时候，豹子不见了，地上只剩了一张散了架的凳子。社工紧紧地捏着他的左腕，颤声问急救包在哪里，他指了指柜子的顶层。社工松手去开包找绷带，中越就看见自己白大褂的袖子上，有一排豆荚似的花瓣，正在渐渐地吐蕊变红。他知道那是豹子的牙印。

"你尽快把尼尔找到，实在不行，就打911。"中越吩咐社工。

中越简单地给自己包扎过了，就开车往镇医务所走去。

一摸口袋，扑克牌没了。腕上的疼意渐渐地尖锐起来，针一样地挑着他的血脉，噗噗地跳。他咬着牙，开始在脑子里构思一百种如何生吞活剥那个印第安小杂种的方法。

小越：

　　爸爸终于知道了苏屋瞭望台这个地名的缘由。其实爸爸应该猜得到，这是一个和战争有关的地名。三四百年前，苏屋族印第安人常常偷袭乌吉布维族印第安人部落，乌吉布维人为了防御苏屋人，就在这里搭筑瞭望台。听上去，是不是有点像中国万里长城烽火台的故事？这两族的印第安人在北方的旷野上相互杀戮了很久，一直到被欧洲人圈进了各自的领地为止。想到城市的地底下游走着一些和城市的表层完全不同的历史和人物，脚踩下去的时候，有点胆战心惊——总觉得要惊扰一些不安的灵魂。

中越到镇上的医务室处理完了伤口，回到家来，就是下午了。在医生那里打了一剂镇痛消炎针，药性一上来，有些头重脚轻，就横在沙发上睡着了。正是鼾声如雷间，突然听见有人推门进来。坐起来，一看是潇潇。潇潇穿了一件天蓝色的羽绒服，头上围了一条雪白的羊绒围巾。围巾围得很紧，只露出黑井似的两个眸子和额前齐齐的一排刘海。中越吃了

385

一惊，问：潇潇你怎么也不先打个电话就来了？潇潇不说话，却将脸背了过去。中越又问：潇潇你穿这么厚，不热吗？潇潇转过身来，幽幽地看了他一眼，说我冷，心里冷着呢。他去抓她的手，她不让。两人推来躲去的，他就醒了——方知是南柯一梦。

天已经大黑了。从天窗里看出去，夜空如洗，月是细细的一牙，周边有些亮斑闪烁如炬——看了几眼方明白是星斗，竟比闹市间大出数倍来。窗外的那条企鹅湖，不知何时已经翻了脸，水如浓稠的墨汁，在风里癫狂地泼洒，将两岸的岩石染得透黑。林涛如万仞山石倒倾下来，轰隆隆隆隆，从头顶响起，一路碾过脚底，木屋突然间变得单薄如纸笼，仿佛一捅就透。中越有些惊怵，就开了灯，从厨房里找出一把冰锥和一把牛排刀，放在随手可及之处，心想明天得去区政府打听一下买枪的手续——这样的荒郊野地，只有枪才是真胆，别的都是狗屁。

这时肚子擂鼓似的叫了起来，才记起自己连中饭也还没有吃。冰箱是空的，还没来得及去买菜。街角的那家杂货铺，恐怕已经关门。只好找出一桶路上剩下的康师傅方便面，灌了一碗热水胡乱地吃了下去，淡而无味，且是半饥半饱。便感叹再热切的理想，也是经不起一顿饥荒的。

吃完了，出了些热汗，又记起了刚才的梦。梦里的潇潇，是他俩刚认识时的样子。那时他和潇潇都是大二的学生，同级不同系。他学文，她学理。他不懂她的课程，她也不懂他的课程，可是他们却是有话说的，因为他俩的念想是相通的。他们不知在哪一步哪一个路口上走岔了，就渐行渐远了。他们不再有话。她的念想不再是他的了，他的也不再是她的了。想起梦里潇潇说心冷的话，中越不觉地就有些戚戚然，便忍不住拿起手机给多伦多打电话。

接电话的是小越。

父女两个随便聊了几句，小越就有些不耐烦起来，说爸爸我要看"寻找尼姆"呢，图书馆借的带子，明天就要还。中越问妈妈在吗，小越顿了一顿，才说妈妈在楼上，项叔叔也在——要不要叫她？中越也顿了一顿，说不用了，没什么事，就挂了。挂完了，呆呆地坐在沙发上，心想潇潇大约真是对自己彻底冷了心了，要不然怎么能这么快就和那个姓项的上楼去了呢？要知道从前的潇潇可是出名的慢性子，从第一次握手到第一次上床，竟耗费了他整整两年的时光。现在的潇潇不同了，现在的潇潇是有经历的。她的经历是他给的，他用他的锐气砂纸一样地打磨着她的疵点斑痕，使她完成了从毛糙到光润的蜕变，可是到头来享受她的成熟的却不是他。

思路朝那条死路上一走，头就惊天动地地疼了起来，太阳穴一扯一扯，像有两只螳螂在挥舞着大钳子斗法。抹了浓

387

浓一层风油精，直辣得眼睛哗哗地流泪，才渐渐缓和些。头刚好些，手上的伤口又疼了起来。其实头疼并没有缓解，只不过手上的伤口疼得更剧烈些，就把头疼给遮盖住了。这回的疼跟白天的疼又是不同。白天的疼有点像针挑，到了这一刻，就似刀削了。削也不是痛痛快快的削，却是那种半刀半刀没扎到底就拔出来的拖泥带水的慢削。中越猜想是药性过了，就起来又服了两片镇痛药，谁知这回药却是不管用了。非但没有镇住疼，反而身子阵阵地发起冷来。

只得脱了外衣躺到床上，厚厚地盖了一层被子。被子才盖上，就压得浑身黏黏的全是冷汗。踢了被子，露出半个身子来，便又颤颤地冷。盖了又踢，踢了又盖，跟被子斗了一夜的法，辗转反侧，竟是一宿无眠。到了凌晨，刚有了些软绵的睡意，却突然听见了门外的动静。

尽管中越的眼睛一直是闭着的，中越耳朵里还藏着一双眼睛，一直警醒地一动不动地盯着门。他耳朵里的那双眼睛已经适应了暗夜的树林，所以当台阶上刚响了第一声可疑的窸窣时，他立刻就知道了那不是风，不是水，不是落叶，也不是鸟兽。那是一个人，一个已经走到了他的门前，让他毫无退路的人——他知道最近的邻居也在三五分钟的车程之外。

他轻轻地起了床，打开手机，借着荧光屏上的光亮拨好了911的号码，只要一按发送键就可以了。然后他拿起了床头柜上的那把冰锥，猫腰朝着门走去，把眼睛紧紧地贴在猫眼洞上。这一贴，全身的毛发顿时刺猬似的耸立了起来——他看见猫眼里装着一只硕大无比玻璃珠似的眼球。两只眼球几乎撞在了一起，中越听见自己的上下排牙齿格格地打起架来。

中越猛地拉开了门，门外的人没有防备，一个趔趄跌进来，几乎跌进中越怀里，把他手里的冰锥给撞飞了，当的一声落到地上，溅起一片响亮的嘤嗡。曙色里中越依稀看见是个臃肿肥胖的女人，长衣长裙长头巾。开了灯，才看清女人身上背了一个草编的篓子。女人放下草篓，身子立刻消瘦了起来。中越问，你，你是谁？女人张了张嘴，刚要说话，却突然弯下腰来，把头埋在两个膝盖之间，惊天动地地咳嗽了起来。女人的咳嗽很干涩，身子在黑衣服里一拱一拱的，如同啄木鸟在敲打着一截枯硬的树干。梆，梆，梆，梆，梆。中越终于听不下去了，就倒了一杯水，递过去。女人一滴不剩地喝了，才将那咳嗽强压了些下去。

女人解下头巾，轻轻甩了一甩，便有些细水珠子溅到了中越的脸上。是露水。女人的脸终于无遮无掩地显露了出来——是一张常年在户外劳作的脸。中越一下子注意到了女人的颧骨和头发。女人的颧骨很高，刀削木刻似的尖利，两侧都是星星点点的太阳斑。女人的头发很长，晒得有些焦黄干枯，编了粗粗一根辫子，一路盘了两圈，还剩了一把梢，披进了耳后，上面插了小小一朵黄菊。女人一张嘴，露出两排粉红色的牙龈，脸相就渐渐地有些和善起来。

"陈医师，我是尼尔的母亲。这么早来打扰你，是因为我要赶着上班。"

女人的英文不是很灵光，一句话颠颠簸簸地走了千山万水，中越只听懂了医师尼尔和母亲三个词，不过这三个词已经基本完成了一整句话的交流功能。这一带的印第安人，管一切与医院医疗略有关联的人都叫医师——这倒和中国有几分相似。中越懒得纠正，捂着嘴打了个哈欠，心想这样的英文做一篇检讨得花多长时间？

女人也不等中越回话，就径自走过去，一把挽起他的袖口，来查看咬伤的地方。纱布很薄，揭开来，露出底下翻起的肉。肉红红地凸起，浸润在一丝黄水里。女人又伸手探了探中越的额头，就骂了一连串"狗屎"。中越不知女人骂的是伤口还是她儿子。

女人从口袋里掏出一个小布袋，从布袋里摸出一把尖草叶子。女人将草叶子团在手心，窸窸窣窣地揉碎了，便有些乳汁似的草浆流了出来。女人将碎草叶子敷在中越的伤口上，中越呜地叫了一声，一把将女人推开了。那火烧盐灼似的疼痛过去后，就有丝丝缕缕的清凉渗了进来，脑子里的那团雾气渐渐散去，神志竟有了几分清朗。

"这是印第安人的草药，叫'松鼠尾巴'，止血消炎，很灵的。"

中越听了，一愣，过了一会儿才醒悟过来女人说的是中文。

"你，你到过中国？"

女人嘎嘎地笑了，牙龈闪闪发光。"我从中国来的。我是藏人，汉语说得不溜。"

中越又是一惊。半晌，才问："你来这里多久了？怎么来的？"

女人不答话，却将背篓里的东西一样一样地拿出来，装到中越的冰箱里。"素菜和肉菜，我都搭配好了，饭你自己做。一天吃一个饭盒，够吃一个星期。"

都收拾妥了，女人才拿起头巾擦了把脸，说："陈医师，我家尼尔是一个早产儿，生下来只有一磅十盎司，换成中国的算法，也就一斤半。小时候在医院里遭罪太多了，所以就怕见穿白大褂的人。你运气不好，撞上了。"

女人说这话的时候，颊上的雀斑渐渐暗淡了下去，脸上就有了愁容。

"陈医师我想求你一件事。能不能也教我手语？尼尔开学进语言康复班，老师要用手语辅助教学。尼尔在学校里学了手语，我要是不会，他回家也没有人和他对话。"

"两星期，就两星期。等到开学你忙了，我就不麻烦你。"

"我给你做饭，洗衣服。我帮不了别的，能帮这个。我九点上班，每天七点来，学一个半小时就好。"

中越叹了一口气，说要学手语，也不是一天两天就能学会的。即使学会了，不长期练习也会生疏。两个星期，只能学个皮毛的皮毛。你真要学，最好是全家一起来，这样能一起练习巩固。

女人点头，说那我带尼尔一起来。

尼尔他爸呢？

女人摇摇头，说就我和尼尔，明天开始。女人的口气很坚决，中越找不着一条缝隙可以插进去一个拒绝的理由。

女人将头巾扎好，就背起草篓起身了。草篓空了，女人的步子一下子就轻快起来。女人走出门来，又回头，说："我叫达娃，中文英文都是这个音。"

中越靠在门上，看着女人渐渐走远，脚踩过落满晨露的青草地，一路都是湿软的鞋印。北方的太阳厚重沉黏，照得女人和树林一片金黄。

小越：

　　爸爸一直觉得，手语的姿势是最能表达一个人的个性和情绪的。普通的语言在表达的过程中经历了辞藻和语气的污染，具有许多乔装掩饰的成分。可是手语却是从心里直接地赤裸地流出来的，来不及穿上任何衣装。我常常会从手语里看出颜色听出声响。

母亲：右手展开，拇指放在下颌，其他四个指头左右舞动。所有与女性相关的词都要借用这个动作——有点像汉语里的偏旁。

父亲：右手张开，大拇指轻碰额角。所有与男性有关的词，也都要借助这个动作。

达娃坐在门槛上跟中越学手语。

门槛有些湿意，达娃蹬了鞋子，把两只鞋子横铺开一排，请中越坐在上面。门框很窄，中越如果放松地坐下来，就没有达娃的位置了。所以中越让了达娃，自己却坐在了石阶上。台阶也是湿的，中越其实是半蹲着的，屁股并没有着地。这样的姿势他曾经在一些有关陕北苏区生活的旧照片里看见过，那时他绝没想到，他将会在北纬 52 度线上开始他的第一次拙劣模仿。

他蹲下来的时候，视野里只有达娃的脚。达娃的五个脚趾放肆地张开，像蹒跚行走中的鸭蹼，趾间有些汗味间间歇歇地飘过来。中越的鼻子一牵一牵地痒起来，喷嚏却迟迟未来。夏天在达娃的脚背留下了清晰的印记——裹在鞋子里的那部分是黝黑的，露在鞋子外的那部分更是黝黑，黑得仿佛轻轻一弹，就能弹出一指头的阳光。

暑气爬到北纬52度，难免有些力不从心，早晚两头，风就带了些丝丝缕缕的凉意。达娃一年到头都裹着头巾，热的时节防晒，冷的时节防寒。中越的视线渐渐抬高，就看到了达娃头巾上的花样——是向日葵。无数焦黄的花瓣紧紧地窒息般地相互簇拥着，仿佛在无望地逃离一样看不见的灾祸。中越注意到了达娃的头巾，是因为这是达娃身上唯一一样带着颜色的物件。当然，达娃的头巾并不是中越视野里的唯一内容。中越眼角的余光里，还看见了尼尔站在十步开外的草地上，用甜草在编绳子。

尼尔一直没有和中越说过话——达娃向他招了几次手，他都不肯过来。这样的说法也不完全准确，其实尼尔和中越一直在对话，用他们的方式。他们用眼角的余光，雷达似的相互扫射，寻找，试探，躲闪。

早晨：左臂平放，代表土地。右手拇指张开，其余四指并拢，慢慢举起，代表太阳从地上升起。

春天：左臂平放，代表土地。左手掌拢成圆圈。右手五指张开，从左手圈里伸出，代表植物破土而出。

达娃的手势笨拙迟疑，仿佛是一头在树林里走失的羔羊，正探头探脑地寻找着出去的路。可是羔羊很快就找着了路，达娃的手渐渐地有了力度。达娃的五指并成拳头的时候，像是紧紧捏了一把雨后的泥土，指缝里流出了肥汁。她张开五指的时候，奋力弹开了手里的泥土，空气中溅满了绿色的水珠，那水珠划过空气的声响是热切的充满渴望的不知疲倦的。

尼尔依旧在编绳子。甜草在指间窸窣地穿行，绳子渐渐地长了，像一条青灰色的蛇，一瘸一瘸地在膝盖上匍匐行走。草编到了尽头，尼尔把两头对在一起，扣了一个死结，就成了一个环。

眼角的余光里，中越看见尼尔把草环往头上一套，朝着达娃慢慢地走过来。走了几步，又迟迟疑疑地停住了。

中越故意打错了一个手势。达娃也跟着错了。

中越看见尼尔又走近了几步，这次，就站在了达娃的身后。

中越又接着打错了一个手势，达娃也跟着错了一次。尼尔哇地吼了一声，从背后攥住了达娃的手指，摁下去，又重新打开。达娃转过身，把尼尔推到中越面前，对中越挤了挤眼睛，说尼尔你去告诉陈医师，他错了。

尼尔看了中越一眼，突然弯下腰，一头朝中越撞了过来。这次中越早有准备，一把揪住尼尔的衣领，将尼尔仰面朝天地按倒在地上，又将一只膝盖，狠狠地顶在尼尔的胸前。尼尔如同一只被大头针钉在木板上的昆虫，徒劳地挥舞着四肢，嘴里发出咿咿呜呜的呼叫，身子却动弹不得。中越听见身后达娃的脚步声，便头也不回地吼了一声："达娃你给我住嘴，这里没人，你告我也没用。我们讲好了的，你得听我的法子。"

达娃和尼尔同时安静了下来。

中越的膝盖又加了些力气，尼尔如一条撺在锅底的鱼，扁了扁嘴，要哭的样子，却没有眼泪。中越把脸凑得近近的，半是手语半是英文地说："你，敢，再咬人，我就，这样，压你，五天。"

中越松了膝盖，过了半晌，尼尔才站起来，犹犹豫豫地走到了达娃身边，坐下，拿眼睛蔫蔫地探着达娃。达娃不理，却弯腰去草篓里摸索着找了一包烟。撕了封口，捻出一根来，抖抖索索地竟打不着火。中越扑哧地笑了一声，说至于嘛，气成这个样子。你这个儿子，再宠下去就废了，我在为民除害呢。

达娃终于点着了火，抽了一口，立刻呵呵地干咳起来，咳得满眼是泪。中越将达娃手里的烟夺下来，一把扔了，说在孩子面前抽烟，好吗？达娃撩起一角头巾，擦干了眼睛，又去草丛里把烟找了回来，擦也不擦，接茬抽上。

"我不抽，裘伊也得抽。裘伊不抽，别人也得抽。印第安人哪有不抽烟的？冬天这么死长，不抽你试试看，怎么活得下去？"

中越猜想这个裘伊，大概是达娃的男人，就说达娃你明天把裘伊也带来。捣蛋的男孩，老妈心太软，不管用，还得老爹来治。

达娃嘎嘎地笑了起来，声如饿鸦，惊落一团树叶。

你问问镇上的人，我们家到底哪个才是捣蛋的男孩？

小越：

　　爸爸在这里遇见了一个顽强的孩子，他还不到七岁，可是他一生的大部分日子都是在抗争中度过的。其实，他只不过是想在这个世界上活下来，如此而已。

达娃怀尼尔的时候，到了第五个月份，才略微地显了一点腰身。可是过了第五个月份，却就停住了，再也不往上长了。有一天早上起床穿裤子，发现裤腰松了一个扣子，再摸摸肚腹，竟有些平瘪。又想起胎儿这几天分外安静，极少踢蹬。心里一沉，也顾不上给裘伊打电话，就直接开车去了医院。

谁知进了医院的门，就出不来了。检查结果是胎儿的脐带和胎盘发育异常，非但不能输送养分，反而倒吸营养，所以婴儿越长越小，随时可能导致死胎。医院决定立刻引产。达娃连一件换洗的衣服也没有带，就进了产房。

生下来，洗过，包裹起来，是一块黑红模糊的肉。放到达娃手上，盖不满一只手掌。达娃屏住呼吸，默念了一句"佛祖保佑"，才敢看一眼。还好，四肢五官俱全。脸只有鸡蛋大小，却满是皱纹，皱纹翻动了几下，露出两颗陈豆子似的眼睛，勉强睁了一睁，就合了。嘴里蚊蝇似的哼了两声，算是哭的意思。达娃还来不及数一数手指脚趾，医生已经抱过去，插上氧气，立即送去了保温箱。

一磅十盎司，破了医院二十五年的纪录。

可能心肺发育不全，脑功能受损，视力听力有障碍，骨骼畸形，运动神经损坏。这些症状都是要过一段时间才能确定的。目前的首要问题，是如何帮助他呼吸，预防一切可能的感染。

你听懂了吗？需不需要翻译？

达娃茫然地摇了摇头。医生的英文含混不清，很多地方她没有听懂。可是她不需要完全听懂，她只要听懂其中的任何一句就够了。比如一记重锤已经将人打死了，接下来再挨多少锤都无关紧要了。

她在医院的治疗方案上签了字，就和保温箱里的婴儿一起，登上医院的直升机，连夜飞去了离得最近的雷湾市全科医院——当地医院的新生儿设施根本无法应付这样的案例。一上飞机，她就睡了过去。裹在厚厚的毛毯里她舒舒展展地睡了一路，鼾声惊天动地。天悬在头顶的时候，她身上的每一根肌肉每一条神经都紧张着，提防着。现在她的天已经塌下来了，整个地压在她身上，她再也没有可以提防的了。天爷，你看着办吧。这是她坠入黑沉的梦乡之前的最后一个清醒想法。

尼尔在雷湾医院最先进的新生儿保温箱里住了五个月。第一场病是黄疸。黄疸刚过，就得了肺炎。肺炎过去了，紧接着是持续不退的湿疹。等到湿疹终于退了，又来了第二场肺炎。一场又一场的病，像一座又一座的山，隔在达娃和尼尔中间。达娃要想抓住儿子，只有不懈地去爬那一座又一座的山。终于有一天，达娃爬不动了。

那天医生来查房，给尼尔换一种新药。尼尔手脚上的血管太细，根本无法下针。护士只能在头上下针。尼尔的头上已经有两根针管了，一根是输液的，一根是准备随时抽血输血的。护士选的是最细的针头，勉强找了一个下针的地方。

第一针下去，没有找着血管。左捅右捅了半天，只好又换了一个地方。护士每捅一下，尼尔就张了张嘴。达娃知道这就是尼尔的哭了——尼尔没有力气发出声音。达娃觉得那根针就在她的心尖上挑来挑去，她的心给挑出了一个洞，针头上挂着她心尖上的肉。气送不上来了，突然间两眼一黑，就什么也看不见了。

过了一会儿才渐渐地复了明，只听见护士说你可以抱他了，就知道是尼尔一天一度离开温箱的"放风"时间了——是半小时。达娃接过尼尔，轻轻地对护士说：我可以和他单独待几分钟吗？护士走开了，带上了门。

达娃把尼尔平平地摊在腿上，她看见了儿子额头上浅浅地埋着的针头，在半明不暗的灯光下发出幽蓝的光。她看见儿子插满了管子的身体如水母在看不见的水中浮游颤抖。她看见儿子豆荚大小的手掌，松松地握着一个拳。她知道他的每一次呼吸都是一个战役，她知道他身上的每一块骨头每一丝肉都在呼喊着疼。别人听不见，她清清楚楚地听见了。那天尼尔头上的那根针仿佛是骆驼背上的最后一根稻草，突然就把她压垮了。她不想爬那些山了。她不想爬的原因不是因为她自己，却是因为尼尔。她知道他爬不动了，她是唯一一个可以解救他的人。

氧气罩。只要取下那个氧气罩。也许五分钟，也许十分钟，他就再也不用去爬那些永远也爬不完的山了。

达娃把嘴贴在了尼尔的耳边。

要不，你就走吧，啊？

达娃的声音极轻，如同清晨树林间生出的第一丝软风，树还没有感觉，只有叶子知道了。达娃说这话的时候，用的是商量的语气。

突然，黑布袋一样的皱纹挪动起来，她看见了他的眼睛。那是她第一次看见他完全张开眼睛。一滴浊黄的眼泪，从左边的眼角滚了下来。她用手背擦去了。又一滴浊黄的眼泪，从右边的眼角滚了下来。

她一下子听懂了他的话。他说：爬山。爬山。再高，也要爬。

达娃俯在儿子身上，泣不成声。

尼尔出院的时候，才刚够五磅。达娃把尼尔装在裹了绒毯的篮子里提回镇上，沿街站了很多人。在白鱼这样的小镇，谁家的猫生了几个崽，全街都知道，更何况是老裘伊生了儿子。篮子从街头传到街尾，尼尔的模样使得最含糊其词的祝福也显得虚假。达娃是从众人的眼睛里看出了叹息的。

作孽呀，这个老裘伊。

达娃猜想这是众人没有说出口的话。

那天裘伊正在酒吧里喝酒。还没到晚饭的时节，酒吧才开门，裘伊刚来得及把高脚凳坐温和。听见街上响动的时候，他才把第一杯生啤喝矮了一小截。他抓起杯沿上的那片柠檬含在嘴里，就匆匆地跑到了街上。当篮子递到他手里时，他愣了一愣。雷湾的医院，说远也远，说近也近，坐灰狗汽车，也得坐上几个钟点。达娃住院，他去过两次。一次是尼尔刚出生的时候，另一次是两个月之前。虽然隔了一些时日，他的骨血，他终究是认得的。午后的太阳很重，压得孩子的眼皮一颤一颤的，模样虽丑，却是一种让人心软的丑。其实在那一刻，裘伊是真心想做一个好父亲的，只是后来，他还是管不住自己。

在那以后的几年里，达娃和尼尔依旧持恒地爬山。大大小小的山，渐渐都被他们甩在了身后。只剩了最后一座山，横亘在他们面前，上接着天下连着地，他们似乎是爬不过去了。

这座山的名字叫失聪。

小越：

今天爸爸才听说那个丧失了听力的孩子为什么会叫尼尔。尼尔姓马斯。尼尔·马斯这个名字其实是他母亲取了来哄哄洋人的，真正的意义只有他母亲知道。当你把这个名字用带些省略的快语速念出来的时候，就成了尼玛。尼玛是藏人常见的名字，是太阳的意思。尼尔的母亲是藏人，在青海汉藏混居的一个地区出生长大。关于她如何来到加拿大这个偏僻的小镇，相信是一个很离奇的故事，只是她还不肯告诉我。她的名字叫雪儿达娃，翻译成汉语，就是蓝色月亮的意思。一个叫月亮的母亲，给自己的儿子起名叫太阳，我想她对他是抱了许多希望的。只是这样的一个名字，落在这样的一个孩子身上，似乎有些残酷。

九月说来就来了，正午还有几分夏天的感觉，早晚两头，却很是有些秋意了。这是开学前的最后一个周末。苏屋瞭望台是方圆几百里最大的镇，镇上那家百货商场，也是方圆几百里最大的商场。这个周末，商场就有些拥挤起来——四乡的父母，都赶过来给子女置办新学期需要的用具。达娃不用赶着去上班，就把尼尔扔在中越家里，自己开车去了商场给尼尔购物。

中越看着达娃的车扬起一路尘土，跌跌撞撞地消失在砂石路的尽头，就蹲下来，对尼尔比画着说："管你的人，走了，你是想，学习，还是玩？"

尼尔不说话，泥塑似的脸却裂开了，露出两排灰暗的牙齿。中越猜想这大概就是尼尔的笑了，就把尼尔塞进车里，开去了街角的杂货铺。

　　杂货铺的老板娘已经认得中越了，老远就扬着嗓子喊：啊宁宁。中越知道这是乌吉布维印第安人问安的话，便也回了一句啊宁宁。老板娘问要些什么，中越说一桶脱脂牛奶，一卷麻绳。老板娘麻利地装好了袋子，中越迟疑了一下，又说来盒烟，当地产的那种。老板娘捂着嘴笑，说你也学会了。这里产的烟草是安神的，比你们多伦多的，又不知便宜多少呢。都装好了，收了钱，老板娘又问你在教老裘伊的婆娘读书，中越说不是读书，是教手语，打手势的话。裘伊家在白鱼镇，你怎么也认得？老板娘的笑就有些暧昧起来："四乡八邻的，谁不知道裘伊家的那点糗事？"中越赶紧拿了一根手指放在唇上，嘘了一声，老板娘这才看见了站在角落里的尼尔。叹了一口气，说这就是那个聋子？他哪里听得见啊。便从柜台上拿了一小包巧克力糖豆，塞到尼尔的手上。

　　中越领着尼尔走到门口，又被老板娘叫了回去。老板娘看着中越，摇着头，半晌才说，那个裘伊，喝了酒就是个混球，你小心他。尼尔上了车，撕了口袋就掏糖豆吃。刚吃了一颗，突然就一口吐了。又摇下车窗，将那一整包都扔了出去。中越看了，心里一动，暗想这孩子其实是个明白人，耳聋不过是层油纸，蒙住了心。剥了那层油纸，里头却是一片明镜呢。

中越买绳子，是为了放风筝的。中越的风筝很旧了，是临出国那年在一个庙会上买的。是一只燕子，黑身红喙红眼睛，尾巴上缀着长长一串的彩纸。绳断了，一直没接上。绳是几年前他带小越去多伦多中央岛过风筝节的时候，挂在树上扯断的。他费了好大的劲，才把风筝从树上取下来。那天小越哭得昏天黑地，他至今记得小越坠在他背上的重量，和她把眼泪鼻涕一把一把地抹在他脖子上的湿润感觉。不知现在小越还放风筝不？是不是跟那个姓项的去的？

姓项的是潇潇的同事，老婆在国内，据说正在办离婚手续。那人对潇潇上心，大概也不是一天两天的事了。潇潇对他，倒是冷一阵热一阵，一直打不定主意。不过那是前一阵子的旧闻了。现在小越来电子邮件，常常提起项叔叔，大约那人对小越，也很是上了心的——自然是因为潇潇的缘故。中越只觉得小越如同那只风筝，遥遥地挂在姓项的那棵树上。绳子虽然还在自己手里，却扯也不是，不扯也不是。若硬扯起来，绳子断了，小越就一辈子挂在了那棵树上。若不扯，眼看着女儿离自己越来越远了，心里总是不甘。便想着今晚无论如何要给潇潇打电话，说定带小越去苏屋瞭望台过圣诞节的事。前几次说起这事，潇潇总是含糊其词——大约姓项的早已有了过节的安排。可是今天他只对她说最后一次了，她答应也好，不答应也好，到时他就要开车去多伦多接小越。

天是个好天。站在坡上看天，和平地上就很有些不同。那一片晴空，像是一匹硕大的蓝布，将地将坡将湖都紧紧罩住了，紧得透不过一丝气。只有偶尔飘过的几片薄云，才将那匹蓝布铰开些细细的缝隙。风从缺口流进来，风筝就飞了起来。中越手里的麻绳越来越短了，燕子仿佛驮在了云上。

尼尔跟在中越身后跑，气渐渐地跑短了，嘴里却含糊不清地叫着：鸟，鸟。中越突然停了下来——他想起这是尼尔第一次开口和自己说话。中越从口袋里掏出一张纸，写了大大的一个"kite(风筝)"，放到尼尔眼前，说那不是鸟，是风筝。"你说一遍：kite。"尼尔低头看着脚上的鞋，却不说话。中越抬起尼尔的下颌，说尼尔你想放那只鸟吗？尼尔顿了一顿，终于点了点头。中越扬了扬手里的绳子："你说十遍'kite'，我就让你放鸟。"

中越说完，也不等尼尔回话，扯了风筝就走。他不用回头，就知道尼尔跌跌撞撞地跟上来了。

中越蹲下来，把绳子绕在尼尔的食指上，又将尼尔驮了起来，沿着企鹅湖狂奔。风在耳边呼呼地飞过，野鹅成群惊起，呱呱地在湖上盘旋。中越的耳朵尖尖地竖着，风声鹅声渐渐隐去，他只听见了尼尔撕裂了的呼喊。

Kite。Kite。Kite。Kite。Kite。Kite。Kite……

那天尼尔喊了几十遍"kite"。那些叫喊声震得中越的耳膜嘤嗡生响，最后中越只好把他放下来，说你现在可以闭嘴了。尼尔声嘶力竭地站到地上，突然将风筝往中越手里一丢，朝着林子深处飞奔而去。

中越追过去，只见尼尔跑到一棵大树下，拉开裤链，掏出伙计来，朝着树干就尿了起来。中越听着那水声，一丝尖锐的尿意从小腹之下涌了上来，便将风筝拴在一块石头上，也拉开裤链，学着尼尔的样子撒了起来。都是隔了夜的长尿，一股高，一股低，一股粗，一股细，哗哗的声响中，荡漾起一片温热的臊味。许久，水声才渐渐地低矮了下去。中越抖干净了，只觉得一腔的抑郁都随着一腔臊尿流走了，全身每一个毛孔都恣意地张开着，吸着清风吸着阳光，有说不出来的惬意。

两人拉好了裤子，走出林子，风筝一瘸一瘸地在地上拖跳着。站在坡上望过去，砂土路的尽头，出现了一个缓缓移动的黄点。尼尔说妈妈，来了。中越说你见了妈妈，说什么？尼尔想了一想，突然指了指中越的裤裆，又指了指自己的裤裆，说："你，大。我，小。"中越怔了一怔，才明白过来，忍不住哈哈大笑起来。尼尔见中越笑，便也跟着笑。那笑声如同雪球越滚越大，大得两人都背不动了，就精疲力竭地摊开手脚，躺在草地上晒太阳。

中越眯了一会儿眼睛，突然觉得脸上盖了一团乌云。睁开眼，看见了一抹黑色的裙裾在眼角抖动。再顺着看上去，才看清是达娃坐在身边的树桩上。达娃戴了一副特大的墨镜，几乎遮了半张脸。那遮不住的地方，隐隐地露着一角瘀青。那瘀青之上，又湿湿地有些泪痕。就吃了一大惊，呼地坐了起来，问："怎么啦，你？"达娃说没什么，摔了一跤。中越沉吟半晌，突然吼了一声："他打的，是不是？你别跟我撒谎。"达娃扯过一角头巾，擦净了脸，半晌才说："你也不用大惊小怪的，这地方比不得城里，你要都管闲事，是管不过来的。"中越紧了脸，说："我管不过来，社会服务部总是管得过来的。"达娃一听，脸都白了，再开口时，声音就从中间劈裂了："他们要是带走尼尔，我就剁了你，看我敢不敢。"

中越叹了一口气，说："达娃你是法盲还是怎么的？也就敢跟我狠。社会服务部要来人，也是带走他，凭什么要带走尼尔？"达娃的语气才渐渐地松软了下来，说："陈医师这事你别管。我是高兴呢，我从来没见尼尔这样笑过，我以为他生来就不会笑。"中越说："这也值得你哭？你爱看他笑，你就得找法子让他笑。"达娃怔了一怔，半晌才说："陈医师我们尼尔要早遇到你，哪还会是今天这个样子呢。"

"陈医师你有孩子吗？"达娃问。

中越不由得，就想起许多烦恼事来。原以为那一摊的烦恼事都扔在了多伦多，没想到轻轻的一句话就全勾到了眼前。

那一片朗朗的好心境，突然就阴暗了下来。

"我女儿，咳，不说她。"

尼尔从地上爬起来，猴似的粘在达娃身上，要翻达娃的背篓，看买了些什么。背篓里是一个印着哈利·波特剧照的午餐盒，一双新球鞋和几支带了篮球橡皮头的铅笔——都是开学用的。尼尔欢天喜地地试着新鞋子，达娃就盯着孩子问："今天和陈医师，学了些什么？"

尼尔看了看中越，中越说："孩子明天就要上课，要紧张一个学期的，不如让他痛痛快快玩一天。开了学，我每周一的下午都要去白鱼学校培训老师。培训完了，可以留下来给尼尔补课，今天就放他一马。"

尼尔见达娃没有追问他功课，猜着是肯放他假的意思，就涎皮涎脸地趴在中越耳边，咿哩呜噜地说了一句话。中越没听明白，让再说一遍。说了，还是没听明白。达娃就笑："他的话，也就我听得懂。他说要带你去认草药——太阳从西边出来了，我这个儿子还没有对谁这么款待过呢。"

"尼尔他爷爷是部落里的医师。不是西医，是草药医师。他们印第安人，除了急症，还是信草药的。医师是祖祖辈辈相传的。尼尔小的时候，他爷爷带他采过药。"

"那尼尔他爸，也是医师？"

达娃不答，只一味地催尼尔走。尼尔走了几步，又停下，看着达娃，嘴里咿咿呜呜地嘟囔着，却不肯走了。达娃骂了句败家子呀你，便跑去车里，把那双新买的球鞋拿出来，扔给尼尔。尼尔换上了，三人才上了路。

下了坡，顺着企鹅湖走，沿岸到处都是野鹅。尼尔折了一根树枝当鞭子，左抽一鞭，右抽一鞭，抽得一路鸡飞狗跳的。中越就笑，说聋子也有聋子的好处，不怕吵。

正午的阳光照得湖滩一片花白，风过处，就有了落叶。叶子轻轻软软地躺在风里，半晌也不肯落地。达娃弯腰捡了一块石头，放到中越手里。中越看了一眼，才看出原来是鹅蛋。个头比寻常的鸡蛋大了许多，蛋壳白里透红，捏在手心微微的还有些温热——大约是刚下的。问能吃吗，达娃说可比鸡蛋香呢。中越说那我也捡几个。达娃把手指放在嘴里，打了个响亮的呼哨，招呼尼尔过来。扯下头巾，把四个角结扎在一起，做了一个布兜，让尼尔提着去捡鹅蛋。

一会儿工夫，尼尔就捡了大半兜。中越说够了够了，就接了兜子过来，要提着走。达娃不走，却在路边找了棵树，那树身有个洞——大约有鸟儿在那里筑过巢。达娃把布兜塞进树洞里，又找了几块大些的卵石，沿着树根围了一圈。"原路走回来，记得这棵树就是了——这么重的东西，提着它做什么？路还远着呢。"中越不觉得就笑出声来，心想城里住久了，人还真是住傻了。

走着走着，路就分了岔，一条依旧沿着湖，另一条就拐进了林子。达娃挑的是进树林的那条路。

"离大路近的地方，药性就差——行人汽车都是污染。"

路开始变窄了，渐渐地，只剩了一条小径，蛇一样地在树和树之间穿行。脚踩在隔年的落叶上，发出空空的回声。树木越发地粗大密集了，枝丫搭着枝丫，遮天盖地的。抬头看天，阳光不再成片，却被树剪成丝丝缕缕的带子，在枝叶之间垂挂下来，照得地上斑斑点点地泛黄，不像是正午，却更像是黄昏。林子深处有一只啄木鸟在啄着树干。树干很硬，那笃笃的声响仿佛是夜半敲更的竹梆，响了很久，丝毫没有倦怠疲软的样子，一下一下地敲在人的脑壳上，头皮就紧了起来。中越忍不住捡了块碎石扔过去，梆声戛然而止，一阵翅膀的扑扇，枝叶窸窣地落了一地。

达娃和尼尔几乎是同时停住了脚步的。

在两棵粗壮的雪杉树之间，他们发现了一朵粉红色的花。花只有指甲盖大小，花瓣短且小，花蕊却极大，深棕色，长着小刺。尼尔跪下来，拨开周边的野草，花茎渐渐地显露直立起来，竟有半人高。顺着茎，又找着了更多的花。

"这是蔷薇果，维生素含量高。拿来做成茶叶，也治便秘。只是，一定要把刺都清理干净。不然的话……"达娃顿了一顿，却不说了。中越问不然怎么着？一连问了几遍，达

411

娃才说要不然下面的那个眼堵住了，扒起来可难了。尼尔把屁股高高地撅起来，用手指了指，含混地说屁，屁，堵。达娃嘎嘎地笑了，说你个小屁孩，该让你听的你听不见，没想让你听的你倒什么都听见了。

"他不是听见的，是看见的。尼尔读唇型的能力很强。以后说话要站在他正跟前，脸和他的视线平行，慢慢减少使用手势。"

尼尔捏了一朵花就要摘，却被达娃拦住了。达娃从背篓里拿出一个小布袋，从里边抓出一把烟丝，恭恭敬敬地撒在地上。闭了眼，双手合十，默默地念叨了几句话。睁开眼，才挥了挥手，叫尼尔去摘。

"印第安人敬地母，从不糟蹋地产，拿了一草一木都要有个名目。拿了，也不能白拿，要献上谢物。"

中越从达娃的布袋里也抓了一小把烟丝，照着样子撒在地上，嘴里念念有词："地母你什么都知道，跟你撒谎也没用。有个远方来的汉人摘了花，就是一个好奇。至少现在没有便秘，将来再说将来。"达娃又是嘎嘎地笑，说陈医师你可真逗，你老婆可得让你乐死。

尼尔采了满满一把蔷薇果，扔在达娃的背篓里，又一个人往前走去。一刻钟的工夫，回来了，手里抓着一把箕草。达娃将根茎上的泥土抖净了，把草铺在掌上让中越看。草极是细软，茎上微微地泛着红，在风里抖抖簌簌地支不起身子。

"这叫处女毛，治伤风感冒，也下石，肾结石的石。"

中越唰地跳出两步，甩了甩手，说这个名字不好，让人想起官场搞腐败。我宁愿得结石，这玩意儿哪消受得起。两人又是呵呵地笑。

三人又找了几样花草，就到了一片开阔之地。依旧有树，树也依旧粗大，只是突然都没有了叶子，光秃秃的再无遮挡。正午的阳光洪水似的奔泄下来，照着年代久远的树干，一棵又一棵遥遥相立，树身上焦黑的疤痕如巨蟒层层缠绕至树顶。地是凹凸不平的，地面上斑驳地裸露着一些草根，如暗淡的血管，在一片垂老的失去了劲道的胸脯上有气无力地延伸。中越猜想这片地是雷电山火烧焚过的。从满目苍翠到遍地焦土，竟然只有一步之隔，毫无层次过渡。一步之外是葱郁的生，一步之内是荒瘠的死，却都是一样的触目惊心。

抬头看天，瓦蓝的一片像是一个大井口，细若发丝的云飘过，是追也追不着的另外一个世界。井如此的深，中越觉得三生三世也爬不到井外的那个天地了，就忍不住两手拢了嘴，仰天大吼了起来。

呕……呕……呕……

吼声还没有达到井口，就被井壁吞食了，嚼碎了又吐出来，嘤嘤嗡嗡地就不是原来的那个调了。

中越吼完了，就有些赧然，讪讪地对达娃说，我老家在南方，人多地挤，和邻居挨得特别近。从小到大，吃饭得小声，怕隔壁听见你吃什么。上厕所得小声，怕隔壁听见你拉什么。说话得小声，怕隔壁听见你说什么。所以一到了地广人稀的北方，忍不住就想吼两声解气。

达娃说吼吧吼吧，你可劲吼吧，没人管你。尼尔是个聋子，不怕你吵。我们藏人最爱吼的，看谁吼得过谁。

中越果真又拢了嘴，憋足了劲，这一回却吼不动了，若漏了气的车胎，竟不成声。达娃捧腹大笑。中越说你笑什么，你吼一个我听听。算了，你也别吼了，干脆唱个歌吧。那个李什么，唱的那个青藏高原，那才他妈的叫歌。

达娃撇了撇嘴，说那是汉人的唱法，真正的藏人，可不是那个样子的。中越说好，好，那你就来个防伪版本的。达娃推辞了半天，说多少年不唱了，终于给缠不过，只好勉强唱了一个。

达娃的歌是用藏语唱的，中越听不懂，只觉得那曲调全不如寻常的藏歌那样激越高昂，反倒是低低款款的，如江南的小桥流水，偶尔流过几块石头，翻出一两个水花来——也是轻软的。用唱来形容达娃的歌实在有些夸张，其实至多也就是哼——一半用鼻子一半用喉咙的那种哼法。中越说怎么那么缠绵，是不是情歌呀，你给翻译翻译。达娃竟有些扭捏，脸儿红红的，说翻不出来。中越说翻个大意就好，用不着一字一句的。

达娃想了半天，才勉强翻了几句：

水要再不舀，就流过去了。
花要再不摘，春就走了。
歌要再不唱，人就老了。[1]

中越拍着巴掌，说就是就是，达娃你要是不想老，就赶紧唱——再来一个过瘾的，大大嗓门的，才旦卓玛那样的。

达娃把脸久久地捂在手掌里，突然间倏地站起来，开口就唱，把中越吓了一跳。歌是汉语的，曲调尖锐如刀，一下子挑开了耳膜，直直地捅在人的心上，挑啊挑的，心就是千疮百孔的了。

鹰在山顶上飞呀，
是因为找不到一块落脚的石头。
云在天上飘呀，
是因为找不到一片下雨的地。

---

1 歌词大意来自苗族民歌，见新西兰作家胡仄佳的《梦回黔山》。

人在马背上走呀，

是因为找不到一条回家的路。

苦哟，苦……

中越看见尼尔愣愣地站着，一动不动地盯着达娃的嘴唇，手里的野花丢了一地。泥塑一样的脸上，双眸如千年雪山的融水，乌黑清亮地倒映着日月星辰。中越知道，有一个懵懂的东西第一次被惊动了。

那个东西是灵魂。

那晚送走达娃母子，中越竟毫无睡意。月色穿过竹帘的缝隙，爬在他的眼皮上，留下一条条白色的纹。他闭上眼睛，就看见了小时候家门前的那条青石板路。路蛇一样地蜿蜒，一直爬到江边。在没有见过多少世面的南方小城里，江的概念其实也就一条略微大一些的河。河水是浊黄的，机帆船驶过，翻滚的水面上泛上一些菜叶泥沙和动物尸体。夏日的正午，他和哥哥穿着木屐，几乎赤身裸体地跑到河边，爬上任何一条栖在岸边的船，再从船头咚的一声跳进水里。水砸开一个小洞，立刻吞没了他们泥鳅一样黝黑的身体。事隔数十年，他清晰地记起了青石板路的花纹、颜色、走向，和木屐敲打在石头上发出的脆响。

他知道，是达娃歌里的那匹马，在牵着他一步一步地回乡。

黎明时分，他被屋顶上一阵窸窣的声响惊醒，才知道自己不知何时已经睡着了。他拿着特大号手电筒冲着天窗照去，依稀看见一个黑影一晃而过。獾熊。他知道他的屋顶上有一个獾熊窝。明天去镇里的家居用品店买一把梯子，一定要在入冬之前把那个贼窝端了。他想。

小越：

　　尼尔对音乐有着过人的领悟。听力正常的人是要依赖音乐的形式和包装来进入核心内容的，可是尼尔跳过了那些花花草草的东西，直接进入了音乐的骨髓——节奏。我想尼尔是可以成为一个杰出的鼓手的。印第安人的那种兽皮大鼓，是完全靠节奏掌握鼓点的。只是可惜，印第安人的职业基本是代代相传。假如尼尔长大后仍然留在部落里生活，而不是像许多年轻人那样离开小镇到大城市去，他最有可能成为一个草药医师，和他的父辈一样。当然前提是他能平平安安地长大。

老裘伊其实并不老，满打满算，也才三十八岁。可是老裘伊的名号，却已经有了十数年的历史。

老裘伊之所以被称为老裘伊，有两个原因。

一是因为长相。老裘伊二十八岁那年就开始谢顶，到了三十五岁左右，头发基本上谢光了，只剩了稀稀一圈的黄毛。

二是因为资历。这里说的资历是指进进出出拘留所的那种资历。老裘伊总共进去过三次。第一次是因为斗殴，第二次是因为砸车玻璃，第三次是因为偷杂货店的报纸。每一次都是关了几天就放出来监外执行，可是一来二去的，就积攒了厚厚的案底。用一句时髦的中国话来形容，老裘伊是个上过山的人。

实际上他还犯过许多其他案子，只是侥幸没有被抓住过而已。老裘伊犯的都是些小案子，大多是偷鸡摸狗之类的，几乎上不了台盘，极偶尔才有一两起略微惊心动魄些的。而且每一次犯案，都有一个公约数——都是在酒后。

在十数年前，当老裘伊还没有被叫作老裘伊的时候，他也就是一个普普通通规规矩矩彬彬有礼甚至有些害羞的年轻人。那时候他正跟随着他爹认真地发掘着世上一切草药的功能效果，时刻准备着接过他爹的药包，成为镇里的草药师。他的生活轨迹本来完全可以按着他爹他爷爷和他爷爷的爹他爷爷的爷爷那样，按部就班地走下去。可是他偏偏一脚踩偏了，跌进了深不见底的酒窖子里，所有后来的故事，就都从这一脚开始改写了——那是后话。

老裘伊不是纯正的印第安人，老裘伊的身世很杂。老裘伊的祖上有过爱尔兰血统，法国血统，英国血统和荷兰血统。几乎所有征服过北美新大陆的欧洲探险家，都和他们的祖先有过那么一手。所以老裘伊有浅棕色的头发（在他还有头发的时候），线条分明的五官，微微泛蓝的眼珠和高挺的鼻梁。所以当那个叫雪儿达娃的年轻藏族女人在青海塔尔寺第一次见到他的时候，就认定了他是白人。至于他比白人略深一些的肤色，她则理解为是高原紫外线的功效。

那个叫达娃的女人已经数不清来过塔尔寺多少次了。她熟悉每一个寺院，每一座佛像，甚至每一级石阶和门槛。她可以在寺院和寺院之间的石子小径上母鹿一样轻巧地穿行，随意推开一扇不起眼的边门，借助一两盏酥油灯的引领，趟过曲折幽暗的窄小通道，准确无误地进入寺院的正殿。

那时她早已从旅游学校毕业，做了几年的导游，她带团的主要景点就是塔尔寺。不过那个秋天的下午她站在大金瓦殿的门外，仰望冬雪来临之前最后的一缕温热阳光时，她并不是一名导游。那天她是作为一名游客来的。

从外表来看，她和她那个年纪上的藏族女人没有什么差别。略微高削的颧骨，带着高原阳光的肤色，鼻翼两侧紫外线烧灼留下的雀斑，微笑时露出来的粉红色牙龈，色彩艳丽的藏袍，编着银饰的叮啷作响的长辫子。只有当她撩起藏袍的下摆，跨过高高的金瓦殿门槛，在佛祖的塑像前长跪不起的时候，才让人依稀感觉了与她的年龄并不相称的沧桑。

达娃没有跪在殿正中为游客准备的那张地毯上，而是跪在殿西角一个幽暗的角落里。酥油灯的光亮照到那样的角落，就很是稀薄了，把她的身影模糊地涂在墙上，像是年代久远的积尘。她的藏袍下摆粘了一层薄薄的灰土和破碎的蜘蛛网。她抬头仰望佛祖像，看不见佛祖的脸，却只看见了佛祖塑过金的圆润脚趾。她以佛祖的脚趾为计，一遍又一遍地默念着两个名字。

格桑旺堆。王哲仁。

格桑旺堆。王哲仁。

格桑旺堆。王哲仁。

格桑旺堆是达娃的第一男人。两人是旅游学校的同学，毕业后又都在同一家旅游公司供职，跑的也是同一条线——塔尔寺日月山和青海湖。旺堆跑单周，达娃跑双周。他们是在毕业后第三年的九月份领取了结婚证的，原本准备在那年的国庆节办喜事。那张鲜红色的结婚证后来一直躺在达娃的抽屉里没有派上任何用场，因为旺堆一直没有当成新郎。旺堆的旅游车是在去日月山的途中失事的，车的残骸很快就找着了，车里却没有旺堆。过了好几天人们才在倒淌河边找到了他的尸体。至于他的尸体为何离他的车那么远，公安局做过多次调查，终于不了了之。而达娃做了十一天纸上新娘，就守了寡。

达娃的第二个男人叫王哲仁，是个汉人，在青海大学教书，研究少数民族风俗。王哲仁是达娃旅游团里的客人，跟着达娃走了一遍青海湖，听达娃唱了一路的歌，就喜欢上了达娃，穷追不舍。达娃从小在藏汉混合的学校里读书，周围也有一些藏汉通婚的朋友熟人，所以达娃倒是不怕和汉人结婚的。只是有过了前面一次的经历，听到结婚两个字，就难免有些胆战心惊。一直到领了结婚证，也没有和王哲仁说起过旺堆。没想到婚宴上，有人喝醉了酒，竟把王哲仁叫成旺堆。王哲仁当时撑住了，回到洞房，就生了气。读过书的汉人即使是生气，也是温文的。"我不在乎你的过去，可是我在乎你对我不诚实。"王哲仁对达娃说完这句话，就合衣睡下了——睡在了床那头。天亮时达娃在浓烈的尿臊味中醒来，发现床单是湿的，王哲仁的身体已经凉了。后来法医鉴定是突发性心脏病。

于是，雪尔达娃在她二十六岁的那一年，还来不及退下眼角眉梢的全部稚气，就守了第二次寡。

一，二，三……

达娃把佛祖的脚趾数过了十遍，就知道她已经把那两个名字在舌尖上滚过了一百次。这才将头低低地俯在地上，轻声说：

"佛祖，求你引领他们，走到那个平安祥和光明之地。"

她闻到了鼻孔嘴唇上尘土的陈腐味道，眼睛生疼，却不是因为眼泪。眼泪浅浅地躺在她那布满石头的生命河床上，还来不及流出，就已经枯涸。她不用照镜子，就看见了那些枯涸之水在她的额角留下的龟裂纹路。那天她异常清晰地听见了青春的花叶在自己身上缩卷枯萎的声响。

她缓缓地站起来，朝殿外走去。灰尘从衣裙上坠落，在殿堂斑驳的日照里纷扬。秋阳如刀，刺得她不得不闭上了眼睛。一片黑暗中她看见金色的星星在翻舞，身子一歪，几乎跌倒。这时有一样东西突然横在了她的腰上。过了一会儿，她才感觉出温暖和力量。那是一只手臂，一只男人的手臂。

那只手臂扶着她跨出金瓦殿的门槛，慢慢地来到路边，坐下。

达娃看见了一张脸，一张长着棕黄色卷发有着高原般健康肤色的脸。

"对不起，我……太久了。"

达娃在旅游学校里学过几个学期的英文，后来一直带国内的旅游团，没有机会接待外宾，那些英文就渐渐地在肚子里腐烂了。此刻她在极其有限的剩余记忆里横挑竖翻，却始终找不到那个"跪"字。在接近于永恒的迟疑中，那个年轻的洋人终于接过了她的话头。

"你好，我叫裘伊，加拿大人。"

洋人说的是中文，可是洋人的中文语调很怪，听起来几乎不像是中文。

"你喜欢，塔尔寺吗？"达娃这样问洋人。其实达娃根本不想问这种接近于小儿科水准的问题，可是此刻达娃的英文库存里却只剩了这句话。她别无选择。

那个叫裘伊的男人点了点头，又摇了摇头，眼睛里蓄了两汪大洋的话，流出来的却只有一脸的傻笑。裘伊的中文和达娃的英文同时遭遇了瓶颈，两人近近地坐在路边，在几乎绝望中暗暗期待着一个意外的突破。

午后的阳光有了重量，寺院和山的轮廓渐渐地厚了起来。一群衣衫褴褛的女人，正一步一步地跪爬在通往塔尔寺的路途上。远远地看过去，她们像是一群被蚂蚁驮动着的泥块。寺院墙下，有一个小沙弥正撩起下摆对着墙角方便，袈裟如血，触目惊心地涂溅在高低不平的黄土墙上。

裘伊突然从背包里拿出一本英汉双解字典，递给达娃，又从口袋里掏出一个小本子，工工整整地写下了一句英文，撕给达娃。达娃查着字典，猜出了裘伊的话。

"我不是来观光的。我来学习，学藏药。"

达娃也回了一句话，是中文。撕了，递给裘伊。裘伊翻着字典，猜出了达娃的意思。

"你学藏药，为什么？"

"藏药和我们的草药有相通之处。"

瓶颈裂了，水艰难地流了出来。两人同时被这种奇异的交流方式激动得满脸通红，本子一页一页地薄了下去。

"我到这里找一个医生，找了三天，没找到。"

"谁？"

这一次裘伊写的是中文，这个名字他已经熟记在心，也写得滚瓜烂熟。

"穆赤活佛。"

达娃失声大笑。穆赤活佛是塔尔寺医院的名医，达娃带过医疗部门的旅游团，多次参观过医院。来来去去的，就和穆赤活佛成了朋友。

达娃抢过裘伊的本子，写下了："穆赤活佛是个大忙人，没有人预约引见你不可能见到他。"

她看见失望如带着雨的阴云渐渐爬满了裘伊的脸，也不理他，却拿出手机，拨了几通电话。放下电话，就伸出四个指头，在裘伊眼前晃了几晃，说：下午四点，穆赤活佛接见。

裘伊一下子听懂了，确切地说，是裘伊一下子悟觉了。他愣了一愣，突然紧紧拥抱住达娃。达娃只觉得满身满脸都贴满了人眼，头哄地一热，便猜到是脸红了。一时不知该不该把他推开，身子便一寸一寸地僵了上来。

那天下午达娃带着裘伊准时去了穆赤活佛的住处。伺童迎出，说活佛正在打坐诵经。达娃示意裘伊把身上的背包交给伺童收好，脱了鞋，举了黄白蓝三色的哈达站在门外屏息静候。院落极是安静，风过无言，连落叶滚过地面的声响也是小心翼翼的。过了一会儿，屋里有了些细微的动静，伺童开门请进。两人进了暖阁，只见一盏硕大的酥油灯，照见了屋正中一个壮年男子，红黄相间的袈裟映得一室生辉。男子双手合十，神情祥和睿智，面容灿若莲花，仿佛身居世中，心处世外。

　　裘伊深深鞠了一躬，献上了哈达。活佛伸出手来，为裘伊摩顶祝福。裘伊取下手上的一个铜圈，放在活佛面前，乞求开光——自然是达娃教的。极为简短的相互问候之后，两人马上进入了英文交谈。活佛的英文极是流畅，达娃听不懂。语言的门关上了，达娃留在了门外。可是感觉的门却大大地开了，浑身上下每一根神经都兴奋警醒着，伸出无数的触角，柔软敏锐地抚摸着门里的精彩。她只觉得那两个低沉的声音如两股宁静的山泉，在松林之间交融汇合，偶尔溅起几朵低低的水花。又如蜜蜂在开满油菜花的田野上嘤嗡地扇动着翅膀，视野里到处都是蜜一样的金黄。

　　在那一刻，达娃彻底忘却了旺堆和王哲仁。

　　离开活佛住处时，已是黄昏。晚霞如山，压矮了大小金瓦殿。游人渐渐散去，秋风夹带着沙石从树林走过，空气里已经有了霜的湿意。

裘伊把开过光的铜圈摘下来，戴在达娃的手上。铜圈很旧了，接口处雕着一只花纹几乎磨平了的鹰，从鹰的翅膀里达娃猜到了风。她贴身佩带的一把小巧的藏刀柄上，刻的也是这样一只雄鹰。那一刻她的心暖了一暖——他和她一样，也是喜欢鹰的。可是她说不出她的感受，她的英文实在不够用，她只能掏出她的小刀，把他的鹰放在她的鹰旁边，拼命地点头微笑。后来当她终于知道了一些他的身世背景时，才明白了其实他和她的民族，都和鹰有着不解之缘。

"可以告诉我你的地址吗？"

这是裘伊在本子的最后一页纸上写的话。撕下这页纸，他和她将各奔东西。她接待过很多旅游团，也给很多人留过地址。那只是离别时一瞬间的感动，没有人能把这样稀薄的感动演绎成横贯一生的纽带。她不指望他。他也不指望她。可是他们之间毕竟有过这一张薄薄的纸，总好过一无所有。

她看着他飞跑着去追赶下山的最后一趟车，高瘦的身影如鸵鸟般一拱一拱地消失在渐渐浓重起来的暮色里，心想这大概也就是一个故事，一个有点意思的小故事。故事每天都有，如云彩飘进飘出她生活的天幕。可是故事至多只是生活的背景而不是生活本身，她的生活不会因为故事而发生改变。

然而她还是无法抑制地期待着他的来信。

　　信终于来了，是在两个月以后，当她几乎已经放弃了等待的时候。

　　信不长，讲了他的旅途，也讲了他学到的新药理药方。她回了，也很简单，讲了她的工作。她的简单倒也不完全因为是英文的关系，那时她的生活内容的确空洞至极。后来信就渐渐地长了也频繁了起来，开始触及一些工作学习之外的灰色地带。自从开始和他通信以来，她就开始留意各种版本的英文字典和世界地图。

　　后来，在其中的一封信里，他小心翼翼地提到了：你愿意来加拿大和我一起生活吗？她猜想这就是他的求婚了。她很高兴他没有说出结婚两个字，也庆幸她拙劣的英文和他拙劣的中文使她避免了向他解释她的过去的必要。她虽然是个极有力气的女人，可她的力气却只够背负一个王哲仁。多年之后回想起那一段日子，迷惑如云雾渐渐散去，真相如山峦渐渐凸现出来，她才明白，她是为了省心才嫁给裘伊的。只是她当时没有想到，她为了省几句话，却搭上了一生。

　　当她把那封写着"我愿意"的信贴上越洋邮票投入邮筒的时候，她突然想起了一句话。那是一年前，她带了一个机关干部团去青海湖旅游。刚把游客带到湖边，天就下起了大雨。湖边无遮无盖，游客纷纷狂跑回旅游车避雨。她跑得慢，落在了最后，只好躲进街边一家礼品店。店里只有一位僧人，也在避雨。当僧人转过身来时，她两腿一矮，心噌的一声浮到了喉咙口——那人竟很有几分像死去的旺堆。那僧人见了她，也是一脸惊骇，闭目沉吟许久，才叹了一口气，说：

"苦命的女人，你走吧，马儿能带你走多远，你就走多远吧。"

一年以后她终于飞过半个地球，在加拿大北部与裴伊相会了。当她再见到他时，她同时被两个意外击中。一是他居住的那个叫白鱼镇的地方是如此的小。三条街走到底，就是镇的全貌了。二是他身上的变化——裴伊显得苍老而沉默。当时她并不知道，酒精如蛀虫，正在窸窣地掏空裴伊的内脏。她看不见他的内脏，她看见的只是他的皮囊。皮囊失却了内脏的支撑，如树失了根，枯萎是迟早的事。

那时裴伊已经成了全镇出名的酒鬼。酒吧开门的时候，他在酒吧喝。酒吧关门的时候，他在家里喝。开始时酒疯只是发在别人身上的，达娃不过是替他收拾残局而已。后来酒疯就发到了达娃身上，达娃只能自己给自己收拾残局了。裴伊不喝酒的时候，是一个安静克制甚至有些文雅的绅士。但是酒可以瞬间改变一切。酒是天堂和地狱之间的那道分界线，线很细，裴伊站不住，不是倒在这边，就是倒在那边。

第一次动粗的时候达娃已经怀了尼尔。那天达娃下班回家，想去街角的杂货铺买一瓶腌黄瓜。那阵子她的胃口大得惊人，吃多少，吐多少。肠胃如同一条毫无曲折的管子，存不住任何食物，只有腌黄瓜才能让她有片刻的饱足感。她找到了柜子里那个陶瓷猪罐——那是她平常藏零钱的地方。可是那天她把猪罐翻来倒去，却没有一点声响。

"钱呢？"她问裘伊。裘伊没有回答。裘伊的影子墙一样地挡住了她的去路。"送你回家的那个人是谁？"裘伊揪着她的头发问。她想说他是她的同事，是看她呕吐得无法开车才顺道送她回家的。可是他的拳头把她尚未出口的话坚定地堵了回去。他把她从楼梯上推下来，她像一只面粉口袋那样软软地倒在了地上。当时她只是崴了脚，站起来，还是能走路的。到了半夜，突然大出血，送去了医院。医生看见她身上的瘀青，就起了疑心，她却坚持是自己失脚摔的。

尼尔真是一个经得起折腾的孩子，居然在这样颠簸的肚皮里待了五个多月。达娃原来想孩子也许能和酒瓶子争一争裘伊的，可是没有用——尼尔的出生让裘伊心软了一阵，却没有软到底，裘伊死心塌地地选择了地狱。

白鱼镇上所有的人都猜到了裘伊的女人身上那些伤痕是怎么回事，可是达娃却保持了沉默，一次也没有报过警。众人猜到了她沉默的原因——达娃的永久居留身份还没有最后办妥，分居有可能导致遣返回国。

可是众人只猜到了一半。另外一半的原因，是达娃坚守着的一个秘密，深如渊潭，无人知晓。

小越：

帕瓦是印第安人的户外社交歌舞聚会，通常在夏季，有时也延伸到秋季——如果天不太冷的话。有点像中国的集市庙会，但也不全像，因为帕瓦也包含一些祭祖谢恩的内容。爸爸来的时候，夏天几乎过完了，只赶上了九月底的最后一场，就在苏屋瞭望台。一乡有帕瓦，四乡的人都来了。平时地广人稀的北方，因着帕瓦，突然热闹了起来。爸爸在集市里给你买了一把鹰羽做成的扇子，染成孔雀蓝颜色，扇坠是一个木刻的鹰头——是很奇特的一件饰物。鹰在印第安文化里占据很特殊的位置，因为印第安人认为，鹰飞在天上，是和造物主最接近的。这点上，和我们的藏族文化很相似。鹰也代表勇敢，所以印第安男人的传统战袍上，都饰有鹰羽。许多帕瓦仪式，都以鹰羽舞开始。这个舞蹈是由部落选出来的四个最强壮的男人，用各式各样的动作，将一根从空中缓缓落地的鹰羽捡起——是纪念他们古今阵亡勇士的。跳鹰羽舞的时候，所有的观众都必须肃立致敬。

中越一生没有听见过这样的声音。

捶鼓的是六七个脸上抹了花纹的壮汉，围着一面兽皮大鼓而坐。没有领，也没有应。鼓点响的时候，就齐齐地响了。鼓点落的时候，也是齐齐地落了。鼓点很慢，鼓槌落到鼓面，不过是序幕。鼓点留在鼓皮上那一阵阵的震颤，才是高潮。那震颤不像是从鼓和槌而来的，却像是千军万马纷沓而至的脚步声，也像是暴雨来临之前压着地面滚过来的闷雷，震得中越的心在胸腔里狂跳不已。热血沸腾是一个在某个年代被用滥了的成语，可是那天中越却反反复复地想起了那个陈词滥调。中越的血潜伏在身体的深处冷冷地匍匐观望了半辈子，可是今天却如黑风恶浪，急切地要寻求一个决堤的口子。

歌也完全不是中越想象的那种唱法，中越甚至不知道把那些声音叫作歌是否妥当。没有词，只有一些带着大起大落旋律的呼喊。那喊声高时若千年雪山的巅峰，再上去一个台阶，就顶着天了。低时却若万丈深潭的潭底，再走下去一步，就是地心了。那声音如强风在天穹和地心之间穿行自如，从水滴跳到水滴，草尖跳到草尖，树梢跳到树梢，云层跳到云层，没有一种乐谱能记得下这样复杂的旋律，没有一种乐理可以捆绑得住那样的强悍和自由。世间所有的规矩和道理都是针脚，是把人钉在一个实处的，可是那声音却从所有的针

431

脚里挣跳出来。它与声带无关，与喉咙无关，甚至也与大脑无关。它是从心尖生出就直接蹦到世上的，没有经过任何一个中间环节的触摸和污染。中越觉得脸上微微地生痒，摸了摸，觉出是泪水，才知道这声音和他的灵魂，已经在他身体之外的某一个地方，发生了碰撞。

男人上场了。

男人的衣冠上饰满了鹰羽，男人的手上举着各样的武器和工具。男人的舞蹈是叙事的，叙述的是自古以来就属于男人的事：祭祖。问天。征战。狩猎。埋葬死者。男人的动作强健粗犷，男人的表情却甚是冷寡，因为男人的话都已经写在手和脚上了。

女人的面容就鲜活多了。女人的衣饰是与战争无关的：五彩的披风，绣满了花朵的裙子和衣裙上叮啷作响的佩铃。女人不爱讲故事，女人的舞蹈是关于情绪的。女人如蝴蝶满场翻飞着她们的披风，踢踏的脚步扬起细碎的沙尘。女人的笑容让人想起年成儿女大自然这一类的话题。女人的出场使得声音和色彩突然都浓烈了起来。

已是秋日了，一早来赶帕瓦的人早已着了厚厚的秋衣秋帽。可是中午的太阳正正地晒下来的时候，就又有了几分回光返照的夏意。场上跳舞的和场下观舞的，脑门上渐渐地都开始闪亮起来。场上的汗是衣饰捂出来，手脚甩出来的。场下的汗，却是声嘶力竭地喊叫出来的。中越沿着场子走了一圈，也没找着一个遮阳的坐处，倒是不停地有人往他手里塞香烟和烟叶，一遍又一遍地说着"齐米格唯齐"。他知道这是乌吉布维族人致谢的话，便猜想是学生家长。

就轮到孩子们上场了。

孩子们的装饰简单了许多，父母都不愿意把太精致的手艺浪费在他们尚未定型的身材上。男孩也有鹰羽，女孩也有佩铃，只是这鹰羽不是那鹰羽，此佩铃远非彼佩铃。孩子们的年龄也很参差不齐。大些的，已经到了那个尴尬的年纪了，动作表情都有些虚张声势的冷酷。小些的，还没经历过几场帕瓦，舞步还是疏惶无章的。最小的几个，刚会走路，一上场就哇地大哭了起来，惹得场下的人直笑得前仰后翻。

中越好不容易找了个阴凉些的角落坐下了，音乐却突然停了。有人接过麦克风，轻轻地咳嗽了一声，四周便安静了下来。邻座说是酋长。其实酋长也早不是几百年前的那种酋长了，倒是严格按了大城市那一套竞选方法民主选举出来的，所以酋长讲话，也是极现代的。一遍英语，一遍乌吉布维语。讲了些世界局势，又讲了些当地局势。谢过天地。谢过四季。谢过八方的来风和雨水。谢过空中地上的飞鸟鱼兽。谢过丰盛的年成。又谢过左邻右舍。洋洋洒洒的，像是做大报告的样子，中越听着就有了些睡意。

刚合上眼，就被邻座推醒了，只听见麦克风里边的那个声音，又高了几度。

看见我们的孩子多么可爱，别忘了感谢那些帮助了我们孩子的人。学校的老师，义工，校车司机。更别忘记，我们中间有一位父亲，为了帮助我们的孩子，却离开了自己的孩子。

全场的人都偏过头来看中越，看得中越一头一脸的汗。还没来得及擦一把汗，就被几个彪形大汉左右挟持着，抬了起来，一颠一簸地绕着场子跑了一圈。停下了，就已经在主席台上了。早有人塞过一柄麦克风。中越紫涨了脸皮，英文全溜走了，结结巴巴地说了半句"我，我，不是"，就再也找不着词了——只看见台底下树林子似的巴掌在拍动。

再回到场下，觉得身子已经给颠得散了架，半日装不回去。不知道是慌乱，还是感动，手脚只是颤簌不已。

鼓点又响了起来，这次就换了节奏，极快。

这时场上突然跑上来一个矮瘦的男孩，在场正中站定了，朝众人亮了一个相，便跟着鼓点飞快地旋转了起来。男孩头戴一顶兽毛战冠，眉心悬挂着一片黑黄相间的护额镜，身着嫩绿衣装，前胸是一排刺猬毛编成的护身，后背是一扇硕大的翠绿鹰羽盾牌，脚踝上各是一串青铜镂花响铃，衣服上绣了许多的兽蹄和几何图形——却因着舞步，看得不甚分明。

无论鼓点如何急切，男孩牢牢地胶在鼓点上，鼓起脚动，鼓落脚止，毫厘不差。铃铛如疾雨抖落一地，衣袍若一片绿云，被风追得狂飞滥舞，直看得人眼花缭乱。

当的一声鼓止，全场愕然。半晌，才响起一片呼哨，众人咚咚地跺着地，齐声尖叫：尼尔，尼尔。中越这才认出那男孩是尼尔。

尼尔下了场，中越顺着尼尔看过去，就看见了达娃。自从学校开学后，中越就没有再见过达娃，算算也是两三个星期了。就挤过人群，来到达娃跟前。达娃抓了中越的手，反反复复地说："我找，找着了。"中越问找着了什么，达娃说你忘了，是你叫我找的——尼尔的爱好。我现在知道了，尼尔听话吃力，听节奏一点儿也不吃力。酋长说了，十一月份北美印第安人帕瓦大赛，派尼尔去。中越听了也是欢喜，就问尼尔哪里去了，说买汽水去了。中越说替你订的那盘手语字典DVD碟，就在车里，一会儿拿给你。

两人正说着些闲话，就看见尼尔骑在一个男人的肩膀上走了过来，左手捏着一管汽水，右手抓着一个热狗，啃得满嘴都是猩红的番茄酱。男人高大硕壮，满脸红光，也看不出年纪。中越猜想是尼尔的爸，正要招呼，男人却先将手伸出来，呵呵呵呵地笑得动山摇的：

"我叫雷蒙，尼尔的爷爷。我们这个小混蛋，让你费

435

心了。"

尼尔早从他爷爷肩上跳下来，拉了中越的裤管，笑得一脸是牙："K……Kite。"

中越拍了拍脑袋，打着手语说："对不起，风筝没带来。下次。"

这时候高音喇叭又响了起来："有兴趣参加登山识药活动的人，请跟随雷蒙·马斯医师，在一号帐篷里集合。"

尼尔拍着手，哇哇地叫爷爷，爷爷。达娃问中越去不去，说上次我给你讲的那些药理都是半桶水，尼尔他爷爷，才叫真懂。中越就跟着众人进了帐篷，黑压压地坐了一地。雷蒙给众人发了一包敬地母的烟丝和一小袋安神茶叶，算是见面礼。又介绍了些印第安草药的熬制保存方法，讲了几项上山的安全事项，一行人就相随着朝山里走去。

走了一刻钟，帕瓦的喧闹声就彻底远去，林子渐渐地湿暗了下来，花草的颜色也渐渐地浓烈了起来。雷蒙发现一棵参天大树底下有一丛茂盛的紫花，就伸出手里的木杖，拨开四边的草叶，正要探身摘采，草丛里却倏地站起一男一女两个人来，将众人吓得魂飞魄散。那两人的头发甚是零乱，女人的纽扣松了，衣襟敞开，露出半个肩膀，身上沾满了草末。地上铺着一张塑料布，上面胡乱地丢了一个兽皮壶和几只木碗。

雷蒙将木杖往树干上狠狠一敲，啪的一声，木杖断成两截。

"裘伊你这个混蛋，帕瓦节也敢喝酒，祖宗的规矩都不要了！"

裘伊也不回嘴，却扔下那女人，提了皮壶，径自讪讪地走了。

众人惊魂未定，心依旧跳如擂鼓，热热的兴头如遭了当头一场霜雨，顿时蔫了下来。都不说话，却拿眼睛暗暗地探着达娃。达娃置若罔闻，只和尼尔趴在地上，用一块尖石头一下一下地挖着一株草药。挖得只剩了一条根，便丢了石头，拿手去拔。谁知那细细的一条根却很是硬实，拔来拔去拔不动，直拔得浑身发颤。中越走过去，将草药一把掐断了，丢在尼尔的药篮子里，扶了达娃起来，说咱们走吧。

三人走得慢，渐渐地，就落在了众人后边。见人声远了，中越才迟迟疑疑地说，其实，达娃，你也是可以回去的，带着尼尔，回中国。

达娃嘴唇抿得紧紧的，抿成青紫的两个薄片，身子一歪，就靠在了树干上。

"世上哪还有一个地方，能容得下尼尔这样的孩子，除了这里？"

中越无语。

小越：

　　你信上说项叔叔圣诞假期要带你去迪士尼乐园，爸爸心里难过了很久。不光是因为爸爸在寒假里见不到你，也因为带你度假本来应该是爸爸的事，却让项叔叔抢了先。去迪士尼的事，你提了很多年，爸爸却一直没有答应你，是因为忙——忙论文答辩，忙找工作，忙转正，忙升迁。事情一样一样地排着队等候在爸爸面前，挡住了爸爸的视野，爸爸就忘记了你的童年却是不会永远等候在那里的。苏屋瞭望台的生活让爸爸看清了许多事。每次爸爸见到那个聋孩子尼尔，就不由自主地想起你，我亲爱的女儿。尼尔的不幸是人人都看得见的，可是很少有人会注意到尼尔的幸运。尼尔有一个把他的梦永远地扛在自己肩上的妈妈，而你的爸爸却不是这样的。你的爸爸要卸下了自己的梦，才会来扛你的梦。尼尔的妈妈让爸爸愧疚。

　　十月初中越收到了一封挂号信，是一个厚实的牛皮纸大信封。看到寄信人栏上那个陌生的律师事务所名字时，中越心里就有了几分不祥的预感。拆开了，果然是离婚协议书。

　　分居是范潇潇提出来的。当时只是说分开一年，冷一冷，说不定就好了。中越来苏屋瞭望台之后，两人也是时常通电话的，说的当然居多是小越的事。潇潇从来没有在电话上探讨过离婚的事，甚至连暗示也没有过。当然中越不可能没有一点提防——分居通常是离婚的必经之途，他只是没想到潇潇出手如此之快。便禁不住将潇潇和那个姓项的以往的种种蛛丝马迹，一一地回想了起来。兴许那姓项的非但不是分居的结果，反倒是分居的起因。如此一想，中越便觉得自己是暗夜赶路稀里糊涂地掉进了陷阱，脑袋一热，拿起电话，就拨那个熟记在心的号码。

铃声响了一会儿才有人接，是潇潇。气喘未定的样子，又叫中越生出些龌龊的联想。中越憋了几秒钟，才冷冷一笑，说潇潇你等不及了吧？潇潇啪的一声将电话挂了。中越再拨，就没有人接了。中越一屁股坐在地板上，把电话机放在腿上，准备拨它一个通宵。每拨一次，火气就大了一圈。拨到后来，头上就有青烟冒出，话筒几乎捏化在了手里。

拨了约有一个小时，终于有人接了起来。中越的脑袋轰的一声炸成了无数碎片，一声狂吼，差点把自己震倒：

"有本事就把那个姓项的摆到明处，背后打黑拳是他妈的混蛋！"

电话那头是死一样的寂静。过了半晌，才有一个声音，战战兢兢地叫了一声爸爸。中越这才醒悟过来是小越，心里后悔莫及，就把声音放低了八度，说小越爸爸不知道是你。

小越不说话，却叹了一口气。那口气极轻极弱，如细细的一缕烟云在中越的耳膜上擦了一擦，却擦出了一道难以修复的伤痕，中越的心就牵牵地疼了起来：

"小越你别叹气，你还是个孩子，叹气是大人的事。"

小越哼了一声，说谁是孩子呀，爸爸我已经十一岁了。顿了一顿，又迟迟疑疑地说："其实爸爸你和妈妈过得不快乐，分开也是可以的。别担心我，我没事的。将来你们有了新家，我就有两个地方可以去了，寒假去一家，暑假去另一家。我们班好多同学，都是这样的。"

中越的心又牵了一牵，说不清是悲是喜。只觉得在国外长大的孩子，和国内同龄的孩子相比，在有的方面似乎太稚嫩了，在另一些方面却又似乎太成熟了。

放下电话，却怎么也集中不了精力备第二天的课。他和潇潇一直认为小越的个性太大大咧咧，有些像男孩子，没想到孩子却一直是看在眼里的。他和潇潇的不快活，在小越面前其实都是很隐忍的。潇潇的不快活在先，他的不快活在后。他的不快活很大程度上源于潇潇的不快活，因为他本人对快活不快活之类的感觉一直是很懵懂的。

潇潇是人中的尖子，花中的花。潇潇是那种极其愿意走在拥挤的人群中，又渐渐把人群甩在身后的人。所以他们相识之后的每一件重大事情上，她都走在他的前面。她比他先读完学位，她比他早评上职称，她比他早半年出国，她比他先找到工作，她的工资比他的高出好几个台阶。她虽然一直走在他的前面，却不愿意他永久地落在她的背后。她先走几步，再回头拉他，一直等到他们大致平行。大致平行的日子是潇潇最快乐的日子，只是潇潇却不能沉湎在这样的日子里。潇潇劳碌惯了，潇潇不能长久地休息。她必须甩下他再往前走去，然后再回头来拉他。他虽然比她慢几步，但也都最终走到了她为他设想的目标。他让她失望的不是他达不到她的目标，而是他抵达目标的方式。她打心眼里见不得他那种偷工减料懒懒散散的样子。他常常觉得自己是一架千年老牛车，每一个接头都结着厚重的锈。潇潇若一撒手，他会立时轰然倒地，成为一堆毫无用处的朽木。

这样的生活模式维持了好几年，潇潇就渐渐厌倦了。他是个感觉迟钝的男人，很晚才觉察出她的不快乐。其实那时他也是可以扭转局面的，只是他懒散的个性决定了他只能是那一种丈夫，用潇潇的话来形容，是提起来一串，放下来一摊的那种。他问过潇潇那样东西是不是屎，潇潇既没有承认也没有否认。即使在那个时候，他的不快活也还仅仅是因为他觉察了她的不快活。而真正属于他自己的那份不快活，是在更后来的日子里才出现的。

半年前，他母亲在分别八年之后飞过千山万水来多伦多探望他。

　　他的父亲去世很早，他和两个哥哥都是靠着母亲在皮鞋厂工作的微薄工资养大的。母亲只有初小文化程度，识不了几个字，干的是全厂最脏最低下的工种——橡胶车间的剪样工。母亲日复一日的任务，就是把刚从滚筒里捞出来的热胶皮，按固定的尺寸剪出鞋底的雏形。这个工种是母亲自己要求来的，因为生胶有毒性，橡胶车间的工人，每个月可以拿到四块钱的营养费。

　　生胶落色。母亲下班回到家，脖子是黑的，手是黑的，一笑，额上的浅纹也是黑的。洗了又洗，洗出好几盆墨汁似的水来，泼了，就操持一家人的晚饭。饭很简单，几乎全是素的，却有菜有汤。吃完饭，收拾过碗筷，母亲就坐下来，开始织毛衣。母亲会织很多种的花样，平针，反针，叠针，梅花针，元宝针。母亲的毛衣都是替别人织的，母亲自己的毛衣，却是拆了劳保手套的旧纱线织的，穿在身上，颜色虽然黄不黄白不白的，样式倒是合身的。母亲给别人织毛衣，织一件的工钱是两块钱。遇到尺寸小花样简单的，一个月可以织五六件——当然是那种马不停蹄的织法。

　　中越生的那个年代几乎所有的食品都凭票供应。江南鱼米之乡，竟也开始搭配百分之二十的粗粮。家里三个男孩，齐齐地到了长身体的时候，口粮就有些紧缺起来。母亲只能用高价买下别人不吃的粗粮，来补家里的缺。每天开饭的时候，母亲总让儿子先吃。等到母亲最终摘下围裙坐下来的时候，那个盛白米饭的盆子已经空了。地瓜粉做的窝头虽然抹了几滴菜油，仍然干涩如锯末。母亲嚼了很久，还是吞不下去，直嚼得额上脖子上鼓起一道道青筋。中越看得心缩成紧紧的一个结，可是到了下一顿，依然无法抵御白米饭的诱惑。

母亲常年营养不良，又劳累过度，身体就渐渐地垮了。有一天晚上，三个孩子正围着饭桌做功课，突然听见母亲嚷了一句怎么又停电了，中越说没停电呀，母亲那边半晌无话。再过了一会儿，中越就听见了一些窸窸窣窣的声音，才发现母亲哭了——母亲的眼睛突然看不见了。

母亲的眼睛坏了，不能再做剪鞋底的工作了，就调去了最不费眼力的包装车间，给出厂的鞋子装盒。母亲也不能再织毛衣了。失去了营养费和织毛衣这两项额外收入，家境就更为拮据了。三个孩子就是在那个时候才真正懂事起来的。每天做完作业，就多了一项任务——糊火柴盒。糊两个火柴盒能得一分钱，每天糊满一百个才睡觉。糊火柴盒的收入孩子们只上交一部分，另一部分自作主张拿去给母亲买了鱼肝油。

母亲的眼睛时好时坏，虽然没有治愈，却也终究没有全瞎。

后来三个孩子都成了家，大哥二哥搬出去住，中越也大学毕业去了省城。母亲这些年始终自己一个人过，却不愿和任何一个儿子住在一起。中越是母亲最疼的一个老儿子，所以当中越提出要母亲来多伦多探亲的时候，母亲虽有几分犹豫，最后还是来了。

母亲是个节省的人，到了哪里都一样。在中越家，母亲舍不得用洗衣机和烘干机。母亲自己的衣服，总是手洗了挂在卫生间里晾干。走进卫生间，一天到晚都能看到万国旗帜飘扬，听见滴滴答答的水声。潇潇说地砖浸水要起泡的，卫生间总晾着衣服，来客人也不好看。潇潇说了多次，母亲就等到早上他们都上了班才开始洗衣服，等下午他们快下班了就赶紧收拾起来。地上的水迹，母亲是看不清的。母亲自己看不清，就以为别人也看不清，潇潇的脸色就渐渐难看了起来。

母亲操劳惯了，到了儿子家里，也是积习难改，每天的头等大事，就是做上一桌的饭菜，等着儿子儿媳下班。母亲做饭，还是国内的那种做法，姜葱蒜八角大料红绿辣子，旺火猛炒，一屋的油烟弥漫开来，惹得火警器呜呜地叫。做一顿饭，气味一个晚上也消散不了。家具墙壁上，很快就有了一层黏手的油。

潇潇说妈您把火关小些。中越也说妈您多煮少炒。母亲

444

回嘴说你们那个法子做出来的还叫菜吗，勉强抑制了几天，就又回到了老路子。

后来，潇潇就带着小越在外头吃饭，吃完了带些外卖回来，给中越母子吃，才算勉强解决了这个问题。只是母亲无饭可做了，就闲得慌。母亲不仅不懂英文，连普通话也说得艰难。所以母亲不爱看书看电视，更不爱出门，每天只在家里巴巴地坐着，等着儿子回来。中越下班，看见母亲一动不动地坐在黑洞洞的客厅里，两眼如狸猫荧荧闪光，就叹气，说妈这里电费便宜，开一盏灯也花不了几个钱。

母亲近年学会了抽烟。母亲在诸般事情上都节省，却不省抽烟的钱。母亲的烟是国内带来的。两只大行李箱里，光烟就占了半箱。母亲别的烟都不抽，嫌不过瘾，只抽云烟。母亲还爱走着抽烟，烟灰一路走，一路掉。掉到地毯上，眼力不好，又踩过去，便是一行焦黄。潇潇一气买了六七个烟灰缸，每个角落摆一个，母亲却总是忘了用。母亲的牙齿熏得黄黄的，一笑两排焦黑的牙龈。用过的毛巾茶杯枕头被褥没有一样不带着浓烈的烟臭。

母亲一辈子想生闺女，结果却一气生了三个儿子。大儿子和二儿子生的也是儿子，只有老儿子得了个闺女，所以母亲很是稀罕小越，见了小越就爱搂一搂，亲一亲。小越刺猬一样地弓着身子，说不要碰我。小越说的是英文，母亲听不懂，却看出小越是一味地躲。母亲伸出去的手收不回来，就硬硬地晾在了空中。中越竖了眉毛说小越你听着，你爸爸都是你奶奶抱大的，你倒是成了公主了，碰也碰不得？潇潇不看中越，却对母亲说：小越不习惯烟味，从小到大，身边没有一个抽烟的。母亲听了，神情就是讪讪的，从此再也不敢碰小越。

母亲的签证是六个月的，可是母亲只待了两个月，就提出要走。其实母亲是希望儿子挽留的。可是潇潇没说话，中越就不能说话。母亲虽然眼力见不好，却看出了在儿子家里，儿子得看儿媳妇的眼色行事。

母亲来的时候刚过了春节，走的时候就是春天了。航班是大清早的，天还是冷，潇潇和小越都睡着，中越一个人开车送母亲去机场。一路上，中越只觉得心里有一样东西硬硬地堵着，气喘得不顺，每一次呼吸听起来都像是叹气。

泊了车，时间还早，中越就领着母亲去机场的餐馆吃早饭。机场的早饭极贵，又都是洋餐洋味。中越一样一样地点了一桌子。母亲吃不惯，挑了几挑就吩咐中越打了包。母亲连茶也舍不得留，一口不剩地喝光了。母亲的手颤颤地伸过饭桌，抓住了中越的手。母亲的手很是干瘪，青筋如蚯蚓爬满了手背，指甲缝里带着没有洗净的泥土——那是昨天在后院收拾隔年落叶留下的痕迹。

"娃呀，你听她的，都听。妈年轻的时候，你爸也是顺着我的。"母亲说。

母亲在将近四十的时候才怀了中越，小时候母亲从不叫他的名字，只叫他娃。母亲的这个娃字在他堵得严严实实的心里砸开一个小洞，眼泪无声地涌了出来。他跑去了厕所，坐在马桶上，扯了一把纸巾堵在嘴里，哑哑地哭了一场。

走出来，他从口袋里掏出一个信封，塞在母亲兜里。

两千美金。大哥二哥各五百，您留一千。

中越陪着母亲排在长长的安检队伍里，母子不再有话。临进门的时候，他迟疑了一下，才说：哥写信打电话，别提，那个，钱，的事。

送走母亲，走出机场，外边是个春寒料峭的天，早晨的太阳毫无生气冰冷如水，风刮得满树新枝乱颤。中越想找一张手纸擤鼻涕，却摸着了口袋里那个原封不动的信封——母亲不知什么时候又把钱还给了他。

那天中越坐进车里，启动了引擎，却很久没有动身。汽车噗噗地喘着粗气，白色的烟雾在玻璃窗上升腾，聚集，又渐渐消散。视野突然清晰了。就在那一刻，中越觉出了自己的不快活，一种不源于潇潇的情绪的，完全属于他自己的不快活。

所以，两个月后，当潇潇提出分居的时候，他虽然不情愿，却也没有激烈反对。

小越：

　　极光是地球高纬度地区高层大气中的发光现象，是太阳风与地球磁场相互作用的结果。太阳风是太阳射出的带电粒子，当它吹到地球上空时，会受到地球磁场的作用。地球磁场形如"漏斗"，尖端对着地球的南北两个磁极。所以，太阳发出的带电粒子会沿着地磁场的这个"漏斗"沉降，进入地球的两极地区。两极的高层大气受到太阳风的轰击后会发出光芒，在北半球出现的叫北极光，南半球出现的叫南极光。爸爸来苏屋瞭望台的目的之一，就是为了看北极光，可是至今还没有等到。据说每年都有年轻人从四面八方赶来，在有北极光的夜晚举行婚礼，因为他们相信，在北极光之下结婚怀孕，将会生下世上最聪明的孩子。

　　帕瓦以后将近两个月的时间里，中越就再也没见过达娃——倒是时时能见到尼尔。中越一周去一次白鱼小学培训老师。培训完后，都会留下来单独辅导强化尼尔的手语和读唇功能。这一次去了，尼尔却没在。老师说被他妈带去雷湾医院做年检了——自尼尔出生后，就存进了那里的早产儿数据库，每年要进行一次复杂的跟踪检查。

那天中越下班回家，正要开火做晚饭，只见窗外黑云密集，天阴得几乎合到了地上，才猛然想起自己昨天洗的一条床单，还晾在阳台上——这边的人不喜欢用烘干机，家家户户都有晾衣绳——就冲出去收床单。刚把床单撸下来，雨已经轰隆地下了起来，远看是白花花的一片帘子，近看是一根连一根的棍子，砸得一个企鹅湖翻腾如沸水，满坡满地都是洞眼。

门还没关严，就被砰的一声撞开了，冲进来两个淋得精湿的人——是达娃和尼尔。两人衣服如薄绵紧贴在身，牙齿磕得满屋都听得见，头上身上的水在地板上淌成一个混浊的圆圈。

中越赶紧拿了两条大浴巾，一人一条地裹了送去了卫生间。又从柜子里找出一件毛衣一条运动裤，放在卫生间门口——是给达娃换的。翻箱倒柜的，却找不着一件合尼尔穿的衣服，只好从床上抽出一条线毯，也搁在了卫生间门口。

是尼尔先出来的，身子严严实实地裹在毯子里，只露出一张巴掌大的脸，叫热水冲得绯红。小脚载着毯子一路移动，像上了发条的电动玩具，模样丑得叫人心软。中越把尼尔举起来，坐到沙发上，拿了个小吹风机来吹他的头发。还没吹几下，尼尔就枕在他腿上睡着了，鼻息吹得他腿上*丝丝地痒*，口水淌了他一裤子。

达娃在卫生间里待了很久，出来时已经换上了中越的毛衣。毛衣的袖子高高地挽上去了，下摆却长长地拖到了膝盖。在这样宽敞的衣服里达娃的身子突然显得极是瘦小起来，小得如同一个未成年的女孩。达娃在尼尔的脚下坐下，解开辫子擦头发。中越一辈子没有见过这样长的头发，如风中的乱云簌簌地抖着。擦干了，挽起来，在脑后打了一个大大的结，云开雾散，露出水汽浓重的一张脸——竟有几分秀气。

达娃弯腰去摇尼尔，硬把尼尔摇醒了。尼尔坐起来，懵懵糟糟地，竟不知身为何处。达娃拍了拍尼尔的脸，说你忘了，一路上，要告诉陈医师，什么话的？尼尔一下子醒利索了，嘴唇一裂，露出一个痴笑。

"我，棒。"尼尔伸出一个大拇指，指了指自己的脑袋。

达娃忍不住咯咯地笑了。达娃的笑一开了头，就如一颗弹子在平滑的玻璃面上一路滚下去，没有人接着挡着，就再也刹不住车了。一直笑得两眼都有了泪，却还是歇不下来。中越只好拿一张旧报纸卷了一个圆筒，冲着她的后脑勺梆梆地敲了几记，方勉强止住了。

尼尔的智商在正常水平——雷湾医院测试的，只是语言接收表达能力差些。

达娃终于在笑的空隙里说全了一句话。

就是说，你是个大水桶，水是满的，只是龙头坏了，流不出来。我来好好修理修理你的龙头。

中越把尼尔的头发揉得乱成一个鸡窝。尼尔嘴里喊着修，修，咚的一声跳下沙发，在地板上翻了个跟斗。毯子滚落下来，露出精赤溜光一个身子，肋骨累累如一滩荒石，一根鸡鸡若豇豆来回乱颤。达娃拾起毯子，满屋追儿子。追着了，劈头盖脸地将毯子罩过去。罩住了，便骂：多大了，你害不害羞。尼尔如网里的鱼虾死命地挣，终于挣出一只手来，指了中越，说他，也有。

达娃忍了笑，背了脸不看中越，只问你吃了没？中越说还没。达娃就从背篓里拿出一个黄油纸包，说我在老约翰的肉店里买了两磅牛仔骨，我们不如烤肉吃吧——门口的那个火塘，你恐怕还没用过呢，正好我们也烤烤衣服。达娃熟门熟路地从中越的厨房里找出刀叉铁架，三人又各加了一件厚衣，搬了个板凳，就走出屋来清理火塘堆柴生火。

刚下过雨，柴湿。塞了无数的引火木屑，仍是青烟滚滚，熏得中越涕泪交加。达娃看了，就抿嘴笑："印第安人熏刺猬，熏的就是你这样的笨刺猬——非得坐风口吗，你？"中越换了个方向坐，果真就好些。

湿气渐渐散尽，火势旺了起来。中越在火塘边架了几根树枝，把达娃和尼尔的湿衣服晾了起来。达娃就开始烤肉。

青焰舔着铁架子，便有脂油滴落下来，发出一惊一乍的爆响，空气里立刻充满了肉的甜香。

达娃烤熟了一块肉，扔给中越。又烤熟了一块，扔给尼尔。尼尔不肯吃自己的那块，偏要来抢中越手里的。肉烫手，中越站起来，两只手转轮似的转着肉，嘶嘶地吹着气，一小口一小口地咬。尼尔够不着，跺着脚咿哇地叫。达娃又抿了嘴笑，说你啊，真是少见。中越问怎么少见了，达娃只是笑，半天，才说，就你把他当个正常人看，从来不让着他。

中越吃得满嘴满手的油，扯了块面包擦过指头，又丢进嘴里："让，怎么个让法？除非你能叫全世界人民都让着他。将来到社会上去，他还不得摸爬滚打，靠本事吃饭？不如现在就把他当个正常人摔打。"

达娃又烤熟了一块肉，拿细铁棍穿了递给中越。中越没接住，肉就掉了。两人同时伸手去抢，中越碰着了达娃的胳膊，只听见达娃哎哟地叫了一声，拿手捂了胳膊，身子就矮了下去。中越以为烫着了达娃，慌慌地去掰达娃的手，挽起袖子，才看见胳膊上有一排伤，小小的圆点，一个挨一个，挤在一起像是一朵开过了季的花。伤是新的，刚结了痂，嫩薄的一层粉红，已经碰破了，流着血。

中越咣啷一声将肉摔在火塘里，铁架子撞飞了，火星蛾子似的飞成一片，达娃和尼尔都吓了一跳。

"烟头烫的，是不是？"

达娃抬头，看见中越两眼眦裂，五官扭到了脸外，头发根根竖立如钢针。达娃颤颤地伸出手来，去抹中越的头发。女人烤过火的手很烫，男人的头发在女人的指尖上嗞嗞地灼响。

"什么样的男人，让你怕成这样？"

中越一把甩开达娃，达娃跌跌撞撞地坐到了地上。尼尔怯怯地走过来，伏到达娃的膝盖上。达娃紧紧地搂了儿子，两人沉默如石。火势弱了，焦肉在余烬里散发出恶臭。夜渐渐地黑尽了，疏朗的星斗照出低回的山峦，错乱的松林，和林中一个奄奄一息的火塘。

突然间，被夜色磨蚀得模糊起来的山峦上，出现了一道光。那光极长，不知从何处开始，也不知至何处终结。虽是突兀，却因了它的从容安详，仿佛已经在那里悬挂了千年。尼尔跳起来，大叫了一声北，北极，光。中越把手指搁在唇上，"嘘"了一下，尼尔便噤了声。那光渐渐变宽变亮，地上所有的颜色都被那光吞噬尽了，只剩了一种介于青绿之间的幽蓝。那光之下，万物突然就变小了，山峦成了土块，湖泊成了水滴，树林成了草芥。人呢？人是看不见自己的，光却是看得见人的。在光的眼中，人大约不过是蚁蝼罢了。人的烦恼，在人看来是天是地是挪不动的巨石。在光看来，却是比蚁蝼还细微的一粒尘土。中越被自己的想法吓了一跳，身子竟簌簌地发起抖来。

风起来了，林涛声中夹杂了一些爆竹般的脆响。过了一会儿，中越才明白过来，那是光的脚步声。光变了，变成了五彩斑斓的色带。先是红，再有黄，再有橙紫，色带交织变换，时静时动。静时如开世之初，一片混沌祥和。动时若一袭彩裙，在风中舞。那颜色那舞步恣意而张扬，无章也无法——却是惊心动魄。

那光来得快，去得也快。一支烟的工夫，就消散尽了，星空疏朗依旧。仿佛是一场精彩的戏文，毫无预报地开了演，又毫无预报地终了场。观众刚刚来得及进入剧情，幕却咚地落了下来，偃旗息鼓，俱寂无声。

尼尔已经趴在达娃身上沉沉地睡着了。达娃把尼尔抱进了屋里，又出来收拾树枝上的衣服。衣服差不多干了，达娃一件件地叠起来，放进背篓里。中越看着她的手指窸窸窣窣地移动着，眼睛如两口黑井，幽深而空洞，一切情绪跌落进去，都被销蚀成沉默。

"十年前，我在青海湖边遇到了一位高僧。"达娃说。

"他说我的命，实在是太硬了。纸做的肉做的男人，都镇不住我。只有铁打的男人，才压得住我。"

达娃轻轻地叹了一口气。

"裴伊就是那个铁打的男人。裴伊和尼尔是我今生今世的债，我欠了别人的，也只有这样慢慢地来还了。"

中越搜肠刮肚，想找一句安慰的话，却终无所得。只好走过去，将达娃轻轻地拥在怀里。达娃的头巾飘落了下来，他闻见了她鬓边那朵枯萎的野菊花瓣上的最后一丝阳光。大千世界，他和她在这样空旷的北方相遇。她有她的伤。他有他的伤。他治不了她的，她也治不了他的。他看着她紧紧地攀缘在一片行将朽烂的木头上，朝着渺无边际的深渊飘去，却救不得她。

这时嗖的一声，房顶上跳下来一个黑影。黑影在落地的那一刻崴了脚，动作有些迟缓。当黑影终于挣扎着站起来的时候，中越看见了黑影手中一根闪着寒光的棍子。

那是一杆猎枪。

中越还来不及说话，就听见轰的一声巨响。林子抖了一抖，宿鸟嘎地飞起，黑压压地遮盖了半个天空。过了一会儿他才明白过来那是枪声。他觉得他的肩膀麻了一下，有股温热的东西，从那里汩汩地流出。他想喊，可是他的嗓子却如荒漠里的一丝细水，还没流到喉咙，就已干涸在重重沙尘之中。

"裴伊!"

达娃像一只母狮子似的咆哮了一声，飞奔而来。达娃紧紧地拽住了黑影，黑影凶猛地挣扎了几下，中越听见了又一声的巨响，达娃无声无息地跌落在他的怀里。他想扶着达娃坐起来，却发觉达娃如抽了筋剔了骨似的软绵。他睁大了眼睛，四周是一片黑暗———种看不到一丝裂缝的，没有开始也没有终结的黑暗。他觉得自己咚地坠入了万丈深渊，世上没有一根绳索，能拉他走出那样的黑暗——他知道他失去了视力。

黑暗中，他听见了一些窸窸窣窣的响动。他耳朵里的那双眼睛猝然睁开，看见了裘伊的靴子在树林中跌跌撞撞地扫开野草。靴子的声音有些缓慢迟疑，后来就停了下来。世界屏住了呼吸，万物静如亘古山石。突然，又是砰的一声巨响，裘伊的身体笨重地落到了草地上。呻吟声嘤嘤嗡嗡地传了过来——是压伤了的草。

当中越终于恢复了一些视力的时候，他看见了躺在他腿上的达娃。子弹是从脖子里进去的，出口在背上，血如浓稠的茄汁溅满了他的身子。他分不出哪些是她的，哪些是他的。他看见她渐渐混浊起来的眼睛。在迷雾完全蒙上她的双眸之前，他在那里找到了一角模糊的星空。

"尼尔，是，北极光……的孩子。"

达娃说。

小越：

　　爸爸今天刚刚出院。爸爸的世界被一阵飓风扫过，剩下的都是残骸。爸爸需要把这些残骸一点一点地收拾起来，看是否还能拼回原来的样子。这个过程只能是爸爸一个人的事，别人是帮不了的。

　　尼尔带中越去墓地的时候，已经下过了入冬的第一场雪。北方的雪很干，也很轻，飘在天上，细若粉尘。毫无防备之间，却已覆盖了整个城镇。

　　沿着铲雪车铲过的小道，中越和尼尔走进了墓园。白雪掩盖了所有的墓碑，极目望去，到处都是高矮不一的雪包和微微露出一角的十字架。寻食的鸟儿从一个雪包飞到另一个雪包，嘎嘎的声响里，雪地上便落满了翅膀的痕迹。每一个雪包底下都是一个截然不同的故事，可是一场大雪便轻而易举地抹杀了它们所有的区别。尼尔站在小道中间，突然就迷了路。

　　管墓的老头走过来，引他们走到冬青树墙的尽里。老头用雪铲铲出窄窄的一条小径，说第三个或是第四个，你自己找吧。

　　中越蹲下来，用手来刨雪包。雪很松，刨起来并不困难。只是冷，即使是厚厚的麂皮手套，也无法抵御北方凶猛的寒冷。终于刨开了，露出一个低矮的墓碑，碑顶是一个插着翅膀的小天使，碑文是：

中越知道刨错了，就脱了手套，将手放在防寒服里，取了会儿暖，才接着刨——是旁边的那个。一边刨，一边忍不住想，这个只活了三岁的孩子，是怎么死的呢？车祸？疾病？意外伤亡？和一个这样小的孩子做伴，应该是她喜欢的。她的生命里有太多的人进进出出过，现在她只需要清静。

旁边的那个墓碑略高一些，刨起来也更容易一些。只是他的手冻僵了，他只好频繁地脱手套取暖。刨刨停停，刨到露出碑面的时候，他的手指几乎完全不听使唤了。他是第一次看到这个墓碑，可是碑文他却是熟记在心的——那是他起草的，是中文。

墓碑在雪里埋过了一夜，微微地有些暖意。中越的手指抚过那些高低不平的碑文，仿佛摸到了阳光，草地，金黄色的蜜蜂，和漫山遍野的格桑花。

中越站起来，对着墓碑，缓慢地打出一串手语。

中越不用转身，也知道尼尔哭了。

小越：

爸爸决定向社会福利部提出申请，领养那个失去了双亲的聋孩子。

2005 年 9 月 6 日— 2005 年 11 月 2 日，初稿

2005 年 11 月 21 日，二稿

2005 年 11 月 28 日，三稿

（原载于 2006 年第 1 期《收获》）